KB131441

# 사람은 무엇으로 사는가

# 사람은 무엇으로 사는가

Чем люди живы

레프 똘스또이 소설선집 윤새라 옮김

CHEM LIUDI ZHIVY
by LEV TOLSTOI (1852~1907)

이 책은 실로 꿰매어 제본하는 정통적인 사철 방식으로 만들어졌습니다.
사철 방식으로 제본된 책은 오랫동안 보관해도 손상되지 않습니다.

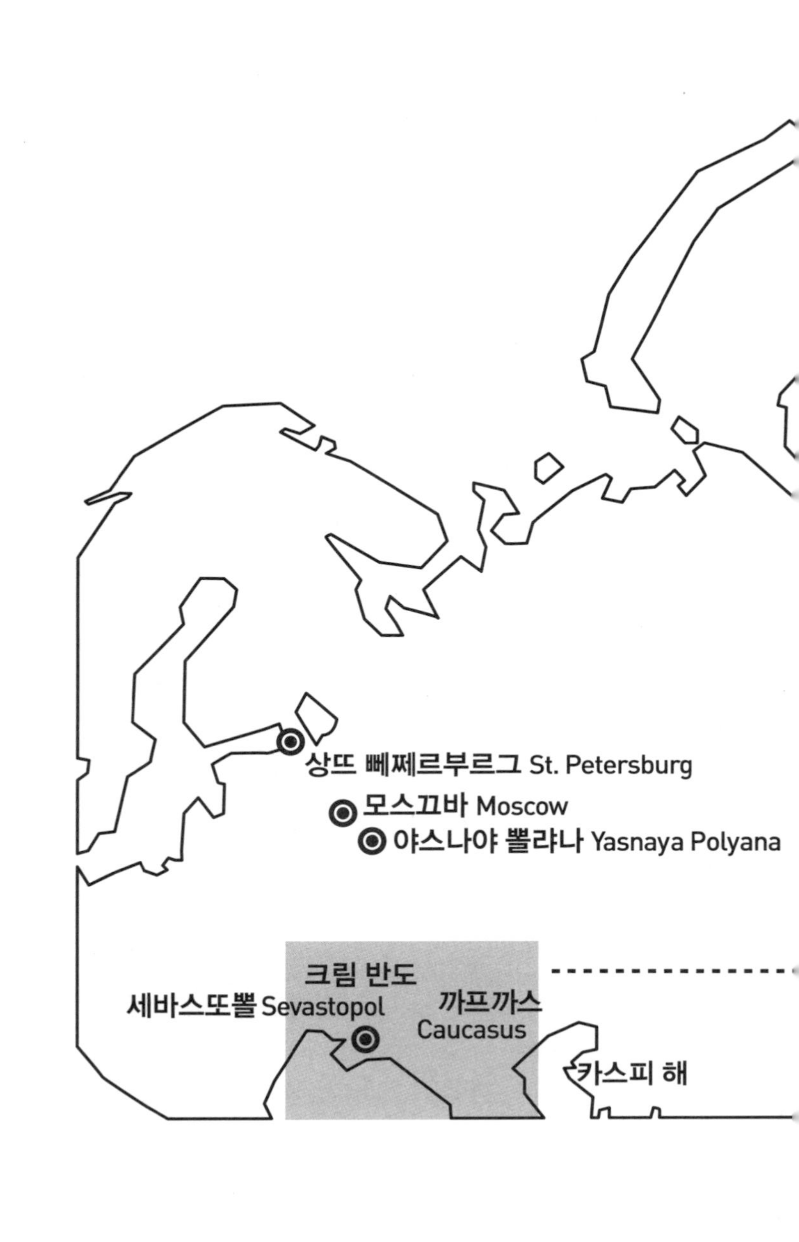

상뜨 뻬쩨르부르그 St. Petersburg
모스끄바 Moscow
야스나야 뽈랴나 Yasnaya Polyana
크림 반도
세바스또뽈 Sevastopol
까프까스
Caucasus
카스피 해

러시아
알마 강
Sevastopol
세바스또뽈
사뿐 산
크림 반도
체르케스
Circassia
카스피 해
다르고
Dargo
다게스딴
Dagestan
흑해

# 습격

어느 자원병 이야기

# 1

7월 12일 내가 지내는 대피호의 낮은 문으로 흘로뽀프 대위가 들어왔다. 견장을 달고 군도를 차고 있었는데 그의 그런 차림은 내가 까프까스에 도착한 후 처음 보는 모습이었다.

「방금 대령을 만나고 오는 길이야.」 내가 의아한 눈길로 맞이하자 그가 대답으로 한 말이었다. 「내일 우리 부대가 출정한다.」

「어디로요?」 내가 물었다.

「NN으로 간다. 거기서 군대가 모이기로 했네.」

「그러면 거기서부터 뭔가 행동을 개시하겠지요?」

「당연히 그러겠지.」

「그런데 어디로요? 어디로 갈 거라고 생각하십니까?」

「생각은 무슨. 난 아는 바를 말할 뿐이네. 어젯밤 장군이 보낸 따따르인이 왔다. 명령을 가지고 왔더군. 군대를 출정시키고, 출정할 땐 건빵을 이틀분 가져가라는 거야. 하지만 어디로 가는지, 왜 가는지, 얼마나 오래 가는지는, 글쎄? 그건, 이보게, 묻지 않는 걸세. 가라고 명령이 떨어지면 그게 다지.」

「하지만 건빵을 이틀분만 가져가는 거라면 그렇게 오래 걸리지는 않겠네요.」

「글쎄, 그게 꼭 그런 뜻은 아니네만…….」

「네? 어째서요?」 내가 놀라서 물었다.

「어째서냐니! 다르고에 출정했을 때를 생각해 봐. 일주일치 건빵을 가져갔지만 거의 한 달을 거기 있지 않았나!」[1]

「저, 제가 대위님과 같이 가도 될까요?」 잠깐 생각하다가 내가 물었다.

「가려면야 갈 수 있지만 나는 가지 않는 게 좋겠다고 조언하겠네. 뭣 때문에 위험한 모험을 하려고 하나?」

「제가 대위님 조언을 따르지 않게 허락해 주십시오. 저는 그걸 보려고 여기서 꼬박 한 달을 기다리며 지냈습니다. 그런데 대위님은 저보고 그 기회를 날리라고 하시는군요.」

「그렇다면, 가게. 하지만 아무리 생각해도 남는 게 낫지 않겠나? 여기서 우리를 기다리며 사냥이나 하고 말이야. 우리는 우리대로 신과 함께 진군하는 거지. 그래, 역시 그게 좋겠네!」

그가 어찌나 확신에 찬 어조로 말을 했는지 나도 처음에는 정말로 그게 좋겠다는 생각이 들 정도였다. 하지만 나는 절대로 남지 않겠노라고 결연히 말했다.

「대체 자네가 보지 못한 게 뭐라고 그러나?」 대위는 계속해서 나를 설득했다. 「전투가 어떤 건지 알고 싶은 모양이지? 그러면 미하일로브스끼-다닐레브스끼의 『전쟁 기록』을

1 다르고는 체첸 마을로 1840년대에 샤밀의 본거지였다. 1845년 7월 보론쪼프의 지휘하에 다르고로 원정을 나간 러시아군은 약 3천 명의 사상자를 냈다. 까프까스에서는 이 원정을 〈건빵 원정〉이라고 불렀다.

읽게. 아주 훌륭한 책이지. 거기 모든 게 자세히 묘사되어 있어. 그러니까 어디에 어느 건물이 서 있었으며 어떻게 전투가 벌어졌는지 말이야.」

「정반대입니다. 그런 것에는 관심이 없습니다.」 내가 대답했다.

「응? 무슨 소린가? 그렇다면 그냥 사람 죽이는 광경을 보고 싶은 게로군……. 1832년에도 여기에 역시 군인이 아닌 사람이 하나 있었다네. 스페인 사내였지, 아마. 우리 원정을 두 번 따라나섰더랬지. 무슨 파란 망토인가를 두르고……. 그러다가 공격에 당했네. 이보게, 여기서는 무슨 일이 일어나도 놀랍지 않아.」

대위가 내 의도를 그렇게 나쁘게 생각하는 게 몹시 수치스러웠지만 나는 반박하려 들지 않았다.

「그자는 용감했나요?」 내가 물었다.

「신만이 아시겠지. 하지만 언제나 앞장서곤 했네. 총격전이 벌어지는 곳이면 어디든 있었고.」

「그러면, 용감했던 게 분명하네요.」 내가 말했다.

「아니, 가라고 하지도 않은 곳에 주제넘게 나서는 게 용감한 건 아니지.」

「그럼 뭐가 용감한 건가요?」

「용감한 게 뭐냐고? 용감한 게 뭐냐…….」 대위는 그와 같은 질문을 처음 들었다는 듯한 표정을 짓고는 말을 되풀이했다. 「용감한 사람은 응당 해야 할 일을 하지.」 잠시 생각하더니 그가 말했다.

나는 플라톤을 떠올렸다. 플라톤은 용기란 두려워해야 할 것과 두려워하지 않아야 할 것을 아는 것이라고 정의했다. 그리고 대위의 표현이 상투적이고 불명료하긴 하지만 근본 생각은 플라톤의 정의와 큰 차이가 없을 뿐만 아니라 그리스 철학자의 정의보다 더 맞는다는 생각까지 들었다. 만일 그가 플라톤식으로 말했다면 아마도 용감한 자란 두려워하지 않아도 되는 것을 두려워하는 자가 아니라, 두려워해야 할 것만을 두려워하는 자라고 말했을 것이었다.

나는 내 생각을 대위에게 설명하고 싶었다.

「그렇습니다.」 내가 말했다. 「제가 보기에 모든 위험에는 선택이 따릅니다. 만약 의무감에 입각해 하는 선택이라면, 그건 용기입니다. 하지만 저열한 감정에 휘둘린 선택이라면, 그건 비겁함이지요. 따라서 공명심이나 호기심 또는 탐욕 때문에 목숨을 건다면 그건 용기가 아닙니다. 또 반대로 어떤 사람이 가족에 대한 의무나 신념 때문에 위험을 회피한다면 그를 겁쟁이라고 불러서는 안 됩니다.」

내가 말하는 동안 대위는 묘한 표정으로 나를 바라보았다.

「글쎄, 자네를 설득할 방법이 없군…….」 그가 파이프를 채우며 말했다. 「우리 군에 하사관이 하나 있네. 마침 그 사람도 철학을 논하길 좋아하지. 그와 얘기를 나누어 보게. 시도 쓴다네.」

나는 까프까스에서야 대위와 처음으로 인사를 나눴지만 사실 그를 러시아에서부터 알고 있었다. 그의 모친인 마리야 이바노브나 흘로뽀바 부인이 내 영지에서 2베르스따[2]밖에 떨어지지 않은 곳에 작은 영지를 소유하고 살고 있었다. 나는 까프까스로 떠나기 전 그 집에 들른 적이 있다. 노부인은

2 *versta*. 과거 제정 러시아에서 사용한 길이 단위. 1베르스따는 약 1,067미터에 해당한다.

내가 그녀의 파셴까(나이도 먹을 만큼 먹어 머리가 희끗해진 대위를 그녀는 그렇게 불렀다)를 만나게 된다는 사실에 기뻐했다. 내가 직접 아들에게 그녀의 근황을 전하고 또 내 편에 소포를 보낼 수 있기 때문이었다. 근사한 삐로그[3]와 새 요리를 내게 대접한 후 마리야 이바노브나 부인은 침실에 가서 부적 주머니를 하나 가져왔다. 제법 큰 검은색 부적 주머니에는 같은 색 비단 리본이 달려 있었다.

「이게 뭐냐면, 타지 않는 가시나무 떨기로 만든 성모화라네.」 부인은 성호를 긋고 성모화에 입을 맞춘 후 내 손에 건네며 말했다. 「이보게, 이걸 그 아이에게 좀 전해 주게. 들어보게. 그 애가 까프까스에 간 후 난 예배를 봉헌하며 약속을 드렸네. 만일 그 애가 죽지 않고, 또 다치지 않는다면 이 성모화를 만들어 올리겠다고 말이야. 그리고 벌써 18년이 흐르는 동안 성모님과 성자들이 그 아이를 보호해 주고 계시네. 그 많은 전투에 나갔지만 한 번도 다치지 않았어! 미하일로가 와서 얘기해 준 적이 있는데 정말이지 머리카락이 쭈뼛 서더군. 내가 그 애에 대해 아는 건 이렇게 다른 사람들을 통해서라네. 그 애는 편지에 전투에 나간 얘기는 전혀 쓰지를 않아. 내가 놀랄까 봐 염려하는 거지.」

(까프까스에 와서 나는 대위로부터가 아니라 다른 사람을 통해 그가 네 번이나 중상을 입은 적이 있다는 사실을 알게 되었다. 그리고 물론 대위는 전투 얘기와 마찬가지로 자신의 부상에 대해서도 어머니에게 일언반구도 하지 않은 것이다.)

「이제는 그 애가 이 신성한 성모화를 지니고 다니게 해주

3 *pirog*. 밀가루 속에 고기, 생선, 채소 등 다양한 재료를 넣어 구운 러시아 전통 요리.

게.」 부인이 말을 이어 갔다. 「난 이 성모화로 그 애를 축복하네. 성스럽고 신성한 성모께서 그 아이를 지켜 주실 거야! 특히 전투에 나갈 때는 꼭 이걸 지니도록 해주게. 이보게, 그 아이에게 꼭 그렇게 전해 주게. 어미가 신신당부한다고.」

나는 반드시 그렇게 하겠노라고 약속했다.

「자네가 우리 파센까를 좋아하게 될 거라는 걸 난 알아.」 노부인이 말을 계속했다. 「정말 좋은 아이거든! 믿을 수 있겠나? 그 애는 매년 내게 돈을 부친다네. 나뿐만 아니라 내 딸 안누쉬까도 많이 돕고. 그 모든 걸 혼자 벌어서! 진정으로 평생 신에게 감사한다네. 그런 애를 내게 주신 걸 말야.」 말을 맺는 부인의 눈에는 눈물이 그렁그렁했다.

「아드님은 편지를 자주 쓰나요?」 내가 물었다.

「아주 가끔, 1년에 한 번 정도, 돈을 보낼 때 짧게 써서 보내거나 아예 그마저 안 쓸 때도 있지. 그 애 말로는 소식이 없다는 건 자기가 건강히 살아 있다는 뜻이라나. 만일 무슨 일이 있으면 — 신이시여, 제발 그런 일이 없게 하소서 — 자기가 아니라도 편지가 올 거라고.」

내가 대위에게 어머니의 선물을 건네자(물건은 내 방에 있었다) 그는 포장지를 달라고 해서 그걸 꼼꼼하게 쌌다. 나는 그의 모친이 어떻게 사는지 자세히 얘기해 주었다. 대위는 말이 없었다. 내가 얘기를 끝내자 그는 구석으로 가서는 무슨 연유인지 오래 뜸을 들여 파이프를 채웠다.

「그래, 정말 좋은 분이시지.」 거기서 그가 약간 먹먹한 목소리로 말했다. 「어머니를 다시 만나 뵐 수 있도록 신이 도우실까.」

그 단순한 말에는 무척이나 깊은 애정과 슬픔이 담겨 있었다.

「대위님은 왜 여기서 일하십니까?」 내가 물었다.

「일해야지.」 그가 확신에 찬 목소리로 말했다. 「나같이 가난한 사람에게 봉급이 두 배라는 건 큰 의미가 있어.」

대위는 검소하게 살았다. 카드놀이도 하지 않았고 질펀하게 노는 법도 거의 없었으며 평범한 담배를 피웠는데 무슨 이유인지 그는 그 담배를 〈싸구려 담배〉라는 말 대신 〈자가제조 담배〉라고 불렀다. 그는 단순하고 침착한 러시아인의 외모를 지녀서 눈을 똑바로 응시하면 편안하고 기분이 좋아졌다. 그전부터도 나는 대위가 마음에 들었지만 대화를 나누고 난 뒤에는 그를 향해 진정한 존경심을 가지게 되었다.

## 2

이튿날 새벽 4시에 대위가 나를 데리러 왔다. 그는 견장이 없는 낡고 해어진 프록코트와 다게스딴 부족들이 입는 통 넓은 바지 차림에 누렇게 바래고 늘어진 양모를 단 흰색 양털 모자를 쓴 채 어깨 너머로는 볼품없는 동양 검을 둘러매고 있었다. 그가 탄 작고 흰 말은 고개를 숙인 채 잔걸음으로 천천히 움직이면서 성긴 꼬리를 쉬지 않고 흔들어 댔다. 선량한 대위의 외모는 용맹하다거나 아름답다고는 할 수 없었지만 주위의 모든 것에 철저히 무심한 그 모습이 절로 존경심을 자아냈다.

나는 한시도 지체하지 않고 바로 말에 올라타서 그와 함께 요새 밖으로 나섰다.

부대는 이미 2백 사젠[4] 정도 앞서 가고 있었는데 뭔가 검고 거대한 물질이 꿈틀대는 것처럼 보였다. 촘촘하니 긴 바늘처럼 뾰족 솟은 총검들이 보이고 이따금씩 병사들의 노랫소리가 들려와 그게 보병대라는 사실을 겨우 짐작할 수 있었다. 내가 요새에 있을 때부터 몇 번이고 감탄해 마지않았던 제6중대 병사의 멋진 테너 목소리와 북소리가 어울린 노랫소리였다. 길은 깊고 넓은 협곡 사이로 나 있었다. 그리 크지 않은 강이 그 옆으로 흘렀는데 마침 물이 넘실대고 있었다. 다시 말해, 범람하고 있었다. 한 무리의 야생 비둘기들이 강가를 빙빙 맴돌았다. 자갈이 깔린 강변에 앉기도 하고 때로는 허공으로 방향을 틀어 빠르게 원을 그리며 시야에서 벗어나기도 했다. 해는 아직 보이지 않았으나 협곡의 오른쪽 꼭대기가 훤해져 갔다. 희끄무레한 잿빛 돌멩이들, 누르스름한 연두색 이끼, 이슬이 앉은 갯대추나무, 층층나무, 느릅나무 가지들이 해가 돋는 투명한 황금색 세상에서 아주 뚜렷하고 명료하게 모습을 드러냈다. 한편 그 반대편 골짜기는 짙은 안개로 뒤덮여 있었다. 안개는 울퉁불퉁한 암회색 층을 이루며 너울댔고 골짜기는 축축하고 어두웠으며, 옅은 보랏빛과 거의 검은색에 가까운 짙은 녹색과 흰색 등이 섞여 분간하기 어려운 꽃 무더기가 엉켜 있었다. 우리 바로 앞에는 짙푸른색을 배경으로 눈을 인 밝은 흰색의 얼어붙은 산봉우리들이 놀랍도록 선명하게 보였다. 그 기묘하고도 멋진 그림자와 윤곽의 아주 세세한 부분까지도 보였다. 귀뚜라미며 잠자리, 또 다른 수많은 곤충들이 산의 풀밭에서 깨어나 명징하고도

4 *sazhen*. 러시아의 길이 단위로 1사젠은 약 2.13미터에 해당한다.

끊이지 않는 소리로 대기를 가득 채웠다. 마치 셀 수 없이 많은 작은 종들이 귓가에서 울려 대는 듯했다. 공기에서는 물, 풀, 안개 냄새가 났다. 한마디로 멋들어진 여름날의 이른 아침 냄새였다. 대위는 부싯돌을 쳐서 불을 켜더니 파이프로 담배를 피웠다. 자가 제조 담배와 부싯돌 냄새가 무척이나 상큼하게 느껴졌다.

우리는 조금이라도 빨리 보병대를 따라잡기 위해 길옆으로 말을 달렸다. 대위는 보통 때보다 더 우수에 젖은 듯했다. 다게스딴제(製) 파이프를 입에서 떼지 않았으며 걸음을 내디딜 때마다 발뒤꿈치로 말을 차서 독려했다. 말은 좌우로 흔들거리면서 높이 자란 축축한 풀 속에 보일락 말락 짙은 초록색 발자국을 남기며 달렸다. 말발굽 바로 아래서 꿩이 비명을 지르고 날갯짓 소리와 함께 튀어 올라 천천히 위로 날아올랐다. 꿩의 날갯짓은 자연스럽게 사냥꾼의 본능을 자극하는 소리였지만 대위는 거들떠보지도 않았다.

우리가 부대를 거의 따라잡았을 때, 뒤에서 질주하는 말발굽 소리가 들리는가 싶더니 그 순간 장교복을 입고 위로 높이 솟은 흰 양털 모자를 쓴 젊디젊은 미남 청년이 옆으로 달려왔다. 그는 우리 옆에 나란히 서서 미소를 짓고 대위에게 고갯짓을 하더니 채찍을 휘둘렀다……. 내가 본 거라고는 그가 매우 우아하게 안장에 앉아 고삐를 쥐고 있었다는 것과 그의 아름다운 검은 눈, 좁은 코 그리고 이제 막 나기 시작한 콧수염 정도였다. 그는 우리가 자신에게 감탄한다는 사실을 눈치채고 미소를 감추지 못했는데 난 그의 그런 점이 특히 마음에 들었다. 그 미소 하나만으로도 그가 아직 아주 젊다는 것을 알 수 있었다.

「대체 어디로 달려가는 거지?」 입에서 담뱃대를 떼지 않은 채 못마땅한 기색으로 대위가 중얼거렸다.

「누굽니까?」 내가 그에게 물었다.

「알라닌 소위야. 내 중대 소속이지……. 기껏해야 지난달에 사관 학교에서 이리로 왔지.」

「이번에 처음 나가는 거로군요?」 내가 말했다.

「그러게, 기뻐서 어쩔 줄을 모르는군!」 대위가 깊은 생각에 잠긴 얼굴로 고개를 저으며 대답했다. 「젊음이란!」

「아니, 왜 기뻐하면 안 됩니까? 제 생각에도 이건 젊은 장교에게 아주 흥미로운 일일 텐데요.」

대위는 몇 분간 침묵했다.

「그러니까 내가 말하지 않았나. 젊다고!」 그가 저음의 목소리로 말을 이어 갔다. 「아무것도 보지 못한 주제에 뭘 기뻐하나! 자주 출정하다 보면 기뻐할 수가 없어. 우리가 지금, 그러니까 장교 스무 명이 간다고 해보게. 그중 누군가는 죽고 누군가는 부상을 당해. 그건 틀림없어. 오늘은 내가, 내일은 그가, 또 모레는 다른 누군가. 그런데 무엇 때문에 기뻐한단 말인가?」

## 3

곧 해가 산 뒤에서 선명하게 모습을 드러내 계곡을 비췄다. 우리는 계곡을 따라 걷고 있었는데 너울대는 안개구름이 걷히자 날이 뜨거워졌다. 어깨에 총이며 자루를 멘 병사들이 먼지

자욱한 길을 천천히 걸었다. 대열에서는 간간이 소러시아[5] 말과 웃음소리가 들렸다. 여름 제복을 입은 몇몇 나이 든 병사들(대부분 하사였다)은 파이프를 문 채 길가로 걸어가면서 끊임없이 얘기를 했다. 짐을 가득 실은 말 세 마리는 발을 떼어 놓을 때마다 진득하게 엉겨 붙은 먼지를 일으켰다. 장교들은 말을 타고 앞서 가고 있었다. 다른 이들은, 까프까스 말로 하자면 허세를 부렸다. 즉 말에 채찍질을 해서 말이 네 번 뜀박질하게 하는가 하면 말머리를 뒤로 당기며 갑자기 멈춰 세우기도 했다. 다른 사람들은 무덥고 후덥지근한 날씨에도 지친 기색 없이 이 노래, 저 노래를 불러 대는 가수들과 어울렸다.

보병대로부터 1백 사젠쯤 앞에는 말을 탄 따따르인들과 함께 연대에서 용감하다고 소문난 장교가 큰 백마를 타고 있었다. 키가 크고 잘생긴 장교는 동양풍의 옷을 입고 있었는데 그는 누구 앞에서나 서슴없이 진실을 말하는 사람으로 유명했다. 레이스가 달린 검은 상의에 역시 술이 달린, 발을 덮는 신발을 신고, 노란색 외투와 구겨진 양털 모자를 뒤로 눌러쓴 차림이었다. 가슴과 등에 두른 은색 띠에는 화약을 넣은 주머니가, 또 등 뒤로는 총이 달려 있었고 은장식이 된 단도와 총 하나가 더 허리춤에 달려 있었다. 이 모든 것 위로는 레이스가 달린 붉은 염소 가죽 칼집에 든 군도를, 그리고 어깨에는 검은 총집에 든 총을 메고 있었다. 옷이며 말을 탄 자세며 행동거지로 미루어 따따르인처럼 보이고자 애쓰는 티가 났다. 심지어 그는 동행한 따따르인들에게 내가 알아듣지 못하는 언어로 말을 건넸는데 무슨 소리냐는 투로 조롱기

5 우크라이나를 당시 러시아 제국에서는 소러시아라고 불렀다.

떤 눈짓을 교환하는 반응으로 보아 따따르인들은 그의 말을 이해 못 하는 것 같았다. 이 사람은 우리 군대의 젊은 장교 중 하나로 대담하고 말을 잘 탔다. 그리고 그는 마를린스끼와 레르몬또프의 추종자였다. 이런 자들은 까프까스를 『우리 시대의 영웅』이나 『물라-누르』의 프리즘으로만 바라볼 줄 알았지[6] 자기가 하는 행동 중 하나라도 스스로의 소신대로 하는 법이 없었다. 늘 전형대로만 하기 때문이다.

가령 중위를 보면 그는 고상한 여인들과 주요 인사들(장군과 부대장과 부관)의 세계를 좋아하는 것 같았다. 아니, 나는 그가 그 세계를 아주 동경한다고 확신하는데 그 이유는 허영심이 매우 강하기 때문이다. 그럼에도 그는 중요 인사들에게 자신의 무례한 면을 들이대는 것을 의무로 여겼다. 물론 무례하게 굴 때는 적정선을 지켰다. 또 요새에 새로운 귀족 아가씨가 나타나면 꾸나끄[7]들과 함께 빨간 셔츠와 맨발에 슬리퍼만 신은 차림으로 그녀가 있는 창문 옆을 지나가면서 있는 힘껏 고함을 지르고 욕을 해댔다. 그러나 이 모든 것은 귀족 아가씨에게 모욕을 주고자 함이 아니라 희고 근사한 자기의 다리를 보여 주기 위해서, 또 만약 마음만 먹으면 자신을 사랑하게 만들 수 있다는 걸 과시하기 위해서였

6 마를린스끼와 레르몬또프는 러시아의 대표적인 낭만주의 작가로 특히 까프까스를 이국적으로 묘사했다. 험준하고 아름다운 까프까스의 자연을 배경으로 〈문명화된〉 러시아 장교들이 〈야만적인〉 까프까스인들과 벌이는 전투, 그리고 남부 지역 특유의 색다른 매력을 발산하는 까프까스 여인들과의 로맨스는 북구 러시아인들에게 위험하면서도 짜릿한 모험의 환상을 선사했다. 『우리 시대의 영웅』은 레르몬또프의, 그리고 『물라-누르』는 마를린스끼의 대표작으로 둘 다 까프까스를 배경으로 한다.

7 *kunak*. 까프까스 말로 〈동료〉, 〈친구〉를 뜻한다 — 원주.

다. 혹은 밤에 성품이 온화한 따따르인 두서넛과 자주 산에 가서 지나가는 사나운 따따르인들을 죽이려고 망을 보는데, 마음속으로는 그런 행동에 용감한 구석이라곤 없다고 말하면서도 무슨 연유에서인지 자기가 싫어하는 사람이라든가 경멸하고 증오하는 사람들을 못살게 구는 것이 자신의 의무라고 여겼다. 그가 절대로 내려놓지 않는 물건이 둘 있었다. 하나는 목에 건 큰 성상화였고 다른 하나는 셔츠 밖으로 걸고 다니는 단도로 잘 때조차 풀지 않았다. 그는 자기에게 적이 있다고 진심으로 믿었다. 누군가를 표적으로 삼고 피로 모욕을 씻어야 한다고 다짐하는 것이 그에게는 크나큰 즐거움이었다. 그는 인류에 대한 증오와 복수심, 경멸의 감정이 매우 드높은 시적 정서라고 굳게 믿었다. 그러나 내가 나중에 만나 보게 된 그의 정부(물론 체르께스 여인이었다)의 말에 의하면 그는 더할 나위 없이 선하고 온순한 사람이며 매일 밤 음울한 일기를 쓰면서도 줄이 쳐진 종이에 수입과 지출을 정산해 적고 무릎을 꿇고 기도를 한다고 했다. 그가 되고자 하는 바가 자기에게만 보이고 동료들과 병사들은 그가 원하는 대로 그를 보아 주지 않으니 얼마나 괴로웠을까. 한번은 친구들과 밤중에 나간 원정 길에 총으로 어느 체첸인의 발을 맞혀 사로잡은 적이 있었다. 체첸인은 그 사건 후 중위의 숙소에서 7주를 살았고 중위는 마치 아주 가까운 친구나 되는 것처럼 그를 돌보고 치료했다. 그리고 그 체체인이 다 낫자 선물까지 줘서 풀어 줬다. 그 일 이후 나간 어느 원정에서 그가 병사들과 함께 퇴각할 때였다. 적에게 총을 쏘아 대는데 적군에서 누군가 그의 이름을 부르는 소리가 들렸다. 그가 부상을 입혔던 친구가 앞으로 나오더니 그에게 나오라고 손짓으로 청했다. 중위는 친구에게로 다가가 손을 잡았다. 산사람들은 멀찌감치 선 채 총을 쏘지 않았다. 하지만 중위가 말을 돌리자마자 몇몇이 그에게 총을 발사했고 총알 하나가 그의 허리 아래를 살짝 스쳐 지나갔다. 또 한번은 내가 직접 본 일로, 어느 날 밤 요새에 화재가 발생했다. 두 개 중대의 병사가 화재 진압에 투입됐다. 벌건 화염으로 환해진 군중 사이에서 갑자기 키 큰 사람이 검은색 말을 타고 나타났다. 그 사람은 군중을 옆으로 밀쳐 내고 다름 아닌 화재 현장으로 달렸다. 바로 옆까지 간 중위는 말에서 훌쩍 뛰어내려 불타는 집으로 측면에서 달려 들어갔다. 5분 후 중위는 머리카락이 타고 팔꿈치에 화상을 입은 채 거기서 나왔다. 그의 품에는 불길에서 구해 낸 비둘기 두 마리가 안겨 있었다.

그의 이름은 로젠끄란츠였다. 그는 자주 자기 조상 얘기를 했다. 어찌 됐건 바랴그인들로터 내려온 집안이라면서 그와 자기 조상이 순수한 러시아인이라고 분명히 주장하는 것이었다.[8]

## 4

해는 반 이상 떠올라 달구어진 대기를 통해 메마른 대지에 뜨거운 빛을 떨구었다. 짙푸른색 창공은 지극히 맑았다.

8 러시아 성(姓)은 대개 *~ov/ev*나 *~in*으로 끝난다. 푸틴, 옐친, 고르바초프 등이 그 예다. 그에 반해 로젠끄란츠는 그 형태로 보면 전혀 러시아 성이 아니다. 그래서 이름으로는 외국에서 이주한 가문이라고 생각하기 쉽다. 한편 바랴그족은 북구 스칸디나비아에서 기원한 종족으로 초기 러시아의 지배층이 바랴그 사람들이었다.

눈 덮인 산봉우리들만이 창백한 라일락 빛깔 구름들로 치장할 뿐이었다. 고요한 대기는 뭔가 투명한 먼지로 가득 찬 것만 같았다. 참을 수 없이 날이 더워졌다. 길의 중간쯤 흐르는 작은 개울가에 이르자 군대가 멈추었다. 병사들은 무기를 세워 두고 개울에 뛰어들었다. 대대장은 얼굴 가득 자기 지위에 걸맞은 표정을 짓고는 그늘진 곳에 북을 놓고 앉았다. 대위는 중대의 짐마차 아래 풀밭에 누웠다. 용감한 중위 로젠끄란츠와 몇몇 젊은 장교는 외투를 펼치고 그 위에 앉아 술판을 벌이며 놀았다. 그건 그들 옆에 즐비한 술병과 그들 앞에 반원을 그리고 서서는 레즈긴까[9]의 목소리에 맞춰 휘파람을 불며 까프까스의 춤곡을 부르는, 아주 신이 난 병사들을 보면 알 수 있었다. 레즈긴까의 노래는 이랬다.

샤밀은 폭동을 일으키려 했네
옛날 옛적에……
트랄라, 랄라……
옛날 옛적에……

그 장교들 사이에 아침에 우리를 앞질러 간 젊은 소위도 있었다. 그의 모습은 아주 흥미로웠다. 눈은 반짝이고 혀는 약간 풀려 있었다. 그는 모든 이들에게 사랑을 고백하고 키스하고 싶어 했다……. 가엾은 젊은이! 그런 행동이 우스울 수 있다는 것을, 다른 사람에게 퍼붓는 솔직함과 부드러움이 그들을 자신이 그토록 원하는 사랑이 아니라 조롱으로 이끈

9 까프까스 다게스딴 종족의 총칭.

다는 것을 그는 아직 알지 못했다. 또 그는 알지 못했다. 그가 흥분해서 결국에는 펼쳐 놓은 외투에 뛰어들어 팔꿈치를 괸 채 숱 많은 검은 머리카락을 뒤로 넘겼을 때 자신이 정말 사랑스럽다는 것을. 장교 두 명이 짐마차 아래 앉아 여행 가방을 놓고 카드놀이를 했다.

나는 호기심에 병사와 장교들이 하는 말을 열심히 듣고 그들의 행동을 골똘히 바라보았다. 하지만 단언컨대 그 누구에게서도 내가 경험하는 불안을 감지할 수 없었다. 그들은 농담하고 웃고 이야기했다. 다들 다가오는 위험에 개의치 않고, 관심도 없다는 투였다. 마치 그들 가운데 누군가는 이 길로 되돌아갈 수 없는 운명이라는 것을 예견하면 안 된다는 듯이!

## 5

6시가 넘어서 지치고 먼지투성이가 된 우리들은 NN 요새의 넓고 견고한 출입문을 통과했다. 그림처럼 멋진 포병대와 요새를 감싸듯 키 큰 백양나무들을 심어 놓은 정원, 곡식이 황금빛으로 익어 가는 들판, 눈 덮인 산 주위로 몰려들어 산을 따라 하듯 기묘하고도 아름다운 사슬 모양을 이룬 흰 구름에 뉘엿뉘엿 해가 지면서 장밋빛 햇살을 던졌다. 어린 초승달이 지평선에 투명한 구름처럼 떠올라 있었다. 대문 근처에 자리 잡은 따따르 마을에서는 따따르인 하나가 오두막 지붕 위에 앉아 회교도들을 예배로 부르고 있었다. 다시 용기와 힘이 난 가수들은 노래를 불러 젖혔다.

좀 쉬면서 옷매무새를 고친 후 나는 아는 부관에게 갔다. 내 의향을 장군에게 알려 달라고 부탁할 생각이었다. 내가 묵게 된 곳에서 출발해 그에게 가던 중 나는 전혀 예상치 못한 것을 NN 요새에서 보게 되었다. 예쁘장한 2인용 마차가 나를 추월해 지나갔는데 그 마차에서 맵시 있는 모자가 보이고 프랑스어가 들렸다. 사령관 저택의 열린 창문에서는 엉망으로 고장 난 피아노로 연주하는 「리잔까」나 「까젠까-폴카」 소리가 들려왔다. 선술집 옆을 지나갈 때는 손에 담배를 쥐고 와인 잔을 앞에 둔 채 앉은 서기 몇 명이 보였고 그중 하나가 이런 말을 하는 소리가 들렸다. 「저, 들어 보십시오……. 정치에 관해서는 마리야 그리고리예브나가 여기서 첫손에 꼽히는 부인이지요.」 해어진 프록코트로 아픈 몸을 감싼 등 굽은 유대인이 망가져서 삑삑대는 오르간을 두드리자 교외 마을 전체에 「루치아」의 마지막 부분이 울려 퍼졌다. 실크 스카프를 두르고 사각거리는 드레스를 입은 여자 둘이 손에는 색깔도 선명한 양산을 쥔 채 널빤지를 깐 보도를 따라 걸으며 경쾌하게 내 옆을 지나갔다. 젊은 처자도 둘 보았는데 한 명은 장밋빛 옷을, 다른 한 명은 파란색 옷을 입고 모자는 쓰지 않은 채 나지막한 집의 토담 옆에 서서 어색하게 얕은 웃음을 흘리고 있었다. 지나가는 장교들의 관심을 끌고 싶어 하는 눈치였다. 새로 장만한 프록코트에 흰 장갑과 번쩍이는 견장으로 치장한 장교들은 으쓱대며 길을 걸었다.

나는 장군의 집 아래층에서 지인을 찾아냈다. 내 의향을 설명하고 그가 그렇게 될 거라고 말하기가 무섭게 우리가 앉아 있던 창문 옆으로 아까 보았던 예쁘장한 마차가 지나가더니 현관 앞에 멈춰 섰다. 마차에서 키가 크고 몸이 다부진 남자가 내렸다. 소령 견장이 달린 보병대 군복을 입은 그 남자는 장군에게로 갔다.

「아, 실례하겠네.」 부관이 자리에서 일어나며 내게 말했다. 「장군에게 바로 보고해야 해서.」

「누가 온 건가?」 내가 물었다.

「백작 부인이야.」 그가 군복 단추를 채우며 대답하더니 위층으로 뛰어갔다.

몇 분 후 현관에 작지만 매우 아름다운 사람이 나타났다. 그는 견장이 달리지 않은 프록코트를 입었는데 단춧구멍에는 흰 십자가가 달려 있었다. 그 뒤로 소령과 부관, 그리고 어떤 장교 두 명이 나왔다. 걸음걸이며 목소리 등 장군의 모든 동작에서 그가 자신의 높은 지위를 아주 잘 의식하고 있음이 드러났다.

「*Bonsoir, madame la comtesse*(안녕하십니까, 백작 부인).」 그가 마차 창문으로 손을 내밀며 말했다.

염소 가죽 장갑을 낀 작은 손이 그의 손을 잡았고 노란 모자 아래 예쁘장하니 미소 짓는 얼굴이 마차 창문에 모습을 드러냈다.

몇 분간 이어진 대화 가운데 내가 들은 것은 옆을 지나치며 들린 소리뿐이었다. 장군은 웃으며 이렇게 말했다.

「*Vous savez, que j'ai fait vœu de combattre les infidèles; prenez donc garde de le devenir*(아시다시피 나는 이교도들과 싸우기로 맹세했습니다. 그러니 이교도가 되지 않도록 조심하십시오).」마차 안에서 웃음이 터졌다.

「*Adieu donc, cher générale*(그럼 안녕, 친애하는 장군님).」

「*Non, au revoir*(무슨 말씀을, 다시 만나요).」 층계참으로 올라서며 장군이 말했다. 「*N'oubliez pas, que je m'invite pour la soirée de demain*(내일 저녁 파티에 내가 초대된 걸 잊지 마십시오).」

마차가 덜컹거리며 앞으로 나갔다.

〈여기 또 그런 사람이 있네.〉 나는 거처로 돌아가며 생각했다. 〈지위, 재력, 명성, 러시아인이 가질 수 있는 이 모든 걸 다 가진 사람이, 어떻게 끝날지 신만이 아는 전투를 앞둔 마당에 예쁜 여자와 농담을 하고 이튿날엔 그 여자 집에 차를 마시러 가겠다고 약속을 하고. 마치 무도회에서 만난 것처럼 말이야!〉

부관과 함께한 자리에서 나는 더욱 놀라운 사람을 하나 만났다. K 부대의 젊은 중위는 거의 여자와도 같은 온화함과 수줍음으로 유명했는데 부관을 찾아와서는 다른 사람들이 뒤에서 공작을 하는 바람에 자기가 다가오는 전투에 나가지 못하게 되었다면서 분노와 울분을 토했다. 그는 그런 행동이 저열하다는 둥, 동료가 할 짓이 아니라는 둥, 잊지 않을 거라는 말을 했다. 내가 아무리 골똘히 그의 얼굴 표정을 들여다보아도, 또 그의 목소리를 들어 보아도, 꾸며서 하는 말이 아니라는 것은 확실했다. 그는 자기가 체르께스인을 쏘러 가지 못한다는 사실, 또 그들의 총알 아래 놓이지 못한다는 사실에 진심으로 분노하고 억울해하고 있었다. 어찌나 억울해하는지 마치 아무 잘못도 없이 얻어맞은 아이의 모습 같았다……. 난 정말이지 전혀 이해가 되지 않았다.

# 6

밤 10시에 군대가 출정하기로 되어 있었다. 8시 30분에 나는 말을 타고 장군에게 갔다. 그러나 그와 부관이 분주하리라는 생각이 들어서 길을 가다가 멈췄다. 장군이 나오면 따라잡을 요량으로 말을 울타리에 매고 토담에 앉았다.

해의 열기와 광채는 밤의 한기와 초승달의 희미한 빛으로 바뀐 지 오래였다. 달은 별이 총총한 어두운 청색 창공에서 자기 주위로 창백하게 빛나는 반원을 만든 채 지고 있었다. 가옥 창문과 움막 덧문에 난 틈으로 불빛이 새어 나왔다. 갈대 지붕을 인 채 달빛을 받아 하얗게 빛나는 움막들 너머로 정원의 듬직한 백양나무들은 한층 더 크고 검어 보였다.

가옥이며 나무며 울타리의 기다란 그림자가 먼지투성이 밝은 길에 아름답게 늘어져 있었다……. 강에서는 쉴 새 없이 개구리들이 울어 대고[10] 길에서는 서두르는 발소리와 말소리가 들리거나 말 달리는 소리가 들렸다. 변두리로부터 이따금 오르간 소리가 날아들었다. 「바람이 분다」 혹은 「오로라 왈츠」 같은 곡이었다.

내가 무슨 생각에 잠겼는지는 말하지 않겠다. 왜냐하면 첫째, 주변에는 온통 즐거움과 기쁨만이 보이는데 정작 내 마음에는 성가시게도 줄줄이 음울한 생각이 몰려든다는 걸 고백하기가 창피할 터이기 때문이다. 그리고 두 번째로는 그게 이 이야기에는 적당하지 않기 때문이다. 생각에 빠져 있

10 까프까스 개구리들이 우는 소리는 러시아에 서식하는 개구리 울음소리와는 너무나 다르다 — 원주.

다 보니 난 11시를 알리는 종이 친 것도, 장군이 수행원들과 함께 내 옆을 지나간 것도 알아차리지 못했다.

나는 재빨리 말에 올라타 부대를 따라잡기 위해 달렸다.

후방 부대는 아직 요새의 문을 나서지 않았다. 나는 모여든 대포며 통이며 중대의 짐과 소란스레 명령을 내리는 장교들 사이를 겨우 뚫고 다리를 건넜다. 대문을 나서서는 1베르스따쯤 길게 늘어선 채 어둠 속을 말없이 진군하는 부대 옆을 질주해 장군을 따라잡았다. 한 줄로 길게 늘어선 대포 행렬과 그 사이로 말을 타고 가는 장교들 옆을 지나는 내가 조용하고도 웅장한 조화를 깨는 불협화음 같았다. 그때 갑자기 독일어로 외치는 어떤 목소리가 나를 놀라게 했다. 「아그흐틴그히스트! 화승간(火繩桿) 내려!」 그러자 어느 병사가 급히 외쳤다. 「셰브첸꼬! 중위님이 불을 달라시네.」

하늘 대부분이 어두운 잿빛 구름에 길게 덮여 있었다. 그 사이 어딘가에서 흐릿한 별들이 반짝일 따름이었다. 달은 오른편에 보이는 검은 산의 가까운 시야 너머로 벌써 모습을 감추어 산 정상에 남은 빛만 약하게 떨렸다. 그 빛은 산기슭을 감싼 강고한 어둠과 뚜렷한 대비를 이루고 있었다. 대기는 따뜻하고 몹시 고요해서 풀잎 하나, 구름 한 점 움직이지 않는 것 같았다. 너무나 어두워서 바로 지척에 있는 것조차 분간할 수가 없었다. 나는 길 양옆에 바위, 동물, 낯선 사람들이 있다고 생각했다. 그게 덤불임을 알게 된 건 사락거리는 소리를 듣고 그 위를 덮은 이슬의 싱그러움을 만져 본 후였다.

내 앞에는 끊임없이 흔들리는 검은 벽과 그 너머로 그걸 따라 움직이는 반점 몇 개가 보였다. 선발 기병대와 수행원을 거느린 장군이었다. 우리 뒤에도 역시 그와 같은 검은 물체가 움직이고 있었다. 그러나 그건 앞의 것보다는 낮았다. 보병대였다.

부대 전체에 지극한 고요가 군림하고 있어 신비스러운 매력으로 충만한 밤의 소리가 뚜렷이 들렸다. 멀리서 자칼이 구슬프게 울부짖는 소리는 때로는 비통한 울음 같기도 했고 때로는 웃음 같기도 했다. 또 명징하면서도 단조로운 귀뚜라미 소리, 개구리와 메추리가 내는 소리 그리고 왜 그런지 설명할 수 없지만 가까이 다가오며 웅웅대는 소리. 밤의 이 모든, 들릴락 말락 한 자연의 움직임은 이해도 설명도 불가하지만 우리가 〈밤의 고요〉라고 부르는 하나의 완벽하고도 멋진 소리로 모였다. 그리고 이 고요는 망가졌다. 아니, 그보다는 둔탁하게 울리는 말발굽 소리와 부대가 천천히 움직이며 만들어 내는 풀잎의 사락거리는 소리와 합쳐졌다.

그저 가끔씩 대열에서 무거운 무기가 절그렁대는 소리, 총검이 부딪치는 소리, 잔뜩 낮춘 말소리, 말의 콧김 소리가 들릴 뿐이었다.

자연은 평화를 선사하는 아름다움과 힘으로 호흡하고 있었다.

그런데 인간은 이렇게 아름다운 세상에서, 이렇게 별이 총총한 가없는 하늘 아래 꼭 다투며 살아야 하는 걸까? 이 멋진 자연에서 마음속에 원한과 복수심, 또 자기와 비슷한 사람들을 절멸시키려는 욕심을 어떻게 품을 수 있는 걸까? 사람의 마음속에 있는 그 어떤 악한 것도 자연, 아름다움과 선의 가장 직접적인 표현인 자연과 만나면 사라져 버려야 할 것만 같은데.

# 7

우리는 두 시간 넘게 길을 갔다. 나는 오한이 나고 잠이 왔다. 어둠 속에 아까 보았던 분명치 않은 것들이 보였다. 약간 떨어진 곳에 검은 벽이, 그리고 아까와 같이 움직이는 반점이 보였다. 내 바로 옆에는 꼬리를 흔들며 뒷다리를 넓게 벌리고 걷는 백마의 엉덩이가 보였다. 흰 상의를 입은 등에서 덮개에 싸인 총이 흔들렸고 수놓은 권총집에 든 권총의 흰 개머리판이 눈에 띄었다. 갈색 콧수염과 비버 가죽으로 만든 옷깃, 가죽 장갑을 낀 손을 비추는 담뱃불도. 나는 몸을 굽혀 말의 목에 기대고 눈을 감은 채 몇 분간 선잠이 들었다. 그러다가 갑자기 익숙한 발소리와 사각거리는 소리가 나서 퍼뜩 깨어났다. 주위를 둘러보았다. 그러자 나는 자리에 그대로 서 있는데 아까 내 앞에 있었던 검은 벽이 나를 향해 전진하는 듯, 혹은 벽은 서 있고 내가 지금 그리로 달려가려는 듯한 느낌이 들었다. 그런 중에 나를 더 놀라게 한 것은 끊이지 않고 들리는, 예의 그 점점 다가오는 웅웅대는 소리였다. 무슨 소리인지 도무지 짐작이 가지 않았다. 그건 물소리였다. 우리는 깊은 골짜기로 들어가 산속을 흐르는 개울에 다가갔는데 그즈음 개울은 콸콸 넘쳐흘렀다.[11] 굉음은 더 심해지고 회색 풀밭은 점점 더 짙고 무성해졌으며 덤불이 더 자주 나타났다. 시야는 점차 좁아졌다. 이따금 산의 어둠을 배경으로 여러 군데에서 선명한 불길이 타올랐다가 곧바로 사

11 까프까스에서는 7월이면 범람기다 — 원주.

라졌다.

「저게 무슨 불이지?」 내가 옆에 있던 따따르인에게 작은 목소리로 물었다.

「아니, 모르나?」 그가 되물었다.

「모르는데.」

「저건 산사람이 짚을 장대에 단 거야. 불을 붙여서 흔들어 댈 거고.」

「왜 그러지?」

「러시아군이 왔다는 걸 모두에게 알리려고 그러지. 지금 마을에서는 아마…….」 그가 씩 웃으며 말을 이었다. 「난리법석이 났겠지. 모두 가재도구를 골짜기로 끌고 갈 거야.」

「정말 산에서는 벌써 알고 있다고? 군대가 가는 걸?」 내가 물었다.

「당연하지! 어떻게 모를 수가 있나! 언제나 알고 있어. 우리네는 그런 사람들이야!」

「그럼 샤밀[12]도 지금 전투에 나올 차비를 하고 있을까?」 내가 물었다.

「이옥.」[13] 그가 부정의 뜻으로 고개를 흔들며 대꾸했다. 「샤밀은 전투에 나오지 않아. 샤밀은 〈나이브〉[14]를 보내고 자신은 위에서 망원경으로 볼 거야.」

「샤밀은 먼 곳에 사나?」

「멀지 않아. 저기, 왼편에, 10베르스따쯤 떨어진 곳이지.」

12 러시아가 까프까스를 정복하려 시도하던 19세기 전반기에 러시아에 대항하던 까프까스의 지도자.

13 *iok*. 따따르 말로 〈아니다〉라는 뜻 — 원주.

14 샤밀로부터 어떤 임무를 부여받은 사람들을 일컫는 말이다 — 원주.

「자네는 그런 걸 어떻게 알지?」 내가 물었다. 「자네도 거기 있었나?」

「있었지. 우리는 모두 산에 살았으니까.」

「그럼 샤밀도 본 적이 있고?」

「푸하! 우리는 샤밀을 볼 수 없어. 1백, 3백, 아니 1천 명이나 되는 뮤리드[15]가 주위에 있는걸. 샤밀은 그 안에 있고!」 그가 비굴한 존경심을 드러내며 덧붙였다.

위를 올려다보자 맑게 갠 하늘이 동쪽 편에서 밝아 오고 별자리들은 지평선 너머로 가라앉고 있었다. 그러나 우리가 걸어가는 계곡은 축축하고 어두웠다.

불현듯 우리 조금 앞에서, 어두운 가운데 몇 개의 불꽃이 타올랐다. 그와 동시에 쇳소리를 내며 총알이 윙윙 날아왔고 주위를 둘러싼 정적 사이로 멀리서 총격 소리와 귀를 찢는 비명 소리가 울려 퍼졌다. 적이 전방에 배치한 보초대였다. 보초대를 이룬 따따르인들은 함성을 지르고 아무 데나 총질을 한 다음 사방으로 흩어졌다.

사위가 조용해졌다. 장군이 통역을 불렀다. 긴 체르께스 코트를 입은 따따르인이 그에게 다가와 몸짓을 섞어 가며 작은 목소리로 뭔가에 대해 오랫동안 얘기했다.

「하사노프 대령, 전선을 산개시키게.」 장군이 조용하고 느리지만 명료한 목소리로 말했다.

부대가 강에 다다랐다. 계곡의 검은 산들은 뒤에 남고 날이 밝아 왔다. 선명한 빛을 잃어 창백한 별들이 보일까 말까 한 지평선은 한층 높아진 듯했다. 동쪽에서는 마른 번갯불이

15 〈뮤리드〉라는 말에는 여러 가지 의미가 있는데 여기에서는 부관과 경호원의 중간쯤에 위치한 사람을 뜻한다 — 원주.

번쩍여 댔다. 신선하게 스며드는 바람이 서쪽에서 불어왔고 환한 안개가 소란스러운 강 위로 수증기처럼 피어올랐다.

## 8

길 안내인이 얕은 여울을 가리켰다. 그러자 기병대가 앞장서서, 그 뒤로 장군과 수행원들이 강을 건너기 시작했다. 물은 말 가슴께까지 왔고, 어떤 곳에서는 수면 위까지 솟은 하얀 돌덩이들 사이를 굉장한 힘으로 콸콸 흘러가며 말의 다리 옆에 거품이 이는 소란스러운 물줄기를 만들었다. 말들은 물소리에 놀라 고개를 들고 귀를 쫑긋 세운 채 고르지 않은 개울 바닥을 따라 물의 흐름을 거슬러 규칙적이고도 조심스럽게 발을 떼어 놓았다. 말에 탄 사람들은 발과 무기를 위로 들어 올렸다. 보병대 병사들은 말 그대로 셔츠만 입은 채 옷가지가 든 보따리를 붙들어 맨 총을 물 위로 들쳐 올리고, 스무 명씩 손에 손을 잡고 물 흐름을 거슬러 올라가려고 노력했다. 그들의 얼굴에는 긴장한 표정이 역력했다. 포병대 마부들은 고함을 지르며 말을 물속으로 몰았다. 대포며 녹색 탄약통들은 자갈이 깔린 개울 바닥에 부딪쳐 덜컹거렸고 가끔씩 대포와 탄약통들 사이로 물이 출렁거렸다. 하지만 말들은 사이좋게 마차를 끌며 물을 휘젓고 나아가 꼬리와 갈기가 젖은 채 맞은편에 도달했다.

강을 건너자 장군의 얼굴이 불현듯 진지해지고 생각에 잠기는 듯했다. 장군은 말을 돌리더니 기병대와 함께 우리 앞에 펼쳐진, 숲으로 둘러싸인 넓은 공터를 향해 질주했다. 꼬사끄[16] 기병대는 숲 주위로 전선을 펼쳐서 배치했다.

숲에서는 체르께스인이 입는 긴 상의에 양털 모자를 쓰고 걸어가는 사람이 눈에 띈다. 하나, 둘, 셋……. 장교 가운데 누군가 말한다. 「따따르인이야.」 나무 뒤에서 가냘픈 연기가 피어오르는가 싶더니…… 총성이 울렸다, 또 한 번 더……. 우리가 마구 쏘아 대는 총격이 적군을 압도한다. 간간이 벌이 날아드는 것처럼 느린 소리로 우리 옆을 스쳐 지나가는 총알만이 적의 존재를 증명한다. 이제 보병대가 달려와 대포를 재빨리 전선으로 가져갔다. 대포의 둔탁한 포격 소리, 산탄이 날아가며 내는 금속성 소리, 로켓탄의 쉭쉭대는 소리, 끊임없이 터지는 소총 소리가 들린다. 넓은 공터의 사방에서 기병대, 보병대, 포병대가 보인다. 대포와 로켓탄, 소총에서 나는 연기가 이슬로 덮인 식물이며 안개와 뭉뚱그려진다. 하사노프 대령은 장군을 향해 전속력으로 질주하다가 급히 말을 멈춘다.

「장군님!」 모자에 손을 갖다 대며 그가 말했다. 「기병대를

16 *Cossack*. 기원은 불명확하나 러시아의 중심부로부터 멀리 떨어진 지역에서 공동체를 이루어 어느 정도의 자유와 만주주의를 누리며 군사력을 가지고 살았던 사람들을 일컫는다. 꼬사끄는 크게 우크라이나 꼬사끄와 러시아 꼬사끄로 나뉜다. 전자는 드네쁘르 강의 자포로쥐예 지역을 거점으로 하고, 후자는 돈 강의 중하류에서 활동하며 이름을 날렸다. 똘스또이 소설에 등장하는 러시아 꼬사끄에 국한시켜 보자면, 꼬사끄는 전통적으로 러시아 제국의 국경 지대에서 제국의 첨병으로 시베리아 등 영토를 확장하는 데 공을 세우기도 하고, 스쩬까 라진이나 뿌가초프 등 중앙 권력에 맞서 큰 난을 일으키기도 했으나, 19세기 이후에는 주로 러시아 권력에 충실히 복무했다. 그러나 1917년 볼셰비키 혁명 후 벌어졌던 내전에서 황제를 지지하는 백군에 가담함으로써 이후 탄압의 대상이 되는 운명에 처했다.

보내도록 명령을 내려 주십시오. 깃발이 보였습니다.」[17] 그는 채찍을 들어 말을 탄 따따르인들을 가리켰다. 그들 앞으로 백마를 탄 사람이 둘 있었는데 빨갛고 파란 천이 달린 긴 막대기를 들고 있었다.

「신의 가호가 있기를, 이반 미하일리치!」 장군이 말한다. 대령은 그 자리에서 말을 돌리더니 검을 꺼내 들어 외친다. 「만세!」

「만세! 만세! 만만세!」 대열에서 만세 소리가 울려 퍼지고 기병대가 그의 뒤를 따른다.

모두가 관심을 가지고 바라본다. 저기 깃발이 하나, 둘, 셋, 넷…….

적은 공격을 기다리지 않고 숲에 몸을 감춘 채 총격을 가한다. 총알이 더 빈번하게 날아온다.

「*Quel charmant coup d'œil*(장관이로군)*!*」 가는 다리를 가진 자신의 흑마 위에서 영국식으로 약간 몸을 들어 올리며 장군이 말한다.

「*Charrmant*(멋집니다)*!*」 프랑스식으로 목젖을 울려 R 발음을 하면서 소령이 대꾸한다. 그는 채찍으로 말을 때리며 장군 옆으로 가서 이렇게 말한다. 「*C'est un vrrai plaisirr, que la guerre dans un aussi beau pays*(이렇게 멋진 곳에서 전투를 하게 되다니 정말 기쁩니다).」

「*Et surtout en bonne compagnie*(특히 훌륭한 군대와 함께하니까).」 장군이 흡족한 미소를 띠고 덧붙인다.

17 산악인들 사이에서 깃발은 군기나 다름없는 의미를 갖는다. 차이가 있다면 까프까스에서는 말을 타는 사람이면 누구나 자기 깃발을 만들어 가지고 다닐 수 있다는 점이다 — 원주.

소령은 고개를 숙인다.

그때 날쌔고도 불쾌하게 쉭쉭거리는 소리와 함께 적의 포탄이 날아와 무엇인가를 맞힌다. 뒤에서 부상자의 신음 소리가 들린다. 그 신음 소리는 내게는 너무나 기괴한 충격이어서 전투 장면이 순식간에 그 매력을 몽땅 잃는다. 그러나 나를 제외하고는 누구도 그것을 눈치채지 못한 듯하다. 소령은 무척 즐거워하며 웃는 것 같다. 다른 장교는 시작한 말을 침착하게 되풀이한다. 장군은 맞은편을 바라보며 너무나도 평온한 미소를 띠고 프랑스어로 뭔가를 말한다.

「대응하시겠습니까?」 말을 달려 온 포병대장이 묻는다.

「그래, 저들에게 겁을 주게.」 시가를 피우며 장군이 태연자약하게 말한다.

대포들이 정렬하고 포격이 시작된다. 충격으로 땅이 신음하고 불꽃이 쉴 새 없이 번쩍이며, 대포 옆에서 움직이는 포수를 분간하기 어려울 정도로 자욱한 연기가 눈을 가린다.

따따르인의 마을도 포격을 당한다. 하사노프 대령이 다시 다가가고, 장군의 명령에 따라 마을로 질주한다. 전쟁의 외침이 다시금 울려 퍼지고 기병대는 자욱하게 인 먼지구름 속에 사라진다.

진정으로 웅장한 광경이었다. 그러나 전투에 참가하지 않고 또 익숙하지도 않은 내게는 한 가지가 그 모든 인상을 망가뜨렸으니 그것이 잉여로 보인다는 사실이었다. 그 행동과 생기와 외침 소리 말이다. 나도 모르게 떠오른 것은, 그건 도끼로 마구 허공을 내리치는 사람 같다는 인상이었다.

## 9

마을은 이미 우리 군대가 점령한 뒤라 장군이 나를 포함한 수행원 일행과 함께 거기 도착했을 때 적이라고는 한 명도 남아 있지 않았다.

평평한 흙 지붕에 아름다운 굴뚝을 인 길고 정갈한 오두막집들이 울퉁불퉁한 돌산을 따라 자리 잡고 있었다. 산들 사이로는 작은 강이 흘렀다. 한쪽으로는 거대한 배나무와 자두나무가 심긴 푸르른 정원이 환한 햇빛을 받아 빛나고 있었고, 다른 한쪽으로는 뭔가 기괴한 그림자와 그에 직각으로 서 있는 묘지의 커다란 돌들, 그리고 끄트머리에 공이며 각양각색의 깃발을 단 긴 나무 막대기들이 모습을 드러냈다(그건 지기뜨[18]들의 묘지였다).

군대는 정렬한 채 대문 밖에 서 있었다.

1분 후 기마병, 꼬사끄, 보병들이 즐거워하며 구불구불한 골목길로 흩어졌다. 그러자 텅 빈 마을이 금세 활기를 띠었다. 저 멀리서는 지붕이 무너지고 큰 나무에 도끼질이 가해지며 널판으로 짜 맞춘 문이 깨진다. 가까운 곳에서는 곡식더미며 울타리며 집에 불이 붙어 짙은 연기가 맑은 대기로 기둥처럼 솟아오른다. 또 어느 곳에서는 꼬사끄가 밀가루 가마니와 양탄자를 끌고 간다. 한 병사는 기쁜 낯으로 오두막집에서 양철 대야와 무슨 넝마 조각을 끌고 나온다. 어떤 병사는 팔을 벌리고 꼬꼬댁거리며 울타리를 치받고 도망다니

18 *dzhigit.* 〈지기뜨〉는 까프까스에서 노련하게 말을 잘 타는 전사를 이르는 말이다.

는 암탉 두 마리를 잡으려 애쓴다. 또 다른 병사는 어디선가 커다란 우유 단지를 찾아내서는 그걸 마신 후 크게 웃음을 터뜨리며 땅에 내던진다.

내가 NN 요새에서 따라온 부대 역시 마을에 있었다. 대위는 오두막집의 지붕 위에 앉아 자가 제조 담배가 든 짧은 파이프에서 가느다란 연기를 피워 올리고 있었다. 그 표정이 어찌나 무심한지 그를 보았을 때 나는 내가 적의 마을에 있다는 사실을 잊고 거기가 집 같다고 느꼈다.

「아! 자네도 여기 있나?」 그가 나를 보고 말했다.

로젠끄란츠 중위의 키 큰 모습은 마을에서 여기 번쩍 저기 번쩍 했다. 그는 쉴 새 없이 명령을 내리고 뭔가에 잔뜩 신경을 쓰는 표정이었다. 나는 그가 의기양양한 얼굴로 어느 오두막집에서 나오는 것을 보았다. 그 뒤로는 병사 두 명이 포박한 늙은 따따르인을 데리고 나왔다. 늙은이가 입은 옷이라고는 다 해어진 알록달록한 속옷에 조각조각 기운 바지뿐이었고 어찌나 허약한지 굽은 등 뒤로 바짝 묶은 앙상한 팔은 어깨에 겨우 붙어 있는 것 같았으며 구부정한 맨발로 겨우 발걸음을 옮겼다. 그의 얼굴과 민머리에도 주름이 깊게 패어 있었다. 짧게 친 잿빛 콧수염과 턱수염으로 둘러싸인 입은 이가 없고 비뚤어졌는데 뭔가를 씹는 듯 계속 우물우물거렸다. 그러나 눈썹이 빠진 충혈된 눈에서는 아직도 불꽃이 번쩍이면서도 삶에 대한 노인다운 무심함이 뚜렷했다.

로젠끄란츠는 통역을 거쳐 왜 다른 이들과 떠나지 않았는지 그에게 물었다.

「내가 어디로 간단 말인가?」 그가 태연히 옆을 바라보며 말했다.

「어디긴 어디야, 다른 사람들이 간 곳이지.」 누군가 끼어들었다.

「지기뜨는 러시아인들과 싸우러 갔네. 그렇지만 난 노인이야.」

「자네는 러시아인이 두렵지 않나?」

「내게 러시아인들이 무슨 짓을 하겠나? 난 노인인데.」 그가 옆으로 모여들어 원을 이룬 사람들을 태연히 둘러보며 다시 말했다.

돌아오는 길에 나는 그 노인이 모자를 쓰지 않고 손은 묶인 채 꼬사끄 병사의 안장 뒤에서 겨우겨우 걸어가는 것을 보았다. 그는 여전히 무심한 표정으로 주위를 둘러보면서 걸었다. 그는 포로 교환을 위해 꼭 필요했다

나는 지붕 위로 기어 올라가 대위 옆에 앉았다.

「보아하니 적군은 많지 않네요.」 전투에 대해 그가 어떻게 생각하는지 알고 싶어 내가 말을 꺼냈다.

「적군?」 그가 놀라며 되풀이했다. 「그래, 적군은 거의 없다시피 했지. 이 정도를 적군이라고 부를 수 있을까……. 이제 저녁이 되면 보게. 우리가 돌아갈 때 그들이 어떻게 배웅하는지 말이야. 저기서 쏟아져 나올걸!」 우리가 아침에 지나온 작은 숲을 파이프로 가리키며 그가 덧붙였다.

「저게 뭐죠?」 내가 대위의 말을 끊고 우리에게서 멀지 않은 곳에 있는 뭔가의 옆으로 모여드는 돈 꼬사끄들을 가리키며 불안한 목소리로 물었다.

그들 사이에서 어린아이의 울음소리 같은 것이 들리고 말소리가 났다.

「어이, 베지 말아……. 멈춰……. 사람들이 볼 거야……. 칼

있나, 예브스찌그네이치?…… 칼을 줘…….」

「뭔가를 나누는 모양이군, 비열한 놈들.」 평정을 잃지 않고 대위가 말했다.

그런데 바로 그때 구석에서 갑자기 잘생긴 중위가 겁에 질려 달아오른 얼굴을 하고 팔을 휘두르며 꼬사끄들에게 달려들었다.

「손대지 말아, 베지 말아!」 그가 애 같은 목소리로 외쳤다.

장교를 보자 꼬사끄들은 길을 터주고 손에서 하얀 염소새끼를 내려놓았다. 젊은 중위는 몹시 당황해서 뭐라고 중얼거리며 어쩔 줄 몰라 하는 얼굴로 염소 앞에 멈춰 섰다. 지붕위에 앉아 있는 나와 대위를 발견하자 그는 한층 더 얼굴을 붉히며 껑충껑충 뛰어 우리에게 달려왔다.

「난 아이를 죽이려는 건 줄 알았습니다.」 그가 수줍게 웃으며 말했다.

## 10

장군은 기병대와 함께 진군했다. 내가 NN 요새에서부터 따라온 부대는 후방에 남았다. 흘로뽀프 대위의 중대와 로젠끄란츠 중위는 뒤로 빠졌다.

대위의 예견은 꼭 들어맞았다. 그가 말했던 좁다란 숲으로 진입하자마자 양옆으로 말을 타거나 걷는 산사람들이 눈에 띄었고 어찌나 지척에 있는지 나는 그중 몇몇이 몸을 굽히고 손에는 장총을 든 채 이 나무에서 저 나무로 뛰어가는 것을 또렷이 볼 수 있었다.

대위는 모자를 벗어 들고 경건하게 성호를 그었다. 몇몇 나이 든 병사들도 똑같이 했다. 숲에서는 함성을 지르는 소리가 들렸다. 「이아이 갸우르! 우루스 이아이!」 메마르고 짧은 총격이 꼬리를 물고 이어졌고 총알이 양옆에서 핑핑 날아다녔다. 우리 쪽은 아무 말 하지 않고 거침없이 불을 뿜어 대응했다. 대열에서는 가끔씩 다음과 같은 말이 들릴 뿐이었다. 「〈그놈들〉[19]은 대체 어디서 총질을 하는 거야. 숲에서 하니 좋겠군. 대포가 필요하겠어…….」 운운.

전선에 대포가 투입되어 일제 사격을 몇 번 퍼붓자 적의 기세는 사그라지는 듯했다. 하지만 몇 분 후 군대가 앞으로 발걸음을 옮길 때마다 총격과 외침과 함성이 다시 거세졌다.

우리가 까프까스 마을에서부터 3백 사젠쯤 퇴각했을 때 적의 포탄이 굉음을 내며 우리 위로 날아왔다. 그리고 나는 병사 하나가 포탄에 맞는 것을 보았다……. 그렇지만 그 무시무시한 광경을 무엇 때문에 자세히 늘어놓겠는가? 많은 돈을 줘서라도 난 그 광경을 잊고 싶은데.

로젠끄란츠 중위는 직접 장총을 쏘아 대며 한시도 쉬지 않고 쉰 목소리로 병사들에게 소리를 지르고 전선의 한끝에서 다른 끝으로 전력을 다해 뛰어다녔다. 약간 창백해진 그의 모습은 무인다운 얼굴과 매우 잘 어울렸다.

미남 소위는 열광 상태였다. 멋진 검은 눈은 용맹함으로 반짝였고 살짝 벌어진 입은 미소를 띠고 있었다. 그는 끊임없이 대위에게 다가가 공격 명령을 허락해 달라고 청했다.

「우리가 저들을 격퇴할 겁니다.」 그가 확신에 차서 말했

19 까프까스 병사들은 〈그〉라는 집합 명사를 사용해 적 일반을 지칭해 부른다 — 원주.

다. 「그럼요, 격퇴하고말고요.」

「그럴 필요 없네.」 대위가 짧게 대꾸했다. 「퇴각해야 해.」

대위가 이끄는 중대는 숲 가장자리에 자리를 잡고 누워서 적의 총격에 대응하고 있었다. 해어진 외투를 입고 닳아 빠진 모자를 쓴 대위는 고삐를 느슨하게 잡고 짧은 등자에 발을 놓은 채 말없이 한자리에 서 있었다. (병사들이 제 할 일을 너무나 잘 알고, 또 수행하고 있었기에 명령을 내릴 게 없었다.) 단지 가끔 고개를 든 병사에게 소리를 지르기 위해 목소리를 높이는 경우는 있었다.

대위에게서 호전적인 구석은 거의 찾아볼 수 없었다. 그러나 그 모습에 진정성과 단순함이 가득해서 나는 무척 놀랐다. 〈바로 이런 사람이 진정 용맹한 자야.〉 나도 모르게 이런 말이 나왔다.

그는 내가 늘 봐왔던 모습 그대로였다. 침착한 행동도 그대로였고, 흔들림 없는 목소리와 잘생기지는 않았지만 소박한 얼굴에 나타나는 진실한 표정도 그대로였다. 평상시보다 환해진 눈빛으로만 자기 일에 침착하게 몰두한 사람의 집중력을 알아챌 수 있었다. 〈언제나 그대로다〉라고 말하기는 쉽다. 그러나 다른 이들에게서 나는 얼마나 다양한 차이를 발견했던가. 누구는 평상시보다 침착한 듯 보이고 싶어 했고 다른 누구는 더 엄하게, 또 누구는 더 명랑하게 보이고자 했다. 그러나 대위의 얼굴을 보면 알 수 있다. 왜 꾸며 대는지 그는 이해하지 못한다.

워털루 전투에서 프랑스인이 이렇게 말했다. 〈*La garde meurt, mais ne se rend pas*(수비병은 죽는다, 그러나 항복하지는 않는다).〉 기억할 만한 경구를 남긴 다른 사람들, 특히 프랑스 영웅들은 용맹했고 정말로 기억할 만한 경구를 남겼다. 그러나 그들의 용맹함과 대위의 용맹함 사이에는 차이가 있다. 그건, 그게 무슨 말이든 어떤 대단한 말이 내 영웅의 마음을 간질이더라도 그는 그 말을 입 밖에 내지 않을 것이라는 사실이다. 나는 확신한다. 첫째, 그는 대단한 말을 하다가 그로 인해 위대한 일을 망칠지도 모른다고 염려하기 때문이고, 둘째로 위대한 일을 할 사람이라면 굳이 말이 필요하지 않기 때문이다. 내가 생각하기에는 이것이 러시아의 용맹이 가진 특별하고도 고상한 성질이다. 그러니 우리 젊은 무인들 사이에서 시대에 뒤떨어진 프랑스 기사도를 모방하려는 투의 천박한 프랑스 문구가 들릴 때 어찌 러시아인의 심장이 아프지 않겠는가?……

불현듯 미남 소위가 소대와 같이 있는 쪽에서 그다지 크지도 일사불란하지도 않은 〈만세〉 소리가 들렸다. 그 외침이 들린 곳으로 고개를 돌려 보니 병사 서른 명이 손에는 총을, 어깨에는 자루를 멘 채 경작된 들판을 겨우겨우 달려가고 있었다. 그들은 고전했지만 그래도 앞으로 내처 나아가며 소리를 질러 댔다. 그들 앞으로는 검을 빼 든 젊은 소위가 말을 달리고 있었다.

모든 게 숲으로 자취를 감췄다.

함성과 소음이 몇 분 지속된 후 숲에서 겁에 질린 말 한 마리가 달려 나왔고 숲 가장자리에는 병사들이 사상자를 끌고 나타났다. 부상자 중에는 젊은 소위도 있었다. 두 명의 병사가 그를 부축했다. 그는 침대 시트처럼 창백했고, 부상당하기 전에 그를 움직였던 전쟁에 대한 열광의 그림자만 남은 잘생긴 얼굴은 어깨 사이로 무겁게 처지다가 가슴으로 축 늘어져 내렸다. 단추를 푼 외투 속 하얀 셔츠에는 작은 핏빛 얼룩이 보였다.

「아, 안타까워라!」 그 괴로운 광경에서 고개를 돌리며 나는 나도 모르게 말했다.

「그럼, 안타깝고말고.」 내 옆에서 얼굴을 찌푸린 채 장총에 기대어 서 있던 늙은 병사가 말했다. 「당최 무서운 줄 모르더니. 그러니 이렇게 되지!」 그가 부상당한 소위를 물끄러미 바라보다가 덧붙였다. 「게다가 멍청하기는. 그래서 대가를 치른 거야.」

「그럼 당신은, 무서운가?」 내가 물었다.

「전혀!」

## 11

병사 넷이서 들것으로 소위를 날랐다. 그 뒤로는 의사 조수가 비쩍 마르고 지친 말을 끌고 왔는데 말에는 간호용품이 든 상자 두 개가 얹혀 있었다. 사람들은 의사가 당도하기를 기다렸다. 장교들이 들것 근처로 와서 부상당한 소위를 위로하고 기운을 북돋워 주려 했다.

「이보게, 알라닌. 캐스터네츠를 두들기며 춤추기까지는 시간이 좀 걸리겠는걸.」 로젠끄란츠 중위가 다가와 웃으며 말했다.

그는 이 말이 미남 소위의 원기를 북돋워 주리라 생각한 모양이었다. 하지만 소위의 차갑고 고통스러워하는 눈빛으로 보건대 그 말은 기대한 효과를 내지 못했다.

대위도 찾아왔다. 그는 부상당한 소위를 지긋이 바라보았는데 언제나 무심하고 차가운 그의 얼굴에 진심으로 안타까워하는 표정이 떠올랐다.

「그래, 좀 어떤가, 아나똘리 이바니치?」 그가 하는 말이라고는 믿을 수 없을 만큼 부드러운 목소리로 그가 물었다. 「신의 뜻인 게야.」

부상당한 소위가 고개를 돌렸다. 그의 창백한 얼굴이 고통에 찬 미소로 빛났다.

「네, 대위님 말을 듣지 않았습니다.」

「더 좋은 말로 하게. 그게 신의 뜻이라고.」 대위가 되풀이했다.

말을 타고 도착한 의사는 조수에게서 붕대와 청진기, 그리고 다른 물건을 받아 든 후 소매를 걷어 올리고 격려의 미소를 지으며 부상자에게 다가갔다.

「그러니까 자네 몸에도 구멍이 났군그래.」 그가 무심한 듯, 농담인 듯 말했다. 「내가 한번 보지.」

소위는 의사의 말을 따랐다. 의사는 알아채지 못했지만 쾌활한 의사를 바라보는 그의 표정에는 놀라움과 원망이 섞여 있었다. 의사는 상처를 검진하며 여러 각도에서 살펴보았다. 그러나 인내심을 잃은 부상자는 무거운 신음 소리를 내며 그의 손을 뿌리쳤다…….

「저를 그냥 놔두십시오.」 그가 들릴락 말락 말했다. 「어찌됐건 난 죽을 테니까요.」

이 말과 함께 그는 등을 대고 누웠다. 5분쯤 지난 후 내가 그 주변에 모여 있는 사람들에게 다가가 한 병사에게 〈소위는 어떤가?〉 하고 물었을 때 돌아온 대답은 이랬다. 「죽어 가고 있어.」

## 12

부대가 넓은 대열을 이루어 노래를 부르며 요새에 다다랐을 때는 이미 늦은 시각이었다.

해는 눈 덮인 산맥 뒤로 넘어가며, 선명하고도 투명한 지평선에 걸린 길고 가는 구름에 마지막으로 장밋빛 햇살을 던졌다. 눈 덮인 산들은 연보랏빛 안개에 싸여 자취를 감추기 시작했다. 산꼭대기만이 진홍빛 노을을 배경으로 아주 선명하게 도드라졌다. 이미 오래전에 떠오른 투명한 달은 짙은 감색 하늘에서 하얘지고 있었다. 풀과 나무의 초록색은 검어지고 이슬로 덮였다. 군대의 병사들은 어둠 속에서 절도 있는 소리를 내며 멋진 목초지를 따라 움직였다. 여러 곳에서 탬버린과 북소리, 명랑한 노랫소리가 들렸다. 제6중대의 보조 테너는 있는 힘껏 소리를 냈고, 가슴에서 나오는 감정과 힘을 한껏 실은 맑은 테너 음성은 투명한 밤공기를 타고 멀리멀리 퍼져 나갔다.

1852년

# 세바스또뽈 이야기

## 12월의 세바스또뽈

아침 노을이 사뿐 산[1] 위의 하늘을 막 물들이기 시작한다. 바다의 짙푸른색 수면은 벌써 밤의 어둠을 떨쳐 내고 어서 빛이 비추어 반짝임과 즐거이 놀기를 기다린다. 만(灣)으로부터는 추위와 안개가 밀려온다. 눈은 없다. 모든 게 검다. 하지만 아침나절 날카로운 영하의 날씨는 얼굴을 찌르고 발밑에서 톡톡 소리를 낸다. 멀리서 끊이지 않고 들려오는 바다의 굉음만이 가끔씩 세바스또뽈에서 울리는 사격 소리와 섞여 아침의 고요를 깨뜨린다. 배에서는 8시를 알리는 둔탁한 종소리가 울린다.

북쪽에서는 낮의 활동이 조금씩 밤의 정적을 대체해 나간다. 총을 철거덕거리며 보초병들이 교대한다. 의사는 서둘러 병원으로 걸음을 재촉한다. 병사가 대피호에서 기어 나와 얼음이 둥둥 뜬 물로 햇빛에 그을린 얼굴을 씻고 붉게 물드는 동쪽으로 몸을 돌려 재빨리 성호를 그으며 신에게 기도한다. 낙타를 맨 높고 무거운 마차는 거의 꼭대기까지 실린 피투성이 시체들을 묻기 위해 삐거덕거리며 느릿느릿 묘지로

1 Sapun. 세바스또뽈로부터 동남쪽에 위치한 해발 240미터의 산이다.

향했다……. 당신은 부두로 다가간다. 석탄, 동물 배설물, 물기, 쇠고기의 독특한 냄새가 당신을 덮친다. 온갖 다양한 물건 — 장작, 고기, 돌망태, 밀가루, 양동이 따위가 부두 옆에 잔뜩 쌓여 있다. 여러 부대의 병사들이 배낭과 소총을 메거나 메지 않은 채로 여기 모여서 담배를 피우고, 싸움을 하고, 짐을 증기선에 싣거나 한다. 증기선은 연기를 피워 올리며 선착장 옆에 정박해 있다. 병사, 선원, 상인, 여자 등 온갖 종류의 사람을 가득 태운 나룻배들이 부두에 닿거나 떠난다.

「나리, 그라프스까야로 가십니까? 자, 타시죠.」 은퇴한 선원 두셋이 나룻배에서 일어나며 당신에게 권한다.

당신은 그중 가까운 배를 고르고 어떤 밤색 말의 사체를 넘어 걸어간다. 말의 사체는 반쯤 썩은 채 먼지에 싸여 배 옆에 누워 있다. 당신은 배의 방향타 쪽으로 간다. 당신은 배를 타고 해안가를 떠난다. 주위는 이미 아침 햇빛을 받아 반짝이는 바다고, 앞쪽에는 낙타 가죽 외투를 입은 늙은 뱃사람과 머리가 하얀 소년이 있다. 그들은 말없이 열심히 노를 젓는다. 당신은 만을 따라 가깝게 또 멀리 흩어져 있는 많은 배들을, 반짝이는 푸르름을 따라 움직이는 검고 작은 점들을 바라본다. 또 한쪽으로 보이는 도시의 건물들이 장밋빛 아침 햇살을 받아 아름답고 환하게 빛나는 것을, 거품을 인 채 하얗게 늘어선 항만용 둑을, 난파한 배들과 그로부터 음울하게 비어져 나온 돛대의 검은 끄트머리를, 멀리 투명한 수평선 위에 떠 있는 적의 함대를, 또 젓는 노 위로 소금 거품을 튀기며 포말을 일으키는 물결을 바라본다. 당신은 규칙적으로 노 젓는 소리며 목소리가 물을 따라 당신에게까지 날아드는 것을, 또 웅장한 사격 소리가 울리는 것을 듣는다. 총소리는 세바스또뽈에서 점점 더 거세지는 것 같다.

당신이 세바스또뽈에 있다는 생각을 하면 당신의 심장에는 모종의 용기와 자부심이 생겨나고 혈관에서는 피가 더 빨리 돈다…….

「나리! 바로 끼스쩬찐[2]을 지나갑니다.」 늙은 뱃사람이 당신이 준 행선지 방향을 확인하려고 뒤로 몸을 돌리며 말한다. 「키를 오른쪽으로.」

「저 배에는 아직 대포들이 그대로 있네요.」 전함을 지나칠 때 바를 흘끗 쳐다보며 머리가 하얀 소년이 말한다.

「그렇고말고. 새 배잖아. 꼬르닐로프[3]가 저기서 지냈지.」 늙은이도 배를 쳐다보고 말한다.

「저기 폭발한 곳 좀 봐요!」 한참 동안 말이 없던 소년은 폭탄이 터지는 날카로운 소리와 함께 갑자기 남쪽 만 위로 높이 솟아올라 퍼져 가는 연기의 흰 구름을 쳐다보며 말한다.

「오늘 그의 새 포병대가 발사하느라 그러는 거야.」 별일 아니라는 듯 손에 침을 뱉으며 늙은이가 덧붙인다. 「자, 노를 꽉 잡아라, 미쉬까. 바지선을 앞지르자.」 당신이 탄 나룻배는 만의 넓은 물결을 헤치며 더 빠르게 앞으로 움직이고 정말로 육중한 바지선을 앞질러 나가 각종 배들 사이로 그라프스까야에 닿는다. 바지선에는 곡식 가마니가 잔뜩 부려져 있고 서툰 병사들이 불규칙적으로 노를 젓는다.

2 끼스쩬찐은 120대의 대포가 설치된 전함 〈꼰스딴찐 대공〉을 일컫는 다른 이름이다.

3 블라지미르 알렉세예비치 꼬르닐로프(1806~1854)는 크림 전쟁에서 이름을 날린 러시아의 흑해 함대 부사령관이다. 크림 전쟁 초기에 세바스또뽈을 방어하는 방법으로 러시아 전함을 일부러 침몰시킴으로써 항구를 폐쇄해 영국, 프랑스, 오토만 연합군의 해상 공격에 대항했다.

부두에서는 회색 병사들과 검은 뱃사람들, 그리고 여러 빛깔의 여자들이 소란스럽게 움직여 대고 있다. 여자들은 빵을 팔고 사모바르를 든 러시아 남자들은 뜨거운 꿀물 있다고 소리를 지른다. 층계참에는 녹슨 포탄과 폭탄, 산탄에 여러 구경의 주철 대포가 나뒹군다. 그보다 좀 떨어진 곳에는 큰 광장이 있는데 거기에는 거대한 기둥과 포차, 잠자는 병사들이 널브러져 있다. 말과 수레, 녹색 무기와 탄약통들, 포병대 무기들이 있다. 병사며 선원이며 장교며 여자, 아이, 상인들이 움직인다. 건초와 곡식 가마니, 술통을 실은 짐마차가 오간다. 어디선가는 꼬사끄와 장교가 말을 타고, 장군은 마차를 타고 지나간다. 오른쪽 길에는 바리케이드가 쳐져 있는데 위쪽 포문에 작은 대포가 설치되어 있고 그 옆에서는 선원이 파이프 담배를 피우며 앉아 있다. 왼쪽에는 박공으로 로마 문자를 새긴 아름다운 집이 있는데 그 아래 병사들과 피로 얼룩진 들것이 있다. 주위 어디로 시선을 옮겨도 당신은 전쟁 야영장의 불쾌한 잔재를 보게 된다. 필연적으로 첫인상이 가장 불쾌하다. 야영장과 도시 생활, 아름다운 도시와 더러운 야영지의 기묘한 혼합은 아름답지 않은 정도가 아니라 혐오스러운 무질서로 느껴진다. 심지어는 모두가 공포에 휩싸인 듯, 공연히 호들갑을 떨고 뭘 해야 할지 모르는 것처럼 보인다. 그러나 주위를 돌아다니는 사람들의 얼굴을 더 가까이서 들여다보면 당신은 완전히 다른 사실을 깨닫게 될 것이다. 가령, 지방 출신인 이 병사를 보라. 밤색 말 트로이카에 물을 먹이러 가는 병사는 너무나도 평온하게 콧소리를 흥얼거린다. 분명 그는 군중 속에서 정신을 잃지 않은 것이다. 군중은 그에게 존재하지 않으며 말에게 물을 먹이는 것이든 무기를 옮기는 것이든, 뭐가 됐든 그는 그처럼 평온하게 확신에 차서, 또 그 모든 일이 어디 뚤라나 사란스끄에서 벌어지기라도 하는 듯 무심하게 자기 일을 해낸다. 그와 같은 표정을 당신은 또 저 흠잡을 데 없는 흰 장갑을 끼고 지나가는 장교에게서도 읽어 내고, 바리케이드에 앉아 담배를 피우는 선원의 얼굴에서도, 전에는 의회였던 건물 현관에서 들것을 가지고 기다리는 병사들의 얼굴에서도, 장밋빛 옷이 젖을까 걱정하며 돌 위를 깡충깡충 뛰어 길을 건너는 저 처녀의 얼굴에서도 읽게 된다.

그렇다! 당신이 처음 세바스또뽈에 왔다면 필연적으로 실망하게 된다. 사람들 얼굴에서 불안감이나 당황, 혹은 심지어는 죽음을 각오한 열정, 결연함을 찾으려 드는 것은 부질없는 짓이다. 그런 건 없다. 당신이 보게 되는 건 침착하게 일상의 활동에 몰두하는, 일상을 사는 사람들이다. 그래서 당신은 아마도 자신이 지나친 열광 상태에 빠져 있었다고 자책하며 북쪽에서 보고 들은 이야기와 묘사에 근거해 만들어진 세바스또뽈 수호자들의 영웅주의가 정당한 것인지 살짝 의심하게 될 것이다. 그러나 의심하기에 앞서 요새에 가 방어가 이루어지는 바로 그 장소에서 세바스또뽈의 수호자들을 보라. 아니면 현관에서 병사들이 들것을 들고 있는, 예전에 세바스또뽈의 의회였던 저 건물로 곧장 들어가 보는 편이 더 좋겠다. 거기서 당신은 세바스또뽈의 수호자들을 보게 될 것이다. 끔찍하고도 우울한, 위대하고도 위안이 되는, 그러면서도 흥미진진한, 정신을 고양하는 광경을 보게 될 것이다.

당신은 의회의 커다란 홀로 들어간다. 당신이 문을 열자마자 사지가 절단되거나 심하게 부상당한 환자들 40~50명의 모습이 눈에 들어오고 소리가 들려오며 일순간 당신을 충격에 빠뜨린다. 어떤 이들은 침대에 누워 있지만 대다수는 바닥에 있다. 홀의 문간에서 당신을 덮친 불쾌한 감정에 굴하지 말라. 고통받는 사람들을 구경하러 온 것인가 하는 생각에 수치스러워하지 말고 앞으로 걸어 나가라. 당당하게 그들에게 다가가 말을 걸라. 불행에 빠진 사람들은 인간적인 연민을 담은 얼굴을 보는 걸 좋아하고 자신의 고통에 대해 이야기하기를 좋아하며 사랑과 동정의 말을 듣기를 좋아한다. 그러니 침대들 사이로 걸어가 덜 차갑고 덜 고통받는 얼굴을 찾아내 그에게 다가가 말을 거는 용기를 내라.

「당신은 어디를 다쳤소?」 침대에 앉아 있는 한 병사가 당신을 따뜻한 눈길로 좇으며 마치 자기에게 오라고 부르는 것만 같아, 당신은 그 늙고 수척한 병사에게 다가가 우물쭈물 소심하게 묻는다. 〈소심하게 묻는다〉라고 말한 이유는, 그 고통이 당신에게 깊은 연민은 물론이고 혹시라도 그에게 상처를 주지나 않을까 하는 두려움과 그것을 감내하는 이에 대한 높은 경외심을 불러일으키기 때문이다.

「다리를 다쳤습니다.」 그가 대답한다. 바로 그때 당신은 이불이 접힌 모습으로 보아 무릎 위부터 그의 다리가 없음을 눈치챈다. 「다행히도 이제 퇴원을 기다리고 있지요.」 그가 말을 잇는다.

「다친 지는 오래 되었소?」

「벌써 6주가 지났습니다, 나리.」

「그래, 아직도 아프오?」

「아닙니다. 이제 아프지 않습니다. 그저 날씨가 안 좋으면 장딴지가 쑤시는데 뭐 견딜 만합니다.」

「어떻게 다치게 된 거요?」

「그러니까 나리, 제5요새에서 첫 포격이 있었을 때였습죠. 대포 방향을 맞추어 놓고 다른 대포가 있는 곳으로 가려는데, 이렇게요, 그만 다리에 총을 맞은 겁니다. 마치 구덩이에 발을 헛디딘 것처럼요. 그래서, 보세요, 다리를 잃었네요.」

「아프지 않았소?」

「전혀요. 뭔가 뜨거운 것이 다리를 찌르는 것 같았을 뿐입니다.」

「그럼 그다음에는?」

「그다음에는…… 아무렇지 않았습니다. 그저 피부가 당기기 시작했지요. 화상 부위가 아프면서 가려운 것처럼 말입니다. 처음 할 일은요, 나리, 많이 생각하지 않는 겁니다. 생각을 않으면 아무것도 아녜요. 사람이 생각을 하니까 모든 게 더 커지는 겁니다.」

이때 회색 줄무늬 옷에 검은 머릿수건을 두른 여자가 당신에게 다가온다. 그 여자는 당신과 선원의 이야기에 끼어들어 그에 대해, 그의 고통에 대해, 그가 4주간 처했던 절망스러운 상태에 대해, 또 부상을 당하고도 포병대의 일제 사격을 보기 위해 들것을 멈추게 했던 얘기며 대공이 그와 얘기를 한 후 25루블을 준 것, 그리고 그가 대공에게 한 말, 즉 자신이 더 이상 일을 못 하게 되더라도 젊은이들을 가르치러 요새로 돌아가고 싶다고 했다는 얘기를 들려줬다. 이 모든 말을 단숨에 하는 동안 여자는 당신을 쳐다보기도 하고 선원을 쳐다보기도 한다. 선원은 그 여자의 얘기를 듣지 않는 듯 고개를 돌리고 베개에 붙은 거즈 조각을 뜯어낸다. 여자의 눈은 어떤 특별한 열광의 도가니에 빠져 반짝인다.

「제 아내랍니다, 나리!」 선원이 말했는데 그 표정은 이렇게 말하는 듯했다. 〈이해하십시오. 여자들이 그렇잖습니까. 멍청한 소리를 늘어놓지요.〉

당신은 세바스또뽈의 수호자들을 이해하기 시작한다. 어쩐지 당신은 그 사람 앞에서 부끄러움을 느낀다. 당신 또한 그에게 동감하며, 또 놀랐다는 얘기를 장황하게 늘어놓고 싶다. 하지만 당신은 단어를 찾지 못하거나 머릿속에 떠오르는 말에 만족하지 못한다. 그래서 당신은 그 말 없고 으스대지 않는 위엄 앞에, 또 정신의 강인함과 스스로의 위대함에 겸손해하는 모습 앞에 고개를 숙이게 된다.

「그럼, 빨리 쾌유되도록 신께서 도우시길.」 당신은 그에게 말하고 다른 환자 앞에서 걸음을 멈춘다. 바닥에 누운 그 환자는 참을 수 없는 고통 속에서 죽음을 기다리고 있는 듯 보인다.

그는 금발에 창백하고 부은 얼굴을 하고 있다. 뒤로 왼팔을 내뻗은 자세로 등을 대고 누워 있는데 극심한 고통이 완연히 드러나는 표정이다. 말라붙은 입술을 열고 헐떡이며 힘겹게 숨을 내쉰다. 납빛으로 변한 푸른 눈은 위로 뒤집혀 있고 엉망인 이불 아래로는 붕대에 감긴 오른쪽 팔 끝이 비어져 나와 있다. 죽은 몸의 탁한 냄새가 더욱 강렬하게 당신을 덮치고, 고통을 겪는 자의 육체를 뚫고 내부로 들어간 맹렬한 열이 마치 당신에게도 침투한 듯 느껴진다.

「어떻게, 의식이 없는 건가요?」 당신은 뒤에서 따라오다가 피붙이를 보듯 다정하게 당신을 바라보는 여자에게 묻는다.

「아녜요, 아직 듣기는 해요. 그렇지만 상태가 아주 나쁘죠.」 그녀가 속삭이는 목소리로 말을 잇는다. 「오늘 그에게 차를 먹였어요. 아무리 모르는 남이라도 불쌍하잖아요. 그런데 거의 마시지를 못하더라고요.」

「좀 어떻소?」 당신은 그에게 묻는다.

부상자는 당신 목소리에 눈을 돌리지만 당신을 보지도, 말을 알아듣지도 못한다.

「가슴이 아파.」

좀 떨어진 곳에서 시트를 바꾸는 늙은 병사가 보인다. 그의 얼굴과 몸은 갈색에 가까운 빛을 띠고 해골처럼 깡말랐다. 팔은 아예 없다. 어깨에서부터 절단되었다. 그는 멀쩡한 듯 앉아 있다. 회복한 것이다. 그러나 시체처럼 퀭한 눈과 끔찍할 정도로 마른 몸, 그리고 얼굴의 주름을 보면 그가 생의 가장 좋은 때를 고통으로 떠나보낸 존재임을 알게 된다.

다른 쪽 침대 위로는 고통에 찬 창백하고 연약한 여자의 얼굴이 보인다. 그 여자의 뺨에는 열에 달뜬 홍조가 한가득 퍼져 있다.

「5번 요새의 선원 아내 다리에 폭탄이 떨어졌지요.」 당신을 안내하는 여자가 말한다. 「저 여자는 요새에 있는 남편에게 식사를 나르던 참이었어요.」

「어떻게, 절단했나요?」

「무릎 위로 다리를 잘랐어요.」

배짱이 두둑하다면 이제 왼쪽 문으로 들어가 보라. 그 방에서는 붕대를 감기도 하고 수술을 하기도 한다. 거기서 당신은 팔꿈치까지 피를 묻히고 창백하니 어두운 낯으로 침대 옆에서 일하는 의사들을 보게 될 터이다. 침대에는 부상자가 클로로포름의 영향 아래 눈은 뜬 채 헛소리를 하듯 의미 없지만 때로는 단순하고 감동적인 말을 하며 누워 있다. 의사들은 절단이라는 구역질 나는, 하지만 고귀한 일을 하고 있다. 당신은 날카롭고 굽은 칼이 희고 건강한 몸에 들어가는 광경을 보게 될 것이다. 그러면 부상자가 갑자기 의식을 찾고 무시무시한, 쥐어뜯는 듯한 고함을 내지르는 광경도 보게 될 것이다. 또 의사의 조수가 잘라 낸 팔을 구석으로 던지는 광경을 보게 될 것이다. 같은 방의 다른 부상자가 들것에 누운 채 동료의 수술을 보며 육체의 고통보다는 다가올 일에 대한 정신적 고통에 몸부림치며 신음하는 광경을 보게 될 것이다. 당신은 이처럼 무시무시하고도 영혼을 뒤흔드는 광경을 보게 될 것이다. 아름답고도 멋진, 그러니까 음악과 북소리가 울려 퍼지고 펄럭이는 깃발과 말을 타고 달리는 장군들이 등장하는 전쟁의 빛나는 장면이 아니라 그 진정한 실상을 보게 될 것이다. 즉, 피와 고통과 죽음이 난무하는…….

그 고통의 건물을 나서며 당신은 즉시 안도감을 느끼고 신선한 공기를 깊이 들이마신 후 자신의 건강을 의식하며 기뻐할 것이다. 그러나 그와 동시에 고통을 반추하며 스스로의 보잘것없음을 자각하고 조용히, 주저하지 않고 요새로 갈 것이다.

〈그처럼 수많은 죽음과 고통에 견주면 한낱 보잘것없는 벌레에 지나지 않는 나의 고통과 죽음이 무슨 의미가 있을까.〉 그러나 맑은 하늘과 빛나는 태양, 아름다운 도시, 활짝 열린 예배당 그리고 여러 방향으로 움직이는 군인들을 보면 당신의 마음은 곧 평상시의 경박하고 자잘한 일에 얽매이는, 오로지 현재에만 몰두하는 상태로 돌아가게 된다.

당신은 아마 예배당에서 나오는 어느 장교의 장례 행렬과 마주칠 것이다. 장밋빛 관과 음악, 휘날리는 예배당의 깃발이 어우러진 행렬이다. 아마 요새에서부터 당신 귀로 총격 소리가 날아들겠지만 그게 당신을 이전의 상념으로 이끌지는 않을 것이다. 장례 행렬은 당신에게 매우 아름답고 군인다운 광경으로, 또 소리 역시 아주 아름답고 군인다운 소리로 느껴진다. 그래서 당신은 그 광경을 혹은 그 소리를, 고통이나 죽음과, 야전 응급 진료소에서 했던 명료한 생각들과 결부시키지 않을 것이다.

예배당과 바리케이드를 지나 당신은 도시에서 가장 활기를 띠는 곳으로 들어간다. 양쪽으로 가게와 술집 간판이 즐비하다. 상인이며 모자에 숄을 두른 여자들, 멋을 부린 장교들, 이 모든 것들이 당신에게 강인한 정신과 자신감과 주민들의 안전을 보여 준다.

선원들과 장교들이 하는 이야기를 듣고 싶다면 술집 오른쪽으로 들어가라. 거기서는 틀림없이 벌써 어젯밤의 사건이며 펜까에 대한 이야기, 24일에 있었던 일에 대한 이야기, 커틀릿이 얼마나 비싸고 엉망인지, 또 동료 누가 죽었는지에 대한 이야기가 오간다.

「망할, 정말 거지 같은 날이야!」 녹색 털실로 짠 스카프를 두른, 머리와 눈썹이 희고 콧수염이 없는 해군 장교가 낮은 목소리로 말한다.

「우리 군대는 어디 있나?」 다른 사람이 그에게 묻는다.

「제4요새에 있지.」 젊은 장교가 대답하면 당신은 〈제4요새에 있지〉라는 그 말에 즉시 큰 관심과 존경심까지 담아서 머리와 눈썹이 흰 장교를 쳐다볼 것이다. 지나치게 거리낌 없는 그의 행동거지, 손을 휘두르고 크게 웃어 젖히는 버릇과 그 목소리는 무례한 듯 느껴지지만 한편으로는 아주 젊은 사람들이 위험을 경험한 후에 갖게 되는 특별한 호전적 정신 상태로 여겨지는 것이다. 어찌 되었든 당신은 그가 폭격과 총격으로 제4요새의 상황이 안 좋다는 얘기를 할 거라고 생각할 것이다. 하지만 전혀 그렇지 않다! 상황이 안 좋은 이유는 진흙탕 때문이다. 「포병대를 지나갈 수가 있어야지.」 그가 장딴지 위로 진흙이 덕지덕지 묻은 장화를 보여 주며 말한다. 「우리 부대의 가장 뛰어난 포대장이 죽었어. 이마에 직방으로 맞았지.」 다른 이가 말한다. 「누구 말인가? 미쮸힌?」 「아니……. 그나저나 송아지 고기를 가져오기는 하는 거야? 이 악당들!」 그가 술집 웨이터를 향해 말한다. 「미쮸힌이 아니라 아브로시모프야. 아주 훌륭한 사람인데. 여섯 번이나 출정했지.」

다른 쪽 구석에 있는 탁자에는 완두콩을 곁들인 커틀릿 접시와 〈보르도〉라고 불리는 시큼한 크림산 와인 병 너머로 보병대 장교 둘이 앉아 있다. 한 명은 빨간 깃에 별이 두 개 달린 외투를 입은 젊은이로 나이 지긋한 다른 장교에게 이야기한다. 다른 장교는 검은 깃에 별이 달리지 않은 외투를 입고 있다. 둘은 알마에서 벌어진 일[4]에 대해 이야기를 나눈다. 첫 번째 장교는 벌써 좀 취했는데, 말하다가 중간에 멈춘다든가 사람들이 자기 말을 믿는지 의심하는 듯 자신 없는 눈초리로 보아, 특히 그가 그 모든 일에서 너무나 대단한 역할을 했다는 것, 또 죄다 너무나 끔찍한 그 내용으로 보아 그의 이야기는 진실에서 벗어나 있는 것 같다. 그러나 앞으로 러시아 방방곡곡에서 두고두고 듣게 될 이런 얘기는 당신에게

4 1854년 9월 알마 강변에서 있었던 전투로, 이는 크림 전쟁의 첫 전투로 간주된다. 러시아군은 이 전투에서 패배했다.

아무것도 아니다. 당신은 어서 빨리 요새로, 너무나도 많이 또 다양한 얘기를 들었던 바로 그 제4요새로 가고 싶다. 누군가 자기가 제4요새에 있었다고 말할 때 그 사람은 특별한 만족감과 자부심에 차 있다. 누군가 제4요새로 간다고 말할 때 그 말에서는 반드시 작은 떨림 혹은 커다란 무심함이 감지된다. 누군가를 놀리려고 할 때면 이렇게 말한다. 〈자네를 제4요새에 배치시켜야겠구먼.〉 들것을 마주쳐 〈어디서 오는 건가?〉 하고 물어보면 대부분 〈제4요새에서 온다〉라는 대답이 돌아온다. 일반적으로 그 무서운 요새에 대해서 두 개의 완전히 상반된 의견이 존재한다. 한 번도 거기 있어 본 적이 없는 사람들은 제4요새가 거기 들어가는 사람들 모두에게 무덤이 될 거라고 확신한다. 한편 머리와 눈썹이 흰 해군 소위처럼 거기 살고 있는 사람들은 제4요새에 대해 말하며 그곳이 건조하다거나 진흙투성이라고, 혹은 대피호 안이 따뜻하다거나 춥다고 얘기해 줄 것이다.

당신이 술집에서 30분을 보내는 동안 날씨가 바뀌었다. 바다를 따라 퍼져 있던 안개가 우울하고 습기를 머금은 회색 먹구름이 되어 해를 가렸다. 자못 구슬픈 가랑비가 위로부터 흩뿌려 지붕과 보도와 군인들의 외투를 적신다…….

바리케이드를 하나 더 지난 다음 당신은 오른쪽에 난 문으로 나와 대로를 따라 올라간다. 바리케이드 뒤쪽 길 양옆으로 늘어선 건물들에는 사람이 살지 않고 간판도 없고 문은 널빤지로 덧대여 잠겨 있고 창문은 부수어져 있으며 어느 집은 벽의 구석이 무너지고 또 어느 집은 지붕이 망가져 있다. 건물들은 온갖 풍상을 겪은 늙다리 상이 병사 같은 모습으로 거만하고도 약간은 경멸하는 투로 당신을 쳐다본다.

길을 가다가 당신은 널려 있는 포탄과 물이 괸 구덩이를 마주친다. 폭탄이 돌바닥에 낸 구덩이다. 거리에서 당신은 병사며 사수, 장교들을 마주치고 그들을 앞질러 간다. 이따금 여자나 아이를 마주치기도 한다. 그러나 더 이상 모자 쓴 여자가 아니라 낡은 외투에 군화를 신은 선원의 딸이다. 길을 더 걸어 작은 언덕을 내려가다 보면 당신은 주위에 집이 없다는 사실을 알아차리게 된다. 집 대신 돌이며 널빤지, 점토, 통나무 기둥 따위의 이상한 쓰레기 더미가 쌓여 있다. 앞쪽으로 가파른 산에 도랑이 파헤쳐진 검고 더러운 공간이 있다. 이런 게 앞에 보이면 그게 제4요새다……. 여기서는 마주치는 사람이 더 적어지고 여자는 아예 보이지 않으며 병사들은 빠르게 걷는다. 길을 따라 핏방울이 보인다. 그리고 여기서 반드시 마주치게 되는 것은 들것을 나르는 네 명의 병사, 그리고 그 들것에 실린 창백하고 누렇게 뜬 얼굴과 피투성이가 된 외투다. 만일 당신이 〈어디를 다쳤소?〉 하고 묻는다면 들것을 나르던 병사들은 당신에게 얼굴도 돌리지 않고 화난 듯 대답할 것이다. 다리나 팔을 다쳤다고. 부상이 심하지 않다면 말이다. 혹은 엄숙하게 침묵하기도 할 것이다. 만일 들것 너머로 머리가 보이지 않는다면 그는 이미 죽거나 심하게 다친 것이다.

산을 오르기 시작한 바로 그 순간 멀지 않은 곳에서 들려오는 포탄이나 폭탄의 굉음이 당신에게 불쾌한 충격을 줄 것이다. 문득 당신은 도시에서 들었던 총격 소리의 의미를 이전에 이해한 바와는 완전히 다르게 인식한다. 모종의 조용하고도 즐거운 추억이 불현듯 당신의 상상 속에서 반짝인다. 당신 자신의 존재가 관찰보다 더 중요하게 부각된다. 당신이 주위에 쏟는 관심은 점점 줄어들고 불확실성이라는 뭔가 불쾌한 감정이 문득 당신을 지배하게 될 것이다. 그러나 위험에 직면해 갑자기 당신 안에서 입을 연 그러한 교활한 목소리에도 불구하고, 특히 팔을 흔들며 진흙탕 길을 따라 전속력으로 산을 미끄러져 내려가는 병사가 껄껄 웃으며 당신 옆을 지나쳐 가는 걸 보고 당신은, 그 목소리를 억누른다. 그리고 자신도 모르게 가슴을 쭉 펴고 고개를 더 높이 들고 미끄러운 점토질 산을 올라간다. 어느 정도 산을 오르자 곧 소총 탄환이 오른쪽 왼쪽 할 것 없이 윙윙거려서 당신은 길과 나란히 난 참호로 이동하는 게 낫지 않을까 생각하게 된다. 하지만 참호에는 노랗고 끈적거리며 악취가 나는 진흙이 무릎 위까지 차 있어서 당신은 필연적으로 산길을 택할 것이다. 게다가 다른 사람들도 모두 그 길로 가는 게 보인다. 2백 보쯤 걸으면 파헤쳐진 더러운 공간에 다다르게 되는데 주위는 온통 돌망태, 벽, 움, 단, 대피호로 가득하고 대피호 위에는 주물로 만든 커다란 대포와 나란히 쌓아 올린 포탄들이 있다. 당신에게는 그 모든 게 아무 목적이나 관계나 질서 없이 쌓여 있는 듯 보인다. 한 무리의 선원이 앉아 있는 포병대에, 광장 중앙에, 몸체의 반은 진흙투성이인 대포가 망가진 채 놓여 있고 소총을 멘 보병대 병사 하나가 질척대는 진흙탕 때문에 겨우겨우 발을 끌며 포병 연대를 지나간다. 그러나 주위에는 동서남북 할 것 없이 어디나 깨진 그릇에 불발된 폭탄과 포탄, 야영의 흔적이 보이고 그 모든 게 끈적이는 진흙탕에 뒹굴고 있다. 당신이 느끼기에 멀지 않은 곳에서 포탄이 공격하는 소리와 총알이 내는 다양한 소리(벌처럼 붕붕대고 윙윙대며, 현처럼 빠르면서 빽빽대는 소리), 또 당신들 모두를 동요시키는 총격의 무시무시한 굉음이 들린다. 그건 엄청나게 끔찍하다.

〈그러니까 여기가 제4요새구나. 정말 끔찍하고 무시무시한 곳이구나!〉 조금 자랑스럽기도 하지만 억눌린 공포를 더욱 크게 느끼면서 당신은 생각한다. 하지만 착각에서 깨어나시라. 아직 제4요새가 아니다. 여긴 야조노브스끼 보루다. 상대적으로 매우 안전하며 전혀 끔찍한 곳이 아니다. 제4요새로 가기 위해서는 오른쪽으로 방향을 잡고, 보병대 병사가 허리를 굽히고 기어갔듯 그 좁은 참호를 따라가야 한다. 그 참호에서 당신은 아마도 또다시 들것과 선원들과 삽을 든 병사들을 마주칠 것이고 갱 관리자며 허리를 접고도 딱 두 명만 기어 들어갈 수 있는 진흙투성이 대피호를 볼 것이다. 그리고 거기서 흑해 부대 소속 명사수들이 신발을 바꾸어 신고, 음식을 먹고, 파이프 담배를 피우고, 살아가는 모습을 볼 것이다. 또한 다시금 온통 그 악취를 풍기는 진흙, 야영의 흔적과 가능한 모든 형태로 버려진 무쇠를 볼 것이다. 한 3백 보쯤 더 가면 당신은 다시 포병대를 만난다. 포병대는 여기저기 구덩이가 파이고 흙이 덮인 돌망태와 단에 놓인 대포와 대피호가 있는, 둑으로 둘러싸인 광장에 주둔하고 있다. 여기서 당신은 아마도 다섯 명 정도 되는 선원이 흉벽 아래서 카드놀이를 하는 걸 볼 것이다. 그리고 해군 장교도 볼 텐데 그는 당신이 새로 온 사람이고 호기심이 많음을 알아보고 친절하게 자기 살림살이며 당신이 관심 가질 만한 걸 모두 보여 줄 것이다. 그 장교는 아주 평온하게 노란 종이로 담배를 말고, 무기 위에 앉아 아주 평온하게 한 포문으로부터 다른 포문으로 움직이며, 아주 평온하게 전혀 꾸미지 않고 당신과 이야기한다. 당신들 위에서 총알이 아까보다 점점 더 빈번하게 윙윙대는데도 말이다. 그래서 당신도 냉정해지고 장교의 이야기를 들으며 주의 깊게 이것저것 질문해 댄다. 장교는 당신에게 말할 것이다(당신이 묻는 것에 대해서만), 5일에 있었던 포격에 대해. 그의 포대에서 대포가 한 대밖에 작동하지 않았고 포수도 단 여덟 명밖에 남지 않았다는 얘기며, 그런데 이튿날 아침, 그러니까 6일에는 모든 대포를 다 사용했다는 얘기를 할 것이다. 그리고 5일에 폭탄이 선원들의 대피호를 맞춰서 열한 명이 죽은 얘기도 해줄 것이다. 포문을 통해 30~40사젠 정도밖에 떨어지지 않은 곳에 있는 적의 포병대와 참호를 당신에게 보여 줄 것이다. 하지만 윙윙대는 총알 소리에 적을 보려고 포문으로부터 몸을 내민다 해도 당신은 아무것도 보지 못할 것이다. 혹시 본다고 해도 당신은 당신으로부터 아주 가까운 곳에 있는 그 흰 돌벽이, 연기를 피워 올리는 그 흰 벽이 바로 적진, 병사들과 선원들이 부르는 〈그놈들〉이라는 사실에 깜짝 놀랄 것이다.

해군 장교는 아마 틀림없이 허세 때문에, 아니면 그냥 스스로 만족감을 얻기 위해 당신이 있는 자리에서 조금 총격을 해보려고까지 들 것이다. 「포대장과 포수들을 대포로 보내.」 그러면 열네 명쯤 되는 선원들이 활기차고도 유쾌하게, 누구는 주머니에 파이프를 집어넣고 누구는 건빵을 씹으며, 또 누구는 징이 박힌 장화를 단에 딱딱 부딪치며 대포로 다가가 장전을 한다. 그들의 얼굴과 태도와 행동을 보라. 근육 하나마다, 그 넓은 어깨마다, 커다란 장화를 신은 커다란 발마다, 평온하고도 굳건한, 서두르지 않는 행동거지 하나마다 러시아의 힘을 이루는 주요한 성질이 드러난다. 단순함과 완고함이 그것이다.

갑자기 청각 기관만이 아닌 당신의 전 존재를 뒤흔드는 무시무시한 굉음이 덮쳐 당신의 온몸이 떨린다. 그 뒤로 쌩쌩대는 포탄 소리가 멀어지고 짙은 화약 연기가 당신과 단, 그리고 단 위에서 움직이던 선원들의 검은 모습을 뒤덮는다. 우리 편이 공격을 한 것을 두고 선원들이 나누는 여러 이야기가 들리고 그들이 생기 있게 감정을 표출하는 모습이 보인다. 그러한 감정은 당신이 기대하지 않은 것일지도 모른다. 그건 적을 향한 분노와 복수의 감정으로 누구의 마음에나 감춰져 있는 것이다. 「포문을 바로 맞혔어. 두 명이 죽은 것 같은데……. 저기 내가는군.」 당신은 기쁨에 찬 환호성을 듣는다. 「그놈들이 화가 났구먼. 이제 여기에 쏘아 대겠지.」 누군가 말한다. 그리고 아니나 다를까 그 말이 끝나자마자 당신은 눈앞에서 번개가 번쩍하며 연기가 피어오르는 걸 본다. 흉벽에 서 있던 보초병이 소리친다. 「대-애-포!」 그러면 그 뒤를 이어 당신 옆에서 포탄이 쇳소리를 내며 땅에 떨어지고 당신 주위로 진흙과 돌이 깔때기 모양으로 튀어 오른다. 포병대의 포대장은 그 포탄에 화가 나서 두 번째, 세 번째 대포를 장전하라고 명령하고 적도 역시 응전한다. 그러는 사이 당신은 흥미로운 감정을 경험하고, 흥미로운 일을 듣고 본다. 보초병이 다시 소리친다. 「대포!」 그러면 다시 같은 소리와 공격이 이어지고, 다시 진흙과 돌이 튀어 오른다. 혹은 〈박격포!〉라고 외치는 소리가 들린다. 그러면 폭탄이 쌩쌩 날아가는 소리가 규칙적이고도 자못 기분 좋게 들린다. 공포와 결부시키기 어려울 정도다. 그 쌩쌩대는 소리는 가까이 다가오며 속력이 붙는다. 당신은 검은 원형 물체를 보고, 그게 땅에 떨어져 지축을 울리며 터지는 폭발음을 느낀다. 이어서 파편이 쌩쌩대고 쉭쉭대며 날아다니고, 공기 중으로 돌멩이가 핑핑대며 튀어 오르고, 당신에게는 진흙이 흠뻑 튄다. 그 소리를 들으며 당신은 묘한 쾌감과 동시에 공포를 느낀다. 포탄이 당신을 향해 날아올 때 당신 머릿속에는 그 포탄이 당신을 죽일 거라는 생각이 필연적으로 떠오른다. 그러나 자기애가 당신을 지탱하고, 당신의 심장에 꽂히는 칼은 그 누구도 눈치채지 못한다. 포탄이 당신을 맞히지 않고 비켜 지나가면 당신은 활기를 되찾고 한순간이나마 기쁘고 말할 수 없이 즐거운 감정에 휩싸여 죽느냐 사느냐 하는 게임의 위험이 가진 특별한 매력을 발견하게 된다. 당신은 보초병이 그 크고 굵은 목소리로 〈박격포!〉라고 더 외쳐 주기를, 더 쌩쌩거리기를, 폭탄이 더 날아와 터지기를 바란다. 그러나 그 소리와 함께 들리는 사람의 신음 소리에 당신은 놀란다. 당신은 부상자에게 다가가는데 피와 진흙투성이가 된 부상자는 사람이 아닌 이상한 몰골을 하고 있으며 바로 들것으로 옮겨진다. 선원은 가슴 일부가 찢어졌다. 처음에는 진흙을 뒤집어쓴 그의 얼굴에 오직 공포와 짐짓 꾸민 시기상조의 고통이 보인다. 그런 상황에 처한 사람에게 흔히 나타나는 표정이다. 하지만 그에게 들것이 날라져 그가 성한 옆구리로 거기 몸을 누일 때 당신은 그 얼굴이 뭔가 열정적이며 입 밖에 내놓지 않은 고양된 생각을 드러내는 표정으로 바뀌는 것을 목격한다. 그의 눈은 더 환해지고 이는 앙다물고 머리는 힘을 줘서 더 높게 들어 올린다. 사람들이 그를 들어 올리자 그가 들것을 멈추게 하고 떨리는 목소리로 간신히 동료들에게 말한다. 「잘 있게, 형제들!」 그리고 뭔가 더 말하고 싶어 하지만, 보기에 뭔가 감동적인 말을 하고 싶어 하지만, 그저 같은 말을 되풀이하고 만다. 「잘 있게, 형제들!」 그때 동료 선원이 그에게 다가가 머리에 군모를 씌워 주고 침착하고도 무심하게 팔을 흔들며 자기 자리로 돌아간다. 「저런 사람이 매일 일고여덟 명은 된다네.」 당신의 얼굴에 떠오른 공포의 빛을 본 해군 장교가 하품을 하고 노란 종이로 담배를 말며 해준 말이다…….

*

이렇게 해서 당신은 세바스또뽈의 수호자들을, 바로 그 수호의 장소에서 보았다. 그리고 무슨 영문인지 계속 쌩쌩거리며 무너진 극장까지 온갖 길을 헤집고 다니는 총알과 포탄에는 주의를 돌리지 않은 채 돌아간다. 평온하고도 고양된 정신으로 돌아간다. 중요한 것은 당신이 얻게 된, 위안이 되는 확신이다. 세바스또뽈이 함락되지 않을 거라는 확신이다. 아니, 단순히 세바스또뽈이 아니라 러시아 국민이 있는 곳이라면 그 어느 곳이든 굴복하지 않을 거라는 확신이다. 그 불가능성은 많은 횡단목, 흉벽, 교묘하게 얽힌 참호, 갱과 대포에 있는 것이 아니다. 여러 층으로 쌓여 있는 그것들로부터 당신은 아무것도 이해하지 못했다. 하지만 당신은 그 불가능성을 세바스또뽈 수호자들의 정신이라 불리는 눈과 말과 행동에서 발견했다. 그들은 너무나 단순하고도, 태연하게, 열심히 일한다. 그래서 당신은 그들이 백 곱절은 더 많은 일을 할 수 있으리라, 뭐든 다 해내리라 믿는다. 그들을 일하게 만드는 감정은 당신이 경험하는 하찮음이나 허영심이나 건망증이 아니라 사뭇 다른 감정, 좀 더 강한 감정이다. 포탄 아래서도 평온하게 살 수 있는 사람으로 만드는 감정이며 그래서 보통 사람은 한 번 겪게 되는 죽음의 위기를 백번쯤 넘기는 환경에서, 끊임없는 노동과 경계 상태, 진흙탕 속에서 살아갈 수 있는 것이다. 사람들이 이런 끔찍한 환경을 받아들이는 이유는 훈장이나 지위나 협박 때문이 아니다. 다른 고양된 동기가 있기 마련이다. 그 동기란 바로 가끔씩 발현되는, 그래서 러시아인들은 부끄러워하지만 누구나의 마음속 깊은 곳에 있는 감정 — 애국심이다. 세바스또뽈이 포위되었던 초기의 이야기가 이제야 알려진다. 세바스또뽈에 방어 시설도 없고 군대도 없어서 물리적으로 도시를 지킬 가능성이 보이지 않았음에도 불구하고, 그래도 도시가 적에게 항복하지 않으리라는 데 일말의 의구심도 생기지 않던 때, 고대 그리스만큼의 가치가 있는 영웅 꼬르닐로프가 군대를 둘러보고 〈여러분, 우리가 죽는 한이 있어도 세바스또뽈을 넘겨주지는 말자〉고 말하고 그에 응해 화려한 말을 할 줄 모르는 우리 러시아 군사들이 〈죽는 한이 있어도! 만세!〉라고 답했던 때, 이제야 그때의 이야기는 당신에게 멋진 역사적 전설이기를 멈추고 확실한 사실이 되었다. 이제야 당신은 명확하게 이해하고 당신이 본 그 사람들을, 그 어려운 시기에도 포기하지 않고 도리어 기상을 드높이고 기쁘게 죽음을 준비한 그들을 영웅으로 그려 볼 것이다. 그들은 도시를 위해서가 아니라 조국을 위해서 죽음을 각오했던 것이다. 세바스또뽈의 이 서사시는 러시아에 오래오래 위대한 족적을 남길 것이고 그 서사시의 주인공은 바로 러시아 국민이다…….

어느덧 날이 어두워진다. 일몰 직전 하늘을 덮고 있던 잿빛 구름 뒤에서 해가 나왔다. 그리고 연보랏빛 구름, 규칙적으로 넓게 파도치는 물결 위에 흔들거리는 배로 덮인 녹색 바다, 도시의 흰색 건물들 그리고 거리를 따라 움직이는 사람들에게 갑자기 짙은 선홍색 빛을 던진다. 대로에서 부대 음악대가 연주하는 오래된 왈츠 소리가 수면으로 퍼져 나가고 요새에서 들려오는 총격 소리가 그 왈츠를 기묘하게도 뒤따른다.

1855년 4월 25일, 세바스또뽈

# 세 죽음

## 1

가을이었다. 마차 두 대가 큰길을 전속력으로 달렸다. 앞 마차에는 여자 둘이 앉아 있었다. 한 사람은 마르고 창백한 귀부인, 다른 여자는 광채 나는 장밋빛 살갗에 풍만한 몸매의 하녀였다. 하녀의 짧고 푸석한 머리카락은 빛바랜 모자 아래로 비어져 나와 있었는데 구멍 난 장갑을 낀 붉은 손이 머리카락을 발작적으로 매만졌다. 큰 가슴은 무명 숄 아래서 건강하게 숨을 들이쉬었고, 빠르게 움직이는 검은 눈은 창문 너머 뒤로 멀어져 가는 들판을 바라보거나, 소심하게 귀부인을 쳐다보거나, 때로는 불안하게 마차 구석을 둘러보기도 했다. 하녀의 코앞에서는 옷걸이에 걸린 부인의 모자가 흔들렸고 무릎 위에는 강아지가 있었다. 그녀의 발은 바닥에 놓아둔 귀중품함 위로 살짝 들려 있었는데 스프링이 흔들리고 유리창이 덜컹거리는 소리 때문에 상자를 발로 차는 소리는 잘 들리지 않았다.

무릎 위에 손을 포개고 눈을 감은 부인은 허리 뒤에 댄 방석과 함께 약하게 흔들렸고 살짝 얼굴을 찡그리며 기침을 삼켰다. 그녀의 머리에는 흰 나이트캡이 씌워져 있었고, 연약하고 창백한 목에는 하늘색 스카프가 매여 있었다. 나이트캡 아래로 사라지는 가르마는 머릿기름을 발라 착 달라붙은 연갈색 머리카락을 나누고 있었고 그 넓은 가르마가 나 있는 흰 두피에는 뭔가 건조한, 죽음의 기운이 느껴졌다. 축 늘어진, 약간 누리끼리한 피부는 섬세하고 아름다운 얼굴 윤곽을 엉성하게 덮었고 뺨과 광대뼈는 빨갰다. 건조한 입술은 실룩댔고, 성긴 눈썹은 더 이상 곱슬거리지 않았으며, 여행용 외투는 꺼진 가슴 위에 직선 주름을 만들었다. 눈은 감겨 있었지만 부인의 얼굴에는 피로와 초조함, 그리고 습관이 된 고통이 드러나 보였다.

하인은 마부석의 자기 자리에 팔을 괸 채 앉아 졸고 있었고 고용된 마부는 활기차게 소리를 지르며 튼튼한 말 네 필을 몰았다. 그는 이따금씩 뒤에서 소리를 질러 대는 다른 마부를 돌아보기도 했다. 석회질의 진흙 길을 따라 넓은 바퀴 자국이 균일하고도 빠르게 평행선을 그리며 퍼져 갔다. 차가운 잿빛 하늘은 축축한 안개를 들과 길에 흩뿌렸다. 오드콜로뉴와 먼지 냄새가 섞인 마차 안은 숨 막힐 듯 답답했다. 아픈 부인이 머리를 뒤로 젖히더니 천천히 눈을 떴다. 어두운 빛깔의 눈이 크고 아름답게 반짝였다.

「또, 또!」 그녀가 아름답고 수척한 손으로 하녀의 외투 끝자락을 신경질적으로 밀쳐 내며 말했다. 외투가 그녀의 다리에 닿곤 했던 것이다. 그녀의 입은 병적으로 일그러졌다. 마뜨료샤는 양손으로 외투를 걷어 들이고 튼튼한 발로 일어서서 멀찍이 옮겨 앉았다. 그녀의 싱그러운 얼굴은 발그레한 홍조로 덮였다. 아픈 부인의 아름다운 검은 눈이 하녀의 동작을 탐욕스럽게 좇았다. 부인은 조금 더 허리를 펴고 앉기 위해 양손으로 좌석을 잡아 몸을 일으키려 했다. 하지만 힘이 없었다. 입술이 일그러지더니 얼굴 전체가 무력하고 악의에 찬 조소를 띠며 뒤틀렸다. 「네가 좀 도와주면 좋잖아!…… 아! 됐어! 혼자 할 수 있어. 그저 네 가방을 내 뒤에 놓지나 마 제발!…… 할 줄 모르면 내 몸에 손대지 않는 게 나아!」 부인은 눈을 감았다가 다시 재빨리 눈꺼풀을 들고 하녀를 쳐다보았다. 마뜨료샤는 그녀를 보며 붉은 아랫입술을 깨물었다. 환자의 가슴에서 무거운 한숨이 흘러나왔지만 그것은 중간에 기침으로 변했다. 그녀는 몸을 돌리고 얼굴을 찌푸리며 양손으로 가슴을 움켜쥐었다. 기침이 멈추자 그녀는 다시 눈을 감고 미동도 않은 채 계속 앉아 있었다. 사륜마차와 포장마차가 마을로 들어섰다. 마뜨료샤는 숄에서 통통한 손을 빼내어 성호를 그었다.

「뭐니?」 부인이 물었다.

「역이에요, 마님.」

「그런데 넌 왜 성호를 그은 거지?」

「교회가 있어서요, 마님.」

환자는 창문 쪽으로 몸을 돌리더니 눈을 크게 뜨고 마차 옆으로 지나치는 커다란 시골 교회를 바라보며 천천히 성호를 긋기 시작했다.

사륜마차와 포장마차가 함께 마차 역에 멈춰 섰다. 다른 마차에서 아픈 여자의 남편과 의사가 내려 사륜마차로 다가왔다.

「좀 어떠십니까?」 맥박을 재며 의사가 물었다.

「여보, 당신 좀 어때? 피곤하지 않아?」 남편이 프랑스어로 물었다. 「좀 내리고 싶지는 않고?」

마뜨료샤는 대화를 방해하지 않으려고 보따리를 그러쥔 채 구석에 몸을 붙였다.

「괜찮아요. 그대로예요.」 환자가 대답했다. 「내리지 않겠어요.」

남편은 잠시 서 있다가 역사로 들어갔다. 마뜨료샤는 마차에서 내려 까치발을 하고 진흙 길을 따라 대문 안으로 뛰어 들어갔다.

「제가 아프다고 선생님까지 식사를 못 하시면 안 되죠.」 살짝 미소를 지으며 환자가 창문 옆에 서 있던 의사에게 말했다.

〈저 사람들 누구도 내게 관심이 없어.〉 의사가 조심조심 몸을 돌려 걸어가다가 뛰어서 역 층계참을 올라가는 걸 보고 그녀는 생각했다. 〈저 사람들은 건강하지. 그러니까 뭐가 어떻든 상관없는 거야. 오! 하느님!〉

「어떻습니까, 에두아르드 이바노비치.」 의사와 마주친 자리에서 쾌활한 미소와 함께 양손을 문지르며 남편이 말했다. 「여행 가방을 가져오게 했습니다. 어떻습니까?」

「좋군요.」 의사가 대답했다.

「그런데, 아내는 좀 어떤가요?」 한숨을 쉬며 남편이 물었다. 낮은 목소리에 눈썹은 치켜 올라가 있었다.

「말씀드린 대롭니다. 이탈리아는 고사하고 모스끄바까지 가기도 어렵습니다. 특히 이런 날씨에서는요.」

「그럼 어쩝니까? 아, 하느님! 하느님!」 남편은 손으로 눈을 가렸다. 「이리 가져오게.」 여행 가방을 날라 온 사람에게 그가 말했다.

「멈춰야 합니다.」 어깨를 으쓱하며 의사가 대답했다.

「아니, 좀 들어 보십시오. 제가 뭘 할 수 있었겠습니까?」 남편이 반박했다. 「정말이지 저는 그녀의 계획을 막으려고 모든 수단을 동원했습니다. 재정 상태에 대해서도 말했고, 두고 와야 하는 아이들에 대해서도, 또 제 일에 대해서도 말했지요. 하지만 그녀는 아무 말도 들으려 하지 않아요. 마치 건강한 사람처럼 외국에서 살 계획을 세우죠. 그런 그녀에게 상태가 어떤지를 말한다면, 그건 그녀를 죽이는 꼴이 될 겁니다.」

「그녀는 이미 죽었습니다. 바실리 드미뜨리치, 당신도 이걸 아셔야 합니다. 사람은 폐 없이 살 수 없고 폐를 다시 자라게 할 수도 없습니다. 슬픈 일이고 힘들지만, 그래도 어쩌겠습니까? 저와 당신이 할 수 있는 일이라고는 오로지 부인의 마지막을 가능한 한 평온하게 만들어 주는 것밖에 없습니다. 고해 성사를 해줄 신부님이 필요합니다.」

「아, 하느님! 선생님은 그녀의 마지막 의지를 운운하며 저를 괴롭힐 작정이시군요. 뭐가 됐든 그러라고 하십시오. 하지만 저는 그녀에게 말하지 않을 겁니다. 아시잖습니까. 그녀가 얼마나 좋은 사람인지…….」

「그럼 겨울까지 여행을 미루라고 설득을 해보십시오.」 무겁게 고개를 흔들며 의사가 말했다. 「안 그러면 여행 중에 불상사가 생길지도 모릅니다…….」

「악슈샤, 아, 악슈샤!」 역참지기의 딸이 머리 위로 망토를 걸쳐 입고 진흙투성이 뒷문으로 나서며 소리를 질렀다. 「가서 쉬르낀스까야 마님을 보자. 사람들 말이 마님이 폐병에 걸려서 외국으로 간대. 난 폐병 환자를 본 적이 한 번도 없어.」

악슈샤가 문간으로 튀어나오자 둘은 손을 잡고 대문 밖으로 뛰어나갔다. 그들은 보폭을 줄이며 마차 옆으로 가서 내려진 창문 안을 들여다봤다. 환자는 그들 쪽으로 고개를 두고 있었으나 호기심을 알아채고는 얼굴을 찌푸린 채 몸을 돌렸다.

「세상에!」 역참지기 딸이 재빨리 고개를 돌리며 말했다. 「얼마나 기막히게 아름다웠는지 몰라. 그런데 어떻게 이렇게 됐다니? 끔찍하기까지 하다, 얘. 악슈샤, 봤어, 봤어?」

「응, 어쩜 저렇게 말랐을까!」 악슈샤가 동조했다. 「한 번 더 가서 보자. 우물에 가는 척하고 말야. 몸을 돌렸지만 그래도 보이더라. 너무 안됐다, 마샤.」

「그래, 그런데 지독한 진흙탕이다!」 마샤가 이렇게 대꾸하고 둘은 돌아서 대문으로 달려갔다.

〈내가 끔찍해 보이는 모양이군.〉 환자는 생각했다. 〈오직 빨리, 한시바삐 외국으로 나가는 수밖에 없어. 거기서 난 곧 나을 거야.〉

「여보, 당신 좀 어때?」 남편이 빵 조각을 씹으며 마차로 다가와서 물었다.

〈언제나 똑같은 질문만 하면서 자기는 먹고 있군!〉

「괜찮아요!」 그녀가 이 사이로 내뱉었다.

「여보, 들어 봐. 이런 날씨에 길을 가는 게 당신에게 더 해로울까 걱정이 돼. 에두아르드 이바니치도 같은 얘기를 하고 말야. 돌아가는 게 낫지 않을까?」

그녀는 성이 나서 대꾸하지 않았다.

「날씨가 좋아지면 아마 길도 정상이 될 거고, 그게 당신에게도 나을 거야. 그럼 우린 다 함께 길을 떠나는 거고.」

「미안해요. 내가 이렇게 오래 당신 얘기를 듣고 있지 않았다면 지금쯤 벌써 베를린에 있겠네요. 그리고 완전히 건강해졌을 거고요.」

「여보, 내가 대체 어떻게 해야겠어? 당신도 알잖아, 이건 불가능해. 그렇지만 한 달 정도 기다린다면 당신 몸도 훨씬 좋아질 거야. 그리고 나도 일을 마칠 수 있고, 그럼 아이들도 데리고 —」

「아이들은 건강하지만 난 아니죠.」

「여보, 정신 좀 차려. 이런 날씨에 길을 가다가 당신이 더 나빠지기라도 한다면……. 그렇다면 집에 있어야 하잖아.」

「집에 있어야 한다니, 무슨 뜻이에요?…… 집에서 죽어야 한다는 말인가요?」 환자가 발끈해서 대꾸했다. 그러나 죽는다는 말에 겁먹었는지 그녀는 말없이 묻는 눈길로 남편을 바라보았다. 그는 시선을 떨구고 입을 다물었다. 그녀의 입이 갑자기 아이처럼 뒤틀리더니 눈에서 눈물이 흘러내렸다. 남편은 손수건으로 얼굴을 가리고 말없이 마차 옆을 떠났다.

「아냐, 난 갈 거야.」 환자는 이렇게 말하고 눈을 들어 하늘을 본 후 손을 맞잡고 이어지지 않는 말을 중얼거리기 시작했다. 「하느님! 어째서!」 그녀가 말했다. 펑펑 더 격렬하게 눈물이 났다. 그녀는 한참을 열렬히 기도했다. 하지만 가슴은 여전히 그대로 아프고 답답했으며 하늘과 들과 길은 여전히 그대로 잿빛으로 흐렸다. 여전한 가을 안개 역시 더도 덜도 않고 그대로 진흙탕 길에, 지붕에, 마차에, 마부의 외투에 내려앉았다. 마부들은 크고 명랑한 목소리로 얘기를 나누며 마차에 기름칠을 하고 말을 매었다…….

## 2

마차가 준비됐다. 하지만 마부는 꾸물거렸다. 그는 마부 오두막에 들렀다. 오두막 안은 덥고 답답하고 어두웠으며, 사람 사는 곳의 냄새, 빵 굽는 냄새, 양배추와 양가죽 냄새로 숨이 막혔다. 마부 몇몇이 방에 있었고 요리하는 여자가 난로 옆에서 일을 했다. 난로 위에는 양가죽 옷을 입은 환자가 누워 있었다.

「표도르 아저씨, 표도르 아저씨!」 양가죽 외투를 입고 혁대에 채찍을 꽂은 젊은 마부가 방에 들어와 환자를 불렀다.

「무슨 일이냐, 이 수다쟁이야. 페지까는 왜 불러?」 마부 한 명이 받았다. 「마차가 널 기다리고 있잖아.」

「장화 좀 달라고 하려고. 내 건 다 해어졌거든.」 젊은이가 머리카락을 뒤로 넘기고 허리춤에 달린 장갑을 매만지면서 말했다. 「응? 자는 거야? 표도르 아저씨?」 난로 옆으로 다가가며 그가 거듭 말했다.

「무슨 일이야?」 가느다란 목소리가 들리더니 불그스름하고 수척한 얼굴이 난로 아래 나타났다. 털로 뒤덮인 크고 앙상하며 창백한 손이 지저분한 셔츠 속 뼈만 남은 어깨 위로 외투를 끌어 올렸다. 「이보게, 물 좀 줘. 무슨 일이라고?」

젊은이가 작은 물그릇을 건넸다.

「그러니까, 아저씨…….」 그가 쭈뼛쭈뼛 말했다. 「내 말은, 아저씨에게 새 장화는 이제 필요가 없잖아. 그러니까 날 줘. 아저씨는 신고 다닐 일이 없으니까.」

환자는 반질반질한 그릇으로 지친 머리를 떨구고 듬성듬

성 늘어진 수염을 탁한 물에 담근 채 힘없이, 그러면서도 벌컥벌컥 물을 마셨다. 지저분하게 엉킨 턱수염을 하고 그는 푹 꺼진 탁한 눈을 간신히 들어 젊은이의 얼굴을 쳐다보았다. 물을 마신 후 젖은 입술을 닦기 위해 손을 들어 올리려 했지만 그러지를 못해 외투 소매로 닦았다. 말없이 힘들게 코로 숨을 쉬며 그는 젊은이의 눈을 똑바로 쳐다보고 기운을 차리려 애썼다.

「누구 다른 사람에게 벌써 주기로 약속한 거야?」 젊은이가 말했다. 「그렇다면 괜찮아. 중요한 건, 밖에 비가 오는데 난 일을 하러 가야 하거든. 그래서 생각했지. 페지까 아저씨에게 장화를 달라고 해야겠다. 아저씨에게는 필요 없으니까. 하지만 아저씨에게 필요하면, 말해…….」

환자의 가슴에서 뭔가 끓어넘치는 듯한 소리가 났다. 그는 몸을 굽히고 기침이 나오지 않도록 목을 움켜잡았다.

「대체 그게 어디에 필요하다는 거야?」 돌연 요리하는 여자가 오두막 전체에 대고 화난 목소리로 지껄였다. 「벌써 두 달째 난로에서 못 내려오고 있어. 아, 저 몸 상한 것 좀 봐. 게다가 듣기만 해도 속이 아프다는 걸 알겠잖아. 그런 마당에 장화를 어디에 쓰겠어? 장사 지낼 때도 새 장화를 신기지는 않는다고. 벌써 때가 지났어. 하느님, 이렇게 말하는 제 죄를 용서하소서. 아, 저 몸 상한 것 좀 보라고. 아저씨를 어디 다른 오두막이나, 어디가 됐든 다른 곳으로 옮겨야 해. 도시에는 그런 병원이 있다던데. 하지만 그래서 어쩌겠어. 한쪽 구석을 다 차지하고, 어쩌란 말이냐고! 정말이지 당치도 않아. 남는 자리가 없잖아. 게다가 또 깔끔은 얼마나 떨어 대는지.」

「어이, 세료자! 가서 마차를 타. 나리들이 기다리고 계신다.」 역참지기가 문에서 소리쳤다.

세료자는 대답을 듣지 않은 채 나가려 했다. 그런데 환자가 기침을 하면서도 그에게 말하고 싶다는 눈짓을 했다.

「세료자, 장화를 가지고 가렴.」 기침을 억누르고 잠깐 숨을 쉰 후 그가 말했다. 「단 하나, 내가 죽으면 비석을 사다오. 알겠니?」 그가 쉰 목소리로 덧붙였다.

「고마워, 아저씨. 그럼 내가 가져갈게. 그리고 비석은, 그럼, 꼭 살게.」

「자, 자네들이 증인이네.」 환자는 이 말까지 하고는 다시 몸을 아래로 굽힌 채 기침을 억눌렀다.

「그래, 우리가 들었으이.」 마부 중 한 명이 말했다. 「세료자, 이제 마차로 가라. 안 그러면 역참지기가 다시 쫓아올 거야. 쉬르낀스까야 부인이 아프시잖냐.」

세료자는 해어지고 엉망이 된 커다란 장화를 냅다 벗어서 의자 밑으로 던졌다. 표도르 아저씨의 장화는 그의 발에 꼭 맞았다. 세료자는 새 장화를 살펴보며 마차로 갔다.

「허, 멋진 장화구나! 자, 구두약이다.」 세료자가 마부석에 올라타 고삐를 쥐자 구두약을 손에 든 마부가 말했다. 「거저 주던?」

「부러운가 보구나.」 세료자는 외투 자락을 들고 다리를 흔들어 보이며 대답했다. 「가자! 사랑스러운 말들아!」 그는 채찍을 휘두르고 말들에게 소리쳤다. 그러자 승객과 가방, 짐을 실은 사륜마차와 포장마차가 잿빛 가을 안개에 싸인 채 젖은 길을 빠르게 굴러갔다.

아픈 마부는 숨 막히는 오두막의 난로 위에 남았다. 그는 시원하게 기침을 하지도 못하고 안간힘을 써서 겨우 다른 쪽으로 돌아누워 잠잠해졌다.

오두막에는 저녁이 되도록 사람들이 드나들며 식사를 했다. 환자의 소리는 들리지 않았다. 밤이 되기 전에 요리사가 난로로 올라가 그의 다리에 외투를 덮어 주었다.

「나한테 화내지 마, 나스따샤.」 환자가 말했다. 「곧 네게 구석을 비워 줄게.」

「그래요, 그래. 괜찮아요.」 나스따샤가 중얼거렸다. 「그래, 어디가 아파요, 아저씨? 말해 봐요.」

「속이 다 엉망이 됐어. 하느님은 무슨 일인지 아시겠지.」

「기침할 때 목이 아프죠?」

「안 아픈 데가 없이 죄다 아파. 죽음이 당도한 거야. 그런 거지. 오, 오, 오!」 환자가 신음했다.

「이렇게 다리를 감싸 봐요.」 나스따샤가 말하고 그의 몸에 외투를 덮어 주며 난로에서 내려갔다.

밤에 오두막에서는 작은 등잔 하나만 켜놓았다. 나스따샤와 열댓 명의 마부들은 바닥이나 긴 의자 위에서 크게 코를 골며 잤다. 환자만이 가냘픈 신음 소리를 내고 기침을 하며 난로 위에서 뒤척였다. 아침이 되자 그는 완전히 잠잠해졌다.

「어젯밤 아주 멋진 꿈을 꿨어.」 이튿날 아침 동틀 무렵 기지개를 켜면서 요리사가 말했다. 「표도르 아저씨가 난로에서 내려와 장작을 패러 가는 걸 봤지 뭐야. 아저씨가 그러는 거야. 자, 나스따샤, 내가 널 도와주마. 그래서 내가 말했지. 아저씨가 어떻게 장작을 팬다고 그래요. 그러자 아저씨가 도끼를 집어 들고 장작을 쪼개기 시작하는데, 어찌나 빠른지 부스러기만 날리는 거야. 그래서 내가 말했지. 아저씨 아프지 않았어요? 아저씨가 말했겠지. 아니, 난 건강해. 그러고는 도끼를 겨누는데 난 겁에 질리고 말았어. 그래서 소리를 지르려는데 그때 깬 거야. 그런데 아저씨가 죽은 건 아니겠지? 표도르 아저씨! 아저씨!」

표도르는 대답하지 않았다.

「뭐야, 죽은 거야? 보러 가자.」 잠에서 깨어난 마부 중 한 사람이 말했다.

불그스름한 털로 뒤덮인 앙상한 손이 난로 밖으로 늘어져 있었는데 차고 창백했다.

「역참지기에게 말하러 가야겠다. 죽은 것 같아.」 마부가 말했다.

표도르에게 피붙이는 없었다. 그는 혼자였다. 다음 날 숲 뒤편에 만든 새 묘지에 그를 묻었다. 그리고 나스따샤는 몇 날이고 만나는 사람마다 붙잡고 꿈 얘기와 자기가 표도르 아저씨의 죽음을 처음 알아챈 사람이라는 얘기를 하고 다녔다.

## 3

봄이 왔다. 도시의 젖은 거리를 따라 분뇨가 섞인 얼음 사이로 시냇물이 졸졸 흘렀다. 지나가는 사람들의 옷 색깔이나 말소리가 환했다. 울 너머 뜰에 심긴 나무에서 싹이 트고 싱그러운 바람결에 나뭇가지들이 살짝 몸을 흔들어 댔다. 온 사방에 투명한 방울이 만들어져 흘러내렸다……. 참새들이 여기저기서 짹짹대고 작은 날개를 퍼덕였다. 양지에서는 울타리와 집들이, 그리고 나무들에서는 모든 것이 생동하며 반짝였다. 하늘에서도 땅에서도 사람의 가슴에서도 모든 게 즐겁고 젊었다.

중심가의 어느 거리에 자리 잡은 대저택 앞에 신선한 짚더미가 쌓여 있었다. 저택 안에는 외국으로 길을 재촉하던, 바로 그 죽어 가던 환자가 있었다.

닫힌 방문 옆에 환자의 남편과 나이 지긋한 여인이 서 있었다. 소파에는 신부가 눈을 내리깔고 견대에 싼 뭔가를 쥐고 앉아 있었다. 구석에 놓인 볼테르식 안락의자에는 노부인(환자의 어머니였다)이 누워 섧게 울고 있었다. 그 옆에는 하녀가 노부인이 청할 때를 대비해 깨끗한 손수건을 손에 들고 서 있었다. 다른 하녀는 뭔가로 노부인의 관자놀이를 문지르며 모자 아래 부인의 센 머리에 입김을 호호 불었다.

「그리스도께서 부인과 함께하시길.」 남편이 문가에 함께 서 있는 나이 지긋한 여인에게 말했다. 「제 아내는 부인을 무척 믿고 의지합니다. 그리고 부인은 제 아내에게 어떻게 말하면 되는지를 아시지요. 그러니 잘 말해서 설득 좀 해주십시오. 가서 얘기를 해주세요.」 그는 그녀에게 문을 열어 주려고 했다. 하지만 사촌은 그를 저지하더니 몇 번이나 눈에 손수건을 갖다 대고 고개를 저었다.

「자, 이제는 운 것처럼 보이지 않겠지.」 그녀가 말하고 스스로 문을 열어 방 안으로 들어갔다.

남편은 몹시 흥분해서 제정신이 아닌 것 같았다. 그는 노부인을 향해 몇 발자국 떼다가 몸을 돌리더니 방을 가로질러 신부에게 다가갔다. 신부는 그를 쳐다보고 눈을 들어 하늘을 바라본 후 한숨을 내쉬었다. 빽빽한 회색빛 턱수염도 같이 위로 들렸다가 내려왔다.

「오, 하느님! 하느님!」 남편이 탄식했다.

「뭘 할 수 있겠습니까?」 신부가 한숨을 쉬며 말하고 또다시 눈과 턱수염을 위로 들었다가 내렸다.

「장모님이 여기 계십니다!」 거의 절망한 상태로 남편이 말했다. 「그분은 견뎌 내지 못할 겁니다. 장모님이 딸을 얼마나 사랑하셨는데요, 얼마나 사랑하셨는데……. 어찌해야 할지 모르겠습니다, 신부님, 신부님이 좀 장모님을 달래서 여기서 나가도록 해주십시오.」

신부는 자리에서 일어나 노부인에게 다가갔다.

「어머니의 마음은 아무도 제대로 알 수가 없지요, 맞는 말입니다. 하지만 주님은 자비로우시답니다.」

노부인의 얼굴이 갑자기 경련을 일으켰다. 그러더니 그녀는 신경질적으로 딸꾹질을 했다.

「주님은 자비로우십니다.」 그녀가 조금 안정을 찾자 신부가 말을 이어 갔다. 「제가 한 가지 말씀드리지요. 제 교구에 마리야 드미뜨리예브나보다 상태가 훨씬 더 안 좋은 환자가 하나 있었습니다. 그런데 특별할 것 하나 없는 한 평민이 약초로 병을 치료했답니다. 시간도 많이 걸리지 않았어요. 그 평민은 지금 모스끄바에 있습니다. 제가 바실리 드미뜨리예비치에게도 얘기했습니다만, 고칠 수 있을지 모릅니다. 적어도 환자분에게 위로가 될 겁니다. 신의 뜻이라면 뭐든 가능하지요.」

「아녜요. 그 애는 더 살지 못해요.」 노부인이 말했다. 「왜 하느님은 내가 아니라 그 애를 데려가실까요.」 그러자 신경질적인 딸꾹질이 너무나 심해져서 다른 감정은 느끼지 못할 정도가 되었다.

환자의 남편은 얼굴을 손으로 가리고 방에서 뛰쳐나갔다.

복도에서 그가 처음 맞닥뜨린 얼굴은 여섯 살짜리 소년이었다. 아이는 손아래 여동생을 전속력으로 뒤쫓고 있었다.

「아이들은 어떻게 할까요? 어머니에게 데려갈까요?」 유모가 물었다.

「아니, 아이들을 보고 싶어 하지 않아요. 정신만 혼란스럽게 할 거요.」

아이는 잠깐 멈춰 서서 물끄러미 아버지 얼굴을 들여다보다가 갑자기 발을 구르고는 즐거운 비명을 지르며 내처 달려갔다.

「말인 척하는 거예요, 아빠!」 여동생을 가리키며 소년이 외쳤다.

그러는 사이 다른 방에서는 사촌이 환자 옆에 앉아 능수능란한 말솜씨로 그녀가 죽음에 대비하도록 애쓰고 있었다. 의사는 다른 쪽 창가에서 물약을 만들었다.

희고 긴 가운을 입은 환자는 온통 쿠션에 둘러싸인 채 침대에 앉아 아무 말 없이 사촌을 바라보았다.

「아, 잠깐만요.」 그녀가 갑작스럽게 말을 끊으며 끼어들었다. 「날 준비시키지 말아요. 날 아이 취급하지 말라고요. 난 기독교 신자예요. 다 알아요. 살날이 얼마 남지 않은 것 알아요. 남편이 내 말을 좀 일찍 들었다면 지금 이탈리아에 있을 거라는 것도 알고요. 그럼 아마도, 정말로 나았을지도 몰라요. 다들 그이에게 그렇게 말했어요. 하지만 어쩌겠어요. 신이 원하시는 대로 되는 거죠. 우리 모두에게 허물이 많다는 것도 알아요. 그렇지만 하느님의 자비를 구하죠. 모두 용서해 달라고. 모두 용서받을 거예요. 난 나 자신을 이해하려고 노력해요. 내게도 허물이 많아요. 하지만 내가 얼마나 고통을 받았는지요. 난 고통을 인내하며 받아들이려고 노력했어요…….」

「그럼 신부님을 모셔 올까? 고해 성사를 하고 나면 한결 더 나아질 거야.」 사촌이 말했다.

환자는 동의한다는 뜻으로 고개를 떨궜다.

「오, 하느님! 이 죄인을 용서하소서.」 그녀가 속삭였다.

사촌은 방을 나가서 신부에게 눈짓을 했다.

「저 사람은 천사야!」 눈에 눈물이 고인 사촌이 남편에게 말했다. 남편은 울음을 터뜨렸고 신부는 방으로 들어갔으며 노부인은 여전히 의식이 없었다. 방은 정적 그 자체였다. 5분 후 신부가 문을 열고 나타나 견대를 풀고 머리카락을 정돈했다.

「다행히 부인은 이제 한결 평온해졌습니다.」 그가 말했다. 「두 분을 보고 싶어 합니다.」

사촌과 남편이 방으로 갔다. 환자는 성상화를 보며 조용히 울고 있었다.

「여보, 축하해.」 남편이 말했다.

「고마워요! 얼마나 기분이 좋아졌는지 몰라요. 불가사의한 달콤함마저 느껴진다니까요.」 환자는 얇은 입술에 살짝 미소를 머금고 말했다. 「하느님은 어찌나 자비로우신지! 그렇지 않아요? 하느님은 자비로우시고 전능하시죠?」 그녀는 다시금 열렬히 기도하며 눈물이 그렁그렁한 눈으로 성상화를 쳐다보았다.

그러다가 불현듯 어떤 생각이 그녀에게 떠오른 것 같았다. 그녀는 남편에게 가까이 오라고 손짓했다.

「당신은 내 부탁을 절대 들어주려 하지 않죠.」 그녀가 약하면서도 불만에 찬 목소리로 말했다.

남편은 목을 길게 빼고 온순하게 그녀의 말을 들었다.

「그게 무슨 말이야, 여보.」

「내가 몇 번을 말했나요. 이 의사들은 아무것도 모른다고, 그냥 평범한 약사들이라고요. 그런 작자들이 고치겠다니……. 신부님이 말씀하시길, 한 평민이 있는데……. 사람을 보내서 데려와요.」

「누굴 데려오라는 거야?」

「세상에! 아무것도 알고 싶지 않은 거로군요!」 환자는 얼굴을 찡그리고 눈을 감았다.

의사가 그녀에게 다가가 손을 잡았다. 맥박은 현저히 약해져 갔다. 그는 남편에게 눈짓을 했다. 환자 역시 그 눈짓을 보고 겁에 질려 주위를 둘러보았다. 사촌은 몸을 돌리고 울음을 터뜨렸다.

「울지 말아요. 스스로를, 또 날 괴롭히지 말아요.」 환자가 말했다. 「울면 내 마지막 평화가 사라질 거예요.」

「넌 천사야!」 사촌이 그녀의 손에 입 맞추며 말했다.

「아녜요. 여기에 키스해 줘요. 망자에게나 손에 키스하죠. 오, 하느님! 하느님!」

그날 저녁 환자는 이미 시체가 되어 저택 홀에 놓인 관에 들어갔다. 문을 닫은 큰 방에서 보제가 크고 단조로운 목소리로 「시편」을 읽었다. 키 큰 은제 촛대에 세워 둔 초가 망자의 창백한 이마와 밀랍 같은 무거운 손, 덮개의 빳빳한 주름에 선명한 빛을 떨구었다. 보제는 자기가 읽는 글의 뜻도 모르는 채 단조롭게 「시편」을 읽어 나갔고 고요한 방에서 그

소리는 기묘하게 울렸다가 사라졌다. 이따금 아이들 목소리와 발소리가 먼 방에서 들려왔다.

「당신께서 외면하시면 어쩔 줄을 모르고…….」「시편」이 낭독되었다. 「숨을 거두어들이시면 죽어서 먼지로 돌아가지만, 당신께서 입김을 불어 넣으시면 다시 소생하고 땅의 모습은 새로워집니다. 야훼의 영광은 영원하소서. 손수 만드신 것 야훼의 기쁨 되소서.」[1]

망자의 얼굴은 엄하고 평온하며 위엄이 있었다. 깨끗하고 차가운 이마에서도, 굳게 다문 입술에서도 아무것도 움직이지 않았다. 살아생전 그녀의 신경은 온통 곤두서 있었다. 그렇지만 지금 낭독되는 위대한 말을 그녀는 조금이라도 이해할까?

## 4

한 달 후 망자의 무덤에 돌로 지은 예배당이 세워졌다. 마부의 무덤에는 아직 비석이 없었다. 세상을 떠난 자의 존재를 알려 주는 유일한 표식인 봉분 위로 밝은 연두색 풀이 자라났을 뿐이다.

「세료자, 너 벌받을 거다.」 하루는 역참의 요리사가 말했다. 「표도르 아저씨를 위해 비석을 사지 않는다면 말이야. 넌 계속 겨울이라 그런 거라고 날씨 타령을 하는데, 왜 약속을 지키지 않는 거니? 내가 있는 자리에서 약속을 해놓고서는

1 「시편」 104장 29~31절.

말이야. 아저씨가 네게 왜 비석을 사지 않느냐고 물으러 벌써 한 번 다녀갔어. 또 오면 그때는 네 목을 조를걸.」

「아니, 뭐, 내가 안 그러겠다고 했나.」 세료자가 대꾸했다. 「말한 대로 비석을 살 거야, 살 거라고. 1루블 반이면 살걸. 잊은 게 아니야. 가져오는 게 문제지. 도시에 가게 되면 살 거라고.」

「십자가도 하나 세워야 한다, 꼭.」 늙은 마부가 받아서 말했다. 「그렇게 하지 않으면 안 된다. 넌 지금도 그 장화를 신고 있잖니.」

「십자가라니, 그걸 어디서 구해요? 어디, 땔나무에서라도 잘라 내라는 말인가요?」

「아니, 얘가 무슨 소리를 하는 게야? 땔나무에서 잘라 낸다니. 도끼를 가지고 일찍 숲에 가서, 거기서 나무를 잘라야지. 물푸레나무나 뭐 그런 나무를 베렴. 그러면 좋은 걸 만들 수 있을 테니. 일찍 가면 파수꾼에게 보드카를 먹이지 않아도 될 거야. 온갖 자질구레한 일에 죄다 보드카를 먹일 수는 없지 않겠어. 일전에 내가 지렛대를 부러뜨려서 제대로 된 걸로 새 걸 깎았는데 아무도 한마디 않더군.」

아침 일찍 동이 틀 무렵 세료자는 도끼를 가지고 숲으로 갔다.

아직 햇빛을 받지 못한 안개가 모든 사물을 차갑고 흐릿하게 덮고 있었다. 눈치채지 못하는 사이, 얇은 구름으로 덮인 둥근 하늘에 희미한 빛이 투영되며 동녘이 밝아 왔다. 아래로는 풀잎 하나, 위로는 나뭇가지에 달린 잎사귀 하나, 미동도 하지 않았다. 그저 가끔씩 우거진 숲에서 나는 날갯짓 소리나 땅에서 나는 바스락거리는 소리가 숲의 고요를 깰

뿐이었다. 숲 가장자리에서 갑자기 이상한, 자연에는 없는 소리가 나더니 사라졌다. 하지만 그 소리는 곧 다시 들렸고 육중한 나무의 몸통 아래서 규칙적으로 반복되었다. 나무의 꼭대기가 보통 때와는 다르게 흔들리기 시작하고 거기 달린 물기 많은 잎들도 뭔가 속삭이기 시작했으며 가지에 앉아 있던 꾀꼬리가 날카로운 소리를 내며 두 번 자리를 옮기더니 결국 꽁지를 움찔거리며 다른 나무로 가서 앉았다.

아래서 나는 도끼 소리가 점점 더 커지면서 물기 많은 흰 나뭇조각들이 이슬을 머금은 풀 위로 떨어져 내리고 도끼질로 가볍게 금이 가는 소리가 들렸다. 나무는 몸 전체로 전율하고 구부러졌다가 재빨리 몸을 폈다. 공포에 질린 나무는 뿌리에서부터 흔들렸다. 일순간 모든 게 조용해졌다. 그러나 또다시 나무는 기울어졌고 또다시 몸통에서 금이 가는 소리가 들렸다. 그리고 큰 가지들을 부러뜨리고 가지를 내려 끌면서 나무가 쓰러져 축축한 땅에 제 몸뚱이를 박았다. 도끼와 발소리가 멎었다. 꾀꼬리는 비명과도 같은 소리를 지르더니 더 위로 포르르 날아올랐다. 꾀꼬리의 날개와 엉켰던 가지가 잠깐 흔들거리다가 다른 가지들처럼 잎새와 함께 조용해졌다. 나무들은 새로 생겨난 공간에서 더욱 즐겁게 가지들을 펼쳐 보였다.

구름 사이를 뚫고 나온 첫 햇살이 하늘에 반짝이고 땅과 하늘을 따라 빛살을 퍼뜨렸다. 안개는 파도처럼 저지대에서 너울거렸고, 이슬은 반짝반짝 잎새 사이에서 뛰놀았으며, 투명하니 하얘진 구름은 파란 하늘을 여기저기 서둘러 내달렸다. 새들은 우거진 숲에서 꿈틀거리고, 마치 어떻게 해야 좋을지 모른다는 듯 행복하게 뭐라고 재재거렸다. 물기 많은 잎사귀들이 나무 꼭대기에서 명랑하고도 태평스럽게 속삭였고, 산 나무의 가지들은 죽어 넘어진 나무 위에서 느리면서도 당당하게 몸을 움직이기 시작했다.

1858년

# 홀스또메르

## 말 이야기

# M. A. 스따호비치를 기억하며[1]

1 이 소설의 줄거리는 「야간 방목」, 「경마 기수」를 쓴 M. A. 스따호비치가 구상해서 작가 A. A. 스따호비치에게 준 것이다.

# 1

하늘은 점점 더 높아지고, 아침 노을은 점점 더 퍼져 가고, 창백한 은빛 이슬은 점점 더 하얘지고, 낫 모양을 한 달은 점점 더 생기를 잃고, 숲은 점점 더 소란스러워지는 가운데 사람들이 하나둘 깨어났다. 주인집 마구간 뜰에서는 말의 콧김 소리가 점점 더 빈번히 들리고 짚을 밟아 대는 소음과 법석대며 뭔가로 다투는 말들의 울음소리도 났다.

「워워! 기다려! 배가 고픈 모양이로구나!」 늙은 마구간지기가 삐걱거리는 문을 열어젖히며 말했다. 「어디로 가려는 거냐?」 문을 밀치고 얼굴을 내미는 암말에게 손사래를 치며 그가 소리를 질렀다.

마구간지기 네스떼르는 헐렁한 외투에 마구를 단 혁대를 두르고 어깨에는 채찍을 걸쳤으며 허리춤에는 헝겊에 싼 빵을 차고 있었다. 손에는 안장과 굴레를 든 채였다.

마구간지기의 빈정거리는 말투에도 말들은 전혀 놀라거나 기분 나빠하지 않고 아무래도 좋다는 듯 천천히 문에서 물러섰다. 딱 한 마리, 갈기가 긴 늙은 흑갈색 암말만이 귀를 접고 재빨리 엉덩이를 돌렸다. 이때 뒤에 선 채 다른 말과 떨어져 있던 젊은 암말이 소리를 지르면서 처음으로 몸이 닿은 말에 엉덩이를 부딪쳤다.

「워워!」 마구간지기는 한층 더 크고 엄하게 외치면서 뜰의 구석으로 향했다.

마구간 안에 있던 (약 1백 마리가량 되는) 말들 가운데 홀로 구석 차양 아래 서서 눈을 찡그리며 헛간의 참나무 기둥을 핥고 있는 점박이 거세마는 전혀 동요하는 기색이 아니었다. 거기서 점박이 거세마가 무슨 맛을 느끼는지는 알 길이 없으나 그 행동을 하는 말은 진지하면서도 생각에 잠긴 표정이었다.

「버릇없게 굴기만 해봐라!」 마구간지기가 말에게 다가가 옆에 있는 말 등 위에 안장과 광이 나는 안장깔개를 놓으며 같은 어조로 말했다.

점박이 거세마는 핥기를 멈추고 꿈쩍도 않은 채 네스뗴르를 지긋이 응시했다. 말은 웃지도 않았고 성내지도 않았으며 찡그리지도 않고 다만 배 전체에 힘을 줘 깊고 무거운 한숨을 쉬고는 옆으로 돌아섰다. 마구간지기는 말의 목을 끌어안고 굴레를 씌웠다.

「웬 한숨이냐?」 네스떼르가 말했다.

거세마는 꼬리를 흔들었는데 마치 이렇게 말하는 것 같았다. 〈뭐, 아무것도 아니오, 네스떼르.〉 네스떼르가 등에 안장깔개와 안장을 놓자 거세마는 귀를 접었다. 불만스럽다는 표시가 분명했지만 그에 대해서는 욕설만이 돌아올 뿐이었고 곧 복대가 조여졌다. 거세마는 심술이 나서 숨을 한껏 들이쉬었다. 그러나 말의 입에 손가락을 집어넣고 무릎으로 배를 가격하자 숨을 뱉어 내야만 했다. 그럼에도 복대를 당겨 잠그자 말은 다시금 귀를 접고 고개를 흔들어 댔다. 그렇게 해서 달라지는 게 없다는 걸 알면서도 말은 어쨌든 불쾌하다는 표시를 해야 한다고 생각했고 앞으로도 표시를 할 터였다. 안장이 놓이자 말은 부은 오른발을 뻗고 재갈을 질겅질겅 씹어 댔다. 그때쯤이면 이제 재갈에서 아무 맛도 안 난다는 걸 알 때도 됐건만, 그 역시 말의 특별한 버릇이었다.

네스떼르는 짧은 등자를 밟고 거세마에 올라타 채찍을 풀고는 무릎 아래로부터 외투를 매만지더니 마부이자 사냥꾼이자 마구간지기 특유의 자세로 앉아 고삐를 잡아당겼다. 거세마는 명령하는 곳으로 갈 준비가 되었다는 표시로 고개를 들었지만 자리에서 움직이지 않았다. 떠나기 전에 말을 탄 채로 다른 마구간지기인 바스까며 말들에게 아직 외칠 것이 많이 있음을 말은 알고 있었다. 아니나 다를까 네스떼르가 소리를 지르기 시작했다. 「바스까! 바스까! 암말은 풀어 놓았겠지? 넌 또 대체 어딜 가는 거냐! 이랴! 자는 거냐? 문을 열어라. 암말들 먼저 지나가게 해.」 운운.

대문이 삐걱거렸다. 바스까는 졸린 얼굴로 시무룩하게 고삐를 쥔 채 문 옆에 서서 말을 내보냈다. 말들은 한 마리씩 조심스레 짚을 밟고 냄새를 맡으며 지나갔다. 젊은 암말, 갈기를 자른 수말, 망아지, 몸이 무거운 암말들이 조심스레, 한 마리씩, 문을 통과했다. 젊은 암말들은 이따금 두세 마리씩 등 너머로 서로 머리를 댄 채 엉키기도 했고 문에서 서두르기도 했다. 그럴 때는 예외 없이 마구간지기들로부터 욕설이 날아들었다. 망아지들은 어미의 힝힝대는 소리에 답해 가끔 다른 암말의 발밑에 뛰어들어 요란하게 울부짖었다.

젊고 쾌활한 암말은 대문을 나가자마자 고개를 숙였다가 옆으로 돌리고 뒤돌아서 크게 힝힝거렸다. 하지만 그래도 몸에 건초가 덕지덕지 붙은 늙은 잿빛 말 줄디바를 제치고 감히 나서지는 못했다. 줄디바는 양옆으로 배를 흔들며 조용하고도 육중한 걸음으로, 늘 그렇듯 맨 앞에서 차분하게 나아가고 있었다.

몇 분 전만 해도 가득 찬 채 활기 넘치던 우리는 쓸쓸하게도 텅 비어 버렸다. 빈 차양 아래로 기둥들이 음울하게 두드러졌고 배설물과 섞여 짓밟힌 짚 더미만이 보일 뿐이었다. 이런 텅 빈 광경이 아무리 익숙할지라도 점박이 거세마에게는 우울한 영향을 끼친 것 같았다. 말은 절을 하듯 천천히 고개를 숙였다가 들고는 꽉 죈 복대가 허락하는 한 한숨을 쉬었다. 그리고 굽은 채 쭉 펴지지 않는 다리로 말 떼 뒤를 천천히 따라갔다. 앙상한 등에는 늙은 네스떼르를 태우고 있었다.

〈그래, 이제 길에 나서면 그는 성냥불을 붙인 다음 구리로 테를 두르고 고리가 달린 나무 파이프를 피우겠지.〉 거세마는 생각했다. 〈난 아침 일찍 이슬이 내린 이 시간이 좋아. 이 냄새가 좋아. 즐거운 걸 많이 생각나게 해주거든. 딱 하나 안 좋은 건, 파이프를 문 이 영감이 자기가 뭐라도 되는 양 언제나 으스대면서 옆으로, 꼭 옆으로 앉는다는 거다. 난 그쪽이 아픈데 말이야. 하지만 뭐, 하느님 뜻이지. 내가 다른 이들의 즐거움을 위해 고통을 당하는 게 어디 하루 이틀 일인가. 심지어 난 거기서 말로서의 기쁨 비슷한 걸 느끼기 시작했는 걸. 그냥 으스대라고 해, 불쌍한 인간 같으니. 아무도 보지 않는데 혼자서 뻐기고 있으니. 옆으로 앉으라지 뭐.〉 거세마는 이렇게 생각하고 흰 다리를 조심스레 떼어 놓으며 길 한 가운데로 걸었다.

## 2

말들이 풀을 뜯을 강가에 이르자 네스떼르는 말에서 내려 안장을 풀었다. 그러는 사이 말들은 아직 짓밟히지 않은 초원에 천천히 흩어졌다. 초원은 이슬과 그 주위를 흐르는 강에서 피어오르는 아지랑이로 덮여 있었다.

점박이 거세마에게서 굴레를 벗긴 네스떼르가 말의 목 아래를 긁어 주자 거세마는 감사와 만족의 표시로 눈을 감았다. 「좋아하는구나, 늙은 녀석!」 네스떼르가 말했다. 거세마는 사실 이렇게 긁어 주는 것을 조금도 좋아하지 않았지만 점잖게 행동하느라 좋아하는 척, 그렇다는 표시로 고개를 돌렸다. 하지만 별안간에, 아무 이유도 없이 네스떼르가 전혀 예기치 않은 행동을 했다. 너무 친숙하게 대하면 거세마가 허튼 생각을 할까 싶어 갑자기 거세마의 머리를 밀쳐 내고 굴레를 휘둘러 거기 달린 꺾쇠로 거세마의 비쩍 마른 다리를 매우 아프게 내려친 것이다. 그러고는 아무 말도 없이 둔덕의 그루터기로 향했다. 그는 보통 그 근처에 자리를 잡고 앉았다.

그 행동이 거세마를 화나게 했지만 말은 전혀 그런 내색 없이 털이 듬성한 꼬리를 천천히 흔들고 뭔가 킁킁 냄새를 맡으며, 생각을 쫓으려고 풀을 뜯으며 강가로 갔다. 말은 주위에서 아침의 기쁨에 취한 젊은 암말이나 갈기를 자른 수말이나 망아지들이 하는 행동에 전혀 눈길을 주지 않은 채, 자기 나이에는 특히 먼저 빈속에 물을 양껏 들이켠 후 먹어야 건강에 좋다는 것을 알기에, 될 수 있는 한 넓고 완만한 강변을 골라 말발굽과 발목을 적시면서 물에 코를 들이밀어 갈라진 입술 사이로 물을 마시고 불러 가는 옆구리를 흔들며 만족감에 젖어 숱 적고 짧은 얼룩 꼬리를 흔들어 대기 시작했다.

늘 나이 든 말을 못살게 굴고 말썽을 부리는 장난꾸러기 밤색 말이 물길을 따라 거세마에게 다가왔다. 자기 필요 때문인 것처럼 굴었지만 사실은 거세마 코앞의 물을 흐려 놓을 심산이었다. 그러나 점박이는 이미 양껏 물을 마셨기 때문에 밤색 말의 의도를 눈치채지 못한 척하면서 진흙에 빠져 있던 발을 하나씩 빼내고 고개를 흔든 후 젊은 말들과 거리를 유지한 채 옆으로 가서 풀을 뜯기 시작했다. 풀잎 하나도 밟지 않으려고 여러 모양으로 다리를 벌려 가며 거세마는 거의 한 번도 몸을 펴지 않고 세 시간은 족히 풀을 뜯었다. 말라빠진 삐죽한 갈빗대에 자루가 매달린 양 배가 늘어질 정도로 잔뜩 먹은 후 말은 아픈 네 다리로 균형을 잡고 섰다. 특히 앞쪽 오른발이 제일 약했는데 그런 자세를 취해야 그나마 덜 아팠다. 그 자세로 말은 잠이 들었다.

위풍당당한 노년이 있는가 하면 끔찍한 노년도 있고 처량한 노년도 있다. 끔찍하면서도 동시에 위풍당당하기도 하다. 점박이 거세마의 노년이 바로 그러했다.

거세마는 2아르신 3베르쇼끄[2] 정도로 키가 컸다. 색깔은

2 아르신*arshin*과 베르쇼끄*vershok*는 과거 제정 러시아에서 사용한 길이 단위로 1아르신은 약 71.12센티미터, 1베르쇼끄는 약 4.4센티미터이다.

검은 점박이었다. 예전에는 검었던 점이 지금은 우중충한 밤색이 되었다. 반점은 세 개였다. 하나는 머리에 있었는데 코 옆에서 구부러진 흰 얼룩으로 시작해 목 중간까지 퍼져 있었다. 이가 들끓는 긴 갈기의 어느 곳은 희고 어느 곳은 밤색을 띠었다. 두 번째 반점은 오른쪽 옆구리를 따라 배 중간까지 뻗어 있었고 엉덩이에 있는 세 번째 반점은 꼬리 윗부분을 덮고 대퇴부까지 이어져 있었다. 꼬리의 나머지 부분은 희끄무레하면서 얼룩덜룩했다. 뼈가 앙상한 커다란 머리를 보면 눈 위가 푹 꺼졌고 언젠가 부르튼 적이 있는 검은 입술은 축 처진 채 마치 나무로 만든 것처럼 뻣뻣하니 메마른 목 아래로 무겁게 늘어졌다. 늘어진 입술 사이로는 한쪽으로 깨문 검은 혀와 아랫니의 누런 밑동이 보였다. 끝이 잘린 귀 한쪽을 비롯해 양쪽 귀는 옆으로 낮게 접혀 있었고 날아드는 파리들을 쫓을 때만 가끔씩 느릿느릿 흔들렸다. 아직 긴 털 한 타래가 앞쪽 갈기로부터 귀 뒤쪽으로 늘어져 있었고 훤한 이마는 깊고 거칠었으며 넓은 광대뼈에는 피부가 자루처럼 처져 있었다. 목과 머리에 뭉친 혈관은 파리가 부딪칠 때마다 움찔하면서 떨렸다. 말의 표정은 엄격하면서도 참을성 있고 생각이 많으면서도 고통에 차 있었다.

앞발은 무릎에서 활처럼 굽었고 양쪽 말발굽에 혹이 있는데 다리 중간까지 반점이 뻗어 있는 한쪽 무릎 근처에 주먹만 한 크기로 혹이 나 있었다. 뒷다리는 비교적 싱싱했다. 하지만 대퇴부는 보아하니 이미 오래전에 반들반들해져서 더 이상 털이 나지 않았다. 마른 몸에 비해 다리는 죄다 비정상적으로 길어 보였다. 강파른 갈비뼈가 너무 팽팽하게 드러나 있어서 가죽이 그 사이에서 말라붙은 것 같았다. 목과 등에 오래전에 구타당한 흔적이 남아 있고 뒤편에는 생긴 지 얼마 안 된, 붓고 곪은 상처가 보였다. 요추가 드러나 보이는 검은 꼬리의 뿌리 부분은 길고 털이 거의 없는 상태로 돌출되어 있었다. 꼬리 근처의 갈색 엉덩이에는 흰 털이 웃자란, 손바닥 크기의 상처가 있었는데 아마 물린 것 같았다. 다른 상처는 앞의 어깨뼈 쪽에 있었다. 뒷무릎과 꼬리는 끊이지 않는 배탈 때문에 지저분했다. 몸 전체에 난 털은 짧지만 꼿꼿했다. 추한 노쇠함에도 불구하고 이 말을 보면 전문가는 물론 누구나 자연히 생각하게 된다. 젊었을 때에는 아주 훌륭한 말이었을 거라고.

전문가는 심지어 이렇게도 말할 것이다. 그렇게 넓은 뼈와 어마어마한 대퇴골, 말발굽, 또 그와 같은 섬세한 다리뼈, 목의 자세 그리고 무엇보다 머리뼈를 비롯해 크고 검으며 밝은 눈, 머리와 목 옆의 순종다운 혈관 조직, 섬세한 가죽과 머리털을 가진 말은 러시아에 단 한 종뿐이라고. 실제로 이 말의 모습에는 어떤 위풍당당함이 있다. 그리고 그건 그 말 안에서 서로 충돌하는 성질들, 즉 얼룩덜룩한 털로 강조되는 노쇠함과, 스스로 아름다움과 힘을 자각하고 자신감과 침착함을 표현하는 태도가 마구 섞이는 데서도 나타난다.

말은 살아 있는 폐허처럼 이슬이 내린 초원 한가운데 서 있었다. 그로부터 멀지 않은 곳에서는 여러 군데로 흩어진 말 떼가 발을 구르고 콧김을 내뿜으며 힝힝거리고 울어 대는 소리가 들렸다.

## 3

해는 이미 숲 위로 높이 떠올라 풀과 강의 굽이진 곳에서 환하게 빛났다. 이슬은 말라 가면서 방울로 뭉쳐, 못 근처며 숲 위로 가느다란 연기처럼 떠올라 아침의 마지막 안개를 흩뜨렸다. 구름은 구불거렸지만 바람은 아직 없었다. 강 너머로는 뿔 모양으로 모이며 자라는 푸른 밀밭이 펼쳐져 싱그러운 풀과 꽃 냄새가 났다. 뻐꾸기가 숲에서 쉰 소리로 뻐꾹거렸고 등을 대고 누운 네스떼르는 앞으로 몇 년이나 더 살까를 생각했다. 종달새들이 밀밭과 초원으로부터 솟아올랐다. 굼뜬 토끼는 말 떼 사이에 들어왔다가 공터로 뛰쳐나가 덤불가에 앉아 귀를 쫑긋거렸다. 바스까가 고개를 풀에 처박은 채 선잠을 자는 동안 암말들은 그를 지나쳐 아래쪽으로 더 넓게 퍼졌다. 늙은 말들은 콧김을 내뿜으며 이슬 맺힌 길을 따라 선명한 자국을 남기며 아무에게도 방해받지 않을 만한 곳을 찾아 골랐다. 늙은 말들은 더 이상 풀을 뜯어 먹지 않고 맛난 풀만 조금씩 맛보았다. 말 떼는 어느 사이엔가 한 방향으로 움직이고 있었다. 그리고 다른 때처럼 늙은 줄디바가 맨 앞에 서서 차분하게 걸음을 옮기며 앞으로 더 나아갈 수 있음을 보여 주었다. 처음 새끼를 낳은 젊은 흑마 무쉬까는 꼬리를 쳐들고 계속 크게 울어 대면서 연보랏빛 망아지에게 콧김을 뿜었다. 새끼는 무릎을 떨며 어미 옆에 딱 붙어 있었다. 새끼가 없는 흑갈색 말 라스또찌까는 공단처럼 반드르르하고 윤기 흐르는 털을 가졌는데 비단 같은 검은 갈기가 이마와 눈을 가리도록 고개를 숙이고는 풀을 가지고 놀았다.

풀을 뜯었다가 내버리기도 하고 이슬에 젖은 보송보송한 발로 탁탁 치기도 했다. 좀 나이가 든 망아지 가운데 한 녀석은 무슨 놀이를 생각해 낸 모양으로 벌써 스물여섯 번이나 짧고 곱슬거리는 꼬리를 멋지게 쳐들고는 어미 주위에서 원을 그리며 뛰어다녔다. 새끼의 성격을 잘 아는 어미는 태평스레 풀을 뜯으며 그저 가끔씩 크고 검은 눈을 들어 녀석을 곁눈질할 뿐이었다. 가장 어린 망아지들 중 한 마리는 검고 머리가 큰 데다가 귀 사이의 갈기가 놀랍도록 꼿꼿했으며 어미의 배 안에 있을 때부터 그랬던 것처럼 꼬리가 한쪽으로 말려 있었다. 그 망아지는 한자리에서 미동도 하지 않은 채 귀를 쫑긋 세우고는 생기 없는 눈을 고정시켜 주위에서 깡충거리며 뛰어다니는 망아지를 골똘히 쳐다보고 있었다. 그러나 그 망아지를 부러워하는 것인지, 아니면 그 망아지가 왜 그러는지 가늠하려고 그러는 것인지는 알 길이 없다. 어떤 망아지들은 코를 밀쳐 대고, 또 어떤 망아지들은 왜 그러는지는 모르겠지만 어미가 부르는데도 불구하고 뭔가를 찾는 듯이 반대편으로 보폭도 좁고 어색하게 뜀박질을 쳤다가 또 뭣 때문인지는 모르겠으나 멈춰 서서 구슬프고도 새된 울음소리를 냈다. 그런가 하면 어떤 망아지들은 옆으로 나란히 눕고, 다른 망아지들은 풀을 뜯는 법을 배우고, 또 다른 망아지들은 뒷다리로 귀 뒤쪽을 긁기도 했다. 새끼를 낳은 암말 두 마리는 따로 떨어져서 천천히 발을 옮기며 계속 풀을 뜯어 먹었다. 보아하니 다른 말들은 그 두 암말의 행동을 존중하는 것 같았다. 젊은 말들 중 아무도 감히 그 옆으로 가거나 방해하지 않았다. 만일 어느 장난꾸러기가 그 말들에 가까이 다가갈 생각을 한다면 귀나 꼬리의 움직임 하나만으로도 그 행동이 얼마나 잘못된 것인가를 보여 주기에 충분했다.

갈기를 자른 수말과 한 살배기 암말들은 벌써 장성해 나이 지긋한 말처럼 구느라 깡총거리지도 않고 즐겁게 무리를 이루었다. 말들은 백조처럼 목을 구부려 점잖게 풀을 뜯었고 긴 꼬리를 가진 양 빗자루 같은 꽁지를 흔들었다. 어떤 말들은 장성한 말처럼 누워서 구르기도 하고 서로 긁어 주기도 했다. 가장 즐거운 무리는 두세 살 먹은 암말들과 새끼가 없는 암말들로 이루어져 있었다. 다른 말들과는 섞이지 않고 거의 언제나 자기들끼리 다니는 그 말들은 마치 행복한 처녀들 같았다. 그들 사이에서는 발을 구르고 차는 소리, 힝힝대는 소리, 말 울음소리가 들렸다. 그 말들은 모여서 서로 어깨 너머로 머리를 대고 냄새를 맡기도 하고 펄쩍 뛰기도 했으며 가끔은 콧소리를 내며 꼬리를 치켜들고 반은 속보로 반은 느긋한 걸음으로, 거만하고도 교태 넘치게 다른 말들 앞으로 나아갔다. 이 젊은 암말들 중에서도 으뜸가는 미모와 머리를 가진 녀석은 장난꾸러기 밤색 말이었다. 그 말이 생각해 낸 거라면 다른 말들도 모두 따라 했다. 가령 그 말이 가는 곳이면 다른 아름다운 말들도 그 말을 따라갔다. 이 장난꾸러기는 그날 아침따라 장난기가 발동했다. 사람에게 그럴 때가 있는 것처럼 유쾌한 기분에 사로잡힌 것이다. 물가에서 늙은 말에게 장난을 쳤던 녀석은 강가를 따라가며 뭔가에 놀란 척 낑낑거리더니 전속력으로 들판을 내달렸다. 그래서 바스까는 그 녀석과 그 뒤를 따라 달리는 말들을 쫓아가야만 했다. 그런 다음에는 잠시 풀을 먹더니 빈둥대면서 늙은 말들을 못살게 굴기 시작했다. 우선 늙은 암말들 앞으로 가서 망아지 한 마리를 치받은 후 물기라도 할 듯이 그 뒤를 따라 달리는 것이었다. 어미 말은 놀라서 먹던 걸 그만두고 망아지는 애처로운 소리로 비명을 질렀다. 그러나 장난꾸러기 말은 망아지를 전혀 건드리지 않고 그저 겁만 주며 다른 말들이 구경하게 했다. 다들 그 장난을 좋아라 하며 보았다. 이어서 장난꾸러기 말이 생각해 낸 것은 잿빛 말의 마음을 빼앗는 일이었다. 잿빛 말은 강에서 멀리 떨어진 밀밭에서 쟁기를 매단 채 농부와 쟁기질을 하고 있었다. 장난꾸러기 암말은 멈춰 서서 거만하게 약간 옆으로 고개를 치켜들고 몸을 한 번 흔든 다음 달콤하고도 부드럽게, 소리를 길게 끌며 울었다. 그 소리에는 장난기와 감정이, 모종의 애잔함이 있었다. 사랑을 향한 갈망, 사랑의 약속, 연모의 감정 또한 담겨 있었다.

저기 무성한 갈대숲의 뜸부기는 이리저리 뛰어다니며 열정적으로 연인을 부른다. 또 저기 뻐꾸기며 메추라기도 사랑을 노래하고 꽃도 향긋한 꽃가루를 바람에 실어 서로에게 보낸다.

〈그처럼 나도 젊고 예쁘고 힘이 넘쳐.〉 이것이 장난꾸러기 암말이 내는 소리였다. 〈그런데 이제까지 이 달콤한 감정을 경험할 기회가 내겐 없었어. 그뿐 아니라 애인도 하나 없었고 아무도 날 봐주지 않았어.〉

이렇게 의미가 충만한 소리가 구슬프고도 싱그럽게 아래로, 들판으로, 멀리 울려 퍼져 잿빛 말의 귀에 들어갔다. 말은 귀를 세우고 멈춰 섰다. 농부가 짚신 신은 발로 말을 걷어찼지만 잿빛 말은 멀리서 들려온 은빛 소리에 정신이 팔려 자기도 울음소리를 냈다. 농부는 잔뜩 화가 나서 고삐를 바짝 잡아당기고 복부에 발길질을 했다. 말은 울음소리를 내다가 멈추고 밭을 갈았다. 하지만 잿빛 말의 기분은 달콤하고도 슬퍼졌다. 열정적으로 시작된 말의 울음소리와 화난 농부의 목소리가 먼 밀밭에서 한동안 말 떼에게 날아들었다.

장난꾸러기 암말이 낸 소리 하나만으로도 자기 임무를 잊을 정도로 넋이 나갔는데, 만일 잿빛 말이 그 장난꾸러기 암말의 아름다운 자태를, 그러니까 그 장난꾸러기 암말이 귀를 쫑긋 세우고 콧구멍을 벌려 공기를 들이마시고, 젊고 아름다운 몸을 온통 떨면서 어디론가 뛰쳐나가며 잿빛 말을 부르는 그 모습을 보았다면 어떻게 되었을까?

하지만 장난꾸러기 암말은 자기가 불러일으킨 인상에 대해서는 길게 생각하지 않았다. 잿빛 말의 목소리가 잦아들자 장난꾸러기 말은 조롱하듯 한 번 더 울음소리를 내더니 고개를 숙이고 발로 땅을 파기 시작했다. 그러고는 점박이 거세마를 자극하고 놀리려 했다. 점박이 거세마는 이런 행복한 젊은 말들에게 늘 수모와 놀림을 당하는 입장이었다. 점박이 거세마에게는 사람들보다도 이런 젊은 말들이 더 고통스러웠다. 점박이 거세마는 사람에게도 말에게도 나쁜 짓을 하는 법이 없었다. 사람에게 점박이 거세마는 필요한 존재였다. 그런데 왜 젊은 말들은 그를 못살게 구는 것일까?

## 4

그는 늙고 다른 말들은 젊다. 그는 말랐고 다른 말들은 토실토실하다. 그는 재미없지만 다른 말들은 명랑하다. 어쩌면 그는 완전히 낯설고, 섞이지 못하는 이질적인 존재인지 모른다. 그래서 그를 불쌍히 여길 필요조차 없는지 모른다. 말은 그저 자기 자신만을 연민하고, 간혹 자기를 대입해 볼 수 있는 말 정도만을 동정한다. 늙고 여위고 추한 게 어디 점박이 거세마의 잘못인가? ……아닐 것이다. 그렇지만 젊은 말의 기준으로 그것은 그의 잘못이며, 힘 있고 젊으며 행복한 그들, 모든 게 미래인 그들, 쓸데없이 근육을 떨어 대고 꼬리를 위로 빳빳이 들어 올리는 그들이 늘 옳다. 아마도 점박이 거세마 역시 그걸 이해하고 평상시에는 동의할지 모른다. 자신은 이미 생을 다 살았고, 그 삶에 대해 대가를 치러야 한다는 점에서 그 모든 것이 자신의 잘못이라고. 그러나 어쨌든 그는 말이었고 따라서 제 녀석들 스스로도 결국 삶의 끝자락에 가서는 처하게 될 바로 그 상황을 이유로 그를 못살게 구는 젊은 말들을 보며 모욕감과 슬픔, 분노를 느끼지 않을 수 없었다. 말들이 드러내는 잔인함의 원인은 또한 귀공자 의식이기도 했다. 그들은 하나같이, 어미 쪽으로든 아비 쪽으로든, 유명한 스메딴까의 족보에 들어가 있었다. 그러나 거세마는 족보가 없었다. 거세마는 3년 전에 장터에서 지폐 18루블에 구입된 떠돌이 말이었다.

밤색 암말은 산책이라도 하듯이 점박이 거세마의 코앞으로 바짝 다가와 그에게 부딪쳤다. 그게 뭐하려는 짓인지 이미 알고 있었기에 그는 눈을 감은 채 귀를 접고 이를 드러내며 웃었다. 암말은 엉덩이를 돌리더니 그를 때리고 싶다는 표정을 지었다. 거세마는 눈을 뜨고 다른 쪽으로 갔다. 잠을 자고 싶은 욕구가 사라졌기에 그는 풀을 뜯기 시작했다. 장난꾸러기 말은 이번에는 친구들을 대동하고 다시 거세마에게 다가왔다. 이마에 흰 반점이 있는 두 살배기 암말은 매우 아둔했는데 남을 따라 하는 이들이 언제나 그렇듯이 선동자를 흉내 내면서 더 극성을 떨었다. 밤색 말이 여느 때처럼 자기 볼일 때문인 양 다가와 거세마를 보지 않으면서 바로 옆을 지나쳤다. 화를 내야 할지 말아야 할지 판단하지 못하는 그의 모습이 재미있었던 것이다.

밤색 말은 한 번 더 똑같은 짓을 했다. 하지만 그 뒤를 따르던 흰 점박이는 너무나 들떠 있던 나머지 아예 가슴으로 거세마를 받았다. 거세마는 다시금 이를 드러내고 비명을 지르더니 예상치 못한 속력으로 말에게 달려들어 넓적다리를 깨물었다. 흰 점박이는 몸 뒷부분 전체를 이용해 밀치면서 늙은 말의 앙상하게 헐벗은 갈비뼈를 거세게 공격했다. 늙은 말은 신음 소리까지 냈고 곧 다시 달려들려 했지만 생각을 고쳐먹고 무겁게 한숨을 쉬면서 옆으로 물러났다. 말 떼의 젊은 말들은 모두 점박이 거세마가 흰 점박이 암말에게 한 대담한 행동에 모욕감을 느끼기라도 한 듯 종일 그가 먹는 것을 방해하며 한순간도 가만 놔두지 않았다. 마구간지기는 몇 번이나 말들을 진정시켜야 했지만 말들이 왜 그러는지 알 수 없었다. 거세마는 어찌나 울화통이 터졌는지 네스떼르가 말 떼를 몰아 돌아가려고 할 때 스스로 영감에게 다가갈 정도였고, 안장이 얹히고 네스떼르가 올라탔을 땐 더 큰 행복과 평온함을 느꼈다.

늙은 거세마가 등에 네스떼르 영감을 태우고 가면서 무슨 생각을 했는지는 신만이 아실 것이다. 성가시고 잔인한 젊은 말들을 생각하며 씁쓸해했을지, 아니면 늙은이들이 흔히 그러하듯 자신을 모욕한 치들을 자존심 때문에 아무 말 없이 경멸하며 용서했을지. 집에 도착할 때까지 그는 무슨 생각을 하는지 전혀 드러내지 않았다.

그날 밤 네스떼르에게 친구들이 찾아왔다. 농노들의 오두막집 옆을 지나 말 떼를 몰다가 그는 현관 앞에 말이 매인 수레가 묶여 있는 것을 보았다. 말 떼를 몰아넣은 그는 마음이 몹시 급했다. 그래서 안장을 끄르지도 않고 거세마를 뜰에 풀어 놓으면서 바스까에게 안장을 풀라고 소리치고는 대문을 닫고 친구들에게로 갔다. 말 시장에서 구입한, 아비도 어미도 모르는 〈지저분한 쓰레기〉가 스메딴까의 손녀인 흰 점박이 암말에게 모욕을 가한 결과인지, 그래서 그 마구간의 귀족적 정서에 모욕이 가해진 결과인지, 혹은 안장은 높게 얹었으나 말 탄 사람은 보이지 않는 광경이 말들에게 기묘하게 비쳐서인지 그날 밤 마구간 안에서는 뭔가 범상치 않은 일이 발생했다. 나이를 가리지 않고 말이란 말은 죄다 이를 드러내 놓고 뜰을 휘저으며 거세마를 쫓아다녔다. 그의 여윈 옆구리에 퍼부어지는 말발굽 소리와 무거운 신음 소리가 울려 퍼졌다. 거세마는 더 이상 버틸 재간이 없었다. 더 이상 공격을 피할 수도 없었다. 그는 뜰 한복판에 멈춰 섰다. 그 얼굴에는 무력한 노년에 대한 추하고도 허약한 원통함이 서렸고 그다음에는 절망이 나타났다. 그는 귀를 떨구었고, 문득 무슨 일이 일어났다. 별안간에 말들이 모두 조용해졌다. 가장 나이가 많은 암말 뱌조뻬리하가 다가와 거세마의 냄새를 맡더니 한숨을 쉬었다. 거세마도 한숨을 쉬었다.

## 5

달빛이 빛나는 뜰 한가운데 크고 여윈 거세마가 앞뒤로 불룩 솟은 안장을 높이 얹은 채 서 있었다. 다른 말들은 깊은 정적에 잠긴 채 그로부터 뭔가 새롭고 신기한 것을 알게 됐다는 듯 미동도 않고 서 있었다. 그리고 실제로 그러했다. 그로부터 새롭고 신기한 것을 알게 되었다.

다음은 말들이 그로부터 알게 된 것이다.

첫째 날 밤

「그렇다. 나는 류베즈니[3] 1세와 바바의 아들이다. 족보에 올라 있는 내 이름은 무지끄[4] 1세다. 족보상으로는 무지끄지만 밖에서는 홀스또메르다. 사람들이 나를 그렇게 부른 이유는 내 보폭이 크고 넓었기 때문으로 러시아에서 그 누구도 그처럼 보폭이 넓지 않았다. 출신으로 치자면 말의 세계에서 나보다 더 혈통 좋은 말은 없다. 여태껏 난 너희들에게 이 얘기를 한 적이 없다. 왜? 너희들은 날 절대로 알아보지 못했을 거다. 흐레노보에서부터 나와 함께 했던 뱌조뿌리하도 나를 알아보지 못하다가 이제야 겨우 알아챈걸. 난 절대로 너희들에게 이 얘기를 하지 않았을 거다. 말의 동정은 필요하지 않으니까. 그러나 너희들이 원했다. 그래, 내가 바로 그 홀스또메르다. 사냥꾼들이 찾아 헤맸으나 찾지 못한. 백작은 알고 있었지만 자기가 총애하는 레베디보다 잘 달리는 나를

3 Liubezhnyi. 러시아어로 〈친절한〉이라는 뜻이다.

4 Muzhik. 러시아어로 〈농부〉를 뜻한다.

우리에서 내쫓았지. 내가 바로 그 홀스또메르다.

*

태어났을 때 난 점박이가 무엇을 뜻하는지 알지 못했다. 그냥 내가 말이라고만 생각했다. 기억하건대, 내 털 색깔에 대해 하는 말을 처음 들었을 때 나와 어머니는 무척 놀랐다. 난 밤에 태어났고, 새벽녘 어머니가 핥아 줄 때 벌써 다리로 일어서 있었다. 기억하건대 난 뭔가 마구 하고 싶었고, 내게는 모든 게 지극히 놀라워 보였으며 동시에 단순해 보였다. 우리가 있던 마구간의 칸막이는 길고 따뜻한 통로에 있었고 격자문을 통해 모든 게 다 보였다. 어머니는 내게 젖꼭지를 내밀어 주었지만 나는 아직 뭐가 뭔지 몰라서 어머니의 앞다리 아래 코를 들이밀기도 하고 젖 밑에 넣기도 했다. 그런데 갑자기 어머니가 격자문으로 고개를 돌리더니 내 위로 뻗었던 다리를 움직여 옆으로 물러났다. 당직인 마구간지기가 격자문을 통해 칸막이 안에 있는 우리를 쳐다봤다.

〈어라, 바바가 새끼를 낳았네.〉 이렇게 말하고 그는 걸쇠를 풀었다. 그러고는 신선한 짚이 깔린 자리로 들어와 나를 팔에 안았다. 〈이것 보게, 따라스.〉 그가 소리를 질렀다. 〈얼마나 얼룩덜룩한지. 완전 까치 같군.〉

난 그에게서 재빨리 몸을 빼냈지만 무릎이 접혀 넘어졌다.

〈이것 보게, 악마 녀석이야.〉 그가 내뱉었다.

어머니는 불안해했지만 날 보호하려 들지 않고 그저 깊게 한숨을 쉰 후 약간 옆으로 물러설 뿐이었다. 마구간지기들이 와서 나를 보았다. 한 명은 마구간 관리인에게 보고하러 뛰어갔다. 모두가 내 얼룩 반점을 보며 웃어 댔고 여러 가지 이상한 이름을 생각해 냈다. 나나 어머니는 그 말들이 무슨 뜻인지 이해하지 못했다. 여태껏 우리 중에서, 또 내 친척들을 다 보아도 점박이는 하나도 없었다. 하지만 그렇다고 해서 뭐가 잘못됐다고는 생각하지 않았다. 당시 모두가 내 체격과 체력을 칭찬했다.

〈허, 민첩한 놈이군.〉 마구간지기가 말했다. 〈잡고 있을 수가 없네그려.〉

시간이 조금 지난 뒤 마구간 관리인이 오더니 내 색깔을 보고 놀랐다. 슬퍼하는 것처럼 보이기까지 했다.

〈이게 웬일이냐. 장군은 이놈을 마구간에 두지 않으실 게야. 어휴, 바바, 네가 날 아주 곤란하게 하는구나.〉 그가 내 어머니에게 말했다. 〈흰 점이나 한두 개 박혔으면 좋으련만. 이놈은 온통 점박이가 아니냐!〉

내 어머니는 아무 대꾸도 않고 그럴 때면 늘 하듯이 다시 한 번 한숨을 쉬었다.

〈아니, 어쩌다가 이런 흉측한 꼴이 되었담. 완전히 촌놈이구먼.〉 그가 말을 이어 갔다. 〈창피해서 절대 마구간에 둘 수 없어. 그렇지만 잘생겼네, 아주 잘생겼어.〉 그가 말하자 다른 사람들도 모두 나를 보면서 그렇게 이야기했다. 며칠 후 장군이 직접 날 보러 왔고 모두는 또다시 뭔가에 몸서리치며 내 털 색깔을 가지고 나와 어머니를 욕했다. 〈그렇지만 잘생겼네, 아주 잘생겼어.〉 날 보기만 하면 누구든 그렇게 거듭 말했다.

봄이 될 때까지 우리 망아지들은 따로따로 어머니 우리에서 지냈다. 그러다가 지붕의 눈이 햇볕에 녹을 때쯤 가끔씩 어머니와 함께 신선한 짚이 깔린 넓은 뜰로 내보내졌다. 거기서 난 처음으로 내 친척들을 알게 되었다. 가까운 친척, 먼 친척 모두 말이다. 거기서 난 당시 유명하던 암말들이 새끼를 데리고 문 밖으로 나오는 것을 보았다. 거기에는 늙은 골랸까, 스메딴까의 딸인 무쉬까, 끄라스누하, 승마용 말인 도브로호찌하가 있었다. 당시 이름을 날리던 말이 거기 다 있었고 자기 새끼들과 함께 햇빛을 즐기며 신선한 짚 위를 노닐고 킁킁대며 서로 냄새를 맡는 모습은 보통 말과 다름이 없었다. 당시 아름다운 말들이 가득했던 그 마구간의 모습을 난 지금도 잊을 수가 없다. 내가 젊고 발랄했다는 게 너희들에게는 이상하게 생각되고 믿기지 않겠지만, 그랬었다. 여기 뱌조뿌리하가 있지만 그때는 겨우 한 살짜리 망아지였다. 상냥하고 명랑하며 발랄한 말이었지. 뱌조뿌리하가 듣기 싫어할지 모르지만 그래도 말한다면, 너희들 사이에서는 뱌조뿌리하가 진귀한 혈통으로 여겨지긴 해도 당시에는 그중 못한 축에 속했다. 그건 뱌조뿌리하가 직접 너희들에게 확인해 줄 거다.

사람들은 내가 얼룩덜룩 점박이인 걸 아주 싫어했지만 말들은 모두 무척 좋아했다. 나를 에워싸고 감탄하면서 나와 놀았다. 난 사람들이 내가 점박이인 데 대해 뭐라고 말했는지 잊어 갔고 행복하다고 느꼈다. 그러나 곧 인생의 첫 슬픔을 맛보았는데 그 원인은 어머니였다. 어느덧 눈이 녹기 시작하고 차양 밑에서 참새가 짹짹거리며 공기 중에서 봄이 완연히 느껴질 무렵, 어머니가 나를 대하는 태도에 변화가 생겼다. 어머니의 성정 자체가 완전히 달라졌다. 갑자기 아무 이유 없이 뜰을 뛰어다니면서 노닥거렸는데 그건 어머니의 지긋한 나이에 전혀 어울리지 않는 행동이었다. 그런가 하면 생각에 잠겨 울음소리를 내기도 했다. 한배에서 난 다른 암말들을 물어뜯고 치받기도 했다. 어떤 때는 킁킁대며 내 냄새를 맡고는 불만 섞인 콧김을 내뿜었다. 또 어떤 때는 양지로 나가며 사촌인 꿉치하의 어깨 너머로 자기 머리를 기대고는 오랫동안 생각에 잠긴 채 꿉치하의 등을 문지르면서 젖을 먹으려는 나를 밀쳐 냈다. 하루는 마구간 관리인이 오더니 어머니에게 고삐를 씌우라고 지시했다. 그러고는 마구간 칸막이에서 어머니를 데리고 나갔다. 어머니는 울부짖었고 나도 따라 울면서 어머니 뒤로 몸을 던졌다. 하지만 어머니는 날 돌아보지 않았다. 마부 따라스가 나를 양손으로 끌어안은 사이 어머니를 내보낸 문이 닫혔다. 난 몸부림을 쳐서 마부를 짚 더미에 내동댕이쳤다. 그러나 문은 잠겼고 멀어져가는 어머니의 울음소리만 들릴 뿐이었다. 그런데 그 울음소리에는 더 이상 호소가 아닌 다른 표현이 담겨 있었다. 어머니의 목소리에는, 나중에 알게 됐지만 도브리 1세의 위엄 있는 목소리가 멀리서 응답했다. 도브리 1세는 양쪽으로 두 명의 마부를 거느리고 어머니를 만나러 오는 길이었다. 난 따라스가 어떻게 내 우리에서 나갔는지 기억하지 못한다. 그처럼 슬펐다. 난 어머니의 사랑을 영원히 잃었다고 느꼈다. 그리고 사람들이 내 털 색깔에 대해 했던 말을 떠올리며 그 이유를 내가 점박이라는 사실에서 찾았다. 그러자 어찌나 울화가 치미는지 머리와 무릎으로 우리의 벽을 박아 댔다. 그렇게 한참을, 땀이 나고 힘이 빠질 때까지 박아 댔다.

시간이 좀 흐른 후 어머니가 내게 돌아왔다. 난 어머니가 깡충깡충 뛰며 다른 때와는 다른 걸음으로 복도를 지나 우리로 돌아오는 소리를 들었다. 문이 열렸을 때 난 어머니를 알아보지 못했다. 어머니는 몰라볼 정도로 젊어지고 아름다워졌던 것이다. 어머니는 내 냄새를 맡아보고 힝힝거리더니 웃음을 터뜨렸다. 어머니의 행동으로 보건대, 나는 어머니가 날 사랑하지 않는다는 것을 알았다. 어머니는 내게 도브리의 아름다움에 대해, 또 그를 향한 어머니의 사랑에 대해 얘기해 주었다. 그 만남은 계속되었고 나와 어머니 사이는 점점 더 멀어져 갔다.

머지않아 우리는 풀밭으로 방목되었다. 이때부터 나는 새로운 기쁨을 알게 되었고 이로써 잃어버린 어머니의 사랑을 대체했다. 내게 여자 친구와 동료가 생겼고, 풀을 뜯는 법과 장성한 말처럼 우는 법을 비롯해 꼬리를 들고 어머니 주위를 원을 그리며 달리는 법을 우리는 함께 배웠다. 행복한 시간이었다. 모두가 날 사랑했으며 아껴 주었고 내가 무엇을 하든 너그러이 봐주었다. 그러나 이런 삶은 오래가지 않았다. 곧 내게 끔찍한 일이 터졌다.」

거세마는 땅이 꺼져라 한숨을 쉰 후 걸음을 옮겨 말들에게서 멀어졌다.

이미 오래전부터 아침노을이 밝아 오고 있었다. 대문이 삐걱거리더니 네스떼르가 들어왔다. 말들이 흩어졌다. 마구간지기는 거세마의 안장을 점검하더니 말 떼를 밖으로 몰았다.

# 6

둘째 날 밤

말들은 돌아오자마자 다시 점박이 말 주위로 모여들었다.

「8월에 나는 어머니와 떨어졌다.」 점박이가 말을 이어 갔다. 「그렇지만 나는 특별히 슬프지 않았다. 어머니는 이미 내 동생, 그 유명한 〈우산〉을 배고 있었고 난 어머니에게 더 이상 예전과 같은 존재가 아니었다. 질투가 나지는 않았지만 어머니에게 냉담해지는 나 자신을 느꼈다. 또한 나는 내가 어머니를 떠나면 망아지 무리에 들어가게 될 거라는 걸 알고 있었다. 망아지들과는 두서넛씩 함께 지냈는데 매일 다 같이 공기를 쐬러 나갔다. 나는 밀리와 같은 칸막이를 썼다. 밀리는 승마용 말로 나중에 황제가 타고 다녀서 이제는 그림과 조각상에서도 볼 수 있다. 당시 밀리는 아직 소박한 망아지였는데 윤기 흐르는 부드러운 털에 목은 백조처럼 희고 균형 잡힌 다리는 현처럼 가늘었다. 밀리는 늘 명랑하고 온화했으며 사랑스러웠다. 언제나 뛰어놀며 친구를 핥고 말이나 사람에게 장난을 치려 했다. 우리는 함께 살면서 자연스레 친해졌고, 이 우정은 우리의 청춘 시절 내내 계속됐다. 밀리는 명랑하고 까불거렸다. 이미 사랑을 나눈 경험이 있던 녀석은 암말들과 노닥거리면서 내 동정을 비웃었다. 나는 불행하게도, 허영심 때문에 그를 따라 하기 시작했다. 그리고 삽시간에 사랑에 몰두하게 되었다. 젊은 시절의 이 기질은 내 인생에 가장 큰 변화를 몰고 왔다. 내가 정신을 못 차리고 몰두하는 일이 생긴 것이다.

뱌조뿌리하는 나보다 한 살이 많았는데 우리는 각별히 우정이 도타웠다. 하지만 그 가을이 끝나 갈 무렵 그녀가 내 앞에서 수줍어하는 모습이 눈에 띄었다……. 내 불행한 첫사랑 이야기를 전부 다 털어놓을 생각은 없다. 내 일생일대의 가장 중요한 변화로 귀결된 광기 가득한 열정은 그녀 스스로 기억할 터이다. 마구간지기들은 그녀를 몰아내고 날 때렸다. 그리고 저녁이 되자 날 특별한 칸막이로 몰아넣었다. 난 이튿날 벌어질 일을 예감이라도 한 듯 밤새 울부짖었다.

다음 날 아침 장군과 마구간 관리인, 마부, 마구간지기들이 내가 있던 칸막이 앞 복도로 왔고 곧 무시무시한 고성이 오갔다. 장군이 마구간 관리인에게 소리를 질러 대자 마구간 관리인은 변명을 했다. 자신은 나를 풀어 놓으라고 한 적이 없으며 마부들이 마음대로 한 행동이라는 것이었다. 장군은 모두에게 매질을 하겠다고 말했고 수망아지는 데리고 있으면 안 된다고도 했다. 마구간 관리인은 그렇게 하겠다고 약속했다. 그들은 잠잠해져서 자리를 떴다. 난 하나도 이해하지 못했지만 그들이 나에 대해 무슨 일인가를 꾸미고 있음은 눈치챌 수 있었다.

*

그 일이 있은 다음 날 나는 이미 지금과 같은 몸이 되어 평생 울음소리를 내지 못하게 되었다. 모든 세상이 내 시야에서 달라졌다. 그 어느 것도 사랑스럽지 않았고 난 안으로 침잠해 들어가 사색에 잠기게 되었다. 처음에는 모든 게 구역질이 났다. 심지어 먹고 마시고 걸어다니는 것조차 그만두었고 놀이도 생각나지 않았다. 이따금씩 뛰어오르거나 질주하고 울부짖고 싶은 생각이 들 때도 있었으나 곧바로 끔찍한 질문이 뒤따랐다. 왜? 뭐하자고? 그러면 마지막 남은 힘도 사라졌다.

한번은 어느 날 저녁 들에서 돌아오는 말 떼와 마주친 적이 있다. 멀리서 일어나는 먼지구름에 뒤덮여 명료하지는 않았지만 눈에 익은 어미 말들의 윤곽이 보였다. 명랑한 웃음소리와 말굽 소리를 들었다. 난 멈춰 선 채, 마부가 고삐를 잡아당겨 뒤통수를 따끔따끔 아프게 하는 것도 아랑곳하지 않고 가까이 다가오는 말 떼를 바라보았다. 영원히 잃어버린, 돌아오지 않을 행복을 바라보듯이. 가까워지는 말들을 난 하나하나 알아볼 수 있었다. 모두 내게는 낯익은 말들이었다. 아름답고 당당하며 건강하게 살이 오른 모습들이었다. 그중 하나도 나를 바라보았다. 마부가 고삐를 잡아당겨도 난 아픔을 느끼지 못했다. 순간 분별력을 잃고 나도 모르게 옛날 기억대로 울음소리를 내며 전속력으로 달려갔다. 그러나 내 울음소리는 구슬프고도 웃긴 바보짓이었다. 말 떼는 웃지 않았다. 하지만 난 보았다. 대다수가 점잖게 나를 외면하는 것을. 그들은 나를 보는 것이 역겹고, 가련하고, 창피하고, 더 중요하게는 우스운 것 같았다. 가늘고 볼품없는 내 목이, 커다란 머리가(난 그때 살이 빠졌었다), 길고 꼴사나운 다리가, 마부 옆에서 오랜 습관대로 멍청하게 달리는 내 모습이 그들에게는 우스웠던 것이다. 그 누구도 내 울음소리에 답하지 않았고 날 피했다. 문득 난 절실히 깨달았다. 내가 그들 모두로부터 영원히, 얼마나 멀어졌는지. 그날 내가 어떻게 마부를 따라 집으로 돌아갔는지 기억나지 않는다.

이미 그 전에도 진지하고 숙고하는 성향이 있었지만 이제 내 안에서 확고한 전환이 일어났다. 사람들에게 그토록 이상한 경멸을 불러일으켰던 내 반점들, 예기치 않게 닥친 이상한 불행, 그리고 스스로 느끼면서도 도통 설명할 길이 없는 마구간에서의 내 특별한 처지까지, 이 모든 것이 나를 깊은 사색으로 이끌었다. 내가 점박이라는 이유로 나를 비난한 사람들의 부당함에 대해 곰곰이 생각했고, 어머니를 비롯한 암컷의 사랑이 변덕스러우며 육체의 조건에 좌우된다는 것에 대해 곰곰이 생각했다. 무엇보다도 난 우리가 그처럼 긴밀히 관계를 맺고 있는, 인간이라 부르는 이상한 동물 종족의 특성에 대해 곰곰이 생각했다. 마구간에서의 내 특별한 처지를 야기하는 특성들을. 난 내 처지가 특별하다는 것을 느꼈지만 이해하지는 못했다. 특별함의 의미와 그 특별함이 기반을 두고 있는 인간의 특성이 가진 의미는 다음과 같은 기회에 내게 밝혀졌다.

때는 축제가 벌어지는 겨울이었다. 하루 종일 내게 먹이도 물도 주지 않았다. 나중에 알게 된 바에 따르면 그렇게 된 이유는 마부가 술에 취해 있었기 때문이었다. 같은 날 마구간 관리인이 내게 오더니 먹이가 없는 것을 보고는 아주 상스러운 말로 그 자리에 없는 마부를 욕하고 가버렸다. 다음 날 마부가 다른 동료와 함께 우리 칸막이에 건초를 주러 왔는데 아주 창백하고 슬픈 얼굴이었다. 특히나 그의 긴 등에는 뭔가 의미심장한, 연민을 불러일으키는 자국이 있었다. 그는 격자문 너머로 성을 내며 건초를 던졌다. 내가 그의 어깨 너머로 고개를 내밀려고 하자 그는 주먹으로 내 콧등을 후려

갈겼다. 어찌나 아프던지 난 펄쩍 뛰어 옆으로 물러섰다. 그는 다시 장화로 내 배를 걷어찼다.

〈이 재수 없는 놈만 아니었던들 아무 일도 없었으련만.〉 그가 말했다.

〈왜 그러나?〉 다른 마부가 물었다.

〈아니, 백작님 말들은 팽개쳐 두고 자기 말한테만 하루에도 두세 번씩 온다니까.〉

〈그렇다면 정말 그에게 점박이를 준 건가?〉 다른 마부가 물었다.

〈팔았겠지, 선물했거나. 누가 알겠나. 백작님 말들이 죄다 굶어 죽는다 해도 상관 않을 거야. 하지만 그의 말에게 감히 먹이를 주지 않았다가는……. 《엎드려.》 그가 말하더군. 그러고는 매질을 하는 거야. 기독교인이 아닌 게야. 사람보다 가축이 더 불쌍하다니. 기독교인이 아니라고. 직접 매질을 세기까지 하더라니까. 야만인 같으니. 장군님도 그렇게 때리지는 않았는데, 등이 온통 멍투성이가 되었어. 도대체 기독교 정신이라곤 없어.〉

그들이 매질이며 기독교에 대해 얘기하는 것을 나는 잘 알아들었다. 하지만 내가 전혀 이해할 수 없는 부분은 다음의 단어들이 뜻하는 바였다. 〈자신의〉, 〈그의〉 말이라니. 그 단어에서 나는 사람들이 나와 마구간 관리인 간에 모종의 관계를 상정하고 있음을 짐작했다. 그런데 대체 그게 무슨 관계인지는, 그때는 전혀 알 수 없었다. 한참이 지난 후 나를 다른 말들로부터 떼어 놓았을 때에야 그게 무슨 의미인지를 알게 되었다. 당시에도 난 〈나〉를 사람의 소유물로 부르는 게 어떤 의미인지를 도통 이해하지 못했던 것이다. 〈내 말〉

이라니. 살아 있는 말인 나를 그렇게 부른다는 게 내게는 너무나 이상하게만 느껴졌다. 〈내 땅〉, 〈내 공기〉, 〈내 물〉도 마찬가지였다.

하지만 그 말들은 내게 엄청난 영향을 미쳤다. 난 쉬지 않고 그에 대해 생각했지만 한참 후, 사람들과 지극히 다양한 관계를 경험하고 나서야 마침내 사람들이 그 이상한 말들에 부여하는 의미를 이해하게 되었다. 그 의미는 이러했다. 사람들은 행동이 아닌 말[言]에 의거해 살아간다. 그들에게는 뭔가를 하느냐, 하지 않느냐보다는 다양한 사물에 대해 그들 사이에 약속된 말을 하는지의 여부가 더 중요하다. 그들 사이에서 아주 중요하게 간주되는 그런 말은 이런 단어들이다. 〈나의〉, 〈나의 것〉. 그들은 이 말을 실로 다양한 사물과 존재에 사용한다. 심지어는 땅과 사람, 그리고 말[馬]에 대해서도 쓴다. 하나의 사물에 대해서 그들은 단 한 사람만이 〈나의〉라는 말을 쓰기로 약속한다. 그리고 그들 사이에 약속된 놀이의 규칙에 따라 가장 많은 숫자의 물건에 〈나의〉라는 말을 쓰는 사람이 가장 행복한 사람으로 여겨진다. 무엇 때문에 그런지는, 나도 모른다. 하지만 정말로 그렇다. 예전에는 한동안 그 이유가 무슨 직접적인 이익이 있어서라고 설명하려 했지만 그렇지 않은 것으로 판명 났다.

가령 나를 〈나의 말〉이라고 불렀던 많은 사람 중 나를 타고 다닌 자는 없었다. 나를 타고 다닌 건 다른 이들이었다. 내게 먹이를 준 것도 그들이 아니라 다른 사람들이었다. 내게 잘해 준 것도 역시 그들, 나를 〈나의 말〉이라고 부르는 자들이 아니라 마부와 마의, 그리고 대체로 그와는 상관없는 사람들이었다. 내 관찰 범위를 넓힌 결과 나는 확신하게 되었다. 우리들 말에 관련해서만이 아니라 내가 이해한 바, 〈나의〉라는 개념은 사람들이 말하는 사유 재산의 권리 혹은 감성이라는 저급하고 동물적인 인간 본성 이외의 다른 것에는 기반을 두고 있지 않음을. 사람들은 〈내 집〉이라고 말하면서 절대로 그 집에 살지 않는다. 그저 집을 짓고 유지하는 일에만 호들갑을 떨 뿐이다. 상인은 〈내 가게〉라고 말한다. 이를테면 〈내 직물 가게〉라고. 하지만 자기 가게에 있는 가장 좋은 직물로 만든 옷을 가지고 있는 것은 아니다. 땅을 자기 것이라고 부르는 사람들이 있지만 그 땅을 한 번 보지도 않고, 한 번 걸어 본 적도 없다. 다른 사람을 자기 소유라고 하는 사람들이 있지만 정작 그들을 본 적은 한 번도 없다. 그들과의 관계는 온통 그들에게 해악을 가하는 데에만 있다. 여자를 자기 여자라거나 아내라고 부르는 사람들이 있다. 하지만 그 여자들은 다른 남자와 살고 있다. 게다가 사람들은 살면서 좋은 일을 할 생각은 않고 어떻게 하면 〈자기〉 소유물을 더 늘릴 수 있을까만 생각한다. 이제 나는 확신하건대, 바로 이 점이 사람과 우리 사이의 본질적인 차이다. 그리고 사람과 비교되는 우리의 다른 특성을 얘기할 필요도 없이, 바로 그 차이 하나만으로도 우리는 이미 생물 피라미드에서 사람보다 높은 곳에 서 있다고 단언할 수 있다. 사람들이 하는 활동이란, 적어도 내가 경험한 사람들의 경우를 보면, 말[言]에 지배된다. 하지만 우리의 활동은 행동에 의한 것이다. 나를 〈내 말〉이라고 부를 수 있는 바로 그 권리를 마구간 관리인은 얻었던바, 그래서 마부를 매질했던 것이다. 이 발견은 내게 큰 충격이었다. 그리고 사람들 사이에서 내 얼룩이 촉발했던 비난과 견해, 또 어머니의 배신이 불러일으킨 사색 등이 지금의 나, 즉 진지하고 생각이 깊은 거세마를 만들었다.

나의 불행은 세 가지였다. 난 점박이다. 난 거세마다. 그리고 사람들은, 모든 생물이 그렇듯 내가 신과 나 자신에게 속한다고 생각하지 않고 마구간 관리인의 소유라고 생각한다.

나를 그렇게 생각한 결과는 여러 가지로 나타났다. 첫 번째로는 날 따로 키우면서 더 잘 먹이고 더 자주 조련을 시켜서 더 일찍부터 일을 시켰다. 사람들은 내가 세 살 때 처음 마구를 씌웠다. 기억하건대, 내가 자기 소유물이라고 생각한 마구간 관리인이 첫날 직접 나서서 마부들과 함께 내게 마구를 씌웠다. 그는 내가 난동을 부리거나 반항하리라고 예상했다. 그들은 내 입에 재갈을 물렸다. 그들은 끌채로 날 끌고 가면서 내 몸에 밧줄을 감았다. 그들은 내 등에 십자가 모양의 넓은 혁대를 얹고 그걸 끌채에 묶었다. 내가 뒷발질을 하지 않게 하기 위해서였다. 그러나 나는 내가 노동을 좋아하고 기꺼워하는 모습을 보여 줄 기회만을 기다렸다.

내가 늙은 말처럼 굴자 그들은 놀랐다. 그들이 나를 타려 했으므로 난 빨리 뛰는 법을 연습했다. 매일 난 더 큰 성공을 거뒀고 석 달 후에는 다름 아닌 장군을 비롯해 많은 이들이 내 달리기를 칭찬했다. 그런데 이상한 일이 벌어졌다. 내가 나 자신에 속하지 않고 마구간 관리인 소유물이라고 생각했기에, 그들은 내 걸음걸이를 아주 다른 의미로 받아들였다.

사람들은 내게는 형제인 망아지들을 타고 달렸다. 망아지들이 어떻게 달리는지 가늠해 보기도 하고, 망아지들을 보러 집 밖으로 나오기도 하고, 금박을 입힌 사륜마차를 타고 달리기도 하고, 비싼 천을 망아지들에게 덮어 주기도 했다. 나는 마구간 관리인의 소박한 사륜마차를 몰고 그의 일을 보러 체스멘까와 다른 마을에 갔다. 그건 모두 내가 점박이라서 생긴 일이고, 무엇보다도 그들이 생각하기에는 내가 백작의 말이 아니라 마구간 관리인의 소유물이기 때문이었다.

만일 내일도 우리가 살아 있으면, 마구간 관리인이 생각하는 소유권이라는 것이 내게 어떤 중요한 결과를 초래했는지 너희들에게 이야기해 주겠다.」

그날 온종일 말들은 홀스또메르를 공손하게 대했다. 하지만 네스떼르는 여전히 난폭했다. 농부의 잿빛 말은 말 떼에게 다가오며 울음소리를 냈고 밤색 암말은 다시금 교태를 부렸다.

## 7

셋째 날 밤

하늘에 초승달이 돋아났다. 가느다란 낫 모양을 한 달이 뜰 한가운데 서 있는 홀스또메르의 모습을 비췄다. 그 주위로 말이 모여들었다.

「내가 백작의 말이 아니라, 또 하느님의 말이 아니라, 마구간 관리인의 말이라는 사실이 내게 초래한 가장 놀라운 결과는…….」 점박이가 말을 이었다. 「내가 쫓겨났다는 사실이다. 그것도 준족이라는 이유로. 발이 빠른 게 우리의 큰 공헌임에도 불구하고 말이다. 레베디가 원형 트랙을 돌고 있을 때 마구간 관리인은 나를 타고 체스멘까에서 돌아오다가 트랙 옆에 멈춰 섰다. 레베디가 우리 옆을 지나갔다. 레베디는 잘 달렸지만 그래도 역시 멋을 부리느라 내가 터득한 비결을 익히지 못했다. 한 발이 닿자마자 다른 발을 땅에서 떼어 놓아 노력이 조금도 낭비되지 않고 고스란히 앞으로 나아가는 데 일조하도록 하는 것이 바로 그 비결이다. 레베디가 우리 옆을 지나갔다. 난 몸을 원형 트랙으로 쭉 뻗었고 마구간 관리인도 날 막지 않았다. 〈어디, 내 점박이를 한번 시험해 볼까?〉 그는 이렇게 소리치고는 레베디가 다시 우리 옆에 왔을 때 나를 놓아주었다. 레베디는 이미 속력이 붙어 있었기 때문에 첫 한 바퀴 때는 내가 처졌지만 두 번째 돌 때는 따라잡기 시작해서 점점 가까워지다가 나란히 달리게 되었고, 결국 추월했다. 다시 한 번 우리를 달리게 했지만 역시 마찬가지였다. 난 더 빨라졌다. 그러자 그들은 몹시 당황했다. 한시라도 빨리 나를 머나먼 곳으로 팔아 치워야 한다는 결정이 났다. 그래야 소문이 나지 않는다는 것이었다. 〈백작님이 아시게 되면 큰일 난다!〉 그들은 그렇게 말했다. 그러고는 날 말 장수에게 짐말로 팔아 버렸다. 난 중개인의 집에 오래 있지 않았다. 말을 보충하러 온 경기병이 날 샀다. 그 모든 일이 너무나 부당하고 잔인했기에, 날 흐레노보에서 데려가는 것이, 그래서 내게 친밀하고 사랑스러웠던 모든 것과 영원히 작별하게 된 것이 오히려 기뻤다. 그들 사이에서 난 너무나 힘들었다. 그들 앞에는 사랑, 명예, 자유가 있는데 내게는 노동, 굴욕, 굴욕, 노동이 삶의 끝까지 예정되어 있던 것이다! 무엇 때문에? 내가 점박이라서, 따라서 내가 누군가의 말이 되어야 했기 때문이다.」

그날 밤 홀스또메르는 더 이상 얘기를 할 수가 없었다. 우리에서 말들을 동요시키는 사건이 일어났다. 새끼를 배 배가 불룩한 꿉치하가 처음에는 이야기를 듣다가 갑자기 몸을 돌려 천천히 헛간 구석으로 갔는데 거기서 어찌나 크게 신음하는지 말들이 죄다 꿉치하에게 주의를 돌렸다. 꿉치하는 자리에 누웠고 그러다가 다시 일어났고 다시 누웠다. 늙은 어미 말들은 꿉치하가 왜 그러는지 알았지만 젊은 말들은 동요했다. 그래서 거세마를 놔두고 아파하는 말을 둘러쌌다. 아침 무렵 새 망아지가 태어나 비틀거리며 다리를 세워 일어났다. 네스떼르는 마구간 관리인을 부르고 암말과 망아지를 칸막이로 데리고 갔다. 그런 다음 꿉치하를 제외한 다른 말들을 몰고 나갔다.

## 8

넷째 날 밤

밤에 대문이 닫히자 사위가 고요해졌고 점박이가 이야기를 계속했다.

「난 이 손 저 손을 거치며 사람과 말에 대해 많은 관찰을 할 수 있었다. 나와 가장 오랜 시간을 보낸 주인은 경기병 장교인 공작과 니꼴라 야블렌니 근처에 사는 노부인, 이렇게 둘이었다.

경기병 장교 밑에서 난 인생의 가장 좋은 때를 보냈다.

비록 그가 내 파멸의 원인이기는 해도, 또 그가 그 무엇도 그 누구도 결코 사랑하지 않았다고는 해도, 난 바로 그 점 때문에 그를 사랑했고 사랑한다. 난 그가 아름답고 행복하고 부유하며, 그래서 아무도 사랑하지 않는다는 바로 그 점이 좋았다. 너희들은 우리 말들이 지닌 고결한 감정을 이해할 것이다. 그의 차가움, 그의 잔인함, 그에게 의존하는 나 자신, 이 모든 게 그를 향한 내 애정에 특별한 힘을 더했다. 우리가 잘 지낼 때 난 이렇게 생각하곤 했다. 〈날 죽여, 날 내쫓아, 그럼 난 더 행복해질 테니.〉

마구간 관리인은 8백 루블에 날 말 장수에게 팔았었고, 그 말 장수에게서 그가 나를 샀다. 그가 날 산 이유는 아무도 점박이 말을 가지고 있지 않았기 때문이다. 그때가 내 인생의 황금기였다. 그에게는 정부가 있었다. 매일같이 그를 태우고 그녀에게 갔기 때문에 그 사실을 알 수 있었다. 그녀도 태웠고 이따금은 두 사람을 함께 태우고 달리기도 했다. 그의 정부는 미인이었고, 그도 미남이었고, 그의 마부 또한 미남이었다. 그래서 나는 그들 모두를 좋아했다. 그들도 나에게 잘 대해 주었다. 내 삶은 이렇게 흘러갔다. 아침이 밝으면 마부가 아닌 마구간지기가 나를 씻기러 온다. 마구간지기는 농부 중에서 고른 멋쟁이 청년이었다. 그는 문을 열어 말의 입김을 내보내고 배설물을 치운 후 말에 씌워 둔 덮개를 벗기고 솔로 몸을 문지른 다음 빗으로 빗어서 말발굽으로 갈라진 바닥에 흰 비듬을 떨어뜨렸다. 난 장난으로 그의 소매를 물며 발을 살짝 구르곤 했다. 잠시 후에는 사람들이 말을 한 마리씩 차가운 물이 든 통으로 데리고 갔는데, 청년은 자신이 씻기고 손질한 이 점박이의 비단결 같은 반점과 화살처럼 곧게 뻗은 다리, 넓은 말발굽, 빛나는 엉덩이와 누워 잘 수도 있을 듯한 넓은 등짝에 흐뭇해했다. 높은 선반에 건초를 쌓아 올렸고 참나무로 만든 구유에 귀리를 채웠다. 그러면 선임 마부 페오판이 오곤 했다.

주인과 마부는 닮았다. 둘 다 아무것도 두려워하지 않았으며 자기 자신을 제외하고는 그 누구도 사랑하지 않았다. 그래서 모두가 그들을 사랑했다. 페오판은 빨간 셔츠에 플러시 천으로 만든 바지, 그리고 반외투를 입고 다녔다. 축일이면 머리에 포마드를 바르고 반외투 차림으로 마구간에 들르곤 했는데 난 그때가 좋았다. 그는 〈이런, 동물들아, 날 잊었구나!〉 하고 외치고는 손잡이가 달린 쇠스랑으로 내 넓적다리를 툭툭 찔렀다. 하지만 결코 아프지 않은, 그저 장난이었다. 바로 장난을 알아차리고 나는 귀를 접으며 이빨을 맞부딪쳤다.

우리 가운데 쌍두마차를 끄는 검은 망아지가 있었다. 밤이면 그가 그 녀석과 날 마차에 맸다. 그 뾜깐이란 놈은 장난을 이해 못 하고 악마처럼 못되게 굴었다. 우리는 마구간의 칸막이를 사이에 두고 나란히 서서 서로 심각하게 물어뜯곤 했다. 페오판은 그 녀석을 겁내지 않았다. 말에게 정면으로 다가가 소리를 지르면 그 말은 죽일 듯 날뛰었지만 그는 눈도 깜빡하지 않고 재갈을 물렸다. 한번은 그 말과 내가 한 쌍이 되어 꾸즈네츠끼 길을 달린 적이 있다. 주인도 마부도 겁먹지 않고 껄껄대면서 누구 하나 깔리지 않도록 사람들을 향해 소리를 지르고 고삐를 잡아당기거나 방향을 틀었다.

그들과 지내는 동안 난 내 전성기와 인생의 반을 잃었다. 그들은 물을 너무 많이 마시게 했고 다리를 망가뜨렸다. 그럼에도 그때가 내 인생의 황금기였다. 12시에 사람들이 와서 마구를 얹고 발굽을 문질러 닦았으며, 갈기를 촉촉하게 물로 적신 다음 썰매에 매어 끌고 갔다.

썰매는 수수를 엮어 벨벳을 댄 것으로, 작은 은제 죔쇠들이 달린 마구를 얹었으며 고삐는 비단인데 한때는 자수 놓은 것을 쓰기도 했다. 고삐와 끈들이 모두 제자리에 놓이고 조여지면 어디서 마구가 끝나고 어디서부터 말이 시작되는지 분간할 수가 없었다. 마구는 헛간에서 말을 풀어 놓은 채 얹었다. 페오판은 가슴에 붉은 끈을 두르고 어깨보다 엉덩이가 더 넓은 모습으로 밖에 나와서 마구를 살펴보고는 말에 올라타 웃옷을 매만지고 등자에 발을 올려놓은 다음 언제나 뭔가 농지거리를 하고서 채찍을 내리쳤다. 그러나 내게 채찍이 닿는 일은 드물었고, 그저 일종의 요식 행위였다. 마지막으로 그는 말했다. 〈출발!〉 놀러 가듯 내가 한 걸음 한 걸음 떼어 놓으며 대문을 나서면 구정물을 버리러 나온 요리사는 문간에 멈춰 서고, 마당으로 장작을 나르던 농부들은 눈이 휘둥그레졌다. 그렇게 나서서 길을 가다 멈춘다. 하인이 밖으로 나오고 마부가 가까이 다가오고 대화가 오가면 그저 기다린다. 간혹 세 시간을 현관 옆에 서 있다가 조금 달리고 다시 방향을 돌려 멈추어 기다리는 일도 있었다.

마침내 문가가 소란스러워지는가 싶으면 머리가 세고 배가 불룩한 찌혼이 연미복 차림으로 뛰어나와 소리친다. 〈대령하라!〉 당시에는 〈앞으로!〉라는 멍청한 말은 쓰지 않았다. 내가 뒤로 가지 않고 앞으로 달린다는 사실을 모르기라도 한단 말인가! 페오판은 혀로 쯧 소리를 낸다. 썰매를 가까이 대면 공작이 주의도 산만하게 허겁지겁 나온다. 썰매나 말, 혹은 페오판 — 허리를 굽히고 팔을 뻗은, 그렇지만 그 자세를 오래 유지할 수는 없을 것 같아 보이는 — 을 봐도 놀랄 것 하나 없다는 투다. 그렇게 곰 가죽에 회색 비버 털로 깃을 단 외투를 입은 공작이 칼을 절렁거리며 나온다. 비버 깃은 눈썹이 검고 아름다운 그의 장밋빛 얼굴을 가리는데, 도대체가 가릴 이유가 전혀 없는 얼굴이다. 구리를 댄 덧신과 구두 뒤축을 딸각거리며 서두르듯 양탄자 위를 걸어 나오는 그는 나나 페오판, 또 다른 사람들이 쳐다보거나 감탄하는 것에도 전혀 주의를 기울이지 않는다. 그는 오로지 자기 자신에게만 관심이 있다. 페오판이 혀로 쯧 소리를 내고, 고삐에 매인 난 당당한 걸음걸이로 다가가 선다. 난 공작을 곁눈질하며 순종임을 보여 주는 머리와 가는 갈기를 흔든다. 기분 좋은 공작이 가끔 페오판에게 농담을 건네면 페오판은 아름다운 머리를 살짝 돌리면서도 팔은 내리지 않은 채 대꾸한 후 알아볼 듯 말 듯, 나만 이해할 수 있는 동작으로 고삐를 움직인다. 한 번, 또 한 번, 거기다 또 한 번, 점점 더 커지는 동작에 근육 하나하나를 긴장시키면서, 그리고 등 앞쪽에 두른 가죽에서 먼지 묻은 더러운 눈을 떨어뜨리면서 나는 나아간다. 당시에는 지금처럼 멍청하게 〈워!〉 하고 소리 지르는 법도 없었다. 〈워!〉라니, 마부가 어디 아프기라도 하다는 말인가. 그때는, 지금은 이해할 수 없지만 〈저리 비켜!〉라는 표현을 썼다. 페오판이 〈저리 비켜!〉라고 소리치면 사람들은 옆으로 비켜나 그 자리에 선 채 잘생긴 거세마와 잘생긴 마부와 잘생긴 나리를 쳐다보느라 목을 비비 꼰다.

난 준족마를 앞지르는 걸 좋아했다. 페오판과 내가 멀리서 말을 발견하고 노력을 쏟을 만하다고 판단하면 우리는 바람처럼 질주해 가서 점차 간격을 좁혔다. 곧 그 썰매에 진흙이 튀고 썰매를 모는 사람과 나란히 달리게 되면 난 그 사람의 머리 위에 콧김을 뿜어 주었다. 안장이며 말의 멍에와 나란해지는가 하면 벌써 그 썰매는 보이지 않게 되고 오직 점점 더 뒤로 처지는 썰매 소리만이 내 뒤로 들릴 뿐이었다.

그러나 공작과 페오판과 나는 입을 열지 않고 그저 우리 길을 간다는 표정을 지었다. 별 볼 일 없는 말을 탔기에 우리 뒤로 처져 버린 이들에게는 관심이 없다는 식이었다. 난 앞지르기를 좋아하기도 했지만 훌륭한 준족마를 만나는 것도 좋았다. 한순간의 소리와 시선, 그러면 우리는 벌써 헤어지고 다시 각자 제 갈 길을 홀로 날아가듯 달려간다.」

대문이 삐걱거리더니 네스뗴르와 바스까의 목소리가 들렸다.

다섯째 날 밤

날씨가 변하기 시작했다. 흐렸고 아침부터 이슬은 찾아볼 수 없었지만 따뜻하고 모기가 극성이었다. 말 떼는 우리에 돌아오자마자 점박이 옆으로 모여들었고 말은 다음과 같이 이야기를 맺었다.

「내 행복했던 시간은 길지 않았다. 단 2년. 두 번째 겨울의 막바지에 내게는 가장 기쁜 일이, 또 그에 이어 가장 불행한 사건이 일어났다. 사육제 기간이었는데 그때 난 공작을 태우고 경주에 나갔다. 경주에는 아뜰라스니와 비초끄도 참가했다. 관람석에서 무슨 일이 일어났는지는 모르겠다. 공작이 밖으로 나가 페오판에게 트랙으로 들어오라고 지시했다는 것만 알 뿐이다. 그리고 날 트랙으로 데리고 가서 아뜰라스니 옆에 세웠던 것도 기억한다. 아뜰라스니에게는 경마용 1인승 이륜마차가 매여 있었고 난 언제나처럼 도시에서 타는 썰매를 끌고 있었다. 내가 트랙 코너에서 아뜰라스니를 제치자 웃음과 열광에 찬 함성이 나를 반겼다.

내가 떠날 때 뒤에서 군중이 따라 나왔다. 다섯 명 정도가 공작에게 수천 루블을 제시했다. 그는 그저 흰 이를 보이며 껄껄 웃었다.

〈아닐세.〉 그가 말했다. 〈왜냐면 말이 아니라 친구거든. 금을 산더미처럼 준다 해도 마다하겠네. 잘 있게, 여러분.〉 그러고서 그는 썰매에 탔다.

〈스또진까로 가자!〉 그의 정부가 사는 곳이었다. 우리는 나는 듯이 달렸다. 우리가 행복했던 최후의 날이었다.

그녀의 집에 도착했다. 그는 그녀를 〈나의 것〉이라고 불렀다. 그러나 그녀는 다른 사람을 사랑하게 되어 그와 함께 떠난 후였다. 그는 그 사실을 그녀의 집에서 알게 되었다. 5시였다. 그는 내 마구를 풀지 않고 곧장 그녀를 뒤쫓았다. 채찍질하며 날 몰아 댔는데, 이전에는 결코 없던 일이었다. 처음으로 난 뜀박질하는 발이 엉켰고 그래서 창피해졌으며 잘못을 고치고 싶었다. 그러다가 문득 공작이 보통 때와는 다른 목소리로 〈달려!〉 하고 외치는 소리를 들었다. 채찍이 쌩쌩 허공을 가르더니 내게 떨어졌고 난 쇠로 만든 썰매 앞부분에 다리를 부딪쳐 가며 질주했다. 우리는 25베르스따를 달려 그녀를 따라잡았다. 난 그를 거기까지 태워 가는 데 성공했지만 그날 밤 내내 오한에 시달렸고 아무것도 먹지 못했다. 이튿날 아침에야 물을 마실 수 있게 되었다. 난 물을 들이켰고 다시는 예전과 같은 말로 돌아가지 못했다. 난 앓았다. 사람들은 날 괴롭혔고, 그들 말로는 〈고친다〉고 하면서 불구로 만들었다. 발굽이 떨어져 나갔고 정맥이 부었으며 다리는 구부러지고 가슴팍의 근육이 사라졌다. 온몸이 쇠잔하고 약해졌다. 난 말 장수에게 팔려 갔다. 그는 내게 당근과 또 뭔가를 먹였고 그 결과 내게서 예전의 모습은 전혀 찾아볼 수 없게 되었다. 대신 그는, 잘 모르는 사람은 속아 넘어갈 만한 모습으로 나를 바꾸어 놓았다. 내게는 더 이상 근력도, 달릴 힘도 남아 있지 않았다. 그것 말고도 말 장수는 다음과 같은 방법으로 날 괴롭혔다. 말을 사려는 사람이 오기만 하면 내가 있는 우리로 들어와 커다란 채찍으로 때리면서 날 두려움에 떨게 했다. 미쳐 버릴 지경이었다. 그런 후에는 채찍질로 생긴 상처를 문질러 주고는 데리고 나갔다. 말 장수에게서 날 산 사람은 노부인이었다. 그녀는 니꼴라 야블렌니까지 말을 몰고 다녔고 마부를 매질하곤 했다. 마부는 내가 있는 마구간으로 와서 울었다. 그때 나는 알게 되었다. 눈물에 기분 좋은 짭짤한 맛이 있다는 것을. 그러다가 노부인이 죽었다. 그녀의 집사는 날 시골로 데리고 가서 포목상에게 팔았다. 그 후 난 밀을 잔뜩 먹고는 더 심하게 앓았다. 그러고서 다시 농부에게 팔렸다. 거기서 밭을 갈았고 거의 아무것도 먹지 못했다. 쟁기에 발을 베이기까지 했다. 다시 앓았다. 집시가 물물 교환으로 날 샀다. 그는 날 몹시도 괴롭혔고 결국 여기 마구간지기에게 팔았다. 그렇게 해서 내가 이곳에 있게 되었다.」

모두 침묵했다. 빗방울이 후드득 떨어지기 시작했다.

## 9

이튿날 저녁 집으로 돌아오면서 말 떼는 한 손님과 함께 있는 주인을 마주쳤다. 집을 향해 가면서 줄디바는 두 남자를 곁눈질로 보았다. 한 사람은 밀짚모자를 쓴 젊은 주인이었고 다른 이는 키가 크고 뚱뚱하며 피부가 푸석푸석한 군인이었다. 늙은 암말은 사람들을 곁눈질한 뒤 몸을 돌려 그 옆을 지나쳤다. 다른 젊은 말들은 당황했고 특히 주인이 손님에게 뭔가를 보여 주고 얘기하며 그들 사이로 오자 어쩔 줄 몰라 했다.

「여기 이 회색 점박이 말은 보예이꼬프에게서 샀지.」 주인이 말했다.

「여기 이 다리가 하얀 젊은 흑마는 누구 거였나? 훌륭하군.」 손님이 말했다. 그들은 성큼성큼 걷다가 멈추기도 하면서 많은 말을 훑어보았고 그러다가 밤색 망아지도 보았다.

「이 말로 말하자면 흐레노보의 경주마종으로 몇 안 남은 말이야.」 주인이 말했다.

걸어다니면서 말을 다 살펴보기란 불가능했다. 주인이 네스뻬르를 소리쳐 부르자 노인은 서둘러 구두 뒤축으로 점박이의 옆구리를 차면서 재빨리 앞으로 말을 달려 나갔다. 점박이는 한쪽 다리를 절룩대며 비틀거렸지만 그래도 뛰었다. 그 모습을 보면 설사 그에게 세상 끝까지 달리라고 명령한다 해도, 그게 엄청나게 힘들지라도, 어떤 경우에도 그가 불평하는 일은 없을 것임을 알 수 있었다. 그는 심지어 전속력으로 달릴 준비가 되어 있었고 오른쪽 다리로 그러려고까지 했다.

「여기 이 암말보다 더 나은 말은 러시아에 없다고 감히 말할 수 있다네.」 주인이 암말 가운데 하나를 가리키며 말했다. 손님은 감탄했다. 주인은 흥분해서 여기저기 다니며 각각의 말에 얽힌 사연과 혈통을 이야기했다. 손님은 주인의 말을 듣는 게 지루해 보였지만 관심 있는 것처럼 보이기 위해 질문을 짜내고 있었다.

「그래, 그렇지.」 그가 건성으로 말했다.

「이것 좀 보게.」 대답은 않고 주인이 말했다. 「다리를 좀 봐……. 아주 비싸게 주고 샀는데 벌써 망아지를 셋이나 낳았다니까.」

「잘 달리나?」 손님이 물었다.

그렇게 거의 모든 말을 훑었더니 더 이상 보여 줄 게 없었다. 그들은 조용해졌다.

「자, 그럼 이제 갈까?」

「가세.」

그들은 대문으로 갔다. 구경이 끝나고 집으로 가게 되어 손님은 기뻤다. 집에서는 먹고 마시고 담배를 피울 수 있으니, 그래서 그는 기분이 좋아 보였다. 점박이 말 위에 앉아 또 무슨 지시가 있을까 하고 기다리는 네스떼르 옆을 지나치다가 손님은 살진 커다란 손으로 점박이의 엉덩이를 때렸다.

「점이 많은 놈이군!」 그가 말했다. 「내게도 이런 점박이가 있었지. 기억하나, 내가 얘기했었지.」

주인은 자기 말이 아닌 다른 말 얘기가 나오자 듣지 않았다. 대신 주위를 둘러보며 계속 말 떼를 응시했다.

갑자기 그의 귀 위쪽에서 둔하고도 약한, 노쇠한 말 울음소리가 들렸다. 점박이였다. 그러다가 점박이는 혼란스러운 듯 울음을 멈췄다. 손님도 주인도 그 울음소리에 주의를 기울이지 않고 집으로 들어갔다. 홀스또메르는 피부가 푸석푸석한 늙은이가 자신이 사랑했던 주인, 그 옛날 찬란히 빛나던 부유한 미남 세르뿌호프스꼬이임을 알아본 것이었다.

## 10

비는 계속해서 부슬부슬 내렸다. 마구간이 있는 바깥은 날이 흐렸지만 주인 나리의 집 안은 완전히 달랐다. 주인집의 화려하게 꾸민 응접실에는 오후 티타임이 역시 화려하게 준비되어 있었다. 주인과 여주인, 그리고 손님이 차를 마시며 앉아 있었다.

여주인은 임신한 상태였는데 그녀의 불룩한 배와 긴장한 굽은 자세, 부은 몸, 특히 온화하고도 진지한 시선으로 내면을 들여다보는 큰 눈을 보면 그 사실을 알 수 있었다. 그녀는 사모바르 뒤편에 앉아 있었다.

주인의 손에는 진귀한 10년산 시가가 든 박스가 들려 있었는데 그의 말에 따르면 그 누구에게도 없는 것으로, 그는 손님 앞에서 그 자랑을 하려고 들었다. 주인은 스물다섯쯤 된 미남으로 상큼하고 날렵했으며 머리는 말끔히 정리되어 있었다. 집에서 그는 품이 크고 두꺼운 새 양복을 입었는데 그건 런던에서 만든 옷이었다. 회중시계 줄에는 크고 비싼 펜던트가 달려 있었다. 셔츠 커프스 역시 매우 컸으며 금에 터키석이 박혀 있는 것이었다. 턱수염은 나폴레옹 3세식으로 길렀고 쥐의 꼬리 같은 수염 밑부분에는 포마드를 발라 뾰족하게 튀어나오게 손질한 것이 파리에서나 볼 법한 모습이었다. 여주인은 알록달록한 꽃다발이 크게 그려진 가벼운 비단 드레스를 입고 있었고 숱 많고(그게 다 진짜 자기 머리는 아니었다) 아름다운 연갈색 머리카락에는 금으로 만든 뭔가 특별한 머리핀을 꽂았다. 손에는 팔찌와 반지를 잔뜩 끼고 있었는데 죄다 값비싼 것들이었다. 사모바르는 은 제품이었고 찻잔은 세련됐다. 연미복에 흰 조끼를 입고 넥타이를 맨 풍채 좋은 하인이 조각상처럼 문 옆에 서서 지시를 기다렸다. 가구는 곡선이 유려했고 좋은 천으로 덮여 있었으며 색상도 선명했다. 커다란 꽃무늬가 그려진 벽지는 어두운 빛깔이었다. 탁자 옆에는 무척이나 세련된 보르조이종 애완견이 은제 개 목걸이를 흔들어 대고 있었는데 이름이 유별나게 어려운 영국식이어서 영어를 모르는 주인 둘은 엉망으로 이름을 불러 댔다. 구석에는 꽃 사이로 상감 세공을 한 피아노가 있었다. 그 모든 게 다 새것에 화려하며 진귀한 냄새가 났다. 그 모든 게 다 매우 훌륭했다. 하지만 그 모든 게 다 사치에, 잉여이며, 지적인 관심이 결여되었다는 인상을 주었다.

주인은 경마를 좋아하는 강인하고 낙관적인 사람이었다. 그는 절대 멸종되지 않는 그런 종류의 사람이었다. 담비 코트를 입고, 썰매를 달리고, 여배우들에게 비싼 꽃다발을 던지고, 가장 최근에 유행을 타는 상표를 붙인 가장 비싼 와인을 가장 비싼 호텔에서 마시고, 자기 이름으로 상을 주며, 가장 비싼 여자를 정부로 삼는 그런 사람들 중 하나였다.

그를 방문한 니끼따 세르뿌호프스꼬이는 마흔이 넘은 나이에 키가 크고 뚱뚱하며 대머리에 콧수염과 구레나룻을 텁수룩하게 기르고 있었다. 과거의 그는 매우 미남이었을 터였다. 하지만 지금은 육체적으로나 정신적으로나 경제적으로도 쇠락했음이 완연했다.

그는 너무나 많은 빚을 져서 감옥에 가지 않기 위해 일을 해야만 했다. 현청 소재 도시에 있는 종마장의 책임자로 가는 길이었다. 중요한 위치에 있는 그의 친척이 마련해 준 자리였다. 그는 군복 재킷에 푸른색 바지를 입고 있었다. 그의 재킷과 바지는 부자나 만들어 입을 수 있는 종류의 것이었으며 내복 역시 마찬가지였고 시계도 영국제였다. 부츠도 손가락 두께의 굉장한 밑창을 댄 것이었다.

니끼따 세르뿌호브스꼬이는 살아오면서 2백만 루블의 재산을 탕진했고 12만 루블의 빚을 지고 있었다. 그런 경우 인생에는 늘 전환기가 있기 마련이다. 빚을 내어 이전과 비슷하게 화려한 생활을 10년쯤 추가할 가능성이 바로 그것이다. 그 10년이 거의 막바지에 이르러 전환기도 끝나 가는 터라 니끼따의 생활은 곤궁해졌다. 그는 술을 들이켜기 시작했다. 즉 술에 취한다는 말인데 예전에는 없던 버릇이었다. 사실 그는 음주를 시작한 적도 그만둔 적도 없었다. 무엇보다 눈에 띄는 것은 그가 불안해하며 시선을 떨구는 모습이었는데(그의 눈이 이리저리 흔들리기 시작했다는 말이다) 억양과 행동 역시 비틀거렸다. 최근 그에게서 이런 불안감이 발견되기 시작한 것은 놀라운 일이다. 그는 살아오면서 오랫동안 그 누구도, 그 무엇도 두려워하지 않았기 때문이다. 그처럼 천성에 어울리지 않는 두려움에 그는 힘든 고통을 겪으며 도달하게 된 것이다. 주인과 여주인은 그 사실을 눈치채고 시선을 교환했다. 서로의 마음을 이해한 그들은 잠자리에 들 때까지는 이 화제를 미뤄 놓기로 하고 불쌍한 니끼따를 참아 내며 더 나아가 그의 비위를 맞춰 주기까지 했다. 그러나 젊은 주인의 행복한 얼굴은 니끼따에게 굴욕이었고, 그는 돌이킬 수 없는 자신의 과거를 떠올리며 주인을 병적으로 질투하게 되었다.

「마리, 시가를 피워도 괜찮을까요?」 규정하기 어려운, 오직 경험을 통해서만 획득할 수 있는 특별한 어조로 그가 여주인에게 청했다. 정중하고도 친절하지만 전적으로 공손하지만은 않은, 사교계를 아는 사람이라면 아내가 아닌 정부에게 쓰는 말투였다. 그녀에게 모욕을 줄 생각으로 그러는 것은 아니었다. 오히려 반대로, 그 스스로는 절대 인정하지 않겠지만, 그녀와 그녀의 남편에게 잘 보이려는 중이었다. 다만 그런 여자들과 그렇게 말하는 데 이미 익숙해져 버린 것이다. 만일 그녀를 귀부인 대하듯 한다면 그녀 자신이 놀라고 모욕감마저 느낄지 모른다는 사실을 그는 알고 있었다. 또한 자신과 동등한 사람의 진짜 아내를 위해서도 공손한 어조의 특정 부분을 남겨 두어야 했다. 그는 친구들의 정부를 늘 공손히 대했지만 그건 잡지에서 설파하는 소위 신념, 즉 각각의 사람의 개성을 존중해야 한다거나 결혼 제도의 무용함 등에 동의해서가 아니었다. 그는 잡지 같은 허섭스레기는 결코 읽지 않았다. 그가 그러는 이유는 단지 점잖은 사람들이 다 그렇게 행동하기 때문에, 즉 그 자신 또한 타락하기는 했으나 점잖은 사람이기 때문이었다.

그가 시가를 집어 들었다. 그런데 주인이 눈치 없게도 자신의 시가를 한 움큼 쥐어서 손님에게 권했다.

「아니야, 이걸 보게, 얼마나 좋은 건지. 이걸 피우게.」

니끼따는 시가를 쥔 손을 물리쳤다. 그의 눈에서 모욕감과 수치심이 살짝 번득였다.

「고맙네만…….」 그가 시가 케이스를 꺼냈다. 「자네가 내 걸 피워 보게나.」

여주인은 눈치가 빨랐다. 그녀는 그의 기분을 알아채고는 서둘러 말을 걸었다.

「저는 시가를 무척 좋아해요. 만일 제 주변 사람들이 죄다 담배를 피우지 않았다면 제가 직접 피웠을걸요.」

그러고서 그녀는 아름답고 선량한 미소를 띠었다. 그는 답례로 어정쩡한 미소를 지었다. 이 두 개가 없었다.

「아닐세, 이걸 피우라니까.」 눈치 없는 주인이 계속 말했다. 「다른 건 약해. 이봐, 프리츠, *bringen Sie noch eine Kasten, dort zwei*(다른 박스를 하나 가져와. 거기 두 개 있잖아).」

독일인 하인이 다른 박스를 가져왔다.

「자네는 어떤 걸 좋아하나? 독한 것? 이게 아주 좋다네. 다 가져가게.」 그가 자꾸 시가를 쥐여 주었다. 다른 사람 앞에서 자기가 가진 진귀한 물건을 자랑하는 게 기쁜 모양으로 그는 아무것도 알아차리지 못했다. 세르뿌호브스꼬이는 시가에 불을 붙이고는 서둘러 아까 시작했던 대화를 다시 이어 갔다.

「그러니까 아뜰라스니를 얼마나 주고 샀다고 했지?」 그가 물었다.

「비싸게 줬지. 적어도 5천은 줬어. 그래도 본전은 뽑은 셈이야. 어떤 망아지들을 얻었는지 내 얘기해 주지!」

「잘 달리나?」 세르뿌호브스꼬이가 물었다.

「잘 달리지. 아뜰라스니가 낳은 수말이 올해 상을 세 개나 받았어. 뚤라와 모스끄바, 또 뻬쩨르부르그에서 보예이꼬프의 보론과 붙었지. 그 사기꾼 같은 기수 놈이 네 번이나 실수를 했지 뭔가. 하마터면 질 뻔했어.」

「약간 거칠더군. 네덜란드 피가 많이 섞였어. 내가 할 수 있는 말은 그 정도네.」 세르뿌호브스꼬이가 말했다.

「그럼 암말들은 어떤가? 내일 보여 주지. 도브리냐는 3천이나 줬다고. 라스꼬바야는 2천이고.」

그렇게 주인은 다시금 자신의 부유함을 거들먹거리기 시작했다. 세르뿌호브스꼬이는 듣고 있기가 괴로워 듣는 척만 했는데 여주인이 그 사실을 눈치챘다.

「차를 더 드시겠어요?」 그녀가 물었다.

「괜찮아.」 주인은 이렇게 말하고 계속 이야기를 늘어놓았다. 그녀가 자리에서 일어섰다. 주인이 그녀를 세우고 껴안더니 입을 맞추었다.

세르뿌호브스꼬이는 그들을 보며 부자연스러운 미소라도 지으려 했지만 주인이 일어나 그녀를 포옹한 후 문간의 커튼 쪽으로 함께 나가자 얼굴이 갑자기 변했다. 니끼따는 무겁게 한숨을 쉬었고 그의 푸석푸석한 얼굴에는 문득 절망의 표정이 떠올랐다. 그 얼굴에는 악의마저 비쳤다.

## 11

주인이 돌아와 미소를 지으며 니끼따 맞은편에 앉았다. 잠시 그들은 침묵했다.

「그래, 보예이꼬프에게서 샀단 말이지.」 세르뿌호브스꼬이가 별일 아니라는 듯 말했다.

「그렇지. 아뜰라스니 말이군. 내가 얘기했지. 난 언제나 두보비쯔끼에게서 암말을 사고 싶었어. 그런데 허접스러운 말들만 남았더군.」

「그는 망했지.」 세르뿌호브스꼬이는 이렇게 말해 놓고 문득 말을 멈추더니 주위를 휘 둘러보았다. 바로 그 망했다는 사람에게 2만 루블을 빚지고 있다는 사실을 떠올린 것이다. 게다가 누군가 〈망했다〉는 것으로 말하자면 사람들은 다름 아닌 그를 입에 올릴 것이었다. 그는 입을 닫았다.

둘 다 한참을 침묵했다. 주인은 손님 앞에서 뭘 자랑하면 좋을지 머리를 굴렸다. 세르뿌호브스꼬이는 세르뿌호브스꼬이대로 자신이 망했다고 생각한다는 사실을 내색하지 않으려면 어떻게 해야 할까 궁리했다. 둘 다 시가를 태우며 애를 써봐도 머리가 돌아가지 않았다. 〈대체 술은 언제 마시려나.〉 세르뿌호브스꼬이가 생각했다. 〈빨리 술을 마셔야겠는걸. 안 그랬다가는 이 인간 때문에 지겨워 죽어 버리겠어.〉 주인의 생각이었다.

「그래, 자네는 여기서 오래 지낼 생각인가?」 세르뿌호브스꼬이가 물었다.

「글쎄, 한 달쯤. 그건 그렇고, 식사를 할까? 어떤가? 프리츠, 준비가 됐나?」

그들은 식당으로 갔다. 전등 아래 식탁에는 초와 진귀한 물건들이 놓여 있었다. 탄산수 병, 코르크에 달린 인형, 바닥 넓은 유리병에 든 고급 와인, 고급 애피타이저, 보드까 등이 있었다. 그들은 마시고, 먹고, 또 마시고, 또 먹었다. 그러는 사이 대화도 풀려 갔다. 세르뿌호브스꼬이는 얼굴이 벌게져 거리낌 없이 얘기하기 시작했다.

그들은 여자 얘기를 했다. 누구에게 어떤 여자가 있었는지, 집시며 무용수며 프랑스 여자며…….

「그러니까, 자네가 마티예를 버린 건가?」 주인이 물었다. 세르뿌호브스꼬이를 파멸시킨 여자였다.

「내가 아니라 그 여자가. 아, 이보게, 살아오면서 얼마나 낭비를 해댔는지! 이제 난 1천 루블이 생겨 정말 기쁘네. 모두로부터 떠나게 되어 정말로 기쁘고. 모스끄바에서는 살 수가 없어. 아, 내가 지금 무슨 말을 하는지.」

주인은 세르뿌호브스꼬이의 얘기를 듣고 있기가 지루했다. 그는 자기 얘기, 즉 자랑을 하고 싶었다. 그러나 세르뿌호브스꼬이 또한 자기 얘기를 하고 싶어 했다. 빛나던 과거에 대해 얘기하고 싶어 했다. 주인은 그에게 와인을 따라 주고 그의 얘기가 끝나기를 기다렸다. 그러면 자기 얘기, 최근에 종축장을 지었는데 그런 종축장은 처음이고 유일하다는 말을 할 것이었다. 그리고 마리가 자신을 사랑하는 건 돈 때문이 아니라 진심이라는 말도 할 것이었다.

「자네에게 알려 주고 싶은 게 있어. 내가 가진 종축장에서는…….」 그가 막 얘기를 시작했다. 그러나 세르뿌호브스꼬이가 가로챘다.

「그런 때가 있었지…….」 그가 말을 시작했다. 「삶을 사랑하고 즐겼던 때 말야. 참 자네가 말 얘기를 했지. 그래, 말해 보게. 자네가 가진 말 중 가장 빠른 말이 어느 놈인가?」

주인은 다시 말 얘기를 할 기회가 온 것에 기뻐하며 입을 열려 했다. 그러나 세르뿌호브스꼬이가 다시 가로막았다.

「그래그래.」 그가 말했다. 「자네처럼 종축장을 가진 사람들은 그저 허영심뿐이지. 만족이나 인생은 몰라. 그렇지만 난 그렇지 않았어. 오늘 얘기했지만, 내가 타고 다니던 말이 있었어. 점박이였지. 자네 마구간지기가 타는 놈과 똑같은 점이 있었어. 아, 정말 굉장한 말이었지! 자네는 모를 거야. 그게 1842년 일이지. 내가 모스끄바에 갓 도착했을 때였어. 말 장수에게 갔는데 거기서 본 거야. 점박이 거세마를. 체격이 좋았지. 내 맘에 들었다네. 얼마였냐고? 1천 루블 줬어. 그 말이 마음에 들어 사서 타고 다녔네. 그런 말은 처음이었어. 자네에게는 지금도 없고 앞으로도 없을 거야. 승마용으든, 힘으로든, 외모로든, 그 녀석보다 나은 말을 난 알지 못해. 자네는 그때 어린아이였으니 모르겠군. 하지만 들어는 봤을 것 같은데. 모스끄바에서 그 말을 모르는 사람은 없었으니까.」

「그래, 들어 봤네.」 그가 마지못해 말했다. 「하지만 난 내 말 얘기를 하고 싶었 —」

「그러니까 들어 봤다는 거군. 내가 그 말을 샀을 때는 말이 순종인지도 몰랐고 혈통 증명서도 없었네. 나중에 알게 됐지. 보예이꼬프와 찾아봤거든. 그 말은 류베즈니 1세의 자식, 홀스또메르였어. 보폭이 넓다고 붙은 이름이지. 그렇지만 점박이라는 이유로 흐레노보 종축장에서 쫓겨나 마구간 관리인에게 넘겨졌고, 거기서 거세를 당하고 말 장수에게 팔려 간 거야. 더 이상 그런 말은 없다고, 친구! 아, 그런 때가 있었지. 아, 젊음이여!」 그가 집시 노래를 한 곡절 흥얼댔다. 그는 취해 가고 있었다. 「아, 좋은 시절이었어. 내 나이 스물다섯이었고 수입은 은화로 8만 루블에, 센 머리카락 한 올 없고 이는 죄다 진주알 같던 때였지. 뭘 하든 다 성공하는. 그런데 이제 다 끝났어.」

「음, 하지만 그때는 지금 같은 준족이 없었지.」 이야기가 끊긴 틈을 타 주인이 말했다. 「내가 말해 주지. 내가 처음 산 말들이 어떻게 달리는지 —」

「자네 말들? 예전에는 더 빨랐어.」

「어떻게 더 빠르다는 말인가?」

「더 빨랐지. 지금도 기억하는데, 한번은 모스끄바에서 그 말을 타고 경주에 나간 적이 있어. 다른 말들은 없었지. 난 경주마를 그리 좋아하지 않아서 제네랄, 숄레, 마호메뜨 같은 순종들만 가지고 있었거든. 점박이를 타고 경주에 나갔어. 마부는 아주 괜찮은 녀석이어서 내가 꽤 좋아했지. 그자도 술꾼이었어. 어쨌든 경마장에 도착하자 사람들이 묻더군. 〈세르뿌호브스꼬이, 자네는 언제 경주마를 살 건가?〉 〈촌뜨기 같은 자네들 말들은 악마나 데려가라지. 볼품없는 내 말이 자네들 말 전부를 앞지를 걸세.〉 〈그럴 리가.〉 〈1천 루블 걸지.〉 〈좋아.〉 그렇게 경주가 시작되었어. 내 말이 5초 차이로 앞섰고 1천 루블 내기에서 이겼지. 그렇게 된 거야. 난 순종말들이 끄는 삼두마차를 타고 세 시간 동안 1백베르스따를 달렸지. 모스끄바 전체가 떠들썩했어.」

세르뿌호브스꼬이는 마구 떠벌리기 시작했는데 어찌나 달변으로 쉬지 않고 거짓말을 해대는지 주인은 한 마디도 소화하지 못하고 시무룩한 얼굴을 한 채 맞은편에 앉아 오로지 무료함을 달래기 위해 자신과 그의 잔을 채울 따름이었다.

어느덧 날이 밝아 왔다. 그런데도 그들은 줄곧 앉아 있었다. 주인은 고통스러울 정도로 지루했다. 그가 일어섰다.

「자야 한다면 자러 가지.」 세르뿌호브스꼬이는 비틀비틀 일어서며 말하더니 숨을 헐떡이며 안내된 방으로 갔다.

주인은 정부 옆에 누웠다.

「그는 가망이 없어. 술을 진탕 마시고 쉴 새 없이 떠벌리더군.」

「내게는 추근대고요.」

「돈을 달라고 할까 봐 걱정인걸.」

세르뿌호브스꼬이는 옷도 벗지 않고 침대에 누워 숨을 헐떡였다.

〈내가 심하게 떠벌린 것 같군.〉 그가 생각했다. 〈뭐, 어찌됐든 상관없어. 와인은 훌륭했고 그자는 멍청한 돼지니까. 어쩌면 그렇게 돈, 돈 하는지. 하긴 나도 멍청한 돼지지.〉 그는 웃음을 터뜨렸다. 〈그러니까 예전에는 내가 여자를 취했는데 이제는 여자들이 나를 취한단 말이지. 그래, 그 윙크쟁이가 날 취할 거야. 난 그 여자의 돈을 가질 거고. 그렇게 해야 해, 그렇게 해야 한다고! 그런데 옷을 벗어야지. 장화가 안 벗겨지는데.〉

「어이! 어이!」 그가 소리를 질렀다. 하지만 그의 시중을 들게 되어 있는 자는 이미 오래전에 자러 가고 없었다.

그는 자리에 앉아 재킷과 조끼를 벗고 어찌어찌 바지도 벗었다. 하지만 장화는 오랫동안 끙끙대도 도무지 벗을 수 없었다. 부드러운 뱃살이 방해가 된 것이다. 겨우겨우 장화 한 짝은 벗었지만 다른 한 짝은 — 그는 힘을 쓰며 헉헉대다가 지쳐 버렸다. 그렇게 해서 한 발은 장화 목에 걸린 채 그는 쓰러져서 코를 골았다. 방은 온통 담배와 술과 더러운 늙은이 냄새로 진동했다.

## 12

홀스또메르가 그날 밤 뭔가를 더 떠올렸다고 해도 바스까가 그를 가만두지 않았다. 바스까는 말 등에 덮개를 씌운 후 말을 달렸다. 그러고는 주막 옆 농부의 말과 함께 아침까지 세워 두었다. 두 말은 서로를 핥았다. 아침에 말 떼가 있는 곳으로 돌아간 홀스또메르는 계속 몸을 긁어 댔다.

〈어찌 된 영문인지 아플 정도로 몸이 간지럽네.〉 말은 생각했다.

그렇게 닷새가 지나갔다. 마의가 불려 왔다. 그는 쾌활하게 말했다.

「옴 딱지가 앉았군요. 집시들에게 팔지요.」

「뭐하러 그러나? 그냥 목을 따게. 오늘 당장 치워 버리세.」

조용하고 맑은 아침이었다. 말 떼는 들로 나갔다. 홀스또메르는 남았다. 마르고 가무잡잡하며 옷에 검댕 같은 걸 지저분하게 묻힌 이상한 사람이 찾아왔다. 동물의 가죽을 벗기는 도살꾼이었다. 그는 말은 쳐다보지도 않은 채 홀스또메르에게 씌워진 고삐를 잡더니 끌고 갔다. 홀스또메르는 주위를 둘러보지 않고 늘 그렇듯 발을 질질 끌며, 짚에 뒷발을 걸려 가며 얌전히 따라갔다. 대문을 나서자 홀스또메르는 우물 쪽으로 가려 했다. 하지만 도살자는 고삐를 잡아끌며 말했다. 「어림없지.」

도살자와 그 뒤를 따르던 바스까는 벽돌로 지은 헛간 뒤 공터에 도착했다. 아주 평범한 그곳에 뭔가 특별한 것이라도 있는 양 걸음을 멈추더니 도살자는 바스까에게 고삐를 넘기고 셔츠를 벗은 후 소매를 걷어 올리고 장화의 목 부분에서 칼과 숫돌을 꺼내 숫돌에 칼을 갈기 시작했다. 거세마는 고삐 쪽으로 몸을 뻗었다. 심심하던 차에 고삐를 좀 씹고 싶었으나 고삐는 멀리 있었다. 말은 한숨을 쉬고 눈을 감았다. 입술이 축 늘어져 누렇게 삭은 이가 보였다. 칼 가는 소리를 들으며 말은 꾸벅꾸벅 졸기 시작했다. 혹이 나고 굽어 아픈 다리만이 경련을 일으킬 뿐이었다. 문득 말은 누군가 자기 턱을 쥐고 머리를 위로 들어 올리는 것을 느꼈다. 눈을 떴다. 개 두 마리가 그 앞에 있었다. 한 마리는 도살자 쪽으로 코를 킁킁거리고 있었고 다른 한 마리는 거세마를 쳐다보며 앉아 있는 품이 마치 말에게서 뭔가를 기대하고 있는 것 같았다. 거세마는 개들을 본 후 자신을 쥐고 있는 손에 턱뼈를 문질렀다.

〈고쳐 주려나 보다.〉 그가 생각했다. 〈그러라지 뭐!〉

그리고 실제로 말은 자기 목에 그들이 무슨 짓인가를 하는 걸 느꼈다. 말은 고통을 느끼며 몸을 부르르 떨고 한 발을 내질렀지만 그래도 참고 무슨 일이 일어날지 기다렸다. 곧이어 어떤 액체가 그의 목과 가슴으로 큰 물줄기처럼 흘러내렸다. 그는 온몸으로 깊이 숨을 내쉬었다. 한결 나아졌다. 삶의 무게가 가벼워진 것이다. 그는 눈을 감고 머리를 기울였다. 아무도 잡아 주지 않았다. 그다음에는 목이 기울어졌고, 그다음에는 다리가 경련을 일으키고 몸 전체가 부들부들 떨렸다. 겁에 질렸다기보다, 그는 놀랐다. 모든 게 너무나 새로웠다. 그는 놀라 앞으로 위로 뛰쳐나가려 했다. 그러나 다리들이 움직이다가 엉켜 옆으로 넘어졌고, 다시 앞으로 나아가려 하자 왼쪽 옆구리가 무너져 내렸다. 도살자는 경련이 멈추기를 기다렸다가 바투 다가온 개들을 쫓아 버린 다음 거세마가 등을 대고 눕도록 다리를 잡아 굴렸다. 그런 다음 바스까에게 다리를 넘겨주고는 가죽을 벗기기 시작했다.

「이놈도 한때 말이었지.」 바스까가 말했다.

「더 잘 먹였다면 가죽이 좋았을 텐데.」 도살자의 말이었다.

말 떼는 저녁에 산을 지나쳐 갔는데, 왼쪽에서 지나가던 말들에게 아래쪽으로 뭔가 빨간 것이 보였다. 그 옆으로는 개들이 부산하게 법석을 떨고 있었고 까마귀와 매들이 날아들었다. 개 한 마리는 발을 사체에 고정시킨 채 고개를 흔들며 소리도 요란하게 잡아 뜯었다. 밤색 암말은 멈춰 서서 고개와 목을 쭉 빼고는 한참 동안 공기를 들이마셨다. 암말을 움직이게 하는 일은 쉽지 않았다.

동틀 녘에 오래된 숲 골짜기 아래 울창한 나무 사이로 난 공터에서 머리 큰 늑대 새끼들이 기쁨에 차 울부짖었다. 늑대는 다섯 마리였다. 네 마리는 몸집이 거의 비슷했고 한 마리는 작았는데 머리가 몸보다 컸다. 털갈이를 하는 마른 암컷이 늘어진 젖꼭지가 달린 불룩한 배를 흔들며 덤불에서 나와 새끼들 맞은편에 앉았다. 새끼들은 어미 앞에 반원을 그리고 섰다. 어미 늑대는 가장 작은 새끼에게 다가가 꼬리를 내리고 얼굴을 아래로 굽혀 몇 번 움찔거리더니 날카로운 이를 드러내고 말고기를 한 덩이 크게 힘껏 물어뜯었다. 새끼들이 한층 더 어미에게 달라붙었지만 어미는 위협적인 몸짓을 보이고 죄다 작은 새끼에게 주었다. 작은 새끼는 화라도 난 듯 으르렁거리며 자기 앞으로 말고기를 움켜쥐더니 먹어 치우기 시작했다. 어미 늑대는 같은 식으로 둘째, 또 셋째, 그렇게 다섯 마리 모두에게 고기를 뜯어 주고, 그런 다음에야 새끼들 맞은편에 누워 쉬었다.

일주일 후 벽돌로 지은 헛간 옆에는 커다란 두개골과 대퇴골 두 개만 나뒹굴 뿐, 나머지는 죄다 사라지고 없었다. 여름이 되어 뼈를 줍는 농부가 그 대퇴골과 두개골을 가지고 가서 일에 썼다.

세상을 떠돌아다니며 먹고 마시던 세르뿌호브스꼬이의 죽은 몸은 훨씬 나중에 땅에 묻혔다. 피부, 살, 뼈, 그의 몸 어느 것도 아무짝에도 쓸모가 없었다. 세상을 떠돌아다니던 그의 몸은 이미 지난 20년간 모든 이에게 큰 짐이었는데 그 몸을 땅에 묻는 일 역시 사람들에게는 또 다른 고역일 뿐이었다. 그는 오래전부터 누구에게도 필요하지 않았으며, 오래전부터 짐이었다. 그러나 죽은 이를 매장하는 사람들은 그 몸, 이제 부패하기 시작한 그 몸에 옷을 입혀야 한다고 생각했다. 그래서 뚱뚱한 몸에 좋은 군복을 입히고, 좋은 장화를 신겼으며, 네 모서리마다 새 술이 달린 좋은 새 관에 그를 눕히고, 그 새 관을 다시 납으로 만든 다른 관에 넣은 다음 모스끄바로 옮겨, 거기서 오래전에 묻혔던 사람 뼈를 꺼내고, 바로 그 자리에, 새 옷을 입고 깨끗이 닦은 장화를 신은 채 부패하는, 그리고 벌레가 우글대는 몸을 감춘 후, 그 위에 흙을 뿌렸다.

1863~1864년, 1885년

# 신은 진실을 알지만 때를 기다린다

블라지미르라는 도시에 젊은 상인이 살았다. 이름은 악쇼노프였다. 그에게는 조그만 상점이 둘, 그리고 집이 있었다.

악쇼노프로 말하자면, 그는 곱슬거리는 엷은 갈색 머리를 한 미남이었다. 그리고 무엇보다 명랑하고 노래를 잘 불렀다. 어려서부터 악쇼노프는 술고래였고 술을 진탕 마시면 난동을 부리는 버릇이 있었다. 하지만 결혼을 하고 술을 끊은 후에는 그런 소란이 아주 가끔 일어날 뿐이었다.

어느 여름날 악쇼노프가 니즈니에서 열리는 장에 가게 되었다. 떠나기 전에 그가 가족에게 인사를 하는데 아내가 말했다.

「이반 드미뜨리예비치, 오늘은 가지 말아요. 내 꿈자리가 뒤숭숭했어요.」

악쇼노프는 웃으며 말했다.

「내가 장에 나가서 진탕 놀까 봐 아직도 그게 걱정인가 보구려.」

아내가 대답했다.

「나도 내가 뭘 걱정하는지 모르겠어요. 하지만 꿈자리가 뒤숭숭했다고요. 꿈에서 당신이 도시에서 돌아와 모자를 벗었는데, 글쎄 당신 머리가 다 하얗게 세어 있지 뭐예요.」

악쇼노프가 빙그레 웃었다.

「글쎄, 그건 돈을 버는 꿈 같은데. 내가 장사를 잘해서 비싼 선물을 가져올 테니 두고 보라고.」

그러고서 그는 가족에게 작별 인사를 하고 길을 떠났다.

길을 반쯤 갔을 때 그는 아는 상인을 만나 함께 숙박을 하기로 했다. 그들은 같이 차를 마신 후 잠자리에 들었다. 그들의 방은 이웃해 있었다. 악쇼노프는 잠이 많지 않았다. 한밤중에 잠에서 깨어난 그는 날이 서늘할 때 출발하는 편이 낫겠다고 생각하고 마부를 깨워 말을 준비시켰다. 그런 다음 주인집으로 가서 셈을 하고 출발했다.

40베르스따쯤 갔을 때 그는 요기를 하기 위해 멈췄다. 여인숙의 현관방에서 잠시 쉬다가 점심을 먹기 위해 현관 계단으로 나와 사모바르를 준비하라고 일렀다. 그러고는 기타를 잡더니 연주하기 시작했다. 그때 갑자기 방울을 매단 삼두마차가 정원으로 들어오더니 마차에서 관리와 병사 두 명이 내렸다. 관리는 악쇼노프에게 다가와서는 누구인지, 어디서 왔는지 물었다. 악쇼노프는 모두 대답한 다음 함께 차를 마시자고 청했다. 하지만 관리는 계속해서 이런저런 질문을 퍼부어 댔다.

「어젯밤에는 어디서 묵었지? 혼자였나, 아니면 상인과 함께였나? 아침에 상인을 봤나? 왜 일찍 떠난 거지?」

왜 자신에게 이런 모든 질문을 해대는지 악쇼노프는 놀랍기만 했다. 그래도 죄다 대답했고 그런 다음에야 물었다.

「왜 내게 꼬치꼬치 묻는 겁니까? 난 도둑도 아니고 강도도 아닙니다. 내 일을 보러 가는 거니 물어보고 말고 할 게 없습니다.」

그러자 관리는 병사들을 소리쳐 부르고 말했다.

「나는 경찰서장이고 자네에게 묻는 이유는 어젯밤 자네와 함께 숙박했던 상인이 칼에 찔려 죽었기 때문이지. 자네 소지품 좀 봐야겠네. 자, 자네들은 이 사람을 수색해.」

그들은 오두막집으로 들어가 그의 가방과 자루를 압수해서 열어젖히고 수색을 시작했다. 갑자기 관리가 자루에서 작은 칼을 꺼내더니 외쳤다.

「이건 누구의 칼이지?」

그들이 악쇼노프의 자루에서 피 묻은 칼을 찾아낸 것이다. 그걸 쳐다본 그는 겁에 질렸다.

「어째서 칼에 피가 묻어 있지?」

악쇼노프는 대답을 하려 했으나 말이 나오지 않았다.

「저는…… 저는 모릅니다……. 저는…… 칼…… 저는…… 제 물건이 아니…….」

그러자 경찰서장이 말했다.

「아침 녘에 침대에서 상인이 칼에 찔려 죽은 채 발견됐네. 자네가 아니면 그런 짓을 할 사람은 아무도 없어. 건물은 안에서 잠겨 있었고 안에는 자네 말고 아무도 없었지. 게다가 이제 피 묻은 칼이 자네 자루에서 나왔네. 자네 짓이라는 게 자네 얼굴에도 다 쓰여 있어. 말하게. 어떻게 그 사람을 죽였지? 또 얼마나 훔친 거야?」

악쇼노프는 하늘에 맹세코 그런 짓을 하지 않았다고 말했다. 상인과 차를 마신 이후에는 그를 본 적도 없으며 수중의 8천 루블은 자기 돈이지만 칼은 자기 것이 아니라고도 했다. 그러나 그의 목소리는 갈라졌고 얼굴은 창백했으며 두려움 때문에 마치 죄를 짓기라도 한 양 온몸이 덜덜 떨렸다.

경찰서장은 병사들을 불러 그를 포박해 짐마차로 끌고 가라고 명령했다. 발이 묶인 채 짐마차에 실린 악쇼노프는 성호를 긋고 울음을 터뜨렸다. 악쇼노프의 물건과 돈은 압수되었고 그는 가까운 도시의 감옥으로 보내졌다. 그들은 블라지미르에도 사람을 보내 악쇼노프가 어떤 사람인지 알아보았는데 블라지미르에 사는 상인과 주민 모두 악쇼노프가 젊은 시절부터 잘 마시고 잘 놀긴 했지만 천성은 좋은 사람이라고들 얘기했다. 이윽고 재판이 시작되었다. 랴잔의 상인을 죽이고 2만 루블을 훔쳤다는 죄목이었다.

아내는 남편 때문에 슬픔에 젖어 뭘 어떻게 해야 할지 갈피를 잡지 못했다. 아이들은 아직 다 어렸고 한 아이는 젖먹이였다. 그녀는 아이들을 모두 데리고 남편이 감옥에 갇혀 있는 도시로 갔다. 처음에는 그녀를 들여보내 주지 않았지만 간수장에게 애원하자 남편에게 데려다 주었다. 그녀는 죄수복 차림으로 쇠사슬에 묶인 채 강도들과 함께 있는 남편을 처음 보고는 그만 쓰러져 한동안 정신을 차리지 못했다. 한참이 지난 후 그녀는 아이들을 자기 주위에 둘러 세우고는 그의 옆에 앉아 집안일을 얘기하고 그에게 일어난 일을 죄다 물었다. 그는 몽땅 얘기해 주었다. 그녀가 물었다.

「이제 어떻게 할 거예요?」

「황제에게 탄원해야지. 죄 없는 사람을 파멸시키지는 않으실 거야!」

아내는 자신이 벌써 황제에게 탄원서를 냈지만 답이 오지 않았다고 말했다. 악쇼노프는 아무 말도 않고 눈길을 떨구었다. 그러자 아내가 말했다.

「기억해요? 내가 그때 괜히 꿈 얘기를 한 게 아니었어요. 내가 꿈에서 당신 머리가 하얗게 센 걸 봤다고 했잖아요. 지금 보니 당신 정말 고생을 해서 머리가 하얘졌어요. 그때 가지 말았어야 했어요.」

그녀는 그의 머리카락을 손으로 빗질하며 물었다. 「바냐, 여보. 아내인 내게는 진실을 말해 줘요. 당신이 한 짓이 아닌가요?」

「당신마저 나를 의심하는 거요!」 악쇼노프는 손으로 얼굴을 가리고 울음을 터뜨렸다. 곧 병사가 와서 아내와 아이들이 떠날 시간이라고 알렸다. 그래서 악쇼노프는 가족과 마지막 인사를 나누었다.

아내가 떠나고 나서 악쇼노프는 그들이 나눈 대화를 돌아봤다. 아내도 자신을 의심해서 상인을 살해하지 않았느냐고 물었던 것을 기억하고 그는 생각했다. 〈신 말고는 아무도 진실을 알지 못하는구나. 그러니 신에게만 구하고 신의 은총을 비는 수밖에 없다.〉 그때부터 악쇼노프는 탄원을 그만두고 기대를 접었다. 그는 오로지 신에게만 빌었다.

악쇼노프에게 태형과 노역의 형벌이 선고되었다. 그리고 그렇게 집행되었다.

그는 채찍으로 맞았고, 태형의 상처가 아문 다음에는 다른 유형수들과 함께 시베리아로 보내졌다.

시베리아의 유형지에서 악쇼노프는 스물여섯 해를 살았다. 그의 머리카락은 눈처럼 희게 세었고 길고 가는 턱수염도 허옇게 자라났다. 그가 지녔던 쾌활함은 모두 자취를 감추었다. 등이 굽었고, 조용히 걸어다닐 뿐 말도 많이 하지 않았다. 웃는 법이 없었으며 자주 신에게 기도했다.

감옥에서 악쇼노프는 장화 만드는 법을 배웠고 그렇게 번 돈으로는 성자전을 사서 감옥이 환할 때 읽었다. 축일에는 감옥 안에 있는 예배당에 가서 「사도행전」을 읽고 성가대에서 찬송가를 불렀다. 그의 목소리는 아직 좋았다. 간수들은 온화한 악쇼노프를 좋아했고 죄수들은 그를 존경해서 〈할아버지〉 혹은 〈하느님이 보낸 사람〉이라고 불렀다. 감옥에서 탄원할 일이 생기면 죄수들은 언제나 악쇼노프를 간수에게 보냈다. 죄수들 사이에 다툼이 생겨도 언제나 악쇼노프에게 찾아와 판단해 달라고 청했다.

집에서는 아무도 악쇼노프에게 편지를 쓰지 않았다. 그는 아내와 아이들이 살았는지 죽었는지조차 알지 못했다.

하루는 유형지에 새 죄수들이 도착했다. 원래부터 있었던 죄수들은 저녁때 새 죄수들 주위에 모여 누구인지, 어디서 왔는지, 또 무슨 죄로 왔는지 질문을 해댔다. 악쇼노프도 새로 온 죄수들 근처 침상에 앉아 눈을 내리깔고 누가 무슨 이야기를 하는지 들었다. 그중 키가 크고 건장하며 흰 턱수염을 짧게 다듬은 예순 살 정도 되는 노인이 있었다. 그는 자기가 왜 붙잡혔는지 이야기했다.

「그러니까, 이보쇼들, 난 정말 아무 이유도 아닌 걸로 여기 오게 됐소. 현관에 묶여 있던 마부의 말을 풀어 줬을 뿐이라오. 그런데 나를 붙잡더니 내가 훔쳤다고 하더군. 그래서 내가 말했소. 〈나는 그저 빨리 가고 싶었을 뿐이오. 그래서 말을 풀어 놓은 거고. 그 마부와 나는 친구 사이라오. 그러니 별일 아니지 않소?〉 그런데 사람들은 문제 삼으며 내가 훔쳤다는 거요. 내가 어디서 어떻게 훔쳤는지도 모르면서 말이오. 실은 오래전에 여기로 추방될 만한 짓을 한 적이 있기는 하지. 그렇지만 그때는 못 잡아 놓고 지금 와서 죄도 아닌 걸로 이렇게 유형을 보내다니. 사실 오래 있지는 않았지만 시베리아에 와본 적은 있소.」

「어디서 왔소?」 죄수 중 한 명이 물었다.

「블라지미르에서 왔소. 거기 평민 출신이오. 이름은 마까르고 부칭은 세묘노비치요.」

악쇼노프가 고개를 들고 물었다.

「그렇다면 세묘니치, 혹시 블라지미르에서 악쇼노프라는 상인네 가족에 대해 들은 것 없소? 아직 살아들 있소?」

「듣다마다요! 부자 상인네죠. 비록 아비는 시베리아에 유형 갔지만 말이오. 우리들처럼 죄인인 모양이오. 그런데 영감은 무슨 일로 여기 오게 되었소?」

악쇼노프는 자신의 불행에 대해 말하고 싶지 않았다. 그래서 그는 한숨을 내쉬고 대답했다.

「죄가 있어 유형지에서 노역하며 26년째라오.」

「죄라니 무슨 죄요?」 마까르 세묘노프가 물었다.

「그럴 만한 일이잖겠소.」

그는 더 이상 말하려 들지 않았다. 하지만 다른 죄수들이 새로 온 죄수에게 악쇼노프가 어떻게 시베리아에 오게 되었는지 이야기해 주었다. 여행 중에 누군가 상인을 죽이고는 칼을 악쇼노프의 짐에 슬쩍 넣어 두었는데 그 일로 그가 무고하게 처벌되었다고.

그 말을 듣고 마까르 세묘노프는 악쇼노프를 들여다보더니 손으로 무릎을 치며 말했다.

「세상에 이런 일이! 정말 기가 막히는군! 그런데 영감, 그동안 많이도 늙었구려!」

그가 무엇에 놀랐는지, 그리고 어디서 악쇼노프를 본 적이 있는지 사람들이 물었다. 그러나 마까르 세묘노프는 대답은 않고 이렇게만 말했다.

「정말 놀라운 일일세. 여기서 만나게 될 줄이야!」

이 말을 듣자 어떤 생각이 악쇼노프의 머리를 스쳐 지나갔다. 누가 상인을 죽였는지 이 사람이 알지도 모른다. 그가 물었다.

「그럼 세묘니치, 당신은 전에 이 일에 대해 듣거나 나를 본 적이 있소?」

「어떻게 모를 수가 있겠소! 세상에 소문이 얼마나 무성한데. 하지만 이미 오래전 일이오. 들었어도 이미 잊었고말고.」 마까르 세묘노프의 대답이었다.

「혹시 누가 상인을 죽였는지 들은 바 없소?」 악쇼노프가 물었다.

마까르 세묘노프는 웃음을 터뜨리고 말했다.

「누구긴 누구요, 칼이 발견된 자루의 주인이겠지. 누군가 당신 자루에 칼을 넣어 두고도 잡히지 않았다면 도둑이 아닌 거요. 게다가 어떻게 당신 자루에 칼을 집어넣을 수가 있었겠소? 자루는 당신이 베고 자지 않았소? 그러니 그런 일이 일어났다면 당신이 알았겠지.」

이 말을 듣자마자 악쇼노프는 바로 이자가 상인을 죽였구나, 생각했다. 그는 일어나 자리를 떴다. 악쇼노프는 밤새 잠을 이룰 수가 없었다. 울적함이 그를 덮쳤다. 그리고 여러 모습이 떠올랐다. 장터로 떠나는 그를 배웅하던 때의 아내가 떠올랐다. 마치 눈앞에 살아 있는 듯 그렇게 그녀의 얼굴과 눈이 떠올랐고 그녀가 그에게 말하는 소리며 웃는 소리도 들렸다. 그다음에는 어릴 적 아이들 모습이 떠올랐다. 한 아이는 털옷을 입고 다른 아이는 엄마 젖을 먹던 모습이 그대로 보이는 듯했다. 그 당시 자기가 어떠했는지도 기억했다. 쾌활하고 젊은 모습이었다. 또 떠오르는 기억은 그가 체포되기 직전에 여인숙 현관 앞에 앉아 기타를 치던 모습이었다. 그때 그는 쾌활하기 그지없었다. 처형장도 기억이 났다. 그가 채찍으로 태형을 당했던 곳, 형리, 주위에 모여든 사람들, 쇠사슬, 죄수들, 감옥살이 26년. 자신이 늙어 버렸다는 생각도 했다. 그러자 너무나 울적해져서 악쇼노프는 자살이라도 하고 싶은 심정이 되었다.

〈이게 다 저 악당 놈 때문이다!〉 악쇼노프는 생각했다.

마까르 세묘노프에 대한 증오가 그의 마음에 솟구쳐 올라 자기 자신이 파멸하는 한이 있더라도 그에게 복수하고 싶어졌다. 밤새 기도문을 읊었지만 마음이 진정되지 않았다. 낮에는 마까르 세묘노프 옆에 가지도 않고 그를 쳐다보지도 않았다.

그렇게 2주가 흘러갔다. 밤마다 악쇼노프는 잠을 이루지 못했고 울적함에 휩싸여 도무지 어찌할 바를 알지 못했다.

어느 날 밤, 그가 감옥 주위를 걷는데 한 침상 아래로 흙이 떨어지는 것이 눈에 띄었다. 그는 멈춰 서서 바라보았다. 돌연 그 침상 밑에서 마까르 세묘노프가 튀어나와 놀란 얼굴로 악쇼노프를 바라보았다. 악쇼노프는 그를 무시하고 지나치려 했다. 하지만 마까르가 그의 손을 잡더니 자신이 벽 아래로 통로를 팠다고 말했다. 파낸 흙을 장화에 담아 매일 노역을 나갈 때마다 밖에 버렸다는 것이었다.

「입만 다물어 주쇼, 영감. 그러면 내가 데리고 나가 줄 터이니. 그렇지만 혹시라도 이 얘기를 했다가는 나는 태형에 처해질 거고 그러면 당신도 무사하지 못할 거요. 내가 죽여 버리겠어.」

원수를 대면한 악쇼노프는 증오로 온몸을 사시나무처럼 떨며 잡힌 손을 빼내고 말했다.

「내가 여기서 나갈 이유도 없고, 당신이 날 죽일 이유도 없소. 당신은 이미 오래전에 나를 죽였으니까 말이지. 내가 이 일을 발설하느냐 마느냐는 전적으로 하느님께 달렸소.」

이튿날 죄수들을 노역장에 데리고 간 병사들은 마까르 세묘노프가 흙을 내버린다는 것을 알아채고 감옥 안을 수색해 구멍을 찾아냈다. 간수장이 감옥으로 와 누가 구멍을 팠는지를 두고 모두를 심문했다. 다들 입을 다물었다. 아는 사람들도 마까르 세묘노프의 이름을 대지 않았다. 만일 발각되면 그가 반죽음이 되도록 채찍질을 당하리라는 사실을 알기 때문이었다. 간수장은 악쇼노프에게 말을 걸었다. 악쇼노프가 정직한 사람임을 잘 아는 간수장이 물었다.

「영감, 당신은 믿을 만한 사람이지. 그러니 신이 보고 계신 앞에서 말해 주게. 누구 짓인가?」

마까르 세묘노프는 아무 상관도 없다는 듯한 표정으로 서서는 악쇼노프 쪽으로는 눈길도 주지 않은 채 간수장을 바라보고 있었다. 악쇼노프의 손과 입술이 부들부들 떨렸다. 그는 한동안 아무 말도 할 수 없었다. 그는 생각했다. 〈만약 내가 그를 감싸 준다면, 왜 내가 그를 용서하는 거지? 그는 날 망쳐 놓았는데 말이야. 내가 당한 고통에 대한 대가를 치르게 해주자. 그가 한 짓이라고 하면 분명히 태형을 당하겠지. 그런데 내 이런 생각이 부질없는 짓이라면? 그래, 그런다

고 정말 내 마음이 편해질까?〉

간수장은 다시 한 번 물었다.

「자, 영감, 진실을 말해 주게. 누가 팠나?」

악쇼노프는 마까르 세묘노프를 흘끗 보고 대답했다.

「모릅니다. 저는 보지 못했습니다.」

그렇게 해서 누가 구멍을 팠는지는 밝혀지지 않았다.

그날 밤 악쇼노프가 침상에 누워 설핏 잠이 들려는 찰나 누군가 다가와 발치에 앉는 소리가 들렸다. 그는 어둠 속에서 마까르를 알아보았다.

악쇼노프가 말했다.

「또 내게 필요한 게 있소? 여기서 뭐 하는 거요?」

마까르 세묘노프는 말이 없었다. 악쇼노프가 자리에서 일어나 앉아 말했다.

「무슨 일이냐고! 꺼지쇼! 안 그러면 병사를 부르겠소.」

마까르 세묘노프는 악쇼노프 가까이로 몸을 기울이더니 이렇게 속삭였다.

「이반 드미뜨리예비치, 날 용서하시오!」

악쇼노프가 대꾸했다.

「뭘 용서하란 말이오?」

「내가 상인을 죽였소. 내가 그 칼을 당신 자루에 숨겼소. 당신도 죽이려 했지만 그때 밖에서 소리가 나서, 그래서 당신 자루에 칼을 집어넣고 창문으로 빠져나갔소.」

악쇼노프는 아무 말도 하지 않았다. 무슨 말을 해야 할지 알지 못했다. 마까르 세묘노프는 침상에서 내려가 깊이 절을 하더니 말했다.

「이반 드미뜨리예비치, 날 용서하시오. 용서해 주시오, 제발. 난 자수하겠소. 내가 상인을 죽였다고 말이오. 그러면 당신을 사면할 거요. 집으로 돌아가게 될 거요.」

악쇼노프가 대답했다.

「쉽게도 말하는구려. 하지만 내가 어떻게 됐는지 보시오! 이제 내가 어디로 간단 말이오? ……아내는 죽고 아이들도 날 잊었는데. 난 갈 데가 없소.」

마까르 세묘노프는 일어나지 않고 머리를 땅에 찧어 대며 말했다.

「이반 드미뜨리치, 용서하시오! 내가 태형을 당했을 때도 지금 당신을 보는 것보다는 견디기 쉬웠소……. 당신은 나를 불쌍히 여겨서 말하지 않은 거요. 그리스도의 이름으로 날 용서해 주시오! 죄 많은 악인을 용서하시오!」 그러고서 그는 섧게 흐느끼기 시작했다.

마까르 세묘노프가 흐느끼자 악쇼노프 또한 울음을 터뜨리며 말했다.

「하느님이 당신을 용서하실 거요. 어쩌면 내가 당신보다 백배는 더 나쁜 놈인지도 모르오!」

그러자 문득 그의 마음이 편안해졌다. 그는 더 이상 집을 그리워하지 않게 되었고, 감옥을 나가고 싶은 마음도 없어졌으며, 그저 생의 마지막 시간만을 생각하게 되었다.

마까르 세묘노프는 악쇼노프의 말을 듣지 않고 자신의 죄를 고백했다. 집으로 돌아가도 좋다는 허가가 떨어졌을 때 악쇼노프는 이미 죽고 없었다.

1872년

# 까프까스의 포로

## 1

한 귀족이 까프까스에서 장교로 근무하고 있었다. 그의 이름은 질린이었다.

하루는 집에서 편지가 왔다. 늙은 어머니는 이런 말을 써 보냈다. 〈늙은 이 어미는 죽기 전에 우리 사랑하는 아들 얼굴을 보는 게 소원이란다. 죽기 전에 와서 작별 인사를 나누고 내가 죽으면 묻고 돌아가렴. 네게 맞는 짝을 찾아 놨단다. 똑똑하고 예쁜 데다 재산도 있어. 네가 그 여자를 사랑하게 되면 결혼해서 아예 여기 남을 수도 있겠지.〉

질린은 곰곰이 생각했다. 〈정말 그렇군. 어머니가 건강이 안 좋아지셨어. 이러다 못 뵐지도 모르니 가서 뵈어야겠다. 그리고 아가씨가 괜찮다면 결혼할 수도 있는 거고.〉

부대장을 찾아간 그는 휴가를 내고 동료들과 작별 인사를 나눈 후 자기 병사들에게는 이별 턱으로 보드까 네 통을 샀다. 그러고서 떠날 준비를 했다.

당시 까프까스에서는 전쟁이 벌어지고 있었다. 낮이나 밤이나 길을 다닐 수가 없었다. 러시아군에서 누군가 요새를 벗어나기라도 하면 말을 탔든 타지 않았든 따따르인들이 죽이거나 산으로 끌고 갔다. 그래서 일주일에 두 번 요새에서 요새로 호송병들이 다녔다. 앞뒤로 병사들이 걷고 그 사이에서 사람들이 가는 식이었다.

때는 여름이었다. 이른 아침 동틀 무렵 요새에서 짐마차들이 채비를 마치고 호송병들과 함께 길을 떠났다. 질린은 말을 타고 움직였으며 그의 짐을 실은 수레는 짐마차들 사이에 있었다.

25베르스따쯤 길을 갔다. 짐마차들은 느릿느릿 움직였다. 병사들이 멈출 때도 있었고 누군가의 짐마차 바퀴가 빠지기도 했으며 말이 멈춰 서기도 했다. 그러면 모두가 선 채 기다렸다.

이미 정오를 넘긴 지 오래였지만 짐마차들은 길의 반도 채 가지 못했다. 먼지가 많고 더운 날이었다. 해가 쨍쨍 내리쬐었고 햇볕을 피할 곳은 아무 데도 없었다. 황량한 초원에는 나무 한 그루, 덤불 하나 없었다.

질린은 앞장서 나가 짐마차들이 따라오기를 기다렸다. 뒤쪽에서 호른을 부는 소리가 들렸다. 그러자 대열이 다시 멈추었다. 질린은 생각했다. 〈병사들 없이 혼자 가는 게 낫지 않을까? 난 훌륭한 말을 타고 있으니까 혹시라도 따따르인들과 마주치면 도망칠 수 있을 거야. 아니, 그래도 역시 가지 않는 게 좋을까?〉

그가 멈춰 서서 요모조모 따져 보고 있는데 꼬스찔린이라는 장교가 말을 타고 다가왔다. 그는 총을 가지고 있었는데 질린에게 이렇게 말했다.

「질린, 우리끼리 가세. 배가 고파서 참을 수가 없어. 게다가 더위까지. 내 셔츠는 흠뻑 젖었네그려.」

둔하고 육중한 꼬스뜰린은 얼굴이 벌게져서 땀을 뻘뻘 흘리고 있었다. 질린은 잠깐 생각하고 말했다.

「총은 장전되어 있나?」

「장전되어 있네.」

「그렇다면 가세. 단 조건이 있네. 절대 우리가 헤어져서는 안 되네.」

그렇게 해서 그들은 다른 사람들과 떨어져 먼저 길을 갔다. 초원을 가로지르며 그들은 얘기를 나누기도 하고 주위를 둘러보기도 했는데 아주 멀리까지 보였다.

초원이 끝나자 길은 두 산 사이 골짜기로 이어졌다. 질린이 말했다.

「산으로 가서 살펴봐야 해. 여기서라면 산에서 누가 뛰쳐나온다고 해도 볼 수가 없거든.」

그러나 꼬스뜰린의 생각은 달랐다.

「뭘 살펴본다고 그러나? 그냥 계속 가세.」

질린은 그의 말을 듣지 않았다. 그가 말했다.

「아니야. 자네는 여기 아래서 기다리게. 내가 얼른 가서 보고 오지.」

그는 말을 왼쪽으로 돌려 산으로 올라갔다. 질린이 모는 사냥용 말(그는 그 말이 망아지일 때 1백 루블을 주고 사서 직접 조련했다)은 나는 듯이 언덕으로 내달렸다. 올라가 바라보니 바로 앞에, 10베르스따쯤 떨어진 거리에 서른 명 남짓 되는 따따르인들이 말을 타고 서 있었다. 그는 즉시 말을 돌렸다. 그런데 따따르인들도 그를 발견하고 곧바로 그를 향해 질주하며 총을 꺼내 들었다. 질린은 전속력으로 언덕을 달려 내려가며 꼬스뗄린에게 외쳤다.

「총을 꺼내!」

그는 마음으로 말에게 말했다. 〈날 좀 구해 다오, 말아. 어디 걸려 넘어지면 안 된다. 그러면 끝장이야. 총 있는 데까지만 가면 돼.〉

그러나 꼬스뗄린은 기다리는 대신 따따르인들을 보자마자 냅다 요새 쪽으로 내달리기 시작했다. 채찍으로 말의 이쪽저쪽 옆구리를 갈겨 댔다. 먼지 사이로 보이는 것이라고는 말 꼬리가 움직이는 모습뿐이었다.

질린은 상황이 나쁘다고 판단했다. 총 없이 칼 하나만 가지고는 어쩔 수가 없었다. 그는 호송병들이 있는 곳으로 가려고 말을 돌렸다. 도망칠 생각이었다. 그러나 따따르인 여섯이 앞을 가로질렀다. 그가 탄 말은 훌륭했지만 그들이 탄 말은 더 훌륭해서 곧 그의 앞을 막아섰다. 그는 고삐를 바투 잡고 말을 돌리려 했지만 이미 나는 듯이 달리고 있던 말은 제대로 방향을 바꾸지 못하고 그들 정면으로 달려가고 말았다. 잿빛 말을 탄 붉은 턱수염의 따따르인이 그에게 다가왔다. 그는 이를 드러내고 소리를 지르며 총을 겨눴다.

질린은 생각했다. 〈음, 난 네놈들을 알지. 날 생포하면 구덩이에 처넣고 채찍으로 후려치겠지. 절대 산 채로 잡히지 않을 테다.〉

몸집은 크지 않았지만 질린은 용맹했다. 그는 검을 꺼내 들고 붉은 따따르인을 향해 말을 내몰았다. 그는 생각했다. 〈말로 깔아뭉개든지, 아니면 칼로 베어 버리겠어.〉

그런데 질린이 따따르인에게 닿기 전에 뒤에서 총알이 날아와 말을 맞혔다. 갑자기 말이 땅으로 쓰러졌고 질린의 다리 하나가 그 아래 깔렸다.

그는 일어서려 했지만 악취를 풍기는 따따르인 둘이 벌써 그를 깔고 앉아 팔을 뒤로 비틀었다. 그는 몸부림을 쳐 따따르인들을 떨쳐 냈지만 그러자 또 다른 따따르인 세 명이 말에서 내려 개머리판으로 머리를 가격했다. 눈앞이 흐려진 그는 비틀거렸다. 따따르인들은 그를 붙잡고 안장에서 여분의 말 복대를 끌러 내린 후 그의 손을 등 뒤로 돌려 따따르식으로 묶고는 안장으로 끌고 갔다. 그들은 그의 모자를 내동댕이치고 장화를 벗겼다. 샅샅이 수색해 돈이며 시계를 빼앗고 옷도 죄다 찢었다.

질린은 말을 돌아보았다. 정든 말은 옆으로 쓰러져 누운 채 다리를 땅에 대지 못하고 버둥거렸다. 머리에는 구멍이 나서 검은 피가 쉭쉭 흘러내렸다. 먼지 범벅인 주변 땅이 피에 축축이 젖었다.

따따르인 하나가 말에 다가가 안장을 풀기 시작했다. 말은 계속 버둥거렸다. 그는 단검을 꺼내 말의 목을 땄다. 목에서 쉭 하는 소리가 새어 나왔고 말은 한 번 몸을 떤 후 그대로 조용해졌다.

따따르인들은 안장과 마구를 풀어 내렸다. 붉은 턱수염의 따따르인이 말에 올라타자 다른 따따르인들이 질린을 그 뒤 안장에 앉혔다. 그런 다음 떨어지지 않도록 붉은 턱수염의 허리에 그를 혁대로 묶은 후 산으로 데려갔다.

질린은 따따르인의 뒤에 앉아 양옆으로 흔들리며 악취를 풍기는 따따르인의 등에 얼굴을 부딪쳐 댔다. 눈앞에 보이는 것이라고는 건장한 따따르인의 등과 힘줄투성이 목, 그리고 모자 아래 파르스름하게 면도질된 목덜미 정도였다. 질린의 머리는 깨져서 눈두덩에 피가 엉겨 붙어 있었다. 그렇지만 말 위에서 고쳐 앉을 수도 피를 닦을 수도 없었다. 손을 어찌나 꽁꽁 묶었는지 빗장뼈가 다 아플 지경이었다.

그들은 오랜 시간 이 산 저 산을 넘고 도보로 강을 건넌 후에야 길로 나서서 골짜기를 따라 이동했다.

질린은 어디로 끌려가는지 길을 기억해 두려 했지만 눈이 피로 덮이고 몸을 돌리는 것도 불가능했다.

땅거미가 지기 시작했다. 그들은 개울을 하나 더 건너고 돌산을 오르기 시작했다. 연기 냄새가 나고 개들이 짖어 댔다. 따따르 마을에 당도한 것이다. 따따르인들이 말에서 내리자 따따르 아이들이 모여들어 질린을 둘러싼 채 떠들어 대며 즐거워하다가 그에게 돌을 던졌다.

따따르인은 아이들을 쫓아 버리고 질린을 말에서 내린 후 일꾼을 불렀다. 그러자 불거진 광대뼈에 셔츠 한 장만 걸친 노가이인[1]이 다가왔다. 셔츠는 다 해어져서 가슴이 훤히 드러나 보였다. 그에게 따따르인이 뭔가를 지시했다. 그러자 일꾼은 족쇄를 가져왔다. 사각형으로 짧게 자른 떡갈나무에 둥근 쇠고리를 붙인 한 쌍의 족쇄로 그중 한 쇠고리에 작은 걸쇠와 자물쇠가 달려 있었다.

그들은 질린의 손을 풀어 주고 족쇄를 채운 후 헛간으로 데리고 갔다. 그러고는 그를 그 안으로 밀어 넣더니 문을 잠갔다. 질린은 거름 더미 위로 쓰러졌다. 그는 얼마간 누워 있다가 어디가 좀 더 편한지 어둠 속을 더듬어 보고 그리로 몸을 옮겨 누웠다.

1 러시아 남부, 특히 주로 북까프까스 지역에 사는 터키족을 이른다.

## 2

그날 밤 질린은 거의 한숨도 자지 못했다. 밤은 짧았다. 어느 순간 보니 조그만 틈새로 환한 빛이 들어왔다. 질린은 일어서서 틈을 좀 더 크게 파헤쳐 밖을 내다보았다.

틈새로 보이는 것은 산 아래로 난 길이었다. 오른편에는 따따르 오두막집이 있었고 그 옆에 나무 두 그루가 있었다. 검둥개가 문가에 누워 있었고 염소 한 마리가 새끼들을 데리고 돌아다니며 꼬리를 흔들고 있었다. 그다음 그가 본 것은 산 아래서 올라오는 젊은 따따르 여자였다. 그 여자는 허리띠를 매지 않은 알록달록한 상의와 바지 차림에 장화를 신었으며 머리에는 외투를 덮어쓰고 그 위로 커다란 양철 물동이를 이고 있었다. 몸이 꺾이기도 하고 등이 휘청이기도 했는데 한 손으로는 셔츠 하나만 달랑 걸친 까까머리 아이를 잡고 있었다. 따따르 여자는 오두막집으로 물을 날랐고 곧 어제의 붉은 턱수염 따따르인이 밖으로 나왔다. 비단옷을 입고 허리에는 은으로 만든 단도를 찼으며 맨발에 반장화를 신고 있었다. 검은색의 큰 양가죽 모자는 머리 뒤로 눌러쓰고 있었다. 집 밖으로 나온 그는 기지개를 켜고 붉은 수염을 쓰다듬었다. 그는 잠시 서 있다가 일꾼에게 뭔가를 지시하고 어딘가로 갔다.

조금 후에 말을 탄 두 청년이 말에 물을 먹이러 지나갔다. 말의 콧잔등이 축축했다. 그다음에는 바지도 안 입고 셔츠 한 장만 걸친 까까머리 아이들이 모여들더니 헛간 쪽으로 와서 길쭉한 나뭇가지를 집어 들고는 틈새로 밀어넣었다. 질린은 아이들을 향해 고함을 쳤다. 아이들은 놀라서 뒤로 내뺐다. 아이들의 맨무릎이 빛났다.

질린은 물을 마시고 싶었다. 목이 바싹 마른 상태였다. 사람들이 와서 봐줬으면 좋겠다고 그는 생각했다.

그때 헛간 문이 열리는 소리가 들렸다. 붉은 턱수염 따따르인이 들어왔는데 다른 사내와 함께였다. 그는 키가 약간 작고 까무잡잡했다. 검고 형형한 눈에 안색이 좋았고 턱수염은 짧았다. 명랑한 얼굴은 줄곧 웃는 표정이었다. 까무잡잡한 남자는 옷차림도 나았다. 레이스로 장식된 파란 비단옷차림에 허리에는 은제 단도를 차고 붉은 염소 가죽 장화도 역시 은실로 마감된 것이었다. 게다가 얇은 장화 위에 두꺼운 장화를 덧신고 있었다. 높이 솟은 모자는 하얀 양가죽으로 만든 것이었다.

안으로 들어선 붉은 턱수염 따따르인은 분명 욕으로 들리는 무슨 말인가를 하고 멈췄다. 그가 문설주에 기대서서 단도를 만지작거리며 곁눈질로 힐끗 질린을 쳐다보는 품이 마치 늑대 같았다. 한편 용수철이라도 단 듯 민첩하고 활기차게 돌아다니는 까무잡잡한 사내는 웅크리고 앉더니 이를 드러내며 웃고는 질린의 어깨를 가볍게 두드려 대며 자기네 말로 무슨 말인가를 빠르게 지껄이기 시작했다. 그는 윙크를 하고 혀를 차면서 연신 이렇게 말하는 것이었다. 「조아, 러샤인! 조아, 러샤인!」

질린은 하나도 알아듣지 못하고 말했다.

「마실 것 좀, 물을 마시게 해주시오!」

까무잡잡한 사내는 웃었다.

「조아, 러샤인.」 그는 또 자기네 말로 한참을 지껄였다.

질린은 손과 입술로 마실 걸 달라고 표현했다.

까무잡잡한 사내가 알아듣고 웃더니 문 밖을 내다보며 〈디나!〉 하고 누군가를 불렀다.

어린 소녀가 뛰어 들어왔다. 열세 살 정도 된 마른 소녀로 까무잡잡한 사내를 닮은 모습으로 보아 딸이었다. 소녀의 눈도 검고 형형했으며 얼굴은 아름다웠다. 소녀는 길고 푸른 블라우스를 입고 있었는데 소매가 넓고 허리띠는 매지 않았다. 앞깃과 가슴과 소매에는 붉은 실이 수놓여 있었다. 소녀는 바지 차림에 단화를 신고 거기에 높은 굽이 달린 신발을 덧신었다. 목에는 러시아의 50꼬뻬이까짜리 은화를 줄줄이 엮은 목걸이를 걸고 있었다. 아무것도 두르지 않은 검은 머리는 땋아 내렸는데 그 리본에는 금속 장식과 1루블짜리 은화 한 닢이 달려 있었다.

소녀에게 아버지가 뭔가를 일렀다. 소녀는 뛰어나갔다가 양철로 된 물 주전자를 들고 돌아왔다. 소녀는 물을 건네더니 어깨가 무릎보다 낮아지도록 한껏 몸을 구부리고 앉았다. 그러고는 눈을 크게 뜨고 질린이 무슨 짐승이라도 되는 양 그가 물을 마시는 모습을 쳐다보았다.

질린이 소녀에게 주전자를 돌려주자 소녀는 야생 염소처럼 펄쩍 뛰었다. 아버지마저 웃음을 터뜨릴 정도였다. 그는 소녀를 또 어디론가 보냈다. 소녀는 주전자를 가지고 뛰어갔다가 이번에는 둥근 나무판에 소금을 넣지 않은 빵을 가지고 왔다. 그러고는 다시 웅크리고 앉아 눈을 떼지 않고 질린을 쳐다보았다.

따따르인들이 나가고 다시 문이 잠겼다.

잠시 후 노가이인이 와서 질린에게 말했다.

「아이다, 주인, 아이다!」

그 역시 러시아어를 몰랐다. 질린이 알아차린 것이라고는 그가 어디론가 가라고 한다는 것 정도였다.

질린은 족쇄를 찬 채 나섰다. 하지만 걸음을 제대로 옮길 수가 없어 절룩거렸으며 발은 자꾸 옆으로 돌아갔다. 노가이인을 따라 밖으로 나간 질린이 본 것은 열 채 정도 되는 집들과 작은 첨탑이 달린 그들의 교회로 이루어진 따따르 마을이었다. 한 집 앞에 안장을 얹은 말 세 필이 서 있었고 사내아이들이 고삐를 쥐고 있었다. 그 집에서 까무잡잡한 따따르인이 나오더니 질린에게 오라고 손짓했다. 그는 계속해서 웃으며 자기네 말로 뭔가를 말하더니 문으로 갔다. 질린은 집으로 들어갔다. 방은 깔끔하고 벽에는 점토 칠이 매끈했다. 벽 앞쪽에 색색의 깃털 이불이 놓여 있고 양옆으로는 값비싼 양탄자가 걸려 있었다. 그 위로는 총과 칼 같은 무기들도 걸려 있었다. 무기는 모두 은으로 만든 것들이었다. 한쪽 벽면에는 바닥과 같은 높이에 작은 화로가 있었다. 바닥은 흙이었지만 탈곡장처럼 깨끗했고 앞쪽 구석에 두꺼운 펠트를 펼쳐 놓았다. 그 위에 양탄자가, 또 그 위에는 푹신푹신한 방석이 놓여 있었다. 실내화만 신은 따따르인들, 그러니까 까무잡잡한 따따르인, 붉은 턱수염 따따르인 그리고 손님 셋이 양탄자에 앉아 있었다. 그들은 하나같이 방석에 등을 기대고 앉았는데, 둥근 널빤지에 수수로 만든 팬케이크와 찻잔에 담긴 버터, 그리고 따따르 맥주인 〈부자〉가 항아리에 담긴 채 그들 앞에 놓여 있었다. 손으로 음식을 먹느라 그들 손은 온통 버터투성이었다.

까무잡잡한 따따르인이 일어나 질린에게 양탄자가 아닌

맨땅 한쪽 귀퉁이에 앉으라고 명령하고는 다시 양탄자로 올라가 팬케이크와 부자를 손님들에게 권했다. 질린을 자리에 앉힌 일꾼은 자신도 덧신을 벗어 문가에 두고(다른 사람들의 덧신도 거기 있었다) 주인들 옆에 깔린 펠트에 앉아 주인들이 먹는 모습을 바라보며 군침을 삼켰다.

따따르인들이 팬케이크를 먹고 나자 소녀처럼 긴 블라우스와 바지를 입은 따따르 여자가 들어왔다. 머리에는 두건을 매었다. 그녀는 버터와 팬케이크를 내어 가고 근사한 대야와 주둥이가 좁은 항아리를 가져왔다. 따따르인들은 손을 씻은 다음 팔짱을 낀 채 무릎을 꿇고 앉아 사방으로 절을 하고 기도문을 읽었다. 말은 여전히 자기네들 말로 했다. 그러고 나서 손님 중 한 따따르인이 질린에게 몸을 돌려 러시아어로 말을 하기 시작했다.

「너를 잡은 사람은 까지-무가메드다.」 그는 붉은 턱수염을 가리켰다. 「그리고 널 압둘-무라뜨에게 판 거지.」 이번에는 까무잡잡한 사내를 가리켰다. 「그러니 압둘-무라뜨가 이제 네 주인이다.」

질린은 아무 말도 하지 않았다.

압둘-무라뜨가 입을 열었다. 그는 줄곧 질린을 가리킨 채 웃으며 이렇게 말했다. 「러샤 군인, 조아, 러샤인.」

통역이 말했다. 「네게 집으로 편지를 쓰라고 하신다. 네 몸값을 보내라고 써라. 돈이 오면 널 풀어 준다.」

질린은 잠시 생각한 다음 물었다.

「몸값으로 얼마를 원하지?」

따따르인들이 한동안 서로 얘기한 후 통역이 말했다.

「3천 루블이다.」

「어림없는 소리.」 질린이 말했다. 「난 그렇게 많은 돈을 낼 형편이 못 돼.」

그러자 압둘이 벌떡 일어나더니 양손을 휘두르며 질린에게 뭔가 말했다. 여전히 그가 알아듣는다고 생각하는 모양이었다. 통역이 말을 옮겼다.

「그럼 얼마를 내겠나?」

질린은 잠시 생각한 후 대답했다.

「5백 루블.」

이 말에 따따르인들이 갑자기 일제히 떠들어 대기 시작했다. 압둘은 붉은 턱수염에게 소리를 질렀는데 말이 어찌나 빠른지 입에서 침이 튈 정도였다.

하지만 붉은 턱수염은 그저 눈을 가늘게 뜨고 혀를 찰 뿐이었다.

이윽고 소란이 잦아들고 통역이 말했다.

「주인에게 몸값 5백 루블은 적다. 주인은 벌써 네 몸값으로 2백 루블을 썼거든. 까지-무가메드는 주인에게 빚이 있었고 그 빚 대신 너를 주기로 한 거지. 3천 루블, 그 이하로는 안 된다. 만일 편지를 쓰지 않으면 구덩이에 처넣고 채찍으로 때릴 테다.」

질린은 생각했다. 〈어휴, 저들을 무서워할수록 상황은 더 나빠질 뿐이다.〉

그는 일어나서 말했다.

「넌 저 개 같은 인간에게 전해라. 나에게 겁을 줄 생각이라면 한 푼도 받지 못할 거라고. 그리고 편지도 안 쓸 거라고. 나는 너희 개자식들을 무서워하지 않았고 앞으로도 마찬가지야!」

통역이 전하자 다시 모두 와글와글 떠들어 댔다. 오랫동안 그러더니 까무잡잡한 사내가 일어나 질린에게 다가왔다.

「러샤인. 지기뜨, 지기뜨 러샤인!」(〈지기뜨〉는 그들 말로 용감하다는 뜻이었다.) 까무잡잡한 사내는 웃다가 통역에게 무슨 말인가를 했다. 통역이 말했다.

「1천 루블을 내라.」

「5백 이상은 안 된다. 그리고 만약 날 죽인다면 아무것도 못 건질 테지.」 질린은 고집을 부렸다.

따따르인들은 또 한참을 떠들어 대더니 일꾼을 어디론가 보냈다. 그러고는 질린과 문을 번갈아 쳐다봤다. 돌아온 일꾼 뒤로 맨발에 누추한 옷을 입은 한 뚱뚱한 사내가 따라 들어왔다. 그의 발에도 역시 족쇄가 채워져 있었다.

질린은 꼬스뜰린을 알아보고 경악했다. 그 역시 사로잡혔던 것이다. 나란히 앉게 된 두 사람은 이야기를 나누기 시작했다. 따따르인들은 아무 말 없이 그들을 바라보았다. 질린이 먼저 자신에게 일어난 일을 이야기했다. 꼬스뜰린도 말이 멈춰 서고 총이 불발하는 사이 압둘이 자기를 쫓아와 붙잡았다는 얘기를 했다.

압둘이 벌떡 일어나 꼬스뜰린을 가리키며 뭔가 말했다. 통역이 옮기기를, 이제 그들은 둘 다 한 주인을 섬기게 됐으며 먼저 몸값을 내는 자가 먼저 풀려난다는 얘기였다.

「이봐.」 통역이 질린에게 말했다. 「너는 그저 성만 내지만 네 친구는 온순하다. 저자는 5천 루블을 보내 달라고 집에 편지를 썼다. 그러니 저자에게는 밥도 잘 주고 못살게 굴지도 않을 거다.」

질린이 대꾸했다.

「이 친구야 자기 맘대로 하는 거고. 이자는 부자일지 모르지만 나는 부자가 아니다. 난 내가 말한 대로 한다. 원한다면 죽여라. 그러면 아무 이익도 얻지 못할 테니. 어쨌든 난 5백 루블 이상으로는 편지를 쓰지 않을 거다.」

그들은 조용해졌다. 갑자기 압둘이 벌떡 일어나더니 상자를 하나 가져와 펜과 커다란 종이 한 장, 그리고 잉크를 꺼내 질린에게 내밀고 어깨를 두드리며 쓰라는 몸짓을 했다. 5백 루블에 합의한 것이다.

「잠깐 기다려!」 질린이 통역에게 말했다. 「이렇게 전해라. 우리를 잘 먹이고 옷과 신발도 제대로 달라고 말야. 그리고 우리를 함께 있게 해주고. 그래야 우리 기분이 명랑해질 테니. 족쇄도 풀어 달라고 해라.」 그런 다음 주인을 바로 쳐다보며 웃었다.

주인도 웃었다. 말을 전해 듣더니 그는 통역을 통해 이렇게 대답했다.

「옷이라면 제일 좋은 걸로 주지. 외투와 장화도 장가라도 갈 수 있을 정도로 해주고. 음식도 공후라도 된 양 먹여 주마. 그리고 정 같이 있고 싶다면 헛간에서 같이 지내게 해주고. 하지만 족쇄는 못 풀어 준다. 도망갈 테니까. 밤에만 풀어 주지.」 그런 다음 가까이 다가와 질린의 어깨를 두드렸다. 「너 좋아, 나 좋아!」

질린은 편지를 썼지만 편지가 가지 않도록 주소를 틀리게 적었다. 그의 속셈은 이러했다. 〈난 도망친다.〉

질린과 꼬스띨린은 헛간으로 옮겨졌다. 거기서 그들은 옥수수 짚단과 물병과 빵, 그리고 긴 외투 두 벌과 다 해어진 군용 장화를 받았다. 살해된 병사들에게서 취한 물건이 분명했다. 따따르인들은 밤에는 그들의 족쇄를 풀어 주고 헛간 문을 잠갔다.

## 3

질린은 꼬스띨린과 꼬박 한 달을 이런 상태로 함께 살았다. 주인은 늘 웃었다. 「너, 이반, 좋아! 나, 압둘, 좋아!」 그렇지만 음식은 형편없었다. 소금도 넣지 않고 구운 딱딱한 수수빵이 나오는가 하면 아예 굽지 않은 반죽을 주기도 했다.

꼬스띨린은 다시 한 번 집에 편지를 보내고 돈이 오기를 기다리며 우울해했다. 하루 종일 헛간에 앉아 언제 회신이 올까 손꼽아 날을 헤아리거나 잠을 잤다. 하지만 질린은 편지가 전해지지 않을 것을 알았고 더 쓰지도 않았다.

그는 생각했다. 〈어머니가 어디서 그 많은 돈을 구해 내 몸값을 낸단 말인가. 이제껏 내가 보낸 돈으로 살아오셨는데. 5백 루블을 융통한다면 어머니는 완전히 파산하고 말거야. 하느님의 도움을 받아 난 내 힘으로 여길 빠져나간다.〉

그리고 그는 밖을 내다보며 어떻게 하면 도망칠 수 있을지 상황을 살폈다.

마을을 돌아다니며 휘파람도 불었다. 앉아서 일을 하며 찰흙으로 인형을 만들기도 하고 나뭇가지를 엮어 바구니를 만들기도 했다. 사실 질린은 손으로 만들어 내는 일에 재주가 있었다.

한번은 그가 인형을 만들었다. 코를 붙이고 손발도 만들어 따따르 옷을 입히고는 그걸 지붕 위에 얹어 두었다.

따따르 여자들이 물을 길러 나왔을 때 주인 딸인 디나가 인형을 보고 다른 여자들을 불렀다. 그들은 물병을 내려놓고는 인형을 보며 웃었다. 질린이 인형을 집어 그들에게 주었지만 그들은 웃기만 했지 받으려 하지 않았다. 그는 인형을 내려놓고 헛간으로 돌아가 그들이 어떻게 하는지 지켜보았다.

달려와 주위를 둘러보더니 인형을 움켜쥐고 달아난 것은 디나였다.

이튿날 아침 동이 틀 무렵 디나가 문가에 인형을 들고 나타났다. 벌써 빨간 종이로 싼 인형을 마치 아기 다루듯 어르며 노래를 불러 주는 것이었다. 그런데 노파가 나타나 호통을 치더니 인형을 빼앗아 망가뜨리고는 디나를 어디론가 심부름 보냈다.

질린은 다른 인형을 더 잘 만들어서 디나에게 주었다. 어느 날은 디나가 항아리를 가져와 내려놓고는 앉아 그를 쳐다보고 웃으며 항아리를 가리켰다.

〈뭣 때문에 좋아하는 거지?〉 궁금해진 질린은 항아리를 들어 안에 있는 것을 마셨다. 물이라고 생각했는데 항아리에는 우유가 들어 있었다. 그는 단숨에 우유를 들이마시고 〈맛있다〉 하고 말했다. 디나가 얼마나 기뻐했는지!

「좋아, 이반, 좋아!」 그녀는 펄쩍 뛰며 손뼉을 치더니 항아리를 들고 뛰어갔다.

그날부터 디나는 다른 사람들 몰래 그에게 매일 우유를 가져다주었다. 따따르인들은 염소젖으로 치즈를 만들어 지붕에 말리곤 하는데 그것을 몰래 가져다주기도 했다. 한번은 주인이 양을 잡자 소매에 양고기를 넣어다가 그에게 주었다. 던져 주고 가버리는 식이었다.

어느 날 거센 비바람이 몰아쳤다. 하늘에 구멍이라도 난 듯 한 시간 내내 비가 퍼부은 날이었다. 개울이란 개울은 죄다 흙탕물이 되었고 얕은 여울이었던 곳이 3아르신도 넘게 물이 차올라 콸콸 흘러넘쳤으며 돌멩이들이 굴러 내려갔다. 온 사방에 물줄기가 범람하고 산들 사이로 굉음이 울려 퍼졌다. 비바람이 지나가자 마을 곳곳에 개울이 생겨났다. 질린은 주인에게 칼을 달라고 해서 원통 기둥을 만들고 나무 판자를 깎은 다음 바퀴를 달았다. 바퀴 양 끝에는 인형을 묶었다.

여자아이들이 헝겊을 가져다주어서 그는 인형 옷도 만들어 입혔다. 하나는 남자, 다른 하나는 여자 인형이었다. 인형을 단단히 묶은 바퀴를 개울에 세우자 바퀴가 돌아가면서 인형들이 춤을 췄다.

남녀노소 할 것 없이 마을 사람들 모두가 모여들었다. 따따르인들은 감탄하며 말했다.

「아, 러샤인! 아, 이반!」

압둘에게는 고장 난 러시아제 시계가 있었다. 그는 질린을 불러 시계를 보여 주고는 혀를 찼다.

「주시오. 고쳐 주지.」 질린이 말했다.

그는 시계를 가져가서 칼로 분해해 늘어놓았다가 다시 조립해 주었다. 시계는 제대로 작동했다.

주인은 기뻐하며 자기가 입던 옷을 선물했다. 다 해어진 옷이긴 했지만 어쩌겠는가. 질린은 받았다. 밤에 덮고 자는 데 쓸모가 있었다.

그때부터 질린이 명인이라는 명성이 퍼져 나갔다. 먼 동네에서도 그를 찾아 사람들이 몰려들었다. 어떤 이는 총의 잠금장치나 소총을, 또 어떤 이는 시계를 고쳐 달라고 가져왔다. 주인이 그에게 집게며 송곳과 줄칼 등의 기구를 가져다 주었다.

하루는 따따르인이 몸져눕자 〈와서 고쳐 달라〉고 질린을 불렀다. 질린은 병을 고치는 일에 대해서는 조금도 알지 못했다. 하지만 가서 들여다보고 생각했다. 〈아마 그냥 둬도 나을 거야.〉 그는 헛간에 가서 물과 모래를 섞고 따따르인들이 보는 곳으로 나와 물에 뭔가 주문을 속삭인 다음 마시라고 건넸다. 그에게는 다행스럽게도 따따르인이 완쾌되었다. 질린은 그들의 말을 조금 이해하게 되었다. 몇몇 따따르인들도 그를 친근하게 대하기 시작했다. 그들은 필요할 때면 그를 〈이반, 이반!〉 하고 불렀다. 하지만 나머지 사람들은 여전히 그를 짐승 보듯 곁눈질했다.

붉은 턱수염을 기른 따따르인은 질린을 좋아하지 않았다. 그를 보면 얼굴을 찡그리고 몸을 돌리거나 욕지거리를 했다. 그 마을에는 노인이 하나 있었는데 그는 마을 안에 살지 않고 산 아래서 찾아오곤 했다. 질린이 그를 볼 수 있는 때라고는 그가 기도를 드리러 회교 사원에 갈 때뿐이었다. 그는 키가 작았고 흰 천으로 된 터번을 둘둘 말아 쓰고 다녔다. 짧게 깎은 턱수염과 콧수염은 솜처럼 희었으며 주름투성이 얼굴은 벽돌처럼 빨갰다. 매부리코에 심술궂은 회색 눈을 가졌고 송곳니 두 개를 빼고는 이도 없었다. 그는 터번을 쓴 채 지팡이를 짚고 늑대처럼 주위를 살피며 걷곤 했다. 그러다가 질린을 보면 흥 하고 콧소리를 내며 몸을 돌렸다.

언젠가 질린이 노인이 사는 곳을 보기 위해 산 아래로 내려간 적이 있었다. 오솔길을 따라 내려가자 작은 뜰과 돌담이 보였다. 담 너머로는 체리나무와 살구나무, 그리고 평평한 지붕을 얹은 자그마한 오두막집이 있었다. 더 가까이 다가간 그가 본 것은 짚으로 엮은 벌통과 붕붕거리며 날아다니는 벌 떼였다. 노인은 무릎을 꿇고 앉아 벌통을 가지고 무슨 일인가 하고 있었다. 질린이 더 자세히 보려고 몸을 높이 곧추세우자 족쇄가 절거덕거렸다. 뒤돌아본 노인은 쇳소리를 내지르고 허리에서 총을 잡아 빼더니 질린을 향해 쏘았다. 그는 돌담 뒤로 겨우 몸을 피했다.

노인이 주인에게 따지러 오자 주인이 질린을 불러 웃으며 물었다.

「대체 노인장 집에는 왜 간 거냐?」

그가 대답했다. 「난 저 사람에게 아무 해도 입히지 않았소. 그냥 어떻게 사는지 보고 싶었을 따름이오.」

주인이 말을 전했다. 그러나 노인은 화가 나서 투덜대며 송곳니를 드러낸 채 뭔가 마구 지껄이며 질린에게 손을 흔들어 댔다.

다 이해할 수는 없었지만 주인에게 러시아인들을 죽이라는 말, 또 러시아인들을 마을에 두지 말라는 말은 알아들을 수 있었다. 노인이 떠났다.

질린은 주인에게 노인에 대해 이것저것 물었다. 주인은 말했다.

「대단한 양반이지! 제일 용감한 사람이야. 많은 러시아인을 죽였고 한때 부자였지. 노인장에게는 아내가 세 명에다가 아들이 여덟 있었어. 모두 한마을에 살았지. 그런데 러시아인들이 와서 마을을 쑥대밭으로 만들고 일곱 아들을 죽였어. 하나 남은 아들은 러시아인들에게 투항했고. 노인장은 자기도 러시아인들에게 가서 투항했어. 거기서 석 달을 살면서 아들을 찾아내서는 자기 손으로 죽이고 도망쳤지. 그 이후로는 싸우지 않고 신에게 기도하기 위해 메카로 떠났어. 그래서 터번을 쓰는 거야. 메카에 갔던 사람이라면 누구나 〈하지〉라고 불리며 터번을 쓰거든. 노인장은 네 형제들을 좋아하지 않아. 너를 죽이라고 하더군. 물론 난 널 죽일 수 없어. 너를 샀으니까. 그리고 난 이반, 네가 좋아졌어. 죽이기는커녕, 약속만 없다면 널 떠나보내기도 싫었을 거야.」 그는 웃으며 러시아어로 말했다. 「너, 이반, 좋아. 나, 압둘, 좋아!」

## 4

그렇게 질린은 한 달을 살았다. 낮에는 마을을 돌아다니거나 손을 놀려 뭔가를 만들었고 밤이 오고 마을이 조용해지면 헛간에서 굴을 팠다. 돌 때문에 땅을 파기는 쉽지 않았으나 줄칼을 이용해 문질러 댔고 결국 벽 아래로 기어 나갈 만한 구멍을 만들어 냈다. 그는 생각했다. 〈어느 쪽으로 가야 할지 지리만 잘 알면 좋으련만. 그렇지만 따따르인 중 그런 걸 알려 줄 사람은 아무도 없겠지.〉

그래서 그는 주인이 집을 비운 때를 골라 점심을 먹고 마을 너머 산으로 올라갔다. 거기서 주위를 살펴볼 심산이었다. 그러나 주인이 떠나면서 아들에게 질린을 따라다니며 눈을 떼지 말라고 일러 둔 터였다. 아들은 질린 뒤를 뛰어다니며 소리를 질렀다.

「그리 가지 마! 아버지 명령이야! 말 안 들으면 당장 사람들을 부른다!」

질린은 아들을 달랬다.

「멀리 가려는 게 아니란다. 그냥 저기 산에 올라가려는 거야. 약초를 찾아야 하거든. 너희들을 고칠 풀 말이야. 나랑 같이 가자. 이 족쇄를 차고 내가 어떻게 도망을 치겠니. 그리고 내일은 네게 활과 화살을 만들어 주마.」

아이를 달랜 뒤 질린은 아이와 함께 갔다. 그리 멀지 않아 보였지만 족쇄를 차고 가기에는 힘들었다. 걷고 또 걸어서야 겨우 산에 올랐다. 산에 오른 질린은 앉아서 지형을 둘러보았다. 산 너머 남쪽에 협곡이 있었는데 거기에서는 말 떼가 돌아다니고 있었고 그 아래쪽으로 다른 마을이 보였다. 마을로부터는 또 다른 산이 시작되었는데 훨씬 가파른 산이었으며 그 너머도 산이었다. 산들 사이로는 푸른 숲이 있었고 역시 더 높디높은 산들이 솟아 있었다. 그중 가장 높은 산은 마치 설탕처럼 하얀 눈으로 덮인 채 다른 봉우리들 위로 모자처럼 서 있었다. 해가 뜨는 곳이든 지는 곳이든 모두 그와 같은 산이 즐비했다. 골짜기에 자리 잡은 마을 이곳저곳에서 연기가 피어올랐다. 그는 생각했다. 〈음, 여긴 죄다 따따르인들 동네로군.〉 그는 러시아인들이 사는 방향으로 시선을 돌렸다. 발아래 저 멀리 강이 흘렀고 자신이 살던 마을이 작은 밭들에 둘러싸여 있었다. 강가에 여자들이 앉아 빨래를 하고 있었다. 여자들은 인형처럼 작게만 보였다. 마을 뒤로는 약간 낮은 산이 있었고 그 너머에 또 산이 둘 있었다. 산마다 숲이었다. 두 산 사이로는 평평한 지대가 푸르렀는데 거기서 분명 연기로 보이는 것이 멀리멀리 퍼져 나가고 있었다. 질린은 요새 안에 있는 거처에서 지낼 때 어느 쪽에서 해가 뜨고 졌는지를 떠올렸다. 러시아 요새는 그 계곡에 있는 게 틀림없었다. 그 두 산 사이로 도망쳐야만 했다.

해가 뉘엿뉘엿 지기 시작했다. 하얀 눈으로 빛나던 산은 빨갛게 물들었고 검은 산은 더욱 짙어졌다. 골짜기에서는 안개가 피어올랐고 러시아 요새가 있을 것이 분명한 계곡도 저녁놀로 불붙은 듯했다. 질린은 주의 깊게 응시했다. 계곡에서 뭔가 설핏 눈에 띄는데 굴뚝에서 나오는 연기 같았다. 그것이 바로 러시아 요새라는 생각이 들었다.

어느덧 늦은 시간이 되었다. 물라[2]가 외치는 소리가 들렸다. 가축 떼가 집으로 돌아가고 암소들이 음매음매 울었다. 아이는 줄곧 가자고 채근해 댔다. 질린은 돌아가고 싶지 않았다.

결국 그들은 집으로 돌아갔다. 질린은 생각했다. 〈이제 지형을 파악했으니 도망쳐야겠다.〉 그는 바로 그날 밤으로 도망치고 싶었다. 달이 이울어 어둠이 짙었기 때문이다. 그러나 일이 안 되려는지 그날 저녁 무렵에 따따르인들이 돌아왔다. 보통 그들이 돌아올 때는 가축 떼를 몰고 오면서 즐거워하는데 이번에는 가축이 아니라 살해된 따따르인을 안장에 얹은 채였다. 붉은 턱수염의 형제였다. 분노에 찬 그들은 장례를 치르기 위해 모두 모였다. 질린도 구경하려고 나갔다. 망자는 관도 없이 천에 싸인 채 마을 밖 미루나무 아래로 옮겨져 풀밭에 놓였다. 물라가 왔고 노인들이 모였다. 그들은 천으로 모자를 두르고 신을 벗은 후 시체 앞에 무릎을 꿇고

2 Mullah. 이슬람교의 율법학자.

나란히 앉았다.

물라가 앞에 있었고 뒤에는 터번을 두른 노인 셋이 나란히 앉았으며 그들 뒤로 다른 따따르인들이 있었다. 그들은 앉아서 눈길을 떨구고 침묵을 지켰다. 침묵은 오랫동안 이어졌다. 이윽고 물라가 고개를 들고 입을 열었다.

「알라(신을 뜻하는 말이었다)!」 그는 이 말만을 했고 그러자 다들 다시 눈길을 떨구고 오랫동안 말이 없었다. 모두들 앉은 채 미동도 하지 않았다. 다시금 물라가 고개를 들었다.

「알라!」 그러자 모두 따라했다. 「알라!」 그러고는 다시 조용해졌다. 시체는 풀밭에 돌처럼 누워 있었으며 다른 사람들도 시체처럼 앉아 있었다. 한 사람도 꼼짝하지 않았다. 들리는 것이라고는 미루나무의 잎사귀들이 바람에 바스락대는 소리뿐이었다. 잠시 후 물라가 기도문을 읽자 모두 일어나 시체를 들어 올려 구덩이로 날랐다. 평범한 구덩이가 아니었다. 마치 움을 파듯 땅을 파냈다. 그들은 시체의 겨드랑이 아래와 다리를 잡아 접어서 앉은 자세를 만들고 천천히 땅밑으로 밀어넣은 다음 시체의 손이 배 위에 오도록 자세를 잡았다.

노가이인이 푸른 갈대를 가져와 구덩이를 갈대로 채우고 재빨리 흙을 뿌리며 땅을 평평히 골랐다. 그런 다음 망자의 머리께에 돌을 세웠다. 사람들은 흙을 밟아 다진 후 무덤 앞에 다시 나란히 앉아 한참을 침묵했다.

「알라! 알라! 알라!」 마침내 이렇게 외치더니 모두 한숨을 쉬고 일어났다.

붉은 턱수염은 노인들에게 돈을 나누어 주었다. 그런 다음에는 일어나 채찍을 집어 들더니 자기 이마를 세 번 후려치고 집으로 갔다.

다음 날 아침 질린은 붉은 턱수염이 암말을 끌고 마을 밖으로 나가는 것을 보았다. 따따르인 셋이 그 뒤를 따랐다. 마을 바깥으로 나가자 붉은 턱수염은 솜옷을 벗더니 소매를 걷어 올리고(그의 팔은 튼실했다) 단도를 꺼내 숫돌에 갈았다. 따따르인들이 암말의 머리를 위로 들어 올리자 붉은 턱수염이 다가가 목을 따고 쓰러뜨린 후 가죽을 벗기기 시작했다. 큰 주먹으로 가죽을 뜯어내는 것이었다. 아낙네며 처녀들이 와서 창자와 내장을 씻기 시작했다. 그런 다음에는 암말을 잘라 집으로 가져갔다. 망자의 명복을 빌기 위해 마을 사람들이 모두 붉은 턱수염의 집에 모였다.

사흘 내내 사람들은 말고기를 먹고 부자를 마시며 고인의 명복을 빌었다. 따따르인들은 모두 집에 있었다. 그런데 질린이 지켜본바, 나흘째 되는 날 점심에 그들이 어디론가 떠날 채비를 하기 시작했다. 말을 대령하고 준비를 마친 후 열 명쯤 되는 사람들이 붉은 턱수염과 함께 떠났다. 압둘만이 남았다. 달이 막 차오르기 시작한 때라 밤은 아직 어두웠다.

〈그래.〉 질린은 생각했다. 〈오늘 도망쳐야겠다.〉 그는 꼬스띨린에게 계획을 이야기했지만 꼬스띨린은 겁을 냈다.

「어떻게 도망을 간다고 그래? 우리는 길도 모르는데.」

「내가 길을 알아.」

「그래도 하룻밤 만에 갈 수는 없을 거야.」

「만일 못 간다면 숲에서 자면 돼. 여기 내가 건빵을 모아 놨어. 자네는 왜 여기 있으려고 하지? 돈을 보내 준다면야 좋지. 하지만 돈을 구하지 못하면 어쩌지? 게다가 그들은 자기네 형제가 러시아인에게 죽었다며 사나워져 있다고. 자기

들끼리 의논을 해서 우리를 죽이려 들겠지.」

꼬스띨린은 생각에 생각을 거듭하더니 말했다.

「그래, 도망치세.」

## 5

질린은 구멍으로 기어 들어가 꼬스띨린도 빠져나갈 수 있도록 더 크게 팠다. 그런 다음 그들은 앉아서 마을이 조용해질 때까지 기다렸다.

마을 사람들이 조용해지자 질린은 벽 아래로 기어 나가 꼬스띨린에게 속삭였다. 「기어 나오게.」 꼬스띨린이 기어 나오던 중 그만 그의 발에 돌이 차이며 소리를 냈다. 주인집에는 집을 지키는 얼룩 개가 있었는데 사납기가 이루 말할 수 없었다. 개의 이름은 울랴신이었다. 질린은 이미 전부터 그 개에게 먹이를 주어 왔다. 소리를 들은 울랴신이 짖으며 달려들자 다른 개들도 뒤따랐다. 질린은 살짝 휘파람을 불면서 건빵 조각을 던져 주었다. 그를 알아본 울랴신은 꼬리를 흔들며 더 이상 짖지 않았다.

주인은 개가 짖는 소리를 듣고 집 안에서 소리쳤다. 「무슨 일이냐, 울랴신!」

그러나 질린이 울랴신의 귀 뒤쪽을 긁어 주자 개는 짖기는커녕 그의 다리에 몸을 문지르며 꼬리를 흔들어 댔다.

그들은 구석에 잠시 앉았다. 사위가 조용해졌다. 들리는 것이라고는 우리 안에서 양이 기침하는 소리와 아래쪽에서 시냇물이 자갈에 부딪치며 졸졸 흘러가는 소리뿐이었다. 주위는 어두웠다. 하늘에는 별들이 높이 떠 있었다. 산 위에서 불그스름한 초승달이 양쪽 뿔을 위로 세운 채 지고 있었다. 골짜기는 우윳빛 안개 아래 희뿌옇게 잠겼다.

질린이 몸을 일으키고 동료에게 말했다. 「자, 친구, 가세!」

그들은 출발했다. 그러나 몇 발짝 떼어 놓기 무섭게 물라가 지붕에서 외치는 소리가 들렸다. 「알라! 베스밀라! 일라흐만!」 그 소리는 곧 사람들이 회교 사원에 간다는 것을 뜻했다. 그들은 벽 아래 몸을 숨기고 사람들이 다 지나갈 때까지 한참을 앉아 있었다. 마침내 다시 조용한 순간이 왔다.

「그럼, 하느님께서 도우시길!」 두 사람은 성호를 긋고 길을 떠났다. 그들은 뜰을 지난 다음 강으로 난 비탈길을 걸어가 강 건너편 골짜기에 들어섰다. 안개가 짙었지만 아래쪽만 그랬고 머리 위로는 별들이 총총했다. 질린은 별을 길라잡이로 삼았다. 안개 속은 시원해서 걷기에 좋았지만 발에 맞지 않아 불편한 신이 문제였다. 질린은 신을 벗어 던지고 맨발로 걸었다. 자갈 위를 깡충깡충 뛰면서 그는 별을 올려다보았다. 꼬스띨린은 뒤처지기 시작했다.

「천천히 좀 가게.」 꼬스띨린이 말했다. 「이 빌어먹을 신발 때문에 발이 다 까졌어.」

「그럼 자네도 벗게. 한결 나을 거야.」

꼬스띨린이 신발을 벗었지만 상황은 악화되었다. 돌에 차여 발이 온통 상처투성이가 되었고 그렇게 그는 점점 더 뒤로 처져만 갔다. 질린이 말했다.

「발이 좀 까지면 어떤가, 다 나을 텐데. 하지만 그들이 우리를 쫓아와 잡으면 죽는 거라고. 훨씬 더 끔찍한 일이지.」

꼬스띨린은 군말 없이 끙끙대며 걸었다. 그들은 산기슭으로 한참을 걸어갔다. 문득 오른쪽에서 개들이 짖어 대는 소리가 들렸다. 질린은 멈춰 서서 주위를 둘러보고 손으로 더듬어 가며 산으로 기어 올라갔다.

「이런!」 그가 말했다. 「잘못 왔네. 너무 오른쪽으로 왔어. 여긴 다른 마을이야. 내가 산에서 봤었지. 돌아가서 왼쪽 산으로 가야해. 거기 숲이 있을 거야.」

그러나 꼬스뗄린은 말했다.

「좀 쉬어 가세. 숨 좀 돌려야겠어. 게다가 발이 온통 피범벅이라고.」

「이보게, 다 낫는다니까. 가볍게 뛰어 보게. 이렇게!」

질린은 돌아서서 왼쪽 산으로, 숲을 향해 달려갔다. 꼬스뗄린은 계속해서 뒤처지며 한숨을 쉬어 댔다. 질린은 그에게 조용히 하라고 주의를 주면서 줄곧 앞으로 나아갔다.

산에 오르니 정말로 숲이 있었다. 숲으로 들어서자 나무 가시에 옷이 갈기갈기 찢겼다. 마침내 그들은 숲 속 오솔길로 접어들어 그 길을 걸었다.

「멈춰!」 길에서 말발굽 소리가 들렸다. 그들은 걸음을 멈추고 귀를 기울였다. 말이 발을 구르는 소리 같았는데 곧 조용해졌다. 그들이 움직이자 다시 말발굽 소리가 났다. 그들이 멈추면 소리도 멎었다. 질린이 기어가서 길의 밝은 쪽을 살펴보니 뭔가 서 있었다. 그것은 말인 것 같았지만 말이 아니었다. 말이라기에는 어딘지 이상했고 사람과도 닮지 않았다. 문득 콧김을 내뿜는 소리가 들렸다. 〈이건 대체 뭐지!〉 질린은 조용히 휘파람을 불었다. 그러자 그 생명체가 길에서 숲으로 뛰어 들어갔고 그 바람에 숲이 진동을 했다. 마치 폭풍이 지나가기라도 하는 듯 나뭇가지들이 부러졌다.

꼬스띨린은 겁에 질린 나머지 주저앉아 버렸다. 그러나 질린은 빙그레 웃으며 말했다.

「사슴이야. 뿔로 나무들을 치고 지나가는 소리 안 들리나? 우리는 그 녀석을 무서워했지만 그 녀석도 우리가 무서웠던 거야.」

그들을 계속해서 길을 갔다. 어느새 큰곰자리가 기울고 아침이 가까워 왔다. 하지만 제대로 가고 있는지 아닌지 알 길이 없었다. 질린 생각에는 그 길을 통해 끌려갔었고, 러시아 요새에 닿으려면 아직 10베르스따쯤 남았다. 그러나 확실한 표식이 있는 것이 아니었고 밤에는 더욱 분간하기가 어려운 법이다. 공터로 나섰을 때 꼬스띨린이 땅에 털썩 주저앉아 말했다.

「자네가 뭐라든 난 못 가겠네. 발이 말을 듣지 않아.」

질린이 타이르기 시작했지만 그는 말을 듣지 않았다.

「아니, 못 가. 못 가겠다고.」

화가 난 질린은 침을 뱉고 욕설을 내뱉었다.

「그럼 나 혼자라도 가지. 잘 있게!」

꼬스띨린도 어쩔 수 없이 벌떡 일어나 걸었다. 그들은 4베르스따쯤 더 걸어갔다. 숲에 안개가 더 짙게 내려 앞을 분간할 수 없었고 별도 보일까 말까 했다.

문득 앞에서 말발굽 소리가 들렸다. 편자에 돌이 차이는 소리였다. 질린은 배를 깔고 납작 엎드려 땅에 귀를 댔다.

「그렇군. 말을 탄 사람이 이리로 오고 있어.」

그들은 길을 벗어나 떨기나무 사이로 들어가 앉아 기다렸다. 질린이 길쪽으로 기어가 살펴보니 말을 탄 따따르인이 낮은 목소리로 노래를 흥얼거리면서 소를 몰아가고 있었다.

그렇게 따따르인은 지나갔다. 질린은 꼬스띨린에게로 돌아갔다.

「하느님이 도우셨네. 일어나세. 길을 가야지.」

꼬스띨린은 일어서려했지만 주저앉고 말았다. 「못 가. 정말이지 난 못 가네. 남은 힘이 없어.」

안 그래도 육중하고 뚱뚱한 그는 땀까지 뻘뻘 흘리고 있었다. 숲에서 차가운 안개에 젖고 발은 온통 까졌으니 축 늘어져 버린 것이다. 질린은 힘껏 그를 일으켜 세우려 했다. 그러자 꼬스띨린이 소리쳤다.

「앗, 아파!」

질린은 망연자실했다.

「어째서 소리를 지르는 건가? 따따르인이 근처에 있지 않나. 들었을지도 몰라.」 그러면서 그는 생각했다. 〈정말 완전히 힘이 빠졌구나. 이제 어쩐다? 동료를 두고 갈 수도 없고.〉

「그럼 일어나 내 등에 업히게. 자네가 정말 못 걷겠다면 내가 업고 가지.」

그는 꼬스띨린을 등에 업고 손으로 그의 넓적다리 아래를 잡았다. 그러고는 그를 업은 채 길로 나갔다.

「제발이지 손으로 내 목은 조르지 말게. 어깨를 잡아.」 질린이 말했다.

질린은 힘들었다. 그의 발도 피투성이가 되었고 힘이 빠졌다. 업힌 꼬스띨린의 몸이 자꾸 내려와서 그는 몸을 숙였다가 자세를 바로잡기도 하고 꼬스띨린을 위로 추어올리기도 하면서 길을 갔다.

그런데 따따르인이 그만 꼬스띨린이 외치는 소리를 들은 모양이었다. 질린은 뒤에서 누군가 말을 타고 오며 자기네 말로 외치는 소리를 들었다. 그는 얼른 덤불 사이로 몸을 던졌다. 따따르인이 총을 꺼내 들고 쏘았다. 총알이 빗나가자 그는 자기네 말로 소리를 질러 대더니 길을 따라 내달렸다.

질린이 말했다. 「친구, 큰일 났네. 저놈이 이제 따따르 사람들을 모아 우리를 추격해 올 거야. 한시라도 빨리 여기서 3베르스따쯤 벗어나지 못하면 끝장이야.」 그러고서 그는 생각했다. 〈어쩌다 내가 이런 짐을 떠맡아 가지고. 나 혼자였다면 벌써 달아났을 텐데.〉

꼬스띨린이 말했다. 「혼자 가게. 나 때문에 자네까지 죽어서야 쓰겠나.」

「아니야. 안 가. 동료를 두고 갈 수는 없지.」

질린은 다시 그를 들쳐 업고 앞으로 나아갔다. 그렇게 1베르스따 정도 걸었지만 계속 이어지는 숲은 끝이 보이지 않았다. 안개는 이미 걷혀 가고 먹구름이 몰려드는 듯싶었다. 별도 더 이상 눈에 띄지 않았다. 질린도 기진맥진한 상태가 되었다.

길 옆으로 샘이 나왔다. 돌이 둘러진 샘이었다. 질린은 걸음을 멈추고 꼬스띨린을 내려놓았다.

「잠깐 숨 좀 돌리세. 물도 마시고 건빵도 좀 먹고. 여기서 멀지 않을 거야.」

그러나 그가 물을 마시려고 몸을 굽히자마자 뒤에서 말발굽 소리가 들렸다. 그들은 다시 오른쪽 비탈길 아래 덤불로 몸을 던지고 누웠다.

따따르인들 목소리가 들렸다. 따따르인들은 그들이 길에서 방향을 바꾼 바로 그 자리에 멈춰 섰다. 그들은 잠시 이야기를 나누고는 개를 풀었다. 개는 사냥감을 찾기 시작했다.

곧 무언가 덤불을 헤집는 소리가 나더니 그들 눈앞에 처음 보는 개가 나타났다. 개는 멈춰 서서 짖어 대기 시작했다.

따따르인들이 뒤따라왔다. 역시 처음 보는 사람들이었는데 그들은 질린과 꼬스뛸린을 잡아 묶고는 말에 태워 데리고 갔다.

3베르스따 정도 갔을 때 그들 일행은 주인 압둘과 다른 따따르인 두 명을 마주쳤다. 압둘은 따따르인들과 뭔가 얘기를 나누더니 질린과 꼬스뛸린을 자기네 말에 옮겨 태우고는 마을로 돌아갔다.

압둘은 더 이상 웃지 않았고 그들과 말도 한마디 섞지 않았다.

동이 틀 무렵 마을에 도착해 그들은 거리에 내려졌다. 아이들이 몰려들어 그들에게 돌을 던지고 소리를 지르며 채찍질을 해댔다.

따따르인들이 둥그렇게 모였고 산기슭에 사는 노인도 왔다. 그들은 이야기를 나누기 시작했다. 질린이 듣기에 자신들을 어떻게 할지 논의하는 것 같았다. 한 사람이 그들을 산속 더 깊은 곳으로 보내야 한다고 말하자 노인은 죽여야 한다고 했다. 압둘은 반대했다.

「난 저놈들을 사느라 돈을 썼소. 그러니 나도 몸값을 받아야 하오.」 그러자 노인이 대꾸했다. 「저놈들은 몸값을 한 푼도 안 낼 거요. 그저 재앙만 불러오지. 게다가 러시아인에게 밥을 주다니, 그건 죄요. 죽이시오. 그럼 되는걸.」

사람들은 흩어졌다. 주인이 질린에게 오더니 입을 열었다.

「만일 보름 안에 몸값이 안 오면 내가 너희들을 때려 죽일 거다. 그리고 또 한 번 도망쳤다가는 개처럼 죽여 버릴 테다.

편지를 써. 잘 쓰란 말이다!」

종이가 주어졌고 그들은 편지를 썼다. 그런 다음 따따르인들은 그들에게 족쇄를 채워 회교 사원 뒤로 끌고 갔다. 거기에는 5아르신쯤 되는 구덩이가 있었는데 그들은 그 안에 갇히게 되었다.

## 6

그들의 삶은 극도로 나빠졌다. 족쇄를 풀어 주는 일도 없었고 밖으로 내보내는 일도 없었다. 먹을 것이라고는 굽지 않은 빵 반죽을 개한테 하듯 구덩이 안으로 던져 줄 뿐이었고 물도 항아리에 넣어 내려보냈다. 구덩이 안은 후덥지근하고 축축한 데다 악취도 심했다. 꼬스띨린은 몸이 상해서 붓고 관절염에 괴로워했다. 그는 줄곧 끙끙대거나 잠만 잤다. 좋지 않은 상황에 질린은 상심했다. 대체 어떻게 해야 빠져나갈 수 있을까, 방법을 찾을 수 없었다.

그는 다시 구멍을 파기 시작했지만 흙을 버릴 데가 없었다. 게다가 그걸 발견한 주인이 죽이겠다고 으르렁거렸다.

하루는 그가 구덩이 안에서 웅크리고 앉아 자유로운 삶을 생각하며 우울해하고 있을 때였다. 문득 바로 그의 무릎으로 건빵이 하나둘 떨어지고 버찌도 쏟아졌다. 위를 올려다보니 거기에 디나가 있었다. 그를 쳐다보고 디나는 웃더니 도망갔다. 질린에게 생각이 스쳐 지나갔다. 〈디나가 도와줄 수 있지 않을까?〉

그는 구덩이 한쪽을 깨끗이 치우고 진흙을 모아 인형을

빛었다. 사람이며 말이며 강아지 인형을 만들고 그는 생각했다. 〈디나가 오면 던져 줘야지.〉

하지만 다음 날 디나는 오지 않았다. 질린은 말발굽 소리와 사람들이 말을 타고 지나가는 소리, 따따르인들이 회교 사원 옆에 모여 논쟁하고 소리치며 러시아인들에 대해 얘기하는 소리를 들었다. 노인의 목소리도 들렸다. 잘 알아들을 수는 없었지만, 짐작하기에 러시아인들이 근처에 왔고 그래서 따따르인들은 러시아인들이 마을까지 들어오지 않을까 염려하며 포로들을 어떻게 해야 할지 궁리하는 것 같았다.

이야기를 나눈 뒤 그들은 헤어졌다. 그런데 갑자기 위에서 뭔가 사각거리는 소리가 났다. 쳐다보니 디나가 무릎을 머리보다 높게 세운 자세로 웅크리고 앉아 상체를 내밀어 동전을 엮은 목걸이가 구덩이 위에서 흔들리고 있었다. 그녀의 눈은 별처럼 반짝였다. 디나는 소매에서 치즈 건빵을 두 조각 꺼내 그에게 던졌다. 질린은 건빵 조각을 받고 말했다.

「왜 한동안 오지 않았니? 네게 줄 장난감을 만들었단다. 자, 여기!」 그는 디나에게 인형을 한 개씩 던졌다. 그러나 그녀는 고개를 저으며 쳐다보지도 않았다.

「필요 없어.」 그런 다음 디나는 말없이 앉아 있다가 다시 입을 열었다. 「이반! 널 죽이려 해.」 그녀는 자기 목에 직접 손짓을 해 보였다.

「누가 죽이려 하지?」

「아버지가. 노인들이 그러래. 그런데 난 네가 불쌍해.」

「내가 불쌍하면 긴 막대기 하나만 가져다주렴.」

그녀는 고개를 저었다. 안 된다는 뜻이었다. 그는 손을 맞잡고 애원했다.

「디나, 제발! 착하지, 좀 가져다줘!」

「안 돼. 사람들이 본단 말야. 다들 집에 있어.」 그러고서 그녀는 가버렸다.

저녁 내내 질린은 앉아서 앞으로 어떻게 될지 생각했다. 계속 위를 올려다보았다. 별은 보였지만 달은 아직 뜨지 않았다. 물라의 외침 후에 주위가 조용해졌다. 어느덧 질린은 졸기 시작했는데 그러면서도 생각을 멈추지 않았다. 〈그 애는 겁을 먹은 거야.〉

문득 그의 머리 위로 흙이 떨어져 내렸다. 위를 쳐다보니 긴 막대기가 구덩이 가장자리를 툭툭 건드리고 있었다. 그러다가 막대기가 구덩이 안으로 내려오기 시작했다. 질린은 기뻐하며 손으로 그것을 잡아 내렸다. 튼튼한 막대기였다. 그는 전에 주인집 지붕에서 그 막대기를 본 적이 있었다.

위를 쳐다보니 하늘 높이 별이 돋아 반짝이고 있었다. 그리고 구덩이 위로는 디나의 눈이 어둠 속에서 고양이 눈처럼 빛났다. 디나는 몸을 굽혀 구덩이 가장자리에 얼굴을 대고 속삭였다. 「이반, 이반!」 그러고는 조용히 하라는 뜻으로 얼굴 앞에서 손을 흔들었다.

「왜?」

「모두 나가고 둘만 집에 있어.」

질린이 꼬스찔린에게 말했다.

「꼬스찔린, 가세. 마지막 시도야. 내가 도와주지.」

꼬스찔린은 들으려고도 하지 않았다.

「아니야. 나는 이제 여기서 못 벗어나. 몸 뒤척일 힘도 없는 내가 어딜 간다는 말인가?」

「정 그렇다면 잘 있게. 날 나쁘게 생각하지 말아 줘.」 그는 꼬스떨린과 작별 인사를 했다.

질린은 디나에게 잘 잡으라고 부탁한 뒤 막대기를 잡고 기어 올라갔다. 족쇄가 걸리적거리는 바람에 두어 번 떨어졌지만 꼬스떨린이 밀어 줘서 마침내 위로 올라갈 수 있게 되었다. 디나는 작은 손으로 그의 셔츠를 있는 힘껏 끌어당기며 웃었다.

질린은 막대기를 내밀며 말했다. 「디나, 제자리에 갖다 둬. 사람들이 눈치채면 널 매질할 거야.」

디나는 막대기를 끌고 돌아갔고 질린은 산 아래로 내려갔다. 가파른 비탈길을 내려가던 중 날카로운 돌멩이를 집어 들어 족쇄의 자물쇠를 깨려고 시도했다. 그러나 자물쇠가 단단해서 아무리 해도 깨지지 않았고 돌도 잘 맞지 않았다. 그때 누군가 가볍게 깡총거리면서 산에서 뛰어 내려오는 소리가 들렸다. 그는 생각했다. 〈분명 디나일 거야.〉 정말로 디나가 달려와서는 돌을 쥐어 들고 말했다.

「내가 해볼게.」

디나는 무릎을 꿇고 앉아 족쇄를 부수기 시작했다. 그렇지만 그녀의 작은 손은 나뭇가지처럼 연약해서 아무 힘이 없었다. 디나는 돌멩이를 내던지고 울음을 터뜨렸다. 질린이 다시 족쇄와 씨름했고 디나는 옆에 웅크리고 앉아 그의 어깨를 잡아 주었다. 질린은 주위를 둘러보다가 왼쪽 산 너머로 하늘이 붉게 물든 것을 보았다. 달이 떠오르고 있었다. 그는 생각했다. 〈달이 뜨기 전에 골짜기를 지나서 숲까지 가야만 해.〉 그는 일어서서 돌멩이를 버렸다. 족쇄를 차고서라도 가야만 하는 것이다.

「잘 있어, 디나. 평생 너를 기억할 거야.」 그가 말했다.

디나는 그를 붙잡더니 건빵을 넣어 주려고 그의 몸 여기저기를 손으로 더듬었다. 그는 건빵을 받아 들었다.

「고맙다. 영리하기도 하지. 내가 없으면 이제 누가 네게 인형을 만들어 주려나.」 그는 디나의 머리를 쓰다듬었다.

디나는 울음을 터뜨리더니 얼굴을 감싸 쥔 채 염소처럼 산으로 폴짝폴짝 뛰어갔다. 어둠 속에서 디나의 땋은 머리에 달린 동전들이 등에 부딪치는 소리만 조용히 들렸다.

질린은 성호를 긋고 절그렁거리는 소리가 나지 않도록 손으로 족쇄를 잡고 길을 떠났다. 발을 옮기기가 힘들었지만 그래도 달이 떠오르는 곳만을 보면서 나아갔다. 아는 길이었다. 똑바로 8베르스따쯤 걸어가면 되었다. 달이 완전히 떠오르기 전까지 숲에 닿기만 하면 되는 것이다. 그는 개울을 건넜다. 산 뒤편의 세상은 이미 하얗게 밝았다. 골짜기를 지나면서 줄곧 지켜보았지만 아직 달은 보이지 않았다. 이윽고 하늘이 환해지며 골짜기의 한쪽 귀퉁이부터 밝아지기 시작했다. 산 아래로 그늘이 지더니 점점 그에게로 가까워졌다.

질린은 그늘을 벗어나지 않은 채 내처 걸었다. 발길을 재촉했지만 달은 더 빨리 솟아올라 오른편에 있는 숲 꼭대기가 벌써 환해졌다. 숲에 이르렀을 때에는 달이 산 너머로 둥실 떠올라 세상이 하얗게, 대낮처럼 환해졌다. 나뭇잎들까지 다 보일 정도였다. 산마다 환하고 고요한 것이 마치 죄다 죽은 듯했다. 아래쪽에서 시냇물이 졸졸 흐르는 소리만 들릴 뿐이었다.

숲에 닿을 때까지 질린은 아무와도 마주치지 않았다. 그는 한숨 돌리려고 숲에서 그나마 어두운 곳을 골라 앉았다.

얼마간 쉰 다음에는 건빵을 먹었다. 그리고 돌멩이를 하나 주워서 또다시 족쇄를 부수려고 시도했다. 손이 아프도록 내려쳤지만 소용없었다. 그는 일어서서 다시 길을 가기 시작했다. 1베르스따나 갔을까, 발이 아프고 탈진 상태가 되었다. 질린은 열 걸음쯤 걷다가 멈춰 서기를 반복했다. 〈안 되겠다. 힘이 남아 있는 한 기어서라도 가야 한다. 그러지 않고 앉았다가는 다시 일어나지 못할 거야. 요새에 도착하지 못한 채 날이 밝으면 숲에서 자고 밤에 다시 가야지.〉

그는 밤새 걸었다. 딱 한 번 따따르인 둘이 말을 타고 지나갔지만 질린은 멀리서 그들이 오는 소리를 듣고 나무 뒤에 몸을 숨겼다.

달빛이 약해지고 이슬이 내렸다. 동틀 무렵이 되어 갔지만 질린은 아직 숲을 벗어나지 못했다. 그는 생각했다. 〈서른 걸음만 더 가서 숲 속으로 방향을 틀어 자리를 잡아야겠다.〉 그렇게 서른 걸음을 갔는데 숲이 끝났다. 숲의 가장자리로 나서자 앞이 아주 환했고 초원이며 요새가 한눈에 들어왔다. 왼편 산기슭 가까운 곳에서는 깜부기불에서 연기가 피어올랐고 사람들이 그 주위에 모여 있었다.

그는 유심히 들여다보았다. 소총이 반짝거렸다. 꼬사끄 병사들이었다.

기쁨에 겨운 질린은 마지막 힘을 짜내어 산 아래로 갔다. 그러면서 간절히 생각했다. 〈제발, 신이시여, 이 훤하게 뚫린 들판에서 말을 탄 따따르인이 저를 보지 않게 해주십시오. 만약 그렇게 된다면 아무리 가까워도 난 여길 벗어날 길이 없어.〉

이런 생각을 하자마자 2제샤찌나 정도 떨어진 왼편 언덕에 따따르인 셋이 서 있는 것이 보였다.

그들도 그를 보고는 말을 몰아 오기 시작했다. 질린의 가슴이 철렁 내려앉았다. 그는 손을 흔들며 있는 힘을 다해 외쳤다.

「형제들! 살려 주게! 형제들!」

질린의 외침을 들은 꼬사끄 기병들은 곧장 말을 몰았다. 그를 향해, 그러니까 따따르인들의 앞을 가로지르는 방향으로 질주했다.

꼬사끄 병사들은 멀고 따따르인들은 가까웠다. 그러나 질린 역시 젖먹던 힘까지 짜내어 족쇄를 손으로 잡아 들고 꼬사끄 병사들을 향해 뛰었다. 그는 자기도 모르게 성호를 그으며 외쳐 댔다.

「형제들! 형제들! 형제들!」

꼬사끄 병사들은 열댓 명쯤 되었다. 겁먹은 따따르인들은 질린을 따라잡는 것을 그만두고 멈춰 섰다. 그러는 사이 질린은 꼬사끄 병사들에게로 뛰어갔다.

꼬사끄 병사들이 그를 둘러싸고 물어 댔다. 「누구시오? 어디서 왔소?」 그러나 질린은 정신을 차리지 못하고 울면서 같은 말만 되풀이했다.

「형제들! 형제들!」

다른 병사들도 뛰어나와 질린을 에워쌌다. 누군가 그에게 빵을 주고 다른 누구는 죽을, 또 다른 사람은 보드까를 주었으며 그의 몸에 외투를 둘러 주는 사람도 있었고 족쇄를 부수는 사람도 있었다.

장교들이 그를 알아보고 요새로 데리고 갔다. 병사들은 기뻐했고 동료들은 질린 곁으로 모여들었다.

질린은 그에게 일어난 일을 모두 이야기해 주었다.

「이런 식으로 집에 돌아가 결혼을 한다고? 아니, 아니야, 그건 내 운명이 아닌 게 틀림없어.」

그렇게 그는 까프까스에 남아 복무했다. 한편 꼬스띨린은 그 후로도 한 달 뒤에야 몸값 5천을 내고 풀려났다. 그는 초주검이 되어 돌아왔다.

1872년

# 사람은 무엇으로 사는가

우리는 우리의 형제들을 사랑하기 때문에 이미 죽음을 벗어나서 생명의 나라에 들어와 있는 것이 분명합니다. 사랑하지 않는 사람은 죽음 속에 그대로 머물러 있는 것입니다.

「요한의 첫째 편지」 3장 14절

누구든지 세상의 재물을 가지고 있으면서 자기의 형제가 궁핍한 것을 보고도 마음의 문을 닫고 동정하지 않는다면 어찌 그에게 하느님을 사랑하는 마음이 있다고 하겠습니까?

「요한의 첫째 편지」 3장 17절

사랑하는 자녀들이여, 우리는 말로나 혀끝으로 사랑하지 말고 행동으로 진실하게 사랑합시다.

「요한의 첫째 편지」 3장 18절

사랑하는 여러분에게 당부합니다. 우리는 서로 사랑합시다. 사랑은 하느님께로부터 오는 것입니다. 사랑하는 사람은 누구나 하느님께로부터 났으며 하느님을 압니다.

「요한의 첫째 편지」 4장 7절

사랑하지 않는 사람은 하느님을 알지 못합니다. 하느님은 사랑이시기 때문입니다.

「요한의 첫째 편지」 4장 8절

아직까지 하느님을 본 사람은 없습니다. 그러나 우리가 서로 사랑한다면 하느님께서는 우리 안에 계시고 또 하느님의 사랑이 우리 안에서 이미 완성되어 있는 것입니다.

「요한의 첫째 편지」 4장 12절

우리는 하느님께서 우리에게 베푸시는 사랑을 알고 또 믿습니다. 하느님은 사랑이십니다. 사랑 안에 있는 사람은 하느님 안에 있으며 하느님께서는 그 사람 안에 계십니다.

「요한의 첫째 편지」 4장 16절

하느님을 사랑한다고 하면서 자기의 형제를 미워하는 사람은 거짓말쟁이입니다. 눈에 보이는 형제를 사랑하지 않는 자가 어떻게 보이지 않는 하느님을 사랑할 수 있겠습니까?

「요한의 첫째 편지」 4장 20절

# 1

한 제화공이 아내와 아이들과 함께 어느 농부네 집에 세 들어 살았다. 그에게는 집도 땅도 없었고 신발을 만들어 식구를 먹여 살렸다. 빵은 비싼데 일은 값쌌고, 그래서 버는 족족 먹어 치웠다. 제화공에게는 털외투가 한 벌뿐이라 아내와 같이 입었는데 그마저도 넝마처럼 해어졌다. 새 외투를 만드는 데 들어갈 양모를 사려고 작정한 지도 벌써 두 해째였다.

가을이 다가올 무렵 제화공에게 돈이 모였다. 아내의 궤짝에 3루블짜리 지폐가 있었고 마을에 사는 농부들에게 받을 돈이 5루블 25꼬뻬이까였다.

제화공은 외투를 마련하러 아침부터 마을로 갈 채비를 했다. 솜으로 만든 아내의 무명 재킷을 셔츠 위에 입고, 또 그 위에 나사로 짠 까프딴을 걸친 다음 3루블짜리 지폐를 호주머니에 넣고 나뭇가지를 꺾어 지팡이로 삼았다. 그는 아침 식사를 한 후 길을 나섰다. 〈농부들에게 5루블을 받고 거기에 내 돈 3루블을 얹어 외투를 만들 양모를 사는 거야.〉

마을에 도착한 제화공은 농부 한 사람을 찾아갔다. 그런데 농부는 집에 없었고 그의 아내가 일주일 안에 남편을 보내겠다고 약속하며 돈을 주지 않았다. 다른 농부를 찾아갔더니 그 농부는 맹세코 돈이 없다고 했다. 그러면서 장화 수선을 맡기며 달랑 20꼬뻬이까를 내밀었다. 제화공은 외상으로 양모를 얻을 생각을 했다. 하지만 상인은 외상을 주지 않았다.

「돈을 가지고 오게. 그때 무엇이든 고르게. 빚을 받아 내는 게 얼마나 힘든지 자네나 나나 알지 않나.」

그렇게 해서 제화공은 어떤 일도 마음먹은 대로 끝내지 못한 채 그저 수선비 20꼬뻬이까와 농부가 꿰매 달라고 건넨 낡은 펠트 장화만 손에 쥐었을 뿐이었다.

제화공은 우울해져서 20꼬뻬이까를 몽땅 털어 보드까를 사 마시고는 털외투 없이 집으로 떠났다. 아침부터 날씨가 몹시 춥다고 생각했지만 술을 마시니 털외투가 없어도 따뜻했다. 제화공을 길을 걸으며 한 손에 쥔 지팡이로 언 땅을 두드리고 다른 한 손으로는 펠트 장화를 흔들면서 혼잣말을 했다.

「난 털외투가 없이도 따뜻하다. 보드까를 한잔 걸쳤거든. 그게 핏줄에서 날뛴다고. 외투도 필요 없어. 가는 거야, 근심 따위는 잊고. 난 그런 사람이야! 더 뭐가 필요하지? 난 털외투 없이도 살 수 있다고. 백 년이라도 외투 따위는 필요하지 않아. 딱 하나, 마누라가 속상해할 따름이지. 그래, 화가 나. 열심히 일하는데 벌이가 시원찮으니. 이제 두고 보라고. 돈을 안 가져오면 가만두지 않을 테다. 암, 가만두지 않고말고. 하지만 어쩌라고, 20꼬뻬이까만 주는데! 그 푼돈으로 뭘 할 수 있담? 술 마시는 것밖에 할 게 없는걸. 모두가 가난하다고들 하지. 당신네들만 가난하고 난 가난하지 않다는 말인가? 당신네들에게는 집도 있고 가축도 있고 다 있지만 난 여기 있는 게 다라고. 당신들은 농사를 지어 자기 빵이 있지만 난 빵을 사 먹잖아. 어찌 됐건 일주일에 빵 한 덩이를 사는 데만 3루블이 나간다고. 집에 가면 빵은 동이 나 있지. 그러면 다시 1루블 반을 내놓아야 하고. 그러니까 내 돈 달라고.」

그렇게 혼잣말을 하면서 길모퉁이의 예배당으로 다가가는데 문득 제화공의 눈에 들어오는 것이 있었다. 예배당 뒤편으로 뭔가 희뜩거렸다. 날은 벌써 어둑어둑해지고 있었다. 제화공은 유심히 바라봤지만 뭔지 알아볼 수가 없었다. 〈여기 저렇게 생긴 바위는 없었는데. 동물인가? 동물을 닮지는 않았는데. 머리 쪽은 사람하고 비슷한데 하얗네. 그런데 사람이 여기 있을 까닭이 있나?〉

좀 더 가까이 다가가자 확연해졌다. 놀랍게도 그 물체는 틀림없는 사람이었다. 죽었는지 살았는지는 알 수 없지만 벌거벗은 사람이 예배당에 기댄 채 미동도 않고 있었다. 제화공은 공포에 사로잡혀 생각했다. 〈누군가 살인을 하고 옷을 벗긴 다음에 여기다 버렸구나. 괜히 가까이 갔다가는 말려들고 말 거야.〉

제화공은 서둘러 옆을 지나쳤다. 그 사람이 눈에 보이지 않도록 예배당 뒤로 돌아갔지만 지나서 돌아다보니 다시 보였다. 그 사람은 예배당으로부터 몸을 떼고 살짝 움직였는데 마치 그를 골똘히 바라보는 것 같았다. 제화공은 더욱 겁이 났다. 〈다시 가봐야 하나, 아니면 그냥 가버릴까? 저 사람이 어떤 사람인지도 모르는데 나쁜 일은 안 생기려니 하고 가본다고? 아니, 영 심상치가 않아. 옆에 갔는데 저 사람이 갑자기 덮쳐서 목을 조르면 그냥 당하게 될 거야. 목을 조르지 않는다고 해도 저치와 엮이게 되겠지. 벌거숭이를 어쩐단 말인가? 내 옷을 다 벗어 줄 수는 없잖아. 신이여, 저를 구하소서!〉

제화공은 발걸음을 재촉했다. 예배당을 거의 다 지나가려는데 문득 양심이 그의 마음을 건드렸다.

제화공은 다시 길에 멈춰 섰다.

〈너 대체 어떻게 된 거야?〉 그가 스스로에게 말했다. 〈세몬, 무슨 짓을 하는 거야? 사람이 불행 속에 죽어 가고 있는데 너는 겁을 먹고는 그냥 지나치고 있구나. 네가 부자라도 되나? 네 재산을 강탈할까 봐 무서워하는 거야? 그런 거야? 아, 쇼마, 이 졸렬한 놈!〉

그는 돌아서서 그 사람에게 갔다.

## 2

세몬은 그 사람에게 다가가 찬찬히 뜯어보고 알게 되었다. 그 사람은 젊고 건장했는데 몸에 싸운 흔적은 없었다. 단지 꽁꽁 얼고 놀란 상태였다. 그는 세몬을 쳐다보지 않은 채 벽에 기대앉아 있었다. 몸이 약한 듯 눈을 들지 못했다. 세몬이 바싹 다가서자 그 사람은 돌연 정신이 든 듯 고개를 돌리고 눈을 떠 세몬을 바라보았다. 바로 그 눈길이 세몬의 마음에 들었다. 세몬은 펠트 장화를 땅에 던지고 허리띠를 풀어 장화 위에 놓은 후 까프딴을 벗었다.

「이야기는 나중에 하기로 하고! 자, 이걸 입게! 어서!」

세묜은 그 사람의 팔꿈치를 잡아 일으켰다. 그가 일어섰다. 세묜은 가늘고 깨끗한 그의 몸을, 그리고 성한 팔다리와 선한 얼굴을 보았다. 세묜은 그의 어깨에 까프딴을 걸쳤다. 그러나 소매가 잘 들어가지 않았다. 세묜은 그의 팔이 들어가도록 소매를 잡아당겨 고쳐 주고 까프딴을 여민 다음 허리띠를 매주었다.

세묜은 낡은 모자를 벗으려고 했다. 벌거숭이에게 씌워줄 생각이었다. 그러나 머리가 시리자 마음을 고쳐먹었다. 〈내 머리는 온통 대머리지만 이 녀석은 머리털이 곱슬곱슬한데다 길기도 하군.〉 그는 다시 모자를 썼다. 〈그보다는 장화를 신기는 게 낫겠어.〉

세묜은 그를 앉히고 펠트 장화를 신겼다.

그렇게 옷을 입힌 다음 세묜이 말했다.

「자, 됐네. 이보게, 좀 움직여 보게. 몸을 녹여야지. 다른 건 어떻게든 될 거야. 걸을 수 있겠나?」

그 사람은 일어서서 선한 얼굴로 세묜을 쳐다볼 뿐 아무 말도 꺼내지 않았다.

「왜 말이 없나? 여기서 겨울을 날 수는 없어. 집으로 가야 하네. 자, 여기 내 지팡이가 있으니 힘이 없으면 여기 기대게. 기운 차리라고!」

그렇게 그 사람은 걸었다. 무리 없이 걸었고 뒤로 처지지도 않았다.

길을 걸으며 세묜이 물었다.

「어디에서 왔나?」

「여기 사람은 아닙니다.」

「여기 사람이라면 내가 알지. 그러니까 여기, 예배당에는 어떻게 오게 된 건가?」

「말할 수 없습니다.」

「사람들에게 해를 입었나 보군.」

「아무도 저를 못살게 굴지 않았습니다. 하느님께서 벌하신 겁니다.」

「물론 모든 게 하느님의 뜻이지. 그렇지만 누구나 어딘가 갈 곳이 있어야 하지 않나. 그래, 자네는 어디로 갈 텐가?」

「어디든 제게는 매한가지입니다.」

세묜은 놀랐다. 건달로 보이지도 않고 말도 부드럽게 하는데 자기 자신에 대한 이야기는 도무지 하지 않으려는 것이었다. 세묜은 생각했다. 〈흔치 않기는 하지만 이런 일도 있을 수 있지.〉 그러고서 그에게 말했다.

「어쨌건 우리 집으로 가세나. 조금이라도 기력을 회복해야지.」

세묜의 속도에 맞추어 이방인도 뒤처지지 않고 옆에서 걸었다. 바람이 일어 세묜의 셔츠 속으로 파고들자 술기운이 가시면서 몸이 얼었다. 걸어가며 그는 코를 훌쩍이고 아내의 재킷을 꼭 여미며 생각하는 것이었다. 〈그놈의 털외투, 털외투를 장만하러 갔다가 이제 까프딴도 없이 벌거숭이까지 데리고 가는구먼. 마뜨료나가 좋아도 하겠다!〉

마뜨료나를 생각하자 세묜은 울적해졌다. 그렇지만 이방인을 바라보고 그가 예배당 뒤에서 자신을 쳐다보던 눈길을 떠올리자 그의 가슴에는 다시 기쁨이 차올랐다.

## 3

세묜의 아내는 일찌감치 집안 정돈을 마쳤다. 장작을 패고, 물을 길어 오고, 아이들을 먹이고, 스스로도 요기를 한 다음 생각에 잠겼다. 언제 빵을 구울까? 오늘, 아니면 내일? 커다란 빵 한 덩어리가 남아 있었다.

〈만일 세묜이 거기서 밥을 먹고 오면 저녁은 많이 들지 않을 테니 빵은 내일 구워도 되겠지.〉

마뜨료나는 빵을 빙빙 돌리며 생각하는 것이었다. 〈그래, 지금 구울 필요가 없어. 이제 밀가루도 겨우 빵 한 덩이 더 구울 정도밖에 안 남아 있는걸. 금요일까지 버텨야 해.〉

마뜨료나는 빵을 치우고 식탁에 앉아 남편의 셔츠를 기웠다. 바느질을 하면서도 마뜨료나는 남편을, 그가 털외투에 쓸 양모를 사는 모습을 생각했다.

〈양모를 파는 상인이 그이를 속이지 않아야 할 텐데. 내 남편은 너무 순진해서 탈이야. 자기는 아무도 속이지 못하면서 어린애한테도 넘어가니 말이야. 8루블은 적은 돈이 아니야. 좋은 외투를 장만할 수 있겠지. 무두질한 외투는 아니더라도 어쨌든 털외투가 생기는 거야. 지난겨울엔 외투가 없어서 얼마나 고생을 했는지! 강은 고사하고 아무 데도 갈 수가 없었지. 그이가 외출할 때면 죄다 껴입어서 정작 내가 입을 건 하나도 남지 않았으니까. 그이가 마을에 일찍 나간 건 아니지만 이제는 올 때가 됐는데. 설마 우리 영감이 홍청망청 놀고 있는 건 아니겠지?〉

마뜨료나가 이런 생각을 하자마자 현관 계단에서 삐걱대

는 소리가 나며 누군가 들어왔다. 마뜨료나는 바늘을 꽂아 두고 현관으로 나갔다. 두 사람이 들어오는 것이 보였다. 세몬과 어떤 남자였는데 그 남자는 모자를 쓰지 않은 맨머리에 발에는 펠트 장화를 신고 있었다.

마뜨료나는 즉시 남편에게서 술 냄새를 맡았다. 〈아, 놀고 왔구나.〉 까프딴은 입지 않고 재킷 하나만 걸친 채 손에는 아무것도 없이 아무 말 않고 주눅 들어 있는 그의 모습을 보자 마뜨료나의 가슴은 찢어지는 것 같았다. 〈돈을 털어 다 마셔 버렸구나. 이 되도 않는 난봉꾼과 실컷 놀고는 그것도 모자라 집에까지 데리고 왔어.〉

마뜨료나는 그들을 오두막집 안으로 들이고 자신도 들어와 낯선 남자를 쳐다보았다. 처음 보는 그 남자는 젊고 말랐는데 남편의 까프딴을 입고 있었다. 까프딴 안쪽으로 셔츠는 보이지 않았고 모자도 없었다. 그는 들어서자마자 그대로 멈춰 서서는 미동도 않고 눈도 들지 않았다. 마뜨료나가 보기에 그는 좋은 사람이 아니며 두려움에 빠져 있는 것 같았다.

얼굴을 찡그린 채 마뜨료나는 난로 옆으로 가서 그들이 뭘 하는지 지켜보고 있었다.

세몬은 모자를 벗고는 아무 일 없다는 듯 의자에 앉았다.

「뭐 해, 마뜨료나, 저녁 좀 차려 줘!」

마뜨료나는 혼자 뭐라고 투덜댔다.

그녀는 난로 옆에 선 채 꿈쩍도 않고 두 사람을 번갈아 쳐다보며 그저 고개만 저었다. 세몬은 아내의 기분이 나쁘다는 걸 알아챘지만 딱히 방법이 없었다. 그는 짐짓 눈치를 못 챈 체하며 이방인의 손을 잡아끌었다.

「이보게, 앉게. 밥 먹어야지.」

이방인이 의자에 앉았다.

「그래, 먹을 게 아무것도 없나?」

마뜨료나의 화가 폭발했다.

「있긴 하지만 당신 건 아네요. 보아하니 당신 아주 정신을 말아먹었네. 털외투를 사러 가서는 까프딴도 없이 돌아오지를 않나, 거기다가 무슨 벌거숭이 떠돌이를 데리고 오다니. 당신들 같은 술꾼한테 줄 밥은 없어요.」

「마뜨료나, 알지도 못하면서 함부로 말하지 마! 먼저 어떤 사람인지 물어야지…….」

「말해 봐요, 대체 돈은 어디에 썼죠?」

세묜은 까프딴에 손을 집어넣어 지폐를 꺼내 펼쳤다.

「돈은 여기 있어. 뜨리포노프가 돈을 주지 않았어. 다음번에 주겠다고 하더군.」

마뜨료나는 더욱 부아가 치밀었다. 털외투를 사지도 않고, 하나 있는 까프딴은 알지도 못하는 벌거숭이에게 입혀 집에 데리고 오다니!

식탁에서 돈을 집어 든 마뜨료나는 그것을 숨기러 가며 말했다.

「저녁은 없어요. 벌거숭이 술꾼들에겐 밥을 주지 않아요.」

「아이고, 마뜨료나, 입 조심해. 먼저 얘기를 좀 들어 보라니까…….」

「술 취한 멍청이 말을 들을 게 뭐가 있다고요. 내가 정말 당신 같은 술꾼에게 시집오고 싶지 않더라니. 어머니가 내게 준 이불도 당신은 술 마시느라 팔아먹었죠. 그러더니 외투를 사러 가서 또 말아먹고.」

세몬은 고작 20꼬뻬이까어치를 마셨노라고 설명하고 싶었다. 이방인을 어디서 발견했는지도 말해 주고 싶었다. 그러나 마뜨료나는 끼어들 틈을 주지 않았다. 어디서 그런 힘이 나는지 그녀는 갑자기 말을 마구 쏟아 냈다. 10년 전에 있었던 일까지 죄다 기억해 냈다.

끊임없이 싫은 소리를 늘어놓다가 마뜨료나는 세몬에게 달려들어 소매를 움켜쥐었다.

「내 옷, 내 옷 내놔요. 그거 하나 남았는데 그걸 빼앗아서 자기 몸에 걸치다니. 이리 내놔, 이 못된 놈, 망할 놈아!」

세몬은 재킷을 벗기 시작했다. 소매에서 팔을 빼려는데 아내가 잡아당기는 바람에 솔기가 뜯어졌다. 마뜨료나는 재킷을 잡아채더니 머리에 뒤집어쓰고 문으로 내달렸다. 그런데 그렇게 나가려던 그녀가 돌연 멈춰섰다. 그녀는 마음이 답답했다. 화를 풀고 싶었지만 또 한편으로는 이방인이 어떤 사람인지 알고 싶었다.

## 4

멈춰 선 마뜨료나가 입을 열었다.

「착한 사람이라면 저렇게 셔츠도 없이 벌거벗고 있을 리가 없어요. 만일 당신이 좋은 일이라고 했다면 저런 멋쟁이를 어디서 데리고 왔는지 얘기해 봐요.」

「그래그래, 내가 다 얘기해 준다니까. 길을 가는데 예배당 옆에 벌거벗은 이 사람이 꽁꽁 언 채로 앉아 있더라고. 여름도 아닌데 벌거벗고 있으니, 나 원 참. 하느님이 날 보내시지 않았다면 저 사람은 큰일 났을 거라고. 그러니 어떻게 해야 했겠소? 이런 일이 자주 있는 것도 아니고! 그래서 저 사람을 일으켜 옷을 입히고 이리 데리고 온 거요. 진정해요. 죄를 짓는 거요, 마뜨료나. 우리도 언젠가는 죽는다고.」

마뜨료나는 욕을 하려다가 이방인을 쳐다보고 입을 다물었다. 이방인은 앉아 있었다. 의자 모서리에 앉아 꼼짝도 않았다. 손은 무릎 위에 얹고 고개는 가슴 위로 떨군 채 눈을 뜨지 않고 뭔가에 짓눌리는 듯 그저 얼굴을 찌푸리고 있었다. 마뜨료나는 침묵했다. 세묜이 다가가 말했다.

「마뜨료나, 당신 안에는 하느님이 없는 거요?」

이 말을 들은 마뜨료나는 다시 한 번 이방인을 쳐다보았고 그러자 갑자기 마음의 응어리가 풀렸다. 그녀는 문가에서 벗어나 난로가 있는 구석으로 가 저녁을 차렸다. 식탁에 찻잔을 놓고 끄바스를 따른 다음 마지막 남은 빵 한 덩이를 올려놓았다. 칼과 숟가락도 놓았다.

「좀 먹어요.」 그녀가 말했다.

세묜이 이방인을 끌어당겼다.

「이리 오게, 젊은이.」

세묜이 빵을 잘게 썰고, 그들은 먹기 시작했다. 마뜨료나는 식탁 모서리에 앉아 팔을 괴고 이방인을 바라보았다.

그녀는 이방인이 가여웠고, 그가 좋아졌다. 그 순간 문득 이방인의 얼굴이 밝아지더니 인상을 펴고 눈을 들어 마뜨료나를 보며 미소 지었다.

식사를 마치자 마뜨료나는 식탁을 치우고 이방인에게 이것저것 물었다.

「그래, 어디 출신이오?」

「여기 사람이 아닙니다, 저는.」
「그럼 여기에는 어떻게 오게 된 거요?」
「말할 수 없습니다.」
「강도라도 당했소?」
「하느님이 저를 벌하셨습니다.」
「그래서 알몸으로 쓰러져 있었단 말이오?」
「벌거벗은 몸으로 쓰러진 채 꽁꽁 얼어 가고 있었지요. 세몬이 저를 발견하고 불쌍히 여겨 까프딴을 벗어 제게 입혀 주고 여기로 데려왔습니다. 그리고 여기서 아주머니는 제게 먹을 것과 마실 것을 주고 불쌍히 여겨 주셨습니다. 하느님께서 두 분에게 복을 내리실 겁니다!」
마뜨료나는 일어나서 창가에 걸려 있던 세몬의 낡은 셔츠, 자신이 깁던 바로 그 셔츠를 가져다가 이방인에게 주고 바지도 찾아서 건넸다.
「자, 보아하니 당신은 셔츠도 없군. 이걸 입고 다락이나 난로 위, 맘에 드는 곳에 누워 쉬어요.」
이방인은 까프딴을 벗고 셔츠와 바지를 입고는 다락으로 올라가 누웠다. 마뜨료나는 불을 끄고 까프딴을 가져가 남편 옆에 누웠다.
마뜨료나는 까프딴 가장자리를 덮고 누웠지만 잠이 오지 않았다. 이방인 생각이 머리에서 떠나지 않았던 것이다.
문득 그가 마지막 남은 빵을 다 먹어 치워서 내일 먹을 빵이 없다는 것과 그에게 셔츠와 바지를 준 것에 생각이 미치자 그녀는 우울해졌다. 그러나 그의 미소를 떠올리자 다시금 마음에 기쁨이 차올랐다.
마뜨료나는 오랫동안 잠을 이루지 못하다가 세몬 역시 잠들지 않았음을 알아챘다. 그녀는 까프딴을 추어올리고 그에게 말을 걸었다.

「세묜!」

「응?」

「마지막 빵을 먹어 버렸는데 난 빵을 굽지 않았어요. 내일은 어떻게 해야 할지 모르겠네. 아무래도 이웃 말라냐네서 얻어야 할까 봐요.」

「사는데 입에 풀칠 못 하려고.」

마뜨료나는 누워서 아무 말도 하지 않았다.

「보니까 사람은 좋은 것 같은데 자기 얘기는 절대 안 하려고 드네요.」

「하면 안 되나 보지.」

「숌!」[1]

「응?」

「우리는 베푸는데 왜 우리에게는 아무도 베풀지 않는 걸까요?」

세묜은 뭐라고 대답해야 할지 몰랐다. 그래서 이렇게 말했다. 「나중에 얘기하자고.」 그런 다음 몸을 돌리고 잠들었다.

## 5

아침에 세묜이 깨어났다. 아이들은 자고 있었고 아내는 이웃에게 빵을 얻으러 가고 없었다. 이방인만이 낡은 바지와

1 세묜의 애칭.

셔츠를 입고 의자에 앉아 위를 올려다보고 있었다. 그의 얼굴은 어제와 달리 한결 밝았다.

세묜이 말했다.

「이보게, 주린 배는 빵을 달라 하고 벗은 몸은 옷을 달라 하는 법이야. 먹고살아야지. 그래, 뭘 할 줄 아나?」

「할 줄 아는 게 아무것도 없습니다.」

세묜은 놀라 말했다.

「의지가 있으면 되네. 사람은 뭐든 배울 수 있어.」

「사람들은 일을 하지요. 저도 일하겠습니다.」

「이름이 뭔가?」

「미하일입니다.」

「미하일라, 자네가 자기 얘기를 하고 싶지 않다면 그건 자네 문제일세. 하지만 먹고는 살아야지. 내가 하라는 대로 일을 한다면 내가 먹여 주겠네.」

「하느님이 복을 내리실 겁니다. 배우겠습니다. 무엇을 하면 되는지 알려 주세요.」

세묜은 실을 들어 손가락에 올려놓고는 매듭을 만들었다.

「어렵지 않아. 보게…….」

미하일라는 쳐다보고 똑같이 실을 손가락에 올려놓더니 본 대로 따라 했다.

다음으로 세묜은 어떻게 실에 왁스 칠을 하는지 보여 주었다. 미하일라는 그것도 금방 이해했다. 제화공은 실을 어떻게 꼬는지, 또 어떻게 꿰매는지도 시범을 보였고 미하일라는 그 역시 곧장 깨우쳤다.

세묜이 어떤 일을 가르치든지 그는 바로 알아들어서 사흘째 되는 날부터는 벌써 일을 하기 시작했는데 그 품이 마치 오랫동안 그 일을 해온 사람 같았다. 그는 쉬지 않고 일했고 적게 먹었다. 쉴 때는 아무 말 없이 위를 올려다보기만 했다. 밖에는 나가지 않았고 쓸데없는 말은 하지 않았으며 농담도 않고 웃지도 않았다.

그가 미소 짓는 모습을 보인 것은 첫날 마뜨료나가 저녁을 차릴 때 단 한 번뿐이었다.

## 6

하루가 가고 한 주가 가고 1년이 흘렀다. 미하일라는 여전히 세묜의 집에서 지내며 일했다. 그동안 세묜네 일꾼처럼 신발을 깔끔하고 튼튼하게 만드는 사람이 없다는 평판이 자자해져 근방에서 세묜에게 장화를 맡기기 위해 사람들이 찾아왔고 세묜의 재산도 불기 시작했다.

어느 겨울날 세묜이 미하일라와 앉아 일을 하고 있는데 방울을 단 썰매 마차가 오두막집에 당도했다. 창문으로 내다보니 집 맞은편에 썰매 마차가 멈춰 서고 마부석에서 젊은이가 뛰쳐나와 문을 열었다. 마차에서 모피 외투를 걸친 신사가 내렸다. 마차에서 내린 그는 세묜의 집으로 다가와 현관으로 들어왔다. 마뜨료나가 벌떡 일어나 문을 활짝 열었다. 신사는 몸을 굽히고 집으로 들어와 허리를 폈다. 그러자 머리가 천장에 닿을 듯하고 집구석이 꽉 찬 것 같았다.

세묜은 일어나 절을 하고 신사를 보다가 놀라고 말았다. 그런 사람은 본 적이 없었다. 세묜 자신이 여윈 데다가 미하일라도 말랐고 마뜨료나도 바싹 마른 나뭇가지 같았다. 그런데 그 신사는 다른 세상에서 온 사람 같았다. 얼굴색이 붉고 건장하며 황소 같은 목에 몸 전체가 쇠로 만들어진 것 같았다.

신사는 숨을 헐떡이며 모피 외투를 벗더니 의자에 앉았다.

「누가 여기 주인인가?」

세묜이 앞으로 나서 말했다.

「접니다, 나리.」

신사는 심부름꾼에게 소리쳤다.

「어이, 페지까, 여기 물건을 가져오너라.」

심부름하는 아이가 뛰어 들어와 보자기를 내밀었다. 신사는 보자기를 받아 탁자에 놓았다.

「풀어 봐라.」 그가 말하자 심부름꾼이 보자기를 풀었다.

신사는 손가락으로 가죽을 가리키며 세묜에게 말했다.

「자, 제화공은 말해 보게. 물건이 보이나?」

「보고 있습니다. 나리.」

「그럼 이게 어떤 물건인지는 알겠나?」

세묜이 가죽을 만져 보고 대답했다.

「가죽이 좋습니다.」

「좋다고! 바보 같으니라고. 자네는 이런 가죽을 본 적이 없을 거야. 독일제로 20루블짜리라고.」

세묜은 겁을 먹었다.

「저희들이 이런 걸 어디서 봤겠습니까요?」

「그렇겠지. 이걸로 내 장화를 만들 수 있겠나?」

「그럼요, 나리.」

신사가 버럭 소리를 질렀다.

「할 수 있다고 했겠다. 알고 하는 말인가? 누구 장화를 만드는지, 또 어떤 가죽으로 만드는지 말이야. 1년이 가도 해어지지 않고 뒤틀리지 않으며 솔기가 풀리지 않는 장화를 만들어야 하네. 할 수 있다면 이 가죽을 가지고 가서 잘라. 하지만 자신이 없다면 가져가지도 말고 가죽에 손도 대지 말라고. 미리 말해 두는 거야. 1년도 안 되어서 솔기가 풀리거나 신발이 뒤틀린다면 자네를 감옥에 집어넣을 걸세. 하지만 1년이 지나는 동안 뒤틀리지도 않고 솔기도 풀리지 않는다면 10루블을 주지.」

겁을 집어먹은 세묜은 무슨 말을 어떻게 해야 할지 말문이 막혔다.

그는 미하일라를 돌아보고 그를 팔꿈치로 쳤다.

「일을 맡을까? 어쩌지?」

「받으세요.」 미하일라가 고개를 끄덕였다.

세묜은 미하일라의 말을 듣고 1년이 가도 뒤틀리거나 솔기가 터지지 않는 장화를 만들어 주기로 했다.

신사는 심부름꾼을 소리쳐 부르더니 왼발에서 장화를 벗기게 하고는 발을 내밀었다.

「치수를 재게!」

세묜은 10베르쇼끄가 되도록 종이를 이어 붙이고 평평하게 문지른 다음 무릎을 꿇고 앉아 신사의 양말을 더럽히지 않으려고 앞치마에 손을 닦은 후 치수를 재기 시작했다. 발바닥을 먼저 재고 발등도 쟀다. 장딴지를 잴 때는 종이가 모자랐다. 장딴지가 마치 통나무처럼 굵었던 것이다.

「장화 목 부분이 끼지 않도록 주의하게.」

세묜은 종이를 더 이어 붙였다. 신사는 앉은 채 양말 속 발가락을 꼼지락거리며 집 안에 있는 사람들을 둘러보다가 미하일라를 보았다.

「여기 이 사람은 누군가?」 그가 물었다.

「일꾼입니다. 바로 이 사람이 장화를 만들 겁니다.」

「조심하라고.」 신사가 미하일라에게 말했다. 「기억해 둬. 1년이 가도록 솔기가 터지지 않는 장화를 만들어야 하네.」

세묜도 미하일라를 돌아보았다. 그런데 미하일라는 신사를 보지 않고 신사 너머에 시선을 고정하고 있었다. 마치 누군가 거기 있기라도 한 듯이 바라보는 것이었다. 빤히 쳐다보던 미하일라가 돌연 미소를 짓더니 얼굴이 환해졌다.

「바보 같으니라고, 왜 헤벌쭉 웃고 있나? 기한에 맞춰 장화를 만들 생각이나 하게.」

그러자 미하일라가 대답했다.

「딱 맞춰 놓겠습니다.」

「그래야지.」

신사는 장화를 신고 모피 외투를 몸에 두른 후 문으로 갔다. 그러나 몸을 굽히는 걸 잊어서 문틀 가로대에 머리를 부딪치고 말았다.

그는 욕지거리를 내뱉더니 머리를 문지르고서 마차에 올라 떠났다.

신사가 떠나자 세묜이 말했다.

「돌덩이구먼. 저런 사람은 망치로도 죽일 수 없을 거야. 문틀에 머리를 부딪쳤는데도 별로 아파하지 않는다니.」

마뜨료나도 거들었다.

「저렇게 사는데 어떻게 건장하지 않을 수가 있겠어요. 저렇게 튼튼한 사람은 저승사자도 못 데려갈 거예요.」

# 7

세묜이 미하일라에게 말했다.

「일을 맡기는 했는데 망치지 않도록 해야겠어. 가죽이 비싼 데다가 나리 성질이 고약하니 말야. 실수하면 안 돼. 자네가 나보다 눈도 밝고 손놀림도 좋으니, 자, 여기 줄자가 있어. 가죽을 자르게. 난 장화 윗부분 마무리를 맡도록 하지.」

미하일라는 듣는 둥 마는 둥 가죽을 집어 탁자에 넓게 펼쳤다가 반으로 접더니 칼을 들어 자르기 시작했다.

옆에 다가가 미하일라가 재단하는 것을 본 마뜨료나는 깜짝 놀랐다. 마뜨료나도 신발 만드는 일을 어지간히 꿰고 있었는데, 미하일라가 장화 만드는 식으로 가죽을 자르는 게 아니라 둥글게 자르고 있었던 것이다.

마뜨료나는 뭐라고 말을 하려다가 생각했다. 〈나리 장화를 만드는 데 내가 모르는 뭔가가 있겠지. 당연히 미하일라가 더 잘 알 텐데 내가 방해해서야 쓰나.〉

미하일라는 두 장을 잘라 낸 다음 가장자리를 잡고 꿰매기 시작했다. 그런데 장화를 만들 때처럼 두 겹을 잡지 않고 실내화라도 만드는 듯 한 겹을 잡고 꿰매는 것이었다.

마뜨료나는 또 놀랐지만 역시 참견하지 않았다. 한편 미하일라는 계속 꿰맸다. 점심시간이 되었다. 자리에서 일어난 세묜은 미하일라가 신사의 가죽으로 실내화를 만들어 놓은 것을 보았다.

세묜은 탄식했다. 〈어떻게 이런 일이! 꼬박 1년을 살면서 단 한 번도 실수한 적이 없는 미하일라가 오늘 이런 어마어

마한 잘못을 저지르다니! 나리는 목이 길고 발등을 덮는 장화를 주문했는데 미하일라는 밑창도 없는 실내화를 만들어 가죽을 버려 놓았구나. 이제 나리에게 뭐라고 설명한다? 저런 가죽은 못 구할 텐데.〉

그가 미하일라에게 말했다.

「이보게, 대체 무슨 짓을 한 건가? 자네 날 아주 박살 냈구먼! 나리가 주문한 건 장화였는데 자네는 뭘 만든 건가?」

그가 미하일라에게 말을 꺼내기가 무섭게 문에 달린 고리를 두드리는 소리가 났다. 누군가 문을 두드리고 있었다. 창밖을 내다보니 누가 말을 타고 와서는 말을 매는 중이었다. 문을 열어 보니 신사와 함께 왔던 바로 그 심부름꾼이 들어왔다.

「안녕하세요!」

「어서 오게. 무슨 일인가?」

「안주인께서 장화 때문에 보내셨습니다.」

「장화가 왜?」

「말도 마세요! 나리에게는 이제 장화가 필요하지 않습니다. 나리는 돌아가셨습니다.」

「뭐라고!」

「여기서 나가서 집에 닿기도 전에 마차에서 돌아가셨어요. 마차가 집에 당도해 내려 드리려고 보니 가마니처럼 쓰러져 계시더군요. 몸은 벌써 뻣뻣하고 그렇게 죽은 채 누워 계시니 마차에서 내리느라 얼마나 힘들었는지 몰라요. 안주인께서 저를 보내며 이러셨어요. 〈제화공에게 일러라. 장화를 주문하며 가죽을 맡긴 양반에게 이제 장화는 필요하지 않으니 그 가죽으로 빨리 고인에게 신길 신발을 만들어 달라고 말이야. 그리고 다 만들 때까지 기다렸다가 신발을 가지고 돌아오너라.〉 그래서 이렇게 제가 온 거죠.」

미하일라는 자르고 남은 가죽을 탁자 위로 모아 둘둘 말고는 준비된 신발을 집어 들어 두 짝을 탁탁 부딪치더니 앞치마에 문지른 후 심부름꾼에게 건넸다. 심부름꾼은 신발을 받아 들었다.

「안녕히 계세요, 여러분! 잘 지내시고요!」

## 8

다시 한 해가, 또다시 한 해가 가고 미하일라가 세묜의 집에 산 지도 벌써 여섯 해째로 접어들었다. 그는 예전과 다름없이 지냈다. 아무 데도 가지 않고 불필요한 말은 하지 않았으며 그동안 딱 두 번 미소 지었을 뿐이었다. 한 번은 마뜨료나가 저녁을 차렸을 때, 또 한 번은 신사를 보고. 세묜은 일꾼에게 몹시 만족했고, 더 이상 그의 과거를 궁금해하지 않았다. 그저 미하일라가 떠나지 않을까 염려할 뿐이었다.

어느 날 모두가 집에 있을 때였다. 안주인은 화덕에 주전자를 얹었고 아이들은 긴 의자 옆을 뛰어다니거나 창밖을 내다보았다. 세묜은 창가에 앉아 구두를 꿰매고 있었고 미하일라는 다른 창가에 앉아 굽을 박는 중이었다.

아들 하나가 뛰어다니다가 미하일라에게 달려가 그의 어깨를 짚고 창밖을 내다보았다.

「미하일라 아저씨, 좀 보세요. 어떤 마님이 여자애들을 데리고 우리 집에 오네요. 그런데 여자애가 발을 절어요.」

아이가 말을 하자마자 미하일라는 일을 내팽개치고 창 쪽으로 몸을 돌려 길을 내다보았다.

세묜은 깜짝 놀랐다. 그도 그럴 것이 한 번도 길을 내다보는 일이 없던 미하일라가 지금 창에 매달려서는 뭔가를 뚫어지게 바라보고 있는 것이었다. 세묜도 창밖으로 눈길을 돌렸다. 정말로 어떤 여자가 그의 집 뜰로 걸어오는 것이 보였다. 옷을 깨끗이 차려입은 여자가 털외투 차림에 융모 숄을 두른 여자아이 둘을 양손에 잡고 있었다. 아이 둘은 서로 닮아 구별할 수가 없었다. 단지 한 아이의 왼발이 성치 않아 절룩거리며 걷는 것이 다를 뿐이었다.

여자는 출입구로 들어서더니 현관 앞에 서서 문에 달린 손잡이를 당겨 문을 열었다. 그녀는 아이들을 먼저 들여보내고 뒤따라 집 안으로 들어왔다.

「안녕하세요!」

「어서 오십시오. 무슨 일로 오셨는지요?」

여자는 탁자 옆에 자리를 잡았다. 아이들은 낯을 가리는지 여자 곁에 바짝 붙어 섰다.

「네, 여기 이 애들이 봄에 신을 가죽 구두를 만들어 주셨으면 해서요.」

「만들어 드리지요. 이렇게 작은 신발은 만들어 본 적이 없긴 합니다만, 문제없습니다. 구두창에 가죽 테를 두른 신발도 가능하고 안감을 뒤집어 천을 댄 신발도 가능합니다. 여기 미하일라가 만들 겁니다.」

세묜을 고개를 돌려 미하일라를 바라보았다. 미하일라는 일은 내팽개치고 앉아 여자아이들에게서 눈을 떼지 못하고 있었다.

그런 미하일라의 모습을 보고 세묜은 깜짝 놀랐다. 그는 생각했다. 〈애들이 정말 예쁘기는 하네. 눈도 까맣고 토실토실한 데다가 뺨은 발그레하고 숄과 털외투도 좋은 것 같군.〉 그래도 역시 세묜은 왜 미하일라가 마치 아는 사람을 보듯 아이들을 그렇게 골똘히 쳐다보는지 이해가 되지 않았다.

놀라움을 느끼며 세묜은 여자와 가격을 홍정했다. 이야기를 마친 다음 그가 줄자를 꺼내자 여자는 다리를 저는 아이를 무릎에 앉히고 말했다.

「이 아이로 발 치수를 두 개 재줘요. 휜 발에 맞는 신발을 한 짝 만들고 곧은 발 치수로는 세 짝을 만들고요. 얘네들은 발 크기가 같답니다. 쌍둥이지요.」

세묜은 치수를 재며 발을 저는 아이에 대해 물었다.

「어쩌다 이렇게 됐습니까? 이렇게 예쁜 아이한테요. 태어날 때부터 그랬나요?」

「아니요, 애 엄마가 눌러서 그렇게 됐답니다.」

그러자 마뜨료나가 끼어들었다. 그 여자가 누구인지, 또 아이들은 누구네 아이들인지 알고 싶었던 것이다.

「그럼 애들 어머니가 아니세요?」

「난 얘네들 친엄마가 아니에요. 생모가 아니죠. 친척도 아니고 남남이지만 양녀로 들여서 키우는 거죠.」

「친자식도 아닌데 어쩌면 이렇게 애들을 예뻐할까!」

「어떻게 예뻐하지 않을 수 있겠어요. 내 젖으로 키운 아이들인걸요. 내 아이도 있었지만 하느님이 데려가셨답니다. 난 죽은 내 자식보다도 이 아이들을 아낀답니다.」

「그럼 이 아이들은 누구 자식인가요?」

# 9

한번 말문을 뗀 여자는 계속해서 이야기를 이어 갔다.

「6년쯤 전 일이네요. 이 아이들은 일주일 만에 고아가 되었답니다. 아비를 화요일에 장사 지냈는데 어미가 금요일에 죽었으니까요. 이 아이들은 아비가 죽고 사흘 후에 태어났는데 애들을 낳은 어미가 하루도 넘기지 못했죠. 그때 나는 남편과 함께 농민으로 살고 있었어요. 그 사람들과는 옆집에 사는 이웃지간이었고요. 애들 아비는 친척도 없는 외로운 사람이었고 숲에서 일했죠. 그런데 어떻게 나무가 쓰러지다가 그 사람을 덮쳐서 깔린 거예요. 내장이 죄다 터져 나왔죠. 겨우 집에 데려왔지만 숨을 거두었고 그의 아내는 그 주에 쌍둥이를, 그러니까 바로 이 애들을 낳았답니다. 가난한 데다 여자 혼자 혈혈단신으로, 돕는 사람 하나 없이 말예요. 그렇게 아이를 낳고 또 혼자 죽은 거죠.

이튿날 아침 내가 옆집 아낙이 어떻게 하고 있나 보러 가서 집에 들어갔더니 불쌍하게도 이미 몸이 차게 식어 있더라고요. 그런데 죽으면서 아이를 누른 거예요. 바로 이 아이를 눌러서 발이 뒤틀리고 말았답니다……. 사람들이 모여 죽은 사람을 씻겨 누인 다음 관을 준비해 묻었죠. 모두 좋은 사람들이에요. 그렇게 아이들만 남게 되었죠. 아이들을 어디로 보내겠어요? 그때 거기 여자들 중 갓난아이가 있는 사람은 나뿐었답니다. 8주째인 첫아들에게 젖을 먹이고 있었죠. 그래서 이 아이들을 잠깐 맡았어요. 사람들이 모여서 아이들을 어디로 보낼지 고심하고 또 고심하다가 내게 그러더군요. 〈마리야, 자네가 좀 맡고 있게. 시간을 좀 주면 우리가 방법을 찾아냄세.〉 처음에 난 성한 아이에게만 젖을 먹이고 발이 눌린 아이에게는 젖을 주지 않았어요. 살 거라고 기대를 안 한 거죠. 그러다가 생각했어요. 이 천사 같은 것이 무슨 죄람? 아이가 불쌍해지더군요. 그래서 아이에게 젖을 물리기 시작했고 그렇게 내 자식 하나랑 이 아이들 둘, 그렇게 모두 셋을 내 젖으로 키웠답니다! 젊어서 힘이 있었고 잘 먹기도 했고요. 하느님이 내게 젖을 많이 주셔서 가끔은 넘쳐흐를 정도였어요. 한 아이가 기다리는 동안 두 아이에게 동시에 젖을 물릴 때도 있었답니다. 그중 한 아이가 양껏 먹고 나면 세 번째 아이를 먹였어요. 하느님은 이 아이들은 키우게 하시고 내 자식은 두 살 때 데려가셨죠. 그런 다음에는 더 이상 아이를 주지 않으셨어요. 대신 재산이 늘기 시작했답니다. 지금 우리는 상인네 방앗간에 살아요. 수입도 많고 잘살지요. 하지만 친자식은 없어요. 그러니 이 아이들이 아니라면 내가 얼마나 외롭겠어요! 어떻게 내가 이 아이들을 사랑하지 않을 수 있겠냐고요! 이 아이들은 내 보물이에요!」

여자는 한 손으로 다리를 저는 아이를 끌어안고 다른 손으로는 뺨에 흐르는 눈물을 닦았다.

마뜨료나가 한숨을 쉬고 말했다.

「부모 없이는 살 수 있어도 하느님 없이는 살 수 없다는 옛말이 틀린 게 없구려.」

그렇게 이야기를 마친 후 여자가 가려고 일어섰다. 주인 내외는 여자를 배웅하고 고개를 돌려 미하일라를 보았다. 그는 무릎에 손을 얹은 채 앉아서 위를 쳐다보며 빙긋이 미소 짓고 있었다.

# 10

세몬이 그에게 다가가 물었다. 「무슨 일인가, 미하일라!」

미하일라는 의자에서 일어나 일감을 내려놓고는 앞치마를 벗은 후 주인 내외에게 절을 하고 말했다.

「안녕히 계십시오. 하느님이 저를 용서하셨습니다. 그러니 두 분도 저를 용서하십시오.」

주인 내외는 미하일라에게서 빛이 나오는 것을 보았다. 세몬은 일어나 미하일라에게 절을 하고 말했다.

「미하일라, 자네가 평범한 사람이 아닌 건 알겠네. 그러니 자네를 잡을 수도, 자네에게 뭘 캐물을 수도 없겠지. 그렇지만 하나만 말해 주게. 내가 자네를 발견해서 집에 데리고 왔을 때 왜 자네는 침울했던 건가? 그런데 마뜨료나가 자네에게 저녁을 차려 주니 자네는 그녀를 보며 미소 지었고 그때부터 밝아졌네. 왜 그랬던 건가? 그다음에 또 신사 양반이 찾아와 장화를 맞췄을 때 자네는 두 번째로 미소 짓고 그 후에는 더욱 밝아졌지. 그리고 이제 아주머니가 아이들을 데리고 온 지금 자네는 세 번째로 미소 짓고 더할 나위 없이 밝은 모습이 되었네. 말해 주게, 미하일라. 어떻게 자네에게서 이런 빛이 나오며 왜 자네는 세 번 미소 지었던 건가?」

미하일라가 대답했다.

「제 몸에서 빛이 나는 건, 제가 벌을 받았었지만 이제 하느님께서 절 용서하셨기 때문입니다. 그리고 제가 세 번 미소 지은 이유는, 제가 깨우쳐야 했던 하느님의 말씀 세 가지를 알게 되었기 때문입니다. 첫 번째는 안주인이 저를 불쌍히 여겼을 때 알게 되었고, 그래서 처음으로 웃었습니다. 두 번째는 부자 나리가 장화를 맞췄을 때였고, 그래서 두 번째로 웃었던 겁니다. 그리고 오늘 아이들을 보고 저는 마지막, 세 번째 깨달음을 얻었지요. 그래서 세 번째로 웃었고요.」

세묜이 다시금 물었다.

「미하일라, 내가 알아듣게 말해 보게. 하느님이 뭣 때문에 자네에게 벌을 내리신 건가? 그리고 하느님의 말씀이라는 건 또 뭔가?」

그러자 미하일라가 대답했다.

「제가 하느님을 거역했기 때문에 벌을 내리셨지요.

저는 하늘의 천사였고 하느님을 따랐습니다. 하루는 하느님이 어떤 여자의 영혼을 거두어 오라고 저를 보내셨습니다. 땅으로 내려온 저는 병든 아낙이 딸 쌍둥이를 낳고 누워 있는 걸 보았습니다. 아이들은 어미 옆에서 꼼지락거리는데 어미는 애들을 안을 힘도 없더군요. 저를 본 아낙은 하느님이 영혼을 거두러 보내셨다는 걸 알아차렸습니다. 울음을 터뜨리며 제게 말했지요. 〈천사여! 내 남편을 막 묻은 참입니다. 숲에서 나무에 깔려 죽었답니다. 내게는 형제자매도, 친척도, 부모도 없습니다. 이 아이들을 키워 줄 사람이 하나도 없어요. 내 영혼을 가져가지 말아요. 제발 애들이 걷게 될 때까지만이라도 내가 먹이고 키우게 해줘요. 아빠도 엄마도 없이 아이들이 어떻게 살겠어요!〉 저는 어미의 말을 듣고 한 아이는 가슴에 안겨 주고 다른 한 아이는 팔에 들려 준 후 하늘에 계신 주님께 갔습니다. 가서 말씀드렸지요. 〈애 엄마의 영혼을 차마 거두어 올 수가 없었습니다. 애들 아비는 나무에 깔려 죽었고 어미는 쌍둥이를 낳았는데 데려가지 말아 달라고 사정하며 이렇게 말했습니다. 《제발 애들이 걷게 될 때까지라도 내가 먹이고 키우게 해줘요. 아빠도 엄마도 없이 아이들이 어떻게 살겠어요!》 그래서 애 엄마의 영혼을 거두지 못했습니다.〉 그러자 주님이 말씀하셨습니다. 〈가서 애 엄마의 영혼을 거두어 오고 세 가지를 깨우치도록 해라. 사람에게 무엇이 있는지, 사람에게 주어지지 않은 것이 무엇인지, 또 사람은 무엇으로 사는지. 이 세 가지를 알게 된 다음 하늘로 돌아오너라.〉 저는 다시 지상으로 내려가 애 엄마의 영혼을 거두었습니다.

갓난아이들이 어미의 가슴에서 떨어졌습니다. 시체가 침대로 스러졌고 그 와중에 한 아이를 덮쳐서 아이의 발이 뒤틀렸습니다. 제가 마을 위로 날아올라 영혼을 하느님께 가져가려는데 갑자기 바람이 저를 휘감더니 제 날개를 꺾었습니다. 날개는 떨어져 나가고 어미의 영혼만 하느님께 올라갔습니다. 그렇게 저는 지상의 길가로 떨어졌던 겁니다.」

## 11

그제서야 세묜과 마뜨료나는 그들이 입히고 먹이며 함께 살았던 이가 누구인지를 깨닫고 두려움과 기쁨의 눈물을 흘렸다.

천사가 말을 이어 갔다.

「저는 알몸으로 혼자 들판에 남겨졌습니다. 인간이 되기 전에는 인간에게 뭐가 필요한지 몰랐습니다. 당연히 추위나 굶주림도 알지 못했고요. 배를 곯고 몸이 얼자 뭘 어찌해야 할지 모르겠더군요. 그러다가 들판에 하느님께 바쳐진 예배당이 서 있는 걸 보고 몸을 좀 녹일까 싶어 그리로 갔습니다. 그런데 예배당은 자물쇠로 잠겨 있어서 안으로 들어갈 수가 없었습니다. 할 수 없이 저는 예배당 뒤쪽에 앉아 바람을 피했습니다. 저녁이 되자 굶주린 몸은 얼고 온몸이 아파 왔습니다. 그때 문득 어떤 사람이 장화를 든 채 혼잣말을 하면서 길을 걸어오는 소리가 들렸습니다. 인간이 된 후 처음으로 보게 된 사람의 얼굴은 제게 무섭기만 했습니다. 고개를 돌려 버렸지요. 그러고서 그 사람이 겨울 추위에 자기 한 몸을 어떻게 따뜻하게 할까, 또 아내와 자식들을 어떻게 먹여 살릴까 혼잣말로 궁리하는 소리를 들었습니다. 저는 생각했습니다. 〈나는 추위와 굶주림에 떨고 있는데 저기 길 가는 사람은 오로지 자신과 아내가 입을 털외투와 끼니 때울 생각만 하는구나. 저 사람이 날 도와주기는 글렀다.〉 그 사람은 저를 보더니 얼굴을 찌푸리고 한층 더 무서운 표정으로 옆을 지나쳤습니다. 저는 절망했습니다. 그런데 갑자기 그 사람이 돌아오는 소리가 났습니다. 쳐다보니 아까 그 사람이 아니었습니다. 아까 그 사람의 얼굴에는 죽음이 서려 있었지만 이제 그 얼굴에는 생명이 깃들어 있었고 거기서 저는 하느님을 알아보았습니다. 그 사람은 제게 다가와 옷을 입히고 저를 자기 집에 데려갔습니다. 그의 집에 당도하자 한 여자가 저희를 맞으러 나왔습니다. 그 여자는 남자보다 더 무시무시했습니다. 입에서는 죽음의 기운이 뿜어져 나왔고 그 죽음의 악취에 저는 숨을 쉴 수가 없을 지경이었습니다. 여자는 저를 다시 추위 속으로 내쫓고 싶어 했습니다. 만일 그랬다면 그 여자는 죽었을 겁니다. 그런데 남편이 하느님의 존재를 일깨우자 여자가 갑자기 달라졌습니다. 그녀가 저녁을 차려 주고 저를 바라보았을 때 저 역시 그녀를 바라보았습니다. 그녀에게는 더 이상 죽음이 깃들어 있지 않았습니다. 생명이 있었고, 그 여자에게서 저는 하느님을 보았습니다.

그때 저는 〈사람에게 무엇이 있는지 알게 되리라〉는 하느님의 첫 번째 말씀을 떠올렸습니다.

사람에게 사랑이 있다는 것을 깨우치게 되었던 것입니다. 하느님이 제게 약속하신 바를 벌써 보여 주시기 시작했다고 생각한 저는 기쁨에 겨워 처음으로 빙긋 웃었습니다. 그러나 모든 것을 다 알게 된 것은 아니었습니다. 사람에게 주어지지 않은 것이 무엇인지, 또 사람은 무엇으로 사는지는 아직 알 수 없었으니까요.

그렇게 저는 여기서 살게 되었고 1년이 흘렀습니다. 그리고 장화를 주문하러 그 사람이 왔지요. 1년이 가도록 해어지지 않고 뒤틀리지 않으며 솔기가 풀리지도 않는 그런 장화를 맞추려요. 그 사람을 쳐다보았는데 문득 그 어깨 너머로 저승사자인 친구가 보였습니다. 저 말고는 아무도 그 천사를 보지 못했지만 저는 그를 보았고 또 알 수 있었습니다. 내일 해가 뜨기 전에 부자 나리의 영혼이 거두어질 거라는 걸 말이죠. 저는 생각했습니다. 〈저이는 1년 앞을 생각하지만 정작 자신이 오늘 밤을 넘기지 못한다는 사실은 모르는군.〉 그때 전 사람에게 주어지지 않은 것이 무엇인지 알게 될 거라는 하느님의 두 번째 말씀을 떠올렸습니다.

사람에게 무엇이 있는지는 이미 알고 있었지요. 그런데 이제 사람에게 주어지지 않은 것이 무엇인지도 알게 된 것입니다. 자기 육신에 진정 필요한 게 무엇인지 사람은 알지 못한다는 것을요. 그리하여 저는 두 번째로 미소 지었습니다. 친구를 보게 되어 기쁘기도 했고 하느님이 두 번째 말씀을 보여 주신 것이 기쁘기도 했습니다.

하지만 모든 걸 다 깨우친 건 아니었습니다. 사람이 무엇으로 사는지는 여전히 알지 못한 상태였습니다. 저는 이곳에서 더 지내며 하느님이 마지막 말씀을 보여 주시기를 기다렸습니다. 여섯 해가 지나고 쌍둥이 자매가 한 여자와 함께 찾아왔습니다. 저는 그 아이들을 알아보았습니다. 그 아이들이 그동안 어떻게 살았는지도 알게 되었습니다. 이야기를 듣고 저는 생각했습니다. 〈어미는 아이들을 위해 애원했고 나는 그 말을 믿었다. 아빠도 엄마도 없이 애들이 어떻게 살 수 있을까. 그렇지만 남인 저 여인이 아이들을 먹이고 키워 줬구나.〉 여자가 남의 자식을 가여워하며 울음을 터뜨릴 때 저는 그 여자에게서 살아 있는 하느님을 보았고 사람이 무엇으로 사는지 알게 되었습니다. 그리고 깨달았습니다. 하느님이 제게 마지막 말씀을 보여 주시고, 저를 용서하셨다는 것을요. 그래서 저는 세 번째로 미소 지었답니다.」

## 12

천사의 몸에서 옷이 벗겨지고 몸은 옷 대신 환한 광채에 휩싸여 눈을 뜨고 바라볼 수 없을 정도였다. 천사는 한층 더 우렁찬 목소리로 말하기 시작했는데 마치 그에게서 나오는 것이 아니라 천상으로부터 울려 퍼지는 소리 같았다. 천사는 계속해서 말했다.

「사람은 무릇 일신의 안위를 걱정하며 사는 것이 아니라 사랑으로 산다는 것을 저는 알게 되었습니다.

어미는 아이들의 인생에 뭐가 필요한지 알지 못했습니다. 부자도 자신에게 뭐가 필요한지 알지 못했죠. 오늘 저녁 살아 있는 사람이 신을 장화가 필요한지 아니면 죽은 사람이 신을 슬리퍼가 필요한지 아무도 알지 못합니다.

제가 사람으로 살아갈 수 있었던 것은 저 스스로 일신의 안녕을 챙겨서가 아니라 지나가던 행인과 그의 처의 마음에 사랑이 있었기 때문이고, 그들이 저를 불쌍히 여기고 아껴 주었기 때문입니다. 고아들이 살 수 있었던 것도 그들이 스스로를 챙겨서가 아니라 완전히 남인 여인의 마음에 사랑이 있고, 아이들을 불쌍히 여기고 아끼는 마음이 있었기 때문입니다. 그렇게 사람은 누구나 스스로를 챙겨서가 아니라 사람들 마음에 사랑이 있기에 살아갑니다.

일찍이 저는 하느님이 사람들에게 생명을 준 것을 알았고, 그들이 살기를 바랐습니다. 그렇지만 이제 저는 또 다른 사실을 깨달았습니다.

하느님은 사람들이 개인으로 살기를 바라시지 않습니다. 그래서 사람들 각자에게 무엇이 필요한지 보여 주시지 않는 겁니다. 사람들이 함께 어울려 살아가기를 원하시기에 하느님은 그들 모두에게 공동으로 무엇이 필요한지를 보여 주시는 겁니다.

이제 저는 깨달았습니다. 사람들은 자기들이 이기심으로 살아간다고 여기지만 사실 그들은 사랑으로만 살아갑니다. 사랑을 실천하는 사람은 곧 하느님을 간직하고 사는 것입니다. 하느님이 곧 사랑이기 때문입니다.」

말을 마치고 천사는 찬송가를 부르기 시작했는데 그 목소리에 집이 흔들렸다. 천장이 좌우로 갈라지더니 땅으로부터 하늘까지 불기둥이 솟았다. 세몬과 아내, 그리고 아이들은 땅에 엎드렸다. 천사의 등 뒤로 날개가 돋아났고, 그는 하늘로 날아올랐다.

세몬이 정신을 차려 보니 집은 예전과 다름없었지만 자신과 식구들 말고는 아무도 보이지 않았다.

1881년, 1885년

# 사람에게는 얼마만큼의
# 땅이 필요한가

## 1

도시에 사는 언니가 시골에 사는 아우를 보러 왔다. 언니는 상인과 결혼해 도시에 살았고 여동생은 농부와 결혼해 시골에 살았다. 자매는 차를 마시고 수다를 떨었다. 언니는 도시 생활을 떠벌리며 거드름을 피우기 시작했다. 도시에서 얼마나 여유롭고 깨끗하게 살며 돌아다니는지, 애들은 또 얼마나 예쁘게 입히는지, 달콤한 음식을 먹고 마시는 얘기와 마차를 타고 놀러 다니거나 산책하거나 극장에 다니는 얘기도 늘어놓았다.

아우는 기분이 상해서 장사꾼의 삶을 깎아내리고 농민의 삶을 치켜세웠다.

「난 내 삶을 언니의 삶과 바꾸지 않을 거야. 비록 별 볼 일 없이 산다고 해도 우리는 큰 걱정이 없거든. 언니네는 우리보다 폼 나게 살지만, 그게 벌 때는 왕창 벌고 잃을 때는 폭삭 망하잖아. 왜, 이런 속담도 있는걸. 〈이윤과 손실은 형제지간이다.〉 아닌 게 아니라 오늘은 부자지만 내일은 집에서 쫓겨나는 신세가 되는 경우도 흔하고. 그에 비하면 우리들

농민의 삶은 믿을 만하거든. 농부의 배는 홀쭉하긴 해도 오래 간다우. 부자는 못 되더라도 배는 곯지 않아.」

언니가 맞받아쳤다.

「아이고, 돼지며 송아지랑 살면서 배불리 산다고! 꾸밀 줄도 모르고 예법도 모르면서! 네 신랑이 아무리 뼈 빠지게 일해도 결국 거름이나 나르다가 그렇게 죽을 거고 그건 너희 자식들도 마찬가지겠지.」

아우도 가만히 있지 않았다.

「그게 어때서? 우리 일이 그런걸. 그렇게 굳건히 사니까 우리는 아무에게도 굽실대지 않고 아무도 무서워하지 않아. 하지만 언니네 도시 사람들은 온갖 유혹 속에 살잖아. 오늘은 좋을지 몰라도 내일 사악한 악마가 나타나 언니 남편을 노름이나 술, 아니면 여자로 유혹할지도 몰라. 그럼 모든 게 끝일 테고. 안 그래?」

집주인 빠홈은 뻬치[1] 위에서 여편네들이 떠드는 소리를 듣고 있었다.

「맞는 말이야.」 그가 말했다. 「어려서부터 땅을 갈면 그런 바보 같은 생각은 들지도 않을 텐데. 딱 한 가지 우리의 고충은 바로 땅이 적다는 거지! 땅이 많다면 난 그 누구도, 심지어는 악마도 무서워하지 않으련만!」

자매는 차를 다 마시고 옷 이야기를 하며 수다를 떤 다음 설거지를 하고 잠자리에 들었다.

그런데 뻬치 뒤에는 악마가 앉아서 이 모든 이야기를 다

1 겨울이 춥고 긴 러시아에서 전통적으로 난방을 담당한 난로. 뻬치는 보통 방 한쪽 구석을 다 차지할 정도로 컸으며 위쪽은 적당히 따뜻해서 인기가 좋았다.

듣고 있었다. 악마는 농부의 아내가 남편을 자만에 빠지게 한 것이 기뻤다. 농부는 땅이 많으면 악마도 무섭지 않다고 호언장담했던 것이다.

〈좋아.〉 악마는 생각했다. 〈우리 한번 겨뤄 보자고. 네게 땅을 많이 주마. 그리고 난 그 땅으로 널 굴복시킬 거야.〉

## 2

이웃한 곳에 작은 영지를 가진 한 마님이 살았다. 그 여지주가 가진 땅은 120제샤찌나[2]였다. 예전에는 농부들과 평화롭게 살며 아무 문제도 없었는데 퇴역한 군인이 관리인으로 들어오더니 벌금으로 농부들을 괴롭혀 대기 시작했다. 빠홈이 아무리 조심해도 말이 귀리밭에 들어가기도 하고 암소가 정원을 돌아다니는가 하면 송아지들이 목초지에 들어가기도 했다. 그리고 그 모든 것에 벌금을 내야 했다.

벌금을 내게 되면 빠홈은 집안 식구들을 욕하고 때렸다. 관리인 때문에 빠홈은 여름 내내 곤욕을 치렀다. 그래서 가축들이 외양간 안에 있으면 기뻐할 정도였다. 사료가 아깝기는 하지만 벌금을 걱정하지 않아도 됐기 때문이다.

겨울이 되자 여지주가 땅을 팔려 한다는 소문이 돌았다. 관리인이 그 땅을 사려 한다는 말도 퍼졌다. 소문을 들은 농부들은 탄식했다. 〈그 관리인이 땅을 차지하면 여지주보다도 더 못되게 굴며 벌금을 매겨 댈 게 분명해. 이 땅 없이 우

2 *desiatina*. 과거 제정 러시아에서 사용한 토지 측량 단위. 1제샤찌나는 약 10,925제곱미터에 해당한다.

리는 살 수 없다. 모두가 이 안에서 살고 있으니.〉 농부들은 이렇게 생각하고 미르[3]의 자격으로 여지주를 찾아가 땅을 관리인에게 팔지 말고 자기들에게 달라고 간청했다. 더 높은 가격을 쳐주겠다고도 약속했다. 여지주는 승낙했다. 농부들은 미르를 통해 땅 전부를 사려고 했다. 그래서 두 번이나 모였는데 일이 잘 해결되지 않았다. 악마가 그들을 이간질해서 도무지 합의를 보지 못하게 했던 것이다. 결국 각자 살 수 있는 만큼 나눠서 사기로 했다. 이 결정도 여지주는 받아들였다. 빠홈은 한 이웃이 여지주로부터 20제샤찌나에 달하는 땅을 사고 대금의 절반을 1년 동안 나눠서 내기로 했다는 이야기를 들었다. 그는 샘이 났다. 〈이러다가는 다른 사람들이 땅을 다 사버려서 내 몫으로 남는 게 하나도 없겠는걸.〉 그는 아내와 상의했다.

「사람들이 다 사는데 우리도 10제샤찌나는 사야 하지 않을까? 안 그러면 관리인이 물리는 벌금을 버텨 낼 재간이 없으니 말이야.」

그들은 어떻게 땅을 살 수 있을지 궁리했다. 따로 모아 둔 1백 루블에다가 망아지와 꿀벌의 절반을 팔아 보태고 아들을 일꾼으로 보냈다. 그러고도 동서에게 돈을 꾸어서 필요한 돈의 절반을 마련했다.

돈을 마련한 빠홈은 숲이 있는 땅을 점찍었다. 15제샤찌나 크기의 땅이었다. 빠홈은 흥정을 하러 여지주를 찾아갔다. 흥정에서 값을 깎아 15제샤찌나의 땅을 사고 악수를 한 후 선금을 지불했다. 그들은 도시로 가서 부동산 등기 증서

3 *mir*. 러시아의 농촌 공동체.

도 처리했다. 빠홈은 대금의 반을 건넸고 잔금은 2년에 걸쳐 주기로 했다.

이렇게 해서 빠홈은 땅을 갖게 되었다. 빠홈은 씨앗을 얻어 구입한 땅에 뿌렸다. 농사는 잘되었다. 1년 만에 여지주와 동서에게 빌린 돈을 다 갚았다. 그렇게 빠홈은 지주가 되었다. 그는 자기 땅을 갈고 자기 땅에 씨를 뿌렸으며 자기 땅에서 풀을 베어 건초를 만들고 자기 땅에서 나무를 베며 자기 땅에서 가축을 방목했다. 밭을 갈거나 싹이 움틀 때, 그리고 목초지를 보기 위해 자신의 영원한 땅으로 나설 때면 빠홈은 그보다 더 기쁠 수가 없었다. 어디서나 자라는 풀이고 어디서나 피어나는 꽃이었지만 그에게는 완전히 달라 보였다. 예전에 지나다니며 볼 때는 그냥 보통 땅이었던 그 땅이 이제는 그에게 너무나 특별했다.

## 3

빠홈은 그렇게 행복하게 살았다. 농부들이 빠홈의 밭과 목초지를 망쳐 놓지만 않았다면 모든 게 더할 나위 없었을 것이다. 그가 점잖게 타일렀지만 사정은 나아지지 않았다. 목동들은 암소가 목초지에 들어가도 놔두었고, 밤에는 방목하는 말들까지 밭에 들어갔다. 처음에는 가축들을 몰아내고 참으면서 다투지 않았다. 하지만 시간이 지나자 견딜 수가 없어져 읍에 있는 법정에 소송을 걸었다. 농부들이 일부러 그러는 게 아니라 땅이 좁아서라는 것을 알았지만 그는 이렇게 생각했다. 〈방치해서는 안 돼. 이러다가는 다 버려 놓을

거야. 따끔한 맛을 봐야 해.〉

그렇게 빠홈은 재판을 걸어 한두 사람에게 따끔한 맛을 보여 줬다. 그들에게 벌금을 물린 것이다. 농부들은 차츰 빠홈에게 앙심을 품게 되었다. 일부러 그의 땅을 망쳐 놓는 일도 생겼다. 누군가 한밤중에 숲으로 들어가 보리수 열 그루를 베고 나무껍질을 벗겨 놓은 것이다. 빠홈이 숲을 지나다가 허연 것이 눈에 띄어 다가가 보니 껍질이 벗겨진 나무들이 쓰러진 채 그루터기만 삐죽 솟아 있었다. 나무들 중 바깥쪽에 있는 것들만 베었어도, 아니 단 한 그루만 남겼어도 좋았으련만, 악당은 싸그리 청소하듯 없애 버렸다. 빠홈은 울화통을 터뜨렸다. 〈아, 누구 짓인지 알아내기만 한다면 복수하고 말 테다.〉

생각에 생각을 거듭해 보니 한 사람이 떠올랐다. 〈세묜이야! 그놈이 아니면 누구겠어.〉 그는 세묜의 집으로 가 들쑤셔 보았지만 아무것도 찾지 못한 채 드잡이만 하고 나왔다. 그러나 세묜의 짓이라는 생각은 더욱 강해져서 결국 빠홈은 소송을 제기했다. 재판이 열렸다. 재판이 거듭된 끝에 농부는 무죄라는 판결이 났다. 증거가 없었기 때문이다. 빠홈은 더욱더 화가 나서 재판장과 판사들에게 욕설을 퍼부었다.

「당신들! 도둑놈 손을 자유롭게 하다니! 정의로운 사람이라면 도둑놈을 풀어 주지는 않을 거요.」

빠홈은 판사들은 물론 이웃과도 언쟁을 벌였다. 그의 집을 불태우겠다는 협박이 들어왔다. 자기 땅에서 여유롭게 사는 것 같아 보여도 미르에서 빠홈의 입지는 좁아져만 갔다.

그즈음에 사람들이 새 고장으로 옮겨 간다는 소문이 돌았다. 빠홈은 생각했다. 〈나로 말하자면, 내가 내 땅을 등질 이유가 전혀 없지. 게다가 우리 중 누군가 떠난다면 땅을 내놓을 거야. 그걸 사서 내 땅을 넓혀야겠다. 사는 게 한결 나아질 테지. 하여간 지금은 너무 비좁으니까.〉

하루는 빠홈이 집에 앉아 있는데 마을을 지나가던 농부 여행자가 들렀다. 빠홈은 잠자리와 식사를 대접하고 그와 이야기를 나누었다. 어디서 왔는지 물으니 농부는 아래쪽 지방, 볼가 강 너머에서 일하다 왔다고 대답했다. 대화가 꼬리를 물던 중 농부는 그리로 사람들이 정착하러 가고 있다는 이야기를 했다. 그의 마을 사람들도 거기 정착해 공동체에 들어갔고 한 사람당 10제샤찌나의 땅을 할당받았다는 것이었다.

「땅이 얼마나 좋은지 모릅니다요. 호밀을 뿌리면 금세 잡초처럼 무성하게 자라서 말도 안 보일 정도라니까요. 다섯 줌을 뿌리면 한 단이 되고 말입니다. 한 농부는 너무 가난해서 빈손으로 왔는데 지금은 말 여섯 필에 암소를 두 마리나 거느리고 있답니다.」

빠홈의 심장이 벌렁거렸다. 〈잘살 수 있는 길을 두고 내가 왜 이 비좁은 데서 괴로워해야 하나. 여기 땅과 집을 팔아야겠다. 그 돈으로 거기에 가서 새로 시작하는 거야. 비좁은 곳에서는 문제만 생길 뿐이야. 어쨌든 그 전에 내가 직접 가서 알아보긴 해야겠다.〉

그곳에서 여름을 보낼 계획으로 그는 떠났다. 사마라까지 증기선을 타고 내려가 4백여 베르스따에 달하는 길을 걸었다. 마침내 목적지에 다다랐다. 모든 게 들은 그대로였다. 농부들은 넓은 땅을 차지하고 살았다. 각자 10제샤찌나의 땅을 분할받고 공동체에도 기꺼운 마음으로 참여하고 있었다. 거기에다 누구든 돈이 있다면 분할받은 땅 이외에 1제샤찌나당 3루블을 내고 원하는 만큼 살 수 있었다. 원하는 만큼 살 수 있다니!

이 모든 걸 살펴본 빠홈은 가을 무렵에 집으로 돌아와 가진 것을 몽땅 팔기 시작했다. 땅은 차익을 남겨 팔았고 집도 팔았으며 가축도 전부 판 다음 미르에서 탈퇴하고는 봄이 오기만을 기다렸다가 가족과 함께 새로운 고장으로 떠났다.

## 4

가족과 함께 새 고장에 도착한 빠홈은 큰 마을의 미르에 들어갔다. 그는 노인들을 대접하고 모든 서류를 처리했다. 마을 사람들을 빠홈을 받아들였고, 공동으로 쓰는 방목지를 제외하고도 50제샤찌나에 달하는 땅을 가족 다섯 사람 몫으로 나눠 주었다. 땅은 여러 곳에 나뉘어 있었다. 빠홈은 집을 짓고 가축을 길렀다. 할당받은 땅만 해도 예전에 소유하던 땅의 세 배나 되었다. 게다가 비옥했다. 살림살이가 전보다 열 배는 나아졌다. 농사지을 땅과 여물도 부족함이 없었다. 가축도 원하는 만큼 가질 수 있었다.

처음 자리를 잡고 정착하기까지 빠홈은 무척이나 만족스러웠다. 그러나 익숙해지고 나니 그 땅도 비좁게 느껴지기 시작했다. 첫해에 빠홈은 할당받은 땅에 밀을 심었다. 수확이 좋았다. 빠홈은 밀을 심는 데 흥미를 갖게 되었으나 할당된 땅이 너무 적었다. 가지고 있는 땅에는 더 심을 공간이 없었다. 그 마을에서는 보통 잔디가 자라는 초원이나 휴경지에 밀을 심었는데 첫해에 농사를 지으면 이듬해에는 땅을 놀려서 초원에 잔디가 다시 무성히 자라게 했다. 그리고 그런 땅을 원하는 사람이 많으니 모두에게 차례가 돌아갈 턱이 없었다. 게다가 그 땅을 두고 의견이 분분했다. 부자는 직접 농사를 짓고 싶어 했으나 가난한 자는 상인에게 주고 세금 낼 돈을 받고 싶어 했다. 빠홈은 더 크게 농사를 짓고 싶었다. 이듬해 그는 상인을 찾아가 1년간 경작할 땅을 샀다. 그래서 더 크게 농사를 지었고 풍성한 수확을 거두었다. 그 땅은 말을 타고 15베르스따 정도 나가야 하는 거리에 있었다. 그런데 거기서 보니 농부들이 마을을 이루어 장사도 하며 부를 일구는 것이었다. 〈이것 참 괜찮은걸.〉 빠홈은 생각했다. 〈만약 나도 땅을 사서 마을을 만들면 모든 게 한 울타리 안에 있게 되잖아.〉 그때부터 그는 어떻게 하면 땅을 확보할 수 있을까 궁리하기 시작했다.

그렇게 빠홈은 3년을 살았다. 땅을 빌려 밀을 심었다. 해마다 농사가 잘되어 작황이 좋았고 여분의 돈도 모였다. 계속 그렇게 살아갈 수도 있었겠지만 빠홈은 매년 사람들에게 땅을 빌리고 그 때문에 난리법석을 치는 게 지겹게 느껴졌다. 좋은 땅이 나왔다 하면 농부들이 벌 떼처럼 날아들어 죄다 가져가 버리니 빨리 낚아채지 않으면 파종할 땅이 없는 처지가 되는 것이었다. 게다가 3년째에는 빠홈이 상인과 함께 농부들로부터 방목지를 사들여 개간하기까지 했는데 농부들이 소송을 거는 바람에 일이 날아가고 말았다. 〈그게 내 땅이었다면 아무에게도 머리를 조아리지 않고 이런 곤욕도 치르지 않았을 텐데.〉

어디 땅을 살 데가 없나 여기저기 알아보고 다니던 중 빠홈은 한 농부를 알게 되었다. 그 농부는 땅 5백 제샤찌나를 샀었는데 그만 파산할 지경이 되어 땅을 싸게 넘기려는 참이었다. 빠홈은 그와 흥정했다. 몇 번의 흥정 끝에 1,500루블로 낙찰을 보고 금액의 반은 나중에 주기로 했다. 그렇게 매매가 매듭지어질 무렵 여행 중이던 한 상인이 빠홈 집에 들러 요기를 했다. 그들은 차를 마시고 잡담을 했다. 상인은 멀리 바쉬끼르 지역에서 오는 길이라고 했다. 그런데 그가 말하기를 바쉬끼르 사람들에게서 그곳의 1,500제샤찌나 상당의 땅을 구입했다는 것이었다. 빠홈이 꼬치꼬치 캐묻자 상인이 말했다.

「노인들 환심을 사기만 하면 되오. 한 1백 루블 들여 옷이며 양탄자며 차를 선물하고 술을 마시는 사람에게는 포도주를 대접했다오. 그랬더니 1제샤찌나를 20꼬뻬이까에 쳐주더이다.」 그는 토지 증서를 보여 주었다. 「땅은 강을 따라 있고 초원은 목초로 무성하다오.」 빠홈이 질문 공세를 퍼붓자 상인이 말을 이었다. 「거기 땅이 얼마나 넓은지 1년을 걸어도 다 못 볼 거요. 모두 바쉬끼르 땅이라오. 그런데 바쉬끼르 사람들은 멍청하기 짝이 없단 말씀이지. 마치 양처럼 말이오. 땅을 거의 날로 먹을 수 있소.」

〈음…….〉 빠홈은 생각에 잠겼다. 〈여기에서는 1천 루블로 5백 제샤찌나를 사고도 빚을 끌어 써야 하는데. 들은 대로라면 거기서는 얼마든 살 수 있단 말이지!〉

## 5

빠홈은 길을 자세히 묻고 상인을 배웅한 후 곧장 떠날 채비를 했다. 집은 아내에게 맡기고 일꾼 몇 명과 함께 길을 떠났다. 가는 길에 도시에 들러서는 차 한 상자와 각종 선물과 술 등 상인이 말한 걸 모두 샀다. 부지런히 5백 베르스따 정도를 가 일주일째 되는 날 드디어 바쉬끼르인들의 유목지에 당도했다. 모든 게 상인이 말한 그대로였다. 유목지는 강가 스텝이었고 모두 펠트로 만든 천막에서 살았다. 그들은 직접 밭을 갈지도 않고 빵을 먹지도 않았다. 스텝에는 가축들이 돌아다니고 말들이 떼 지어 다녔다. 망아지들은 천막 뒤에 매어 두고 하루에 두 번 암컷들을 그리로 몰고 왔다. 말젖은 짜서 그걸로 꾸미스[4]를 만들었다. 아낙들이 꾸미스와 치즈를 만들면 남자들은 그저 꾸미스와 차를 마시고 양고기를 먹으며 피리를 불었다. 그들은 신수가 훤하고 명랑했으며 그렇게 여름 내내 놀았다. 무지몽매하고 러시아어도 할 줄 몰랐지만 상냥한 민족이었다.

바쉬끼르인들은 빠홈을 보자마자 천막에서 우르르 몰려나와 손님을 둘러쌌다. 통역사가 불려 왔다. 빠홈이 통역에게 땅 때문에 왔노라고 말하자 바쉬끼르인들은 기뻐하며 빠홈을 잡고 좋은 천막으로 데리고 들어가서는 양탄자에 앉히고 푹신한 방석도 주었다. 그러고는 그의 주위에 빙 둘러앉아 차와 꾸미스를 대접했다. 양을 잡아 양고기도 먹으라고 주었다. 빠홈은 여행 마차에서 선물을 가져와 바쉬끼르인들에게 나눠 주었다. 선물을 하고 차도 나눠 주자 바쉬끼르인들은 기뻐했다. 그들은 자기들끼리 뭐라고 열심히 얘기하더니 통역에게 전했다.

4 *kumis*. 말 젖을 발효해 만든 술로 알코올 도수는 0.7~2.5% 정도이다. 몽골을 비롯해 중앙아시아, 또 바쉬끼르 지역 등의 러시아 남부에서 주로 마신다.

「당신에게 이렇게 말하랍니다.」 통역이 말했다. 「저 사람들은 당신이 좋답니다. 그리고 우리에게는 이런 풍습이 있지요. 손님을 극진히 접대하고 선물을 받으면 답례를 합니다. 당신이 우리에게 선물을 했으니 이제 말해 보시오. 우리가 가진 것 중에 무엇을 답례로 갖고 싶소?」

「내가 갖고 싶은 건 다른 무엇보다도 당신들 땅이오. 우리가 사는 곳에는 땅이 턱없이 부족하오. 그나마 있는 땅도 이미 다 개간되었고. 그런데 당신네들에게는 땅이 많고 아주 비옥하오. 이런 땅은 내 일찍이 본 적이 없소.」

통역이 말을 전하자 바쉬끼르인들은 자기들끼리 이야기를 나누었다. 빠홈은 알아듣지 못했지만 그들이 명랑하게 뭔가 소리 지르거나 웃는 모습은 볼 수 있었다. 잠시 후 그들은 입을 다물고 빠홈을 바라보았다. 통역이 말했다.

「이렇게 말하랍니다. 사람들은 선한 당신에게 당신이 원하는 만큼의 땅을 주고 싶답니다. 그러니 어떤 땅을 원하는지 손짓으로 보여 주시오. 그럼 당신 것이 될 거요.」

그들이 또다시 얘기를 나누는데 이번에는 뭔가 말다툼이 벌어졌다. 빠홈이 이유를 묻자 통역이 대답했다.

「땅과 관련해 어떤 사람들은 촌장에게 반드시 물어봐야 한다고 주장하고 다른 사람들은 그럴 필요 없다고 하는 거요.」

## 6

바쉬끼르인들이 언쟁을 벌이는 도중 갑자기 여우 털 모자를 쓴 어떤 사람이 나타났다. 그러자 모두 입을 다물더니 일어났다. 통역이 말했다.

「촌장님이시오.」

빠홈은 즉시 가장 좋은 옷을 가져오는 것은 물론 5푼뜨[5] 나 되는 차도 선물했다. 선물을 받은 촌장은 상석에 앉았다. 이제 바쉬끼르인들이 그에게 뭔가를 얘기하기 시작했다. 쭉 듣고 있던 촌장은 그들에게 조용히 하라고 고개짓을 하더니 빠홈에게 러시아어로 말했다.

「알았네. 그렇게 하게. 원하는 땅을 갖게. 땅은 많으니까.」

〈내가 원하는 만큼 가지라고?〉 빠홈은 생각했다. 〈어찌 됐든 확실히 해둬야 해. 안 그랬다가는 지금은 준다고 했다가 나중에 빼앗아 갈지도 모르니까.〉

「친절한 말씀 감사합니다.」 그가 말했다. 「정말이지 여기는 땅이 많습니다그려. 저는 조금만 있으면 됩니다. 다만 이게 어떻게 제 땅이 되는 건지 알고 싶습니다. 어쨌든 측량을 해서 제게 확실히 넘겨주셔야겠지요. 아시겠지만 삶과 죽음은 신의 소관이고 친절하신 여러분은 제게 땅을 주시지만 누가 압니까, 여러분 자식들이 돌려 달라고 할지요.」

「맞는 말일세.」 촌장이 말했다. 「확실히 해주지.」

빠홈이 말을 받았다.

「듣자 하니 상인이 여기 왔었다죠. 그 사람에게 여러분이 조그만 땅을 선물하고 부동산 등기 증서도 만들어 주셨다고 들었습니다. 제게도 그렇게 해주십시오.」

촌장은 무슨 말인지 알아들었다.

「다 해주지. 여기 서기도 있고 하니 같이 도시에 나가서 문

5 *funt*. 과거 제정 러시아에서 사용한 무게 단위. 1푼뜨는 410그램이다.

서를 처리하면 되겠군.」

「값은 어떻게 됩니까?」 빠홈이 물었다.

「값은 매한가지네. 하루에 1천 루블.」

빠홈은 어리둥절해졌다.

「하루라뇨? 그게 무슨 측량 단위랍니까? 그럼 그게 몇 제샤찌나인가요?」

「우리가 어찌 알겠나. 우리는 하루를 팔 뿐이네. 얼마가 됐든 하루 동안 돌아다닌 땅이 자네 것이 되는 거지. 그 하루가 1천 루블인 거고.」

빠홈은 놀랐다.

「세상에, 하루 동안 걸어다니면 꽤 많을 텐데요.」

촌장은 웃음을 터뜨렸다.

「다 자네 것이 된다니까! 단, 한 가지 조건이 있네. 만일 해가 지기 전까지 아침에 출발한 장소로 돌아오지 못하면 자네는 돈을 잃는 걸세.」

「그런데 제가 지나간 곳을 어떻게 표시합니까?」

「자네가 고른 장소에 우리가 서 있을 걸세. 그러는 동안 자네는 걸어서 원을 그리는 거지. 삽을 들고 가서 필요한 곳마다 표시를 하게. 방향을 틀 때마다 작은 구멍을 파는 거야. 그리고 거기다 잔디를 얹어 두면 우리가 구멍들 사이를 쟁기로 파서 연결해 놓음세. 원하는 만큼 큰 원을 만들게. 다만 해가 지기 전에 출발한 곳으로 돌아와야만 하네. 그러면 자네가 걸은 땅이 전부 자네 것이 되는 거야.」

빠홈은 뛸 듯이 기뻤다. 출발은 다음 날 이른 아침으로 결정됐다. 사람들은 담소를 나누며 꾸미스를 더 마시고, 양고기를 먹고, 차도 실컷 마셨다. 어느덧 밤이 깊었다. 바쉬끼르인들은 빠홈의 잠자리에 깃털 이불을 놓아 주고 흩어졌다. 그들은 이튿날 동틀 녘에 모여서 해가 뜨기 전에 출발 장소로 나가겠다고 약속했다.

## 7

깃털 이불을 덮고 누웠지만 빠홈은 잠이 오지 않았다. 계속해서 그는 땅만을 생각했다. 〈이 광활한 땅을 차지해야지. 50베르스따는 걷고 말겠어. 요즘은 하루가 1년처럼 길잖아. 50베르스따를 걸으면 그게 대체 얼마야. 안 좋은 땅은 팔거나 일꾼을 시켜 경작하고 좋은 땅은 내가 직접 꾸리는 거야. 쟁기에 맬 황소 두 마리를 구하고 일꾼도 두어 명쯤 고용해야겠다. 50제샤찌나쯤은 농사를 짓고 나머지에는 가축을 풀어 키워야지.〉

밤새 빠홈은 잠을 이루지 못했다. 동이 트기 전에 잠깐 눈을 붙였을 뿐이다. 그야말로 잠깐 눈을 붙인 사이 그는 꿈을 꾸었다. 천막 안에 누워 있는데 밖에서 누군가 껄껄거리며 웃는 소리를 들은 것 같았다. 그는 누가 그렇게 웃어 대는지 보고 싶은 마음이 들어서 일어나 천막 바깥으로 나갔다. 거기서 그가 본 것은 다름 아닌 바쉬끼르 촌장이었다. 촌장이 천막 앞에 앉아 양손으로 배를 잡고는 누군가를 향해 껄껄 웃어 대고 있는 것이었다. 빠홈이 다가가 〈뭘 때문에 웃으십니까?〉 하고 물었다. 그런데 그 사람은 바쉬끼르 촌장이 아니라 얼마 전에 지나가다 그의 집에 들러 땅에 대해 얘기해 준 상인이었다. 빠홈이 상인에게 〈자네 여기 오래 있었나?〉 하기가 무섭게 그 사람은 더 이상 상인이 아니라 아래 지방에서 올라와 자기 집에 들렀던 그 농부로 바뀌었다. 그러더니 곧바로 악마로 변했다. 뿔이 나고 발굽이 달린 악마가 앉아서 웃어 대고 그 앞에는 맨발에 긴 셔츠와 바지를 입은 사람이 누워 있었다. 그게 누구인가 싶어 자세히 들여다보다가 빠홈은 그 사람이 죽어 있다는 것을 알아차렸다. 그리고 그는 바로 빠홈 자신이었다! 빠홈은 공포에 질려 깨어났다.

〈별의별 꿈이 다 있으니까.〉 그는 생각했다. 주위를 둘러보니 열린 창으로 벌써 희끄무레 밝아지기 시작한 세상이 보였다. 〈사람들을 깨워야겠다. 갈 시간이야.〉 빠홈은 몸을 일으켜 마차에서 자던 일꾼을 깨워 말을 준비하라고 이르고 바쉬끼르인들을 깨우러 갔다.

「시간이 됐습니다. 초원으로 가서 땅을 잴 시간입니다.」

바쉬끼르인들이 일어나 모였다. 촌장도 왔다. 바쉬끼르인들은 다시 꾸미스를 들이켜기 시작했고 빠홈에게 차를 대접하고 싶어 했다. 그러나 그는 기다리려 들지 않았다.

「가기로 했으면 가야지요. 시간이 됐습니다.」

## 8

바쉬끼르인들이 모여서 몇몇은 말을, 몇몇은 마차를 타고 출발했다. 빠홈은 일꾼과 함께 자기 마차를 타고 삽을 챙겼다. 초원에 도착하자 동이 트기 시작했다. 그들은 작은 언덕, 바쉬끼르인들이 〈산꼭대기〉라고 부르는 곳으로 올라갔다.

그들은 마차며 말에서 내려 모여 섰다. 촌장이 빠홈에게 다가와 손으로 가리켰다.

「자, 보게.」 그가 말했다. 「눈길이 닿는 곳 모두 다 우리 땅이지. 어디든 고르게.」

빠홈의 눈이 빛났다. 땅은 온통 풀로 무성했고 손바닥처럼 평평했으며 양귀비 씨앗처럼 까맸다. 협곡에도 갖가지 풀이 가득한데 높이가 가슴께까지 올 정도였다.

촌장이 여우 털 모자를 벗어 땅에 내려놓고 말했다.

「자, 이게 표식이네. 여기서부터 출발해 이리로 돌아오는 걸세. 그렇게 돌아본 땅이 전부 자네 것이 되는 거지.」

빠홈은 돈을 꺼내 모자 위에 얹었다. 그러고서 까프딴을 벗고 반외투만 입었다. 그는 배 둘레로 허리띠를 단단히 고쳐 맸다. 빵을 담은 주머니는 품에 넣고 물통은 허리띠에 맸으며 장화 목 부분을 단단히 조여 맨 다음 일꾼에게서 삽을 받아 듦으로써 출발 채비를 마쳤다. 그는 어느 쪽으로 방향을 잡을지 생각에 생각을 거듭했다. 〈어디든 같으니 해가 뜨는 동쪽으로 가자.〉 그는 얼굴을 태양 쪽으로 돌리고 몸을 푼 후 해가 지평선으로부터 떠오르기를 기다렸다. 〈허비할 시간이 조금도 없다. 서늘할 때 걷는 게 나을 거야.〉 해가 떠오르자마자 빠홈은 재빨리 삽을 들어 어깨에 올리고 초원으로 걸어 나갔다.

빠홈은 느리지도, 그렇다고 빠르지도 않은 속도로 걸었다. 1베르스따 정도 지났을 때 그는 멈춰서 구덩이를 파고 표가 나도록 잔디를 얹었다. 그런 다음 다시 전진했다. 몸이 풀리면서 발걸음이 빨라졌다. 조금 더 가서 두 번째 구덩이를 팠다.

돌아보니 떠나온 산꼭대기가 햇빛에 잘 보였다. 사람들이

서 있었고 마차의 바퀴살이 반짝였다. 5베르스따쯤 걸은 것 같았다. 몸이 따뜻해지자 빠홈은 반외투를 벗어 어깨에 걸치고 앞으로 내처 걸었다. 다시 5베르스따쯤 더 걷자 날이 따뜻해졌다. 해를 올려다보니 벌써 아침을 먹을 시간이었다.

〈4분의 1이 지난 셈이군.〉 빠홈은 생각했다. 〈하루를 넷으로 나눈다면 말이야. 아직 시간이 많으니 방향을 틀기에는 일러. 신발이나 벗자.〉 그는 주저앉아 장화를 벗어 허리춤에 매달고 다시 걷기 시작했다. 걸음이 편해졌다. 〈앞으로 5베르스따쯤 더 걸어간 다음 왼쪽으로 방향을 틀어야겠다. 땅이 너무 좋아서 버리고 가기가 아까워. 가면 갈수록 더 좋아지는군.〉 그는 계속해서 앞으로 나아갔다. 그러다가 돌아보니 이제 산꼭대기가 보일락 말락 하고 사람들도 개미처럼 거뭇거뭇했으며 뭔가 반짝거리는 것만 보였다.

〈음, 이쪽은 이제 충분하니 방향을 바꿔야겠다. 땀을 많이 흘렸어. 물을 마셔야겠는걸.〉 그는 멈춰 서서 구덩이를 더 크게 파고 잔디를 얹은 후 허리띠에서 물통을 풀어 물을 실컷 들이켜고는 왼쪽으로 급히 돌았다. 그는 걷고 또 걸었다. 풀은 키가 컸고 날은 무더워졌다.

빠홈은 지쳐 갔다. 해를 쳐다보니 벌써 점심때였다. 〈자, 좀 쉬어야겠다.〉 빠홈은 걸음을 멈추고 그 자리에 앉았다. 빵을 먹고 물을 마셨지만 눕지는 않았다. 누우면 잠들까 싶었다. 잠시 앉았다가 그는 다시 걷기 시작했다. 처음에는 걷기가 수월했다. 요기를 해서 힘이 났던 것이다. 그러나 날이 무척이나 무더워지고 졸음도 쏟아졌다. 그는 한결같이 걸었다. 〈조금만 견디면 평생 호강한다〉 생각하면서.

그는 한 방향으로 계속해서 쭉 걸었다. 그러다가 왼쪽으로 돌아야겠다고 생각하는데 물기를 잔뜩 머금은 협곡이 눈에 들어왔다. 버리고 가기에는 아까웠다. 그는 생각했다. 〈여기 마를 심으면 잘될 거야.〉 그는 다시 곧장 앞으로 나아갔다. 협곡을 지나고 구덩이를 파서 표시한 다음에야 두 번째로 방향을 바꿨다. 산꼭대기를 돌아보니 땅에서 피어오르는 아지랑이 때문에 시야가 흐렸다. 대기 중에서 뭔가 흔들리고 아지랑이 사이로 산꼭대기에 있는 사람들이 잘 보이지 않았다. 거기까지 15베르스따는 되는 듯싶었다. 〈아차! 내가 너무 길게 잡았구나. 이제부터는 짧게 가져가야겠어.〉 그는 세 번째 측면을 걸으며 발걸음을 재촉했다. 해를 보니 벌써 일몰까지는 절반 정도밖에 안 남았는데 두 번째로 방향을 바꾼 후 기껏해야 2베르스따 남짓 걸었을 뿐이었다. 돌아갈 장소까지 아직 15베르스따는 족히 남은 셈이었다. 〈안 되겠다. 땅 모양이 비뚤어지는 한이 있더라도 곧장 가서 시간 안에 도착해야 해. 여기서 더 못 가진다 해도 지금까지만으로도 이미 많아.〉 빠홈은 서둘러 구덩이를 파고 산꼭대기로 곧장 방향을 돌렸다.

## 9

빠홈은 산꼭대기를 향해 걸어 나아갔다. 그러나 힘에 부쳤다. 땀을 많이 흘려 기진맥진했고 맨발은 상처투성이가 되어 제대로 움직이지 않았다. 쉬고 싶었지만 그랬다가는 해가 지기 전에 도착할 수 없을 터였다. 해는 기다려 주지 않고 점점 더 저물어 갔다. 〈아, 내가 잘못한 걸까? 너무 욕심을 낸 걸까? 제때 들어가지 못하게 될까?〉 그는 산꼭대기를 똑바로 바라보고 다시 해를 바라보았다. 돌아갈 장소는 아직 멀었는데 해는 벌써 지평선에 가까워지고 있었다.

빠홈은 그렇게 계속 걸으며 힘들었지만 속도를 냈다. 걷고 또 걸어도 길은 멀기만 했다. 마침내 그는 뛰기 시작했다. 반외투도 벗고 장화와 물통도 내던졌으며 모자도 벗어 던지고 삽만 든 채 몸을 의지하며 걸었다. 〈아, 내가 욕심을 부려서 모든 일을 망쳤구나. 해 지기 전까지 들어가기는 글렀어.〉 이 공포 때문에 숨쉬기가 더욱 힘들어졌다. 셔츠와 바지는 땀에 절어 달리는 빠홈의 몸에 달라붙었고 입은 바짝바짝 타들어 갔다. 가슴이 대장간 풀무처럼 달아올라 망치로 심장을 두드리는 것 같았다. 다리도 자기 몸이 아닌 양 풀려만 갔다. 힘들어 못 견딜 것 같았다. 〈이러다가 죽겠다.〉

죽는 게 두려웠지만 빠홈은 멈출 수 없었다. 〈지금까지 이렇게 달려왔는데 여기서 멈춘다면 다들 나를 바보라고 놀릴 거야.〉 이렇게 생각한 빠홈은 달리고 또 달려 제법 목적지 가까이 다다랐다. 바쉬끼르인들이 웅성대며 그에게 소리를 질러 댔고 그들의 외침에 빠홈의 심장은 더욱 격하게 달아올랐다. 젖 먹던 힘까지 짜내어 달렸지만 해는 어느새 지평선에 닿을락 말락 안개에 싸여 붉은 핏빛으로 크게 타올랐다. 바로 지평선 뒤로 넘어가려는 참이었다. 해는 낮게 저물어 가고 출발점 역시 그리 멀지 않은 거리에 있었다. 산꼭대기에 있는 사람들이 팔을 휘두르며 그를 독려하는 모습이 보였다. 땅에 놓인 여우 털 모자며 그 위의 돈도 보였다. 촌장도 보였다. 촌장은 땅에 앉아 양손으로 배를 잡고 있었다. 빠홈은 꿈을 떠올렸다. 〈땅은 많지만 과연 하느님이 나를 여기에

살게 해주실까? 아아, 난 스스로를 망친 거야. 틀렸어.〉

빠홈은 해를 흘끗 보았다. 이미 땅에 닿아 해 아래쪽 부분은 사라지고 다른 쪽은 지평선에 잘린 형태였다. 빠홈은 마지막 힘까지 짜내어 앞으로 몸을 숙여 달렸고, 넘어지지 않으려고 간신히 발을 옮겼다. 산꼭대기로 들어서는데 갑자기 사위가 어둑해졌다. 돌아보니 이미 해가 져 있었다. 빠홈은 탄식했다. 〈망했다, 내 수고는 다 헛일이 되었구나.〉 멈춰 서려던 그는 바쉬끼르인들이 여전히 소리를 지르고 있다는 사실을 깨달았다. 그가 있는 산기슭에서야 해가 진 것으로 보이지만 산꼭대기에서 보면 아직 끝나지 않은 것이다. 빠홈은 숨을 들이쉬고 산꼭대기를 향해 뛰어 올라갔다. 정말 산꼭대기는 아직 환했다. 뛰어 들어가던 빠홈의 눈에 들어온 것은 다름 아닌 모자였다. 모자 앞에는 촌장이 앉아 양손으로 배를 잡은 채 껄껄대며 웃고 있었다. 다시 한 번 꿈을 떠올리며 빠홈은 탄식을 내뱉었다. 다리에 힘이 풀려 앞으로 넘어지자 그의 양손이 모자에 닿았다.

「아, 대단해!」 촌장이 소리쳤다. 「넓은 땅을 갖게 되었군!」

빠홈의 일꾼이 달려와 그를 일으켜 세우려 했다. 그의 입에서 피가 쏟아져 나왔고 그는 시체가 되어 쓰러졌다.

바쉬끼르인들은 혀를 차며 안타까워했다.

일꾼이 삽을 들고 빠홈의 무덤을 파서 그를 묻었다. 머리에서 발끝까지 그가 차지한 땅은 3아르신[6]이었다.

1885년

6 1아르신은 약 71.12센티미터이므로 빠홈이 차지한 땅은 2미터 10센티미터 정도가 된다.

# 바보 이반

# 1

어느 왕국에 부유한 농부가 살고 있었다. 그에게는 아들이 셋 있었다. 무사 세묜과 배불뚝이 따라스와 바보 이반이었고, 과년한 벙어리 딸 말라냐도 있었다. 무사 세묜은 왕을 섬기러 전쟁에 나가고 배불뚝이 따라스는 장사하러 도시에 사는 상인에게 갔다. 그러나 바보 이반은 여동생과 집에 남아 등이 휠 정도로 열심히 일했다.

무사 세묜은 공을 세워서 높은 직위와 영지를 받고 귀족의 딸과 결혼했다. 봉급도 많고 영지도 넓었지만 그는 도무지 적자를 면하지 못했다. 남편이 모으면 아내인 마님이 펑펑 써대는 것이었다. 그러니 늘 돈이 궁했다. 하루는 무사 세묜이 수입을 걷으러 영지에 갔는데 집사가 말했다.

「뭘 가져가신다는 겁니까? 여기에는 가축도 없고 농기구도 없어요. 말도 없고 소도 없고 쟁기나 써레도 없습니다. 이 모든 걸 우선 마련해 주신 다음에 수입을 말씀하셔도 하셔야죠.」

무사 세묜은 아버지를 찾아갔다.

「아버지는 부자십니다. 그런데도 제게 아무것도 주지 않으셨죠. 재산의 3분의 1을 떼어 주십시오. 그러면 영지로 바꾸겠습니다.」

노인이 대답했다.

「네가 집에 한 게 뭐가 있다고 3분의 1을 달라고 하느냐? 이반과 네 여동생이 화를 낼 거다.」

그러나 세묜은 우겼다.

「아니, 이반은 바보고 말라냐는 벙어리 노처녀인데 뭐가 필요하답니까?」

노인이 대답했다.

「이반이 뭐라고 하는지 들어 보자꾸나.」

이반은 이렇게 말했다.

「뭐, 가져가라고 하세요.」

무사 세묜은 재산의 일부를 가져다가 자기 영지에 보태고는 다시 왕을 섬기기 위해 떠났다.

배불뚝이 따라스도 많은 돈을 모아 상인의 딸과 결혼했다. 하지만 그 역시 늘 돈이 부족해서 아버지를 찾아와 말했다.

「제 몫을 주십시오.」

노인은 따라스에게도 재산을 나눠 주고 싶지 않았다.

「넌 우리를 위해서 한 게 아무것도 없어. 우리 집에 있는 건 모두 이반이 일한 결과야. 그러니 이반과 말라냐를 화나게 하지 마라.」

그러나 따라스는 우겼다.

「그 애는 바보인데 뭐가 필요하답니까. 아무도 시집을 안 와서 결혼도 못 할 건데요. 말라냐도 벙어리라 아무것도 필요하지 않아요.」 그러고는 이반에게 말했다. 「이반, 내게 곡식의 절반을 다오. 농기구들은 손대지 않으마. 그리고 가축 중에는 쥐색 종마만 가져가겠다. 어차피 그 말은 땅을 가는 데 쓸모가 없으니.」

이반은 웃었다.

「그럼 뭐 그렇게 해. 내가 가서 말을 준비시킬게.」

그렇게 해서 따라스는 재산 일부를 취했다. 따라스는 곡식을 가지고 도시로 갔다. 그가 쥐색 종마도 가지고 갔기 때문에 이반에게는 늙은 암말 한 필만 남았다. 그래도 그는 예전처럼 농사를 지으며 부모를 봉양했다.

## 2

형제들이 재산 분할 문제로 싸우지 않고 우애 있게 헤어진 것을 본 늙은 악마는 배알이 뒤틀려서 수하의 악귀 셋을 불렀다.

「이것 좀 봐라. 무사 세뮨, 배불뚝이 따라스, 바보 이반, 이렇게 세 형제가 산다. 형제가 다퉈야 하는데 사이좋게 지내는구나. 서로 도우면서 말이야. 바보 놈 하나가 일을 죄다 망쳐 놓았어. 그러니 너희가 가서 손 좀 봐줘야겠다. 셋이 서로 눈을 파먹기라도 할 듯이 싸우게 만들라는 말이야. 할 수 있겠나?」

「그럼요.」

「어떻게 할 셈이냐?」

「이렇게 해보죠. 먼저 세 형제를 모두 망하게 하면 먹을 게 없어지지요. 그런 다음 한데 모이게 하면 치고받고 싸울 겁니다.」

「좋아. 너희들이 일을 어떻게 하는지 아는구나. 그럼 가봐. 세 형제를 다투게 하기 전에는 돌아오지 마라. 그랬다가는 너희 셋 모두 껍질을 벗겨 버릴 테니.」

악귀들은 늪에 모여 일을 어떻게 해낼지 의논했다. 그들은 서로가 좀 더 쉬운 일을 맡으려고 싸우고 또 싸우다가 결국 제비뽑기로 일을 나누기로 했다. 누군가 먼저 일을 완수하면 다른 쪽 일을 돕기로 했다. 악귀들은 제비를 뽑고 언제 다시 늪에서 모일지 시간을 정했다. 그때 가서 누가 일을 마쳤고 누구를 도와주러 가야 할지 알 수 있을 것이었다.

시간이 흘러 정해진 때가 오자 악귀들이 약속대로 늪에 모였다. 그리고 누구 일이 어떻게 되어 가는지 얘기했다. 첫 번째로 무사 세묜을 맡았던 악귀가 이야기를 시작했다.

「내 일은 잘되어 가고 있어. 내일이면 세묜이 아버지를 찾아갈 거야.」

다른 악귀들이 물었다.

「어떻게 했길래?」

「먼저 세묜에게 과감함을 심어 주었지. 그가 왕에게 세계를 정복하겠다고 약속하자 왕이 세묜을 장수로 임명해 인도로 출정시켰어. 격돌을 앞두고 두 군대가 모였지. 그날 밤 난 세묜의 군대에 있는 화약에 물을 뿌려서 죄다 못쓰게 만들어 놓았어. 그런 다음 인도 왕에게 가서는 짚으로 병사를 만들어 주었지. 진짜인지 가짜인지 알아보기 힘들었을 거야. 사방에서 짚으로 만든 군인들이 몰려드는 걸 보고 세묜의 병사들은 그만 겁을 먹어 버린 거지. 게다가 무사 세묜이 공격을 하라고 했는데 대포며 총이며 다 말을 안 듣는 거야. 병사들이 기겁을 해서는 양처럼 도망치더군. 그렇게 인도 왕이 그들을 무찔렀지. 무사 세묜의 명예는 땅에 떨어지고 영지도 박탈됐어. 내일 처형될 거야. 그 전에 내게 남은 일은 그를 감옥에서 꺼내어 집으로 도망치게 하는 거지. 그러니 내일이면 내 일은 끝나. 그럼 이제 너희 둘 중 내가 누구를 도우러 가야 하지?」

따라스에게 갔던 다른 악귀가 자기 얘기를 늘어놓았다.

「난 안 도와줘도 돼. 내 일도 잘되어 가고 있어서 따라스는 앞으로 일주일도 못 버틸 거야. 난 먼저 그의 배를 부르게 하고 질투심을 심어 주었지. 가지지 못한 재물에 대한 질투가 어찌나 엄청난지 그는 보는 족족 사고 싶어 하더군. 보이는 것, 보이지 않는 것 가리지 않고 수중의 돈을 다 써가며 사들이고도 멈추지 않는 거야. 이제는 빚을 내서까지 사들이고 있어. 이미 많은 돈을 얻어 쓰고 엉망진창이 되었으니 곤경에서 벗어나지 못할 거야. 일주일 후에 돈을 갚아야 하는데 난 그의 물건을 모두 쓰레기로 만들어 버릴 거거든. 그럼 빚을 갚지 못하고 아버지에게 가겠지.」

다음은 이반에게 다녀온 세 번째 악귀 차례였다.

「그래, 네 일은 어떻게 되어 가고 있어?」

「그게, 내 일은 잘 풀리지가 않네. 먼저 난 그놈의 끄바스 항아리에 침을 뱉아 복통이 나게 하고는 밭에 가서 땅을 돌처럼 단단하게 만들어 놓았지. 쟁기질을 할 수 없도록 말이야. 그런데 이 바보가 쟁기를 들고 가서는 씨름을 하는 게 아니겠어. 배가 아파 끙끙거리면서도 죽자고 쟁기질을 하더군. 그래서 내가 그 쟁기를 부러뜨려 줬지. 그랬더니 바보 놈이 집으로 가 다른 걸 가지고 와서는 다시 밭을 가는 거야. 내가 땅속으로 들어가 쟁기 머리 부분을 잡았는데도 도무지 멈추게 할 재간이 없더군. 머리 부분이 어찌나 날카로운지 내 손만 온통 베이고 말았어. 그렇게 그놈이 밭을 갈아서 이제는 한 이랑만 남겨 둔 상태야. 형제들, 너희들이 와서 도와줘. 우리가 그놈을 이기지 못하면 모든 노력이 수포로 돌아간다고. 만일 그 바보가 계속 농사일을 해나간다면 그 사람들은 부족함을 모를 거야. 이반이 형들을 먹여 살릴 테니 말이야.」

무사 세묜을 맡은 악귀가 이튿날 도우러 가기로 약속하고 악귀들은 헤어졌다.

## 3

이반은 한 이랑만 빼고 밭을 다 갈았다. 그는 밭을 마저 다 갈 생각으로 일하러 나갔다. 배가 아팠지만 밭을 갈아야 했다. 이반은 말을 채찍질하고 쟁기를 뒤집은 후 일을 시작했다. 그런데 한 번 갈고 반대 방향으로 돌았을 때 마치 무슨 뿌리에라도 걸린 것처럼 쟁기가 말을 듣지 않았다. 쟁기가 둘로 갈라지는 부분에 악귀가 발을 끼워 끌어당기고 있었던 것이다. 〈이상하네! 여기 뿌리가 없었는데 새로 생겼나?〉 이반은 고랑에 손을 넣어 더듬었다. 뭔가 물컹한 게 손에 잡혔다. 이반은 그걸 잡아서 끌어냈다. 뿌리처럼 보이는 검은 것이었지만 뿌리에서 뭔가 꼼지락거렸다. 자세히 들여다보니 살아 있는 악귀였다.

「어이쿠! 역겨워라!」 이반은 악귀를 쳐 죽이려고 쟁기 날을 치켜들었다. 그러자 악귀가 앵앵대며 애원했다.

「날 죽이지 마. 뭐든 해줄게.」

「뭘 해준다는 거지?」

「뭐든 원하는 걸 말만 해.」

이반은 머리를 긁적이다가 말했다.

「배, 내 배가 아픈데 낫게 해줄 수 있어?」

「그럼.」

「어서 해봐.」

악귀는 고랑으로 몸을 굽혀 손톱으로 여기저기 찾더니 세 가닥으로 갈라진 뿌리 하나를 캐내어 이반에게 건넸다.

「자, 이 뿌리를 하나만 먹어도 무슨 병이든 나을 거야.」

이반이 뿌리를 찢어 한 가닥 먹자 즉시 복통이 사라졌다.

「이제 날 놓아줘.」 악귀가 다시 애원했다. 「땅속으로 들어가서 다시는 나다니지 않을게.」

「그래, 그럼 하느님이 너와 함께하시기를!」

이반이 신의 이름을 말하자마자 악귀는 마치 돌이 물속에 빠지듯 곧바로 땅속으로 사라지고 거기에는 그저 구멍만이 남았다.

이반은 남은 뿌리 두 가닥을 모자에 넣고 밭을 마저 갈기 시작했다. 이랑 끝까지 가서 쟁기를 뒤집은 후 집으로 향했다. 말을 풀고 집에 들어가 보니 큰형 세묜이 형수와 함께 저녁을 먹고 있었다. 영지를 박탈당하고 겨우 감옥에서 도망쳐 나와 아버지 집에 살러 온 참이었다.

세묜이 이반을 보고 말했다.

「난 여기 살러 왔다. 그러니 새로운 자리를 찾을 때까지 네가 나랑 형수를 먹여 살려 다오.」

「그래. 여기서 지내.」

이반이 식탁에 앉으려고 하자 귀부인인 형수가 정색을 했다. 이반에게서 나는 냄새가 싫었던 것이다. 그녀는 남편에게 말했다.

「냄새나는 농사꾼과는 같이 식사할 수 없어요.」

무사 세묜이 말했다.

「내 마나님이 네게서 안 좋은 냄새가 난다고 하시는구나. 넌 현관방에서 밥을 먹지그래.」

「그러지 뭐.」 이반이 대답했다. 「어차피 밤에 할 일도 있고. 말이 풀을 뜯도록 풀어 놔야 하거든.」

이반은 빵과 까프딴을 집어 들고 야간 방목을 하러 갔다.

## 4

그날 밤 무사 세묜을 맡았던 악귀는 임무를 마치고 약속대로 바보를 괴롭히는 걸 돕기 위해 이반을 맡은 악귀를 찾아갔다. 밭에 도착한 악귀는 찾고 또 찾았지만 아무 데도 동료는 없었다. 구멍만 발견했을 뿐이었다. 〈보아하니 안 좋은 일이 일어난 모양이야. 내가 대신 해야겠군. 밭은 다 갈았으니 풀을 벨 때 바보를 괴롭혀야겠다.〉

악귀는 초원으로 가서 이반이 풀을 벨 곳에다가 물을 범람시켰다. 초원은 온통 흙탕물로 덮였다. 이반은 새벽녘에 야간 방목에서 돌아와 낫을 간 후 풀을 베러 초원으로 갔다. 초원에 도착한 이반이 풀을 베기 시작했다. 한 번 휘두르고 두 번을 휘둘렀다. 그런데 날이 무딘 것이 도무지 베어지지가 않았다. 날을 갈아야 할 것 같았다. 이반은 애를 쓰고 용을 쓰다가 말했다.

「안 되겠네. 집에 가서 숫돌을 가져와야겠다. 빵도 가져오고. 일주일을 고생하게 되더라도 풀을 다 벨 때까지는 여길 떠나지 않을 거야.」

악귀는 이반의 말을 듣고 생각에 잠겼다. 〈저 바보 놈이 아주 벽창호군. 요지부동인걸. 다른 방법을 찾아야겠다.〉

집에 다녀온 이반은 낫을 갈아 풀을 베기 시작했다. 악귀는 풀 속에 몸을 숨기고 낫의 자루 부분을 잡아서 앞부리가 땅을 찌르도록 했다. 이반은 힘들었지만 그래도 풀베기를 거의 다 마쳤다. 늪지대의 땅만 조금 남았을 뿐이었다. 악귀는 늪으로 살짝 몸을 숨기며 생각했다. 〈손이 잘리는 한이 있어도 저놈이 풀베기를 끝내게 할 수는 없지.〉

늪지대로 간 이반이 둘러보니 풀이 무성하지는 않았는데 그럼에도 낫이 잘 들지 않았다. 이반은 화가 나서 힘을 다해 팔을 휘둘렀다. 그러다 보니 오히려 악귀의 힘이 빠져 결국에는 낫을 제때 피하지 못했다. 상황이 좋지 않음을 깨달은 악귀는 덤불 속으로 몸을 숨겼다. 이반은 열심히 낫질을 하다가 덤불도 벴는데 그때 악귀의 꼬리 반쪽이 잘려 나가고 말았다. 악귀의 훼방에도 불구하고 이반은 풀베기를 마치고 누이에게 풀을 거두라고 이른 후 이번에는 호밀을 베기 위해 큰 낫을 들고 나섰다.

그렇지만 꼬리가 잘린 악귀가 이미 거기 당도해 호밀밭을 엉망으로 만들어 놓은 뒤였다. 낫이 들어가지 않았다. 이반은 다른 낫을 들고 돌아와 호밀을 열심히 베기 시작했다. 어느새 호밀밭이 깨끗해지자 이반이 중얼거렸다.

「자, 이제 귀리 차례다.」

이 말을 들은 꼬리 잘린 악귀는 생각했다. 〈내가 호밀은 막지 못했지만 귀리는 가만두지 않을 테다. 아침까지만 기다려라.〉

이튿날 아침 일찍 악귀는 귀리밭으로 달려갔다. 그러나 귀리는 이미 다 베어진 후였다. 낟알이 조금이라도 더 떨어지는 걸 막기 위해 이반이 밤새 베어 버렸던 것이다. 악귀는 머리끝까지 화가 치밀었다.

「저 바보 놈이 날 상처투성이로 만들고 아주 들볶아 죽이는구나. 전쟁터에서도 이런 수모를 겪은 적이 없는데! 저 망할 놈이 잠도 안 자니 제대로 쫓아다닐 수가 있나! 좋아, 그럼 이번에는 낟가리를 다 망쳐 놓겠어.」

악귀는 이제 호밀을 더미로 쌓아 둔 곳으로 가서 낟가리 사이에 숨어들었다. 그러고서 낟가리를 썩히기 시작했는데 열을 내어 낟가리를 데우는 동안 몸이 따뜻해져 저도 모르게 그만 잠이 들고 말았다.

한편 이반은 말을 수레에 매고 누이와 함께 낟가리를 나르러 갔다.

낟가리 쪽으로 간 이반은 호밀 한 단을 수레에 던져 넣었다. 그런 다음 또 한 단을 던져 넣는데 쇠스랑이 악귀의 엉덩이를 정통으로 찔렀다. 이반이 들어 올려 보니 쇠스랑 끝에 살아 있는, 그것도 꼬리가 잘린 악귀가 매달린 채 도망가려고 버둥대며 몸부림을 치고 있었다.

이반이 소리쳤다.

「어이쿠! 역겨워라! 또 너냐?」

「아니, 난 개가 아냐. 걔는 내 형제지. 난 네 큰형 세묜에게가 있었어.」

「뭐, 네가 거기에 있었든 말든 네게도 똑같이 해주마!」

이반이 악귀를 이랑에 내동댕이쳐 죽이려고 하자 악귀가 애원했다.

「날 놓아줘. 그럼 다시는 나타나지 않을게. 그리고 네가 원하는 걸 뭐든 해주지.」

「네가 뭘 해줄 수 있는데?」

「난 뭘로든 병사를 만들 수 있어.」

「그걸 어디다 쓰는데?」

「네가 원하는 걸 시키면 돼. 뭐든 할 수 있거든.」

「노래도 할 줄 아나?」

「당연하지.」

「음, 그럼 어디 만들어 봐.」

그러자 악귀가 말했다.

「자, 여기 호밀 한 단을 집어 땅에 대고 흔들면서 이렇게 말하기만 하면 돼. 〈내 하인이 명령한다. 너희는 짚단이 아니다. 지푸라기 하나하나 병사가 되어라.〉」

이반이 짚단을 들어 땅에 대고 흔들며 악귀가 말한 대로 하자 짚단이 흩어져 튀더니 병사로 변했다. 고수와 나팔수가 앞장서서 연주를 했다. 이반은 웃음을 터뜨렸다.

「이것 보게. 신기한걸! 멋져!」 이반이 말했다. 「아가씨들이 좋아하겠군.」

「그럼 이제 날 놓아줘.」 악귀가 애원했다.

「아니, 난 오래된 짚으로만 병사들을 만들 거야. 안 그러면 괜히 곡식을 버리게 될 테니. 이제 어떻게 하면 다시 짚단으로 돌려놓는지 가르쳐 줘. 그래야 탈곡을 하지.」

악귀가 말했다.

「이렇게 말해. 〈병사 수만큼 짚으로 변해라. 내 하인이 말한다. 다시 짚단이 되어라!〉」

이반이 그렇게 말하자 병사들은 다시 짚단이 되었다.

악귀는 다시 애원했다.

「이제 날 놓아줘.」

「그래, 그럼.」

이반은 악귀를 수레의 가로목에 걸고 손으로 눌러 쇠스랑에서 벗겨 낸 다음 말했다.

「하느님이 너와 함께하시기를.」

이반이 신의 이름을 말하자마자 악귀는 마치 돌이 물속에 빠지듯 곧바로 땅속으로 사라지고 거기에는 그저 구멍만이 남았다.

이반이 집으로 돌아오자 집에는 작은 형 따라스가 형수와 함께 앉아 저녁을 먹고 있었다. 배불뚝이 따라스가 빚을 갚지 못하고 달아나 아버지에게로 온 것이었다. 따라스가 이반을 보고 말했다.

「이반, 내 장사가 다시 잘될 때까지 네가 나랑 형수를 좀 먹여 살려 다오.」

「그래. 여기서 지내.」

이반이 까프딴을 벗고 식탁에 앉자 상인의 아내가 말했다.

「난 바보와는 밥을 먹을 수 없어요. 게다가 냄새도 고약하잖아요.」

배불뚝이 따라스가 말했다.

「이반, 네게서 안 좋은 냄새가 난다. 현관방에 가서 밥을 먹지그래.」

「그러지 뭐.」 이반이 빵을 들고 뜰로 나가며 대답했다. 「마침 밤에 방목도 해야 하고 말이야. 말이 풀을 뜯도록 풀어 놔야 하거든.」

## 5

그날 밤 따라스를 맡았던 악귀가 임무를 마치고 약속대로 동료들을 도와 바보 이반을 괴롭히기 위해 왔다. 밭에 도착해 동료들을 찾고 또 찾았지만 아무도 보이지 않고 구멍만 하나 덩그러니 보일 뿐이었다. 초원에 갔더니 늪에 꼬리가 있었고 수확이 끝난 호밀밭에는 또 다른 구멍이 하나 더 있었다. 〈보아하니 안 좋은 일이 일어난 모양이야. 내가 대신 해야겠군. 바보를 손봐 줘야지.〉

악귀는 이반을 찾아나섰다. 이반은 벌써 들판 일을 마치고 숲에서 나무를 베고 있었다. 형제들이 함께 살며 집이 비좁아지자 형들이 바보에게 나무를 베어 새집을 지으라고 시킨 것이다.

악귀는 숲으로 가서 큰 가지 사이에 몸을 숨기고 이반이 나무 베는 걸 훼방 놓기 시작했다. 이반은 나무가 공터에 쓰러지도록 제대로 베었지만 나무는 넘어져야 할 곳으로 넘어지지 않고 다른 나무들에 걸렸다. 이반은 지렛대로 쓸 나무를 베어 굴렸다. 그런 다음 다시 나무를 베기 시작했지만 마찬가지였다. 아무리 애를 쓰고 용을 써도 허사였다. 세 번째 나무와도 씨름을 했지만 역시 마찬가지였다. 쉰 그루를 벨 생각이었는데 열 그루도 못 베고 밤이 되었다. 게다가 이제는 이반도 기진맥진했다. 밤안개가 숲에 퍼지고 그의 몸에서는 땀이 뻘뻘 났다. 그는 포기하지 않고 또 나무 한 그루를 베었지만 힘이 빠져서 허리가 굽었다. 결국 이반은 도끼를 내려놓고 앉아 쉬었다. 이반이 잠잠해지자 악귀는 매우 기뻤다. 〈그래, 이제 힘이 다 빠져서 그만두는구나. 그럼 나도 좀 쉬어야겠다.〉 악귀는 나뭇가지에 앉아 즐거워했다. 그런데 별안간 이반이 벌떡 일어나더니 도끼를 집어 들고 반대편에서부터 팔을 휘두르며 나무를 내리쳤다. 나무는 곧 우지끈 소리를 내며 넘어가더니 쿵 하고 쓰러졌다. 이반의 행동을 짐작도 하지 못한 악귀가 미처 발을 빼기도 전에 나뭇가지가 부러지며 악귀의 손이 끼이고 말았다. 이반이 나뭇가지를 치우며 보니 살아 있는 악귀가 있는 것이 아닌가. 이반은 깜짝 놀랐다.

「어이쿠! 역겨워라! 그런데 또 너냐?」

「난 걔가 아냐. 난 네 형 따라스에게 가 있었어.」

「뭐, 네가 누구든 네게도 똑같이 해주마!」

이반은 악귀를 쳐 죽이려고 도끼를 휘둘렀다. 그러자 악귀가 애원했다.

「날 죽이지 말아. 네가 원하는 걸 해줄게.」

「네가 뭘 해줄 수 있는데?」

「난 네가 원하는 만큼 돈을 만들어 줄 수 있어.」

「그래? 그럼 해봐!」

악귀가 설명했다.

「여기 참나무에서 잎을 떼어 낸 다음 손에 문질러. 그러면 땅에 금덩이가 쏟아질 거야.」

이반이 잎을 떼어서 손에 문지르자 정말로 금덩이가 쏟아졌다.

「야, 이거 아이들하고 산책 나가서 놀 때 좋겠는데.」
「이제 날 놓아줘.」 악귀가 애원했다.
「그래, 그럼.」 이반은 지렛대를 들어 올려 악귀를 자유롭게 해주었다. 「하느님이 너와 함께하시기를!」
이반이 신의 이름을 말하자마자 악귀는 마치 돌이 물속에 빠지듯 곧바로 땅속으로 사라지고 거기에는 그저 구멍만이 남았다.

## 6

형제들은 집을 지어 따로 살기 시작했다. 추수를 마친 이반은 맥주를 만들어 형들을 초대했다. 하지만 아무도 오지 않았다.
「농부들 잔치는 본 적이 없어서.」
그래서 이반은 농부들과 아낙들을 대접하고 자신도 마셨다. 그러고는 술에 취해 춤을 추러 밖으로 나갔다. 둥글게 둘러서서 춤을 추는 아낙들에게 다가가 이반은 노래를 불러 달라고 부탁했다.
「노래를 불러 주면 너희들이 여태껏 살아오면서 구경도 못 해본 걸 줄게.」
아낙네들은 까르르 웃음을 터뜨리더니 노래를 불렀다.
「자, 그럼 어서 줘.」
「잠깐만 기다려. 가져다줄게.」 이반은 바구니를 집어 들고 숲으로 뛰어갔다.
「아휴, 저 바보!」 아낙들은 웃고는 이반에 대해서는 잊어

버렸다.

그런데 얼마간 시간이 흐른 후 보니 어느새 이반이 뭔가를 가득 담은 바구니를 들고 돌아와 있었다.

「이제 나눠 줄까?」

「그래.」

이반은 금을 한 주먹 쥐어서 아낙들에게 던졌다. 세상에! 아낙들은 돈을 주우려고 몸을 던졌다. 남정네들도 뛰어들어 서로 잡아당기고 빼앗느라 정신이 없었다. 그 와중에 한 노파는 깔려 죽을 뻔했다. 이반은 웃음을 터뜨렸다.

「아, 한심한 사람들 같으니! 왜 할머니를 넘어뜨리고 그래. 좀 살살 해요. 더 줄 테니.」 그러고는 금덩이를 더 던져 주었다. 사방에서 사람들이 몰려들고 이반은 바구니에 든 금덩이를 전부 내던졌다. 사람들이 더 달라고 아우성을 치자 이반은 말했다.

「이게 다야. 다음에 또 줄게. 이제 춤추자. 노래도 불러 줘.」

아낙들이 노래를 부르자 이반이 말했다.

「너희 노래는 별로야.」

아낙들이 대꾸했다.

「그럼 더 좋은 노래 있어?」

「내가 지금 보여 주지.」

이반은 탈곡장으로 가서 짚단을 하나 빼내 바닥에 세우고 두드리며 말했다.

「내 하인이 명령한다. 너희는 짚단이 아니다. 지푸라기 하나하나 병사가 되어라.」

그러자 짚단이 흩어져 튀어 오르더니 병사로 변해 북을 치고 나팔을 불었다. 이반은 병사들에게 노래를 부르게 하고는 함께 밖으로 나갔다. 사람들은 깜짝 놀랐다. 병사들이 노래를 마치자 이반은 그들을 다시 탈곡장으로 데리고 갔다. 누구도 따라오지 말라고 하고서 그는 병사들을 다시 짚단으로 바꾸어 낟가리 위에 던져 놓았다. 그런 다음 집으로 돌아가 헛간에 누워 잠을 잤다.

## 7

이튿날 아침 맏형 세몬이 이 일을 알게 되었다. 무사 세몬은 이반을 찾아가 말했다.

「내게 털어놔라. 병사들을 어디서 데려와서 어디로 데려간 거냐?」

「그게 형과 무슨 상관이야?」

「무슨 상관이냐니? 병사들이 있으면 뭐든 할 수 있다고. 왕국도 손에 넣을 수 있는걸.」

이반은 그 말을 듣고 깜짝 놀랐다.

「정말? 아니, 그런 말을 왜 이제야 해? 형이 원하는 만큼 만들어 줄게. 많이 탈곡해 두었는데 다행이네.」

이반은 형을 탈곡장으로 데리고 갔다.

「내가 하는 걸 잘 봐. 그런 다음 형이 병사들을 데리고 떠나. 여기서 병사들을 먹인다면 우리 마을은 하루 만에 거덜 날 거야.」

무사 세몬이 병사들을 데리고 떠나겠다고 약속하자 이반은 병사를 만들어 내기 시작했다. 짚단을 바닥에 치자 중대가 되었다. 또 한 단을 치자 중대가 하나 더 생겼다. 그렇게 해서 이반은 들판을 가득 채울 정도로 많은 병사를 만들어 냈다.

「어때? 이 정도면 되겠어?」

세몬은 뛸 듯이 기뻐하며 대답했다.

「응. 고맙다, 이반.」

「그래. 더 필요하면 와. 내가 또 만들어 줄게. 마침 짚도 많으니까 말야.」

무사 세몬은 군대를 정비하고 훈련을 시킨 후 전쟁을 하러 나갔다.

무사 세몬이 떠나자마자 배불뚝이 따라스가 왔다. 따라스 역시 어제 일을 듣고 아우에게 부탁을 하러 온 것이다.

「어떻게 금화를 갖게 됐는지 내게 알려 줘. 내게 그렇게 돈이 많다면 세상의 돈을 모두 끌어모을 수 있을 거야.」

이반은 그 말을 듣고 깜짝 놀랐다.

「세상에! 진작 말하지. 형이 원하는 만큼 만들어 줄게.」

형은 기뻐했다.

「세 바구니면 된다.」

「그러지 뭐. 그럼 나랑 숲에 가자. 아니, 말을 데리고 가는 게 좋겠어. 그냥은 못 들고 올 테니까.」

형제는 숲으로 갔다. 거기서 이반이 참나무 잎사귀를 문지르기 시작하자 금이 우르르 쏟아졌다.

「어때? 이 정도면 되겠어?」

따라스는 뛸 듯이 기뻐했다.

「당분간은 이거면 되겠어. 고맙다, 이반.」

「그래. 더 필요하면 와. 내가 또 만들어 줄게. 잎이야 많으니까.」

배불뚝이 따라스는 수레 가득 돈을 싣고는 장사를 하러 떠났다.

그렇게 두 형이 모두 떠났다. 무사 세묜은 전쟁을 했고, 배불뚝이 따라스는 장사를 했다. 무사 세묜은 왕국을 쟁취했고, 배불뚝이 따라스는 큰 재산을 모았다.

시간이 흐른 후 두 형이 모여서 어떻게 병사와 돈을 얻었는지 서로 털어놓았다.

무사 세묜이 동생에게 말했다.

「난 싸움으로 왕국을 얻어 만족스럽게 살고 있다. 문제는 단 하나, 병사를 먹일 돈이 부족해.」

배불뚝이 따라스도 말했다.

「난 재산을 산더미같이 모았어. 문제는 단 하나, 돈을 지켜줄 사람이 없어.」

그러자 무사 세묜이 말했다.

「우리 이반을 찾아가자. 난 이반에게 병사를 더 만들어 달라고 한 다음 돈을 지킬 사람이 필요한 네게 줄게. 넌 이반에게 돈을 더 만들어 달라고 해. 그럼 그 돈으로 내가 병사를 먹이면 되잖아.」

그렇게 해서 그들은 이반을 찾아갔다. 이반을 만난 세묜이 말했다.

「동생, 병사가 부족해. 그러니 내게 병사를 더 만들어 줘. 낟가리 두 단만이라도 병사로 만들어 다오.」

이반은 고개를 흔들었다. 「어림없는 소리. 형에게는 더 이상 병사를 만들어 주지 않을 거야.」

「무슨 말이냐? 네가 약속해 놓고.」 형이 물었다.

「약속은 했지. 하지만 이제 안 만들어 줘.」

「그러니까 왜 안 만들어 주겠다는 거냐고, 이 바보야.」
「왜냐하면 형 병사들이 사람들을 죽였으니까. 얼마 전에 내가 밭을 갈고 있는데 한 아낙이 울부짖으며 관을 끌고 가더라고. 누가 죽었느냐고 내가 물었지. 그랬더니 그 여자 말이, 전쟁터에서 세몬의 병사들이 남편을 죽였다는 거야. 난 병사들이 노래를 부를 줄 알았는데 사람을 죽였잖아. 더 이상은 안 만들어 줘.」
그렇게 이반은 고집을 피웠다.
배불뚝이 따라스는 바보 이반에게 금화를 더 만들어 달라고 졸랐지만 이번에도 이반은 고개를 흔들었다.
「어림없는 소리. 더 이상 만들어 주지 않을 거야.」
「무슨 말이냐? 네가 약속해 놓고.」
「약속은 했지. 하지만 이제 안 만들어 줘.」
「그러니까 왜 안 만들어 주겠다는 거냐고, 이 바보야.」
「왜냐하면 형의 금화가 미하일네 집 암소를 빼앗아 갔기 때문이야.」
「빼앗아 가다니, 무슨 말이냐?」
「빼앗아 간 거지. 미하일네 집에는 암소가 있어서 그 집 아이들이 우유를 마실 수 있었어. 그런데 얼마 전에 그 집 아이들이 내게 와서는 우유를 달라는 거야. 내가 물었지. 〈너희 집 암소는 어디 가고?〉 그랬더니 배불뚝이 따라스네 집사가 와서 엄마에게 금화 세 닢을 주고 암소를 가지고 가버려서 더 이상 마실 게 없다는 거야. 난 금화를 가지고 놀려는 줄 알았는데 아이들에게서 암소를 빼앗았잖아. 더 이상은 안 만들어 줘.」
그렇게 바보는 고집을 피웠다. 형들은 떠나야만 했다.

두 형제는 문제를 어떻게 해결해야 할지 의논했다. 세묜이 말했다.

「이렇게 하자. 네가 내게 돈을 주는 거야. 그럼 난 그걸로 병사들을 먹이고 난 네게 병사들과 함께 왕국의 절반을 줄게. 그럼 네 돈을 지킬 수 있지.」

따라스는 찬성했다. 형제는 나눠 가졌고 그렇게 해서 둘 다 왕이 되고 부자가 되었다.

## 8

한편 이반은 여전히 집에서 부모와 함께 살며 부모를 봉양하고 벙어리 누이와 밭에서 일했다.

그러던 어느 날 이반네 집을 지키는 늙은 개가 병이 났다. 옴이 옮아 죽게 된 것이었다. 개가 불쌍해서 이반은 누이의 빵을 모자에 넣어 개에게 가져다가 던져 주었다. 그런데 모자가 구멍투성이라 빵과 함께 뿌리 한 가닥이 떨어졌다. 늙은 개는 빵과 함께 그 뿌리를 먹었다. 뿌리를 삼키자마자 개는 벌떡 일어나 껑충껑충 뛰고 컹컹 짖어 대며 꼬리를 흔들었다. 건강해진 것이다.

그 모습을 본 아버지와 어머니는 깜짝 놀라 물었다.

「얘야, 어떻게 개를 고친 거니?」

이반이 대답했다.

「어떤 병이든 낫게 해주는 뿌리가 제게 두 가닥 있었어요. 그런데 개가 그중 하나를 먹었네요.」

이즈음 공주가 앓아눕는 일이 생겼다. 왕은 딸을 고치는 자에게는 상을 줄 것이며 만일 그가 총각이라면 공주를 그에게 시집보낸다는 방을 도시며 마을마다 내걸었다. 이반의 마을에도 방이 내려왔다.

이반의 부모는 아들을 불러 말했다.

「왕의 약속을 너도 들었지? 네게 뿌리가 있다고 했으니 가서 공주를 고쳐 주렴. 그러면 넌 평생 행복해질 거다.」

「그러지요.」 이반이 대답했다.

그렇게 해서 이반은 떠날 채비를 했다. 옷을 갖춰 입은 이반이 현관으로 나서는데 바로 앞에 손마디가 굽은 거지 여자가 서 있었다.

「듣자 하니 병을 고쳐 준다면서? 내 손을 고쳐 줘요. 혼자서는 신발도 못 신는다오.」 거지 여자가 말했다.

「그러지요.」 이반이 대답했다.

그는 뿌리를 꺼내서 거지 여자에게 주고 삼키라고 말했다. 뿌리를 삼키자 거지 여자는 건강해졌고 바로 손을 움직일 수 있게 되었다. 왕에게 가는 아들을 배웅하기 위해 나오던 이반의 부모는 이반이 하나 남은 뿌리를 써버리는 바람에 왕의 딸을 치료할 수 없게 되었다는 사실을 알게 되었다. 부모는 이반을 나무랐다.

「거지 여자는 불쌍하고 공주는 불쌍하지 않다는 말이냐!」

그러자 이반은 공주도 불쌍해졌다. 이반은 말을 준비하고 상자에 짚을 넣더니 말에 올라탔다.

「바보야, 어딜 가는 거냐?」

「공주를 고치러 가요.」

「고칠 약도 없지 않느냐?」

「그렇네요.」 이렇게 말하고 이반은 말을 몰았다.

궁궐에 도착한 이반이 문지방을 넘자마자 공주의 병이 나았다.

왕은 매우 기뻐하며 이반을 불러다가 멋진 옷을 입히고는 말했다.

「내 사위가 되어 주게.」

「그러지요.」 이반이 대답했다.

이반이 공주와 결혼한 지 얼마 지나지 않아 왕이 죽었다. 이반은 왕이 되었다. 그렇게 해서 세 형제 모두 왕이 되었다.

## 9

세 형제는 왕이 되어 나라를 다스리며 살았다.

맏형인 무사 세몬은 잘살았다. 그는 지푸라기 병사들 외에도 진짜 병사들을 모았다. 열 집마다 한 명씩 키가 크고 살갗이 희며 얼굴이 훤한 병사를 징집했다. 그런 병사를 많이 모아서 모두 훈련시켰다. 그리고 누가 무슨 일로 반대를 하면 바로 그 병사들을 보내어 자기 마음대로 했다. 모두가 그를 무서워하기 시작했다.

그의 삶은 윤택했다. 무엇이든 생각만 하면, 무엇이든 눈만 돌리면 그의 것이 되었다. 병사를 보내면 그가 필요한 건 뭐든 빼앗아서 대령했다.

배불뚝이 따라스도 잘살았다. 이반에게 받은 돈을 잃기는커녕 크게 불렸다. 그는 왕국에 질서를 잘 세웠다. 가진 돈은 궤짝에 보관했고 사람들에게서 돈을 더 거두어들였다. 그는 농노와 보드까와 맥주에 세금을 매겼고 결혼식과 장례식은 물론 각종 통행세에, 짚신이며 각반이며 짚신 끈에까지 세금을 매겨 돈을 걷어 갔다. 뭐든 원하면 그의 것이 되었다. 모두 그에게 갖다 바칠 돈이 필요했기에 사람들은 힘들게 일해야 했다.

바보 이반의 삶도 나쁘지 않았다. 장인을 묻자마자 이반은 왕의 옷을 벗어 아내에게 주어 궤짝에 넣도록 했다. 그러고는 다시 마로 짠 옷을 입고 짚신을 신고서 일하러 갔다. 이반은 말했다.

「심심해. 밥맛도 없고 잠도 못 자는데 배만 나오네.」

이반은 부모와 벙어리 여동생을 데려와서 다시 일하기 시작했다.

사람들이 그에게 말했다.

「그래도 왕인데!」

그러면 이반은 말했다.

「그래서 어쩌라고. 왕도 먹고살아야지.」

대신이 와서 말했다.

「급여를 줄 돈이 없습니다.」

「그래서 어쩌라고. 없으면 주지 마.」

「그러면 일을 안 할 겁니다.」

「그래서 어쩌라고. 일하지 말라고 해. 그러면 더 자유롭게 일하게 되겠지. 거름을 나르라고 해. 많이들 쌌으니.」

사람들이 이반에게 시시비비를 가려 달라고 찾아왔다.

「저놈이 내 돈을 훔쳤습니다.」

그러자 이반이 말했다.

「그래서 어쩌라고. 그 말은 저 사람에게 돈이 필요하다는 뜻이잖아.」

이제 이반이 바보라는 걸 모두가 알게 되었다. 아내가 그에게 말했다.

「사람들이 당신보고 바보래요.」

이반이 대답했다.

「그래서 어쩌라고.」

아내는 생각하고 또 생각했다. 그녀 역시 바보였다.

〈내가 어떻게 남편의 뜻을 거스를 수가 있겠어. 바늘 가는 데 실도 가는 법.〉

그녀는 왕비 옷을 벗어 궤짝에 집어넣고는 벙어리 처녀에게 일을 배우러 갔다. 일을 다 배운 다음에는 남편을 돕기 시작했다.

그러는 사이 똑똑한 사람들이 모두 떠나고 이반의 왕국에는 바보들만 남았다. 돈을 가진 사람이 아무도 없었다. 그들은 일을 해 자급자족하고 선한 사람들을 부양하며 살았다.

## 10

늙은 악마는 수하 악귀들이 세 형제를 어떻게 파멸시켰는지 궁금해하며 기다리고 또 기다렸지만 아무 소식도 없어서 결국 직접 찾아나서기로 했다. 그렇지만 아무리 찾아 헤매도 도무지 보이지 않았다. 늙은 악마가 발견할 수 있었던 것은 구멍 세 개뿐이었다. 악마는 생각했다. 〈해내지 못했군. 내가 직접 나서야겠다.〉

악마는 형제들부터 찾아봤지만 예전에 그들이 살던 곳에서는 찾을 수 없었다. 알고 보니 모두 왕이 되어 있었다. 셋다 나라를 다스리고 있었던 것이다. 늙은 악마는 격노했다.

「내가 직접 본때를 보여 주마.」

그는 먼저 세묜 왕에게 갔다. 악마의 모습이 아닌 군 사령관으로 변신해 세묜 왕을 찾아가 말했다.

「세묜 폐하, 폐하께서 위대한 무사라는 얘기를 들었습니다. 저 역시 전술이라면 제대로 배웠기 때문에 폐하를 위해 일하고 싶습니다.」

세묜은 이것저것 물어보고 그가 똑똑한 사람이라는 생각이 들어서 받아들였다.

새 사령관은 세묜에게 강한 군대를 만들기 위해서는 어떻게 해야 하는지 가르쳐 주었다.

「먼저 병사를 더 많이 모아야 합니다. 그러지 않으면 폐하의 왕국에서 많은 사람들이 허튼짓을 할 겁니다. 젊은이들을 가리지 않고 징집해 들여야 합니다. 그러면 폐하의 군대가 지금보다 다섯 배는 커질 겁니다. 두 번째로는 총과 대포를 새로 만들어야 합니다. 제가 폐하에게 새 총을 만들어 드리지요. 그 총은 한 번에 1백 발을 쏠 수 있어 총알이 마치 콩알처럼 떨어져 내릴 겁니다. 대포는 불바다가 되는 것으로 만들어 드리지요. 사람이든 말이든, 심지어는 벽까지도 모두 태워 버리는 것으로 말입니다.」

새 사령관의 말을 귀담아들은 세묜 왕은 젊은이들을 몽땅 군인으로 징집하라는 명령을 내리고 새 공장을 지어 새로운 총과 대포를 만들어서는 이웃 나라에 쳐들어갔다. 적군이 나오자마자 세묜 왕은 병사들에게 총과 대포를 발사하라고 명령했다. 즉시 많은 사상자가 났고 적군의 반이 불타 버렸다. 이웃 나라 왕은 겁에 질려 항복하고 왕국을 넘겼다. 세묜 왕은 매우 기뻐했다.

「이제는 인도 왕을 굴복시키겠다.」

그런데 인도 왕은 세묜 왕의 소식을 듣고 그가 한 일을 전부 따라 했다. 게다가 그에 그치지 않고 자기만의 생각으로 새로운 방법을 고안해 내기까지 했다. 젊은이만 군대로 징집한 것이 아니라 미혼인 처자들까지 죄다 징집해서 세묜 왕의 군대보다 더 큰 군대를 만든 것이다. 총과 대포도 모두 세묜 왕의 것을 본뜨고 거기에 더해 공중을 날아가 위에서 폭탄을 떨어뜨리는 방법도 고안했다.

인도 왕을 무찌르러 나간 세묜 왕은 이번에도 이전처럼 금방 끝나리라고 생각했다. 그러나 인도 왕은 세묜의 군대가 총을 쏠 수 있는 거리에 들어오기도 전에 처자들을 공중으로 날려 보내 세묜의 군대에 폭탄을 떨어뜨리게 했다. 처자들은 바퀴벌레 무리에 붕산을 퍼붓듯 공중에서 세묜의 군대에 폭탄을 던져 댔다. 세묜의 군대는 모두 사방으로 뿔뿔이 도망갔고 세묜 왕 혼자 남았다. 인도 왕은 세묜의 왕국을 정복했고 무사 세묜은 도망쳤다.

이렇게 만형을 손본 늙은 악마는 다음으로 따라스 왕을 찾아갔다. 이번에는 상인으로 변신해서 따라스의 왕국에 정착해 사업을 하며 돈을 풀었다. 상인이 어떤 물건에든 높은 값을 쳐주자 모두 이익을 보려고 그에게 몰려들었다. 그렇게 해서 돈이 넘쳐 나게 되니 사람들은 모든 채무를 변상하고 모든 세금을 제때 내게 되었다.

따라스 왕은 매우 기뻐했다. 〈상인에게 고맙구나. 이제 내 돈은 더 많아지고 삶도 더 윤택해지겠어.〉

그는 새로운 계획을 짜내어 궁전을 새로 짓기 시작했다.

사람들에게 나무와 석재를 가져오도록 해서 노역을 시키고 임금을 높게 책정했다. 예전처럼 모두가 돈을 벌기 위해 떼로 일하러 올 것이라고 따라스 왕은 생각했다. 그러나 모든 나무와 석재는 상인에게 가고 일꾼들도 죄다 상인에게로 몰리는 것이 아닌가. 따라스 왕은 임금을 더 높였지만 그러면 상인도 더 올렸다. 따라스 왕에게는 돈이 많았지만 상인에게는 더 많아서 왕의 가격을 따돌렸다. 궁전은 지을 수 없었다. 따라스 왕은 정원을 생각해 냈다. 가을이었다. 따라스 왕은 사람들에게 정원에 나무를 심으러 오라고 했지만 아무도 오지 않았다. 모두들 상인의 연못을 파러 간 것이다. 겨울이 왔다. 따라스 왕은 새 외투를 만들기 위해 담비 가죽을 사려고 했다. 사람을 보냈더니 심부름꾼이 돌아와서 말했다.

「담비가 없습니다. 모피는 모두 상인이 사들였습니다. 더 비싸게 사들여서 그걸로 양탄자를 만들었답니다.」

따라스 왕이 종마를 사들이려고 했다. 사람을 보냈더니 심부름꾼이 돌아와 하는 말이, 좋은 종마는 모두 상인이 사들였고 그의 연못에 물을 대기 위해 물을 나르고 있다고 했다. 왕이 하는 일은 모두 중단되었다. 아무도 그의 일을 하지 않았다. 모두 상인의 일을 했다. 사람들은 세금을 낼 때에만 상인에게서 번 돈을 그에게 가져왔다.

그렇게 왕의 돈은 점점 더 늘어 갔지만 둘 곳이 없었고 삶도 나빠져만 갔다. 왕은 더 이상 새로운 계획을 짜지 않았다. 그저 어떻게 하면 살아갈 수 있을까만 생각했으나 그조차도 가능하지 않았다. 모든 게 엉망이 되어 갔다. 요리사에 마부며 하인들까지 그를 떠나 상인에게 갔다. 먹을 것이 부족해졌다. 먹을 걸 사러 사람을 시장에 보내도 상인이 죄다 먼저 사버려서 아무것도 없었다. 사람들은 그에게 그저 세금만 낼 뿐이었다.

따라스 왕은 화가 나서 상인을 외국으로 쫓아내 버렸다. 그러나 상인은 국경에 자리 잡고 똑같은 짓을 했다. 여전히 사람들은 돈을 좇아 왕을 떠나 상인에게 모든 걸 가져갔다. 왕의 형편은 완전히 악화되어 며칠이고 먹지 못하는 일이 생겼다. 게다가 상인이 으스대며 왕비를 사겠다고 한다는 소문도 돌았다. 소심해진 따라스 왕은 안절부절못했다.

그런 그에게 무사 세묜이 와서 말했다.

「나 좀 도와줘. 전쟁에서 인도 왕에게 졌어.」

그러나 따라스 왕 역시 최악의 상황이었다. 그가 말했다.

「나는 이틀이나 먹지 못했어.」

## 11

두 형제를 해치운 늙은 악마는 마지막으로 이반에게 갔다. 이번엔 사령관으로 변신해 군대를 만들라고 이반을 꾀었다.

「왕에게 군대가 없다니 어울리지 않습니다. 제게 명령만 내려 주시면 백성들 중에 병사들을 모아 군대를 만들어 드리겠습니다.」

이반이 대답했다.

「그러지 뭐. 만들어서 노래를 잘 부르게 가르쳐 봐. 난 그걸 좋아하거든.」

늙은 악마는 이반의 왕국을 다니며 지원병을 모집했다.

머리를 밀고 병사가 되면 보드까 10쉬또프[1]와 붉은 모자를 준다고 선포했다.

바보들을 웃음을 터뜨렸다.

「술이라면 많이 있어. 우리가 직접 빚거든. 그리고 모자는 아낙네들이 뭐든 만들어 주는걸. 알록달록한 모자도 만들어 주고 술도 달아 주는데 뭘.」

아무도 자원하지 않았다. 늙은 악마는 이반을 찾아갔다.

「아무도 자원을 하지 않습니다. 백성들이 아주 바보예요. 힘으로 밀어붙여야겠습니다.」

「그러지 뭐. 힘으로 해봐.」

늙은 악마는 모두 병사로 입대해야만 한다고 선포했다. 그렇게 하지 않으면 이반이 죽음을 내릴 것이라고 했다.

바보들이 사령관을 찾아와 말했다.

「우리가 입대하지 않으면 왕이 우리를 죽일 거라고 하는데 병사가 되면 우리에게 어떤 일이 일어날지는 말해 주지 않았어. 듣자 하니 병사가 되면 죽는다던데.」

「그렇지. 피할 수 없지.」

그 말을 들은 바보들은 고집을 피웠다.

「군대 안 가. 차라리 집에서 죽는 게 낫지. 뭐 어차피 죽음은 피할 수 없잖아.」

「이런 바보들 같으니라고!」 늙은 악마는 소리쳤다. 「병사가 되면 죽임을 당할 수도 있고 아닐 수도 있어. 하지만 입대하지 않으면 이반 왕이 무조건 죽음을 내린다니까.」

바보들은 생각을 해보더니 바보 이반에게 물으러 갔다.

1 *shtof*. 과거 제정 러시아에서 사용한 부피 단위. 1쉬또프는 약 1.23리터이다.

「사령관의 얘기로는 우리가 모두 입대를 해야 한대요. 만일 병사가 되면 죽을 수도 있고 그렇지 않을 수도 있지만 병사가 되지 않으면 이반 왕이 죽음을 내린다고 하던데 사실인가요?」

이반이 웃음을 터뜨렸다.

「내가 어떻게 사람들 모두를 죽일 수가 있담? 내가 바보가 아니라면 어떻게 설명을 해보련만 나도 이해가 안 되는 일이라.」

「그럼 우리는 입대 안 해요.」 사람들이 말했다.

「그러지 뭐. 가지 마.」

바보들은 사령관을 찾아가 입대하지 않겠다고 말했다.

일이 잘 풀리지 않자 늙은 악마는 이웃 따라깐[2] 왕에게 가서 그를 꾀었다.

「전쟁을 해서 이반 왕을 무찌릅시다. 이반네 나라에 돈은 없지만 곡식이나 가축이나 다른 건 풍부합니다.」

따라깐 왕은 전쟁을 일으켰다. 대군을 조성하고 총과 대포를 마련해 국경을 넘어 이반의 왕국을 침략한 것이다.

사람들이 이반에게 가서 말했다.

「따라깐 왕이 전쟁을 하러 오고 있습니다.」

「그러라지 뭐. 놔둬.」 이반의 대답이었다.

따라깐 왕은 군대를 이끌고 국경을 넘어 정찰대를 보내서는 이반의 군대를 염탐하게 했다. 그러나 찾고 또 찾아도 군대는 보이지 않았다. 기다리고 또 기다려도 군대가 나타나지 않는 것이었다. 게다가 군대에 대한 소문조차 없었으니 싸울

2 *tarakan*. 러시아어로 〈바퀴벌레〉를 뜻한다.

상대가 없었다. 따라깐 왕은 군대를 보내 마을을 점령하게 했다. 병사들이 한 마을에 당도하자 바보들이 뛰쳐나와 병사들을 보며 신기해했다. 병사들은 바보들에게서 곡식과 가축을 빼앗았다. 바보들은 순순히 내주었고 아무도 저항하지 않았다. 다른 마을에 가도 마찬가지였다. 이렇게 하루가 가고 이틀이 갔다. 어디를 가도 똑같았다. 모두 다 그냥 내주었고 아무도 저항하지 않았으며 도리어 병사들에게 자기들과 같이 살자고 제안하기까지 했다.

「너희들 나라에서 사는 게 힘들면 여기 와서 눌러살아.」

병사들이 여기저기 다녀도 군대는 보이지 않았다. 사람들은 모두 평화롭게 살며 스스로는 물론 다른 사람들까지 먹이며 살아가고, 그들을 봐도 방어하려 들지 않으며 도리어 자기네들과 같이 살자고 했다.

병사들은 심심해져서 따라깐 왕에게 가 말했다.

「여기서는 싸울 수가 없습니다. 우리를 다른 곳으로 보내주십시오. 전쟁을 하면 좋겠지만 이건 뭐 칼로 물 베기 같으니 도저히 싸울 수가 없어요.」

화가 난 따라깐 왕은 병사들에게 왕국 전체를 휘젓고 다니면서 마을과 집을 부수고 곡식을 불태우며 가축을 죽이라고 명령했다.

「만일 내 명령을 거역하면 전부 다 처형할 테다.」

병사들은 기겁해서 왕의 분부대로 했다. 집을 부수고 곡식을 태웠으며 가축을 죽였다. 그래도 역시 바보들은 저항하지 않고 울기만 할 따름이었다. 노인들이 울고, 노파들도 울었으며, 어린아이들도 구슬프게 울었다.

「왜 우리를 이렇게 못살게 구는 거지? 왜 잔인하게 부수는 거야? 필요하면 그냥 가져가.」

병사들의 마음이 무거워졌다. 그들은 더 이상 진군하지 않았다. 그리고 전 군대가 뿔뿔이 흩어졌다.

## 12

그렇게 해서 병사로는 이반을 어찌하지 못한 채 늙은 악마는 물러나야 했다.

그래서 이번에는 말쑥한 신사로 변신해 이반의 왕국에 나타나 살았다. 배불뚝이 따라스에게 그랬던 것처럼 돈으로 어찌해 볼 심산이었다.

「저는 폐하에게 부를 일구어 드리고 싶고 지혜와 지식을 가르쳐 드리고 싶습니다. 또 집도 지어 드리고 싶고 공장도 만들어 드리고 싶습니다.」 그가 이반에게 말했다.

「그러지 뭐. 그럼 여기서 살아.」

말쑥한 신사는 하룻밤을 자고 이튿날 아침 광장에 나갔다. 금을 넣은 커다란 자루와 종이를 손에 든 채였다.

「너희들은 모두 돼지처럼 살아왔다. 그래서 내가 너희들에게 어떻게 살아야 하는지 가르쳐 주려 한다. 먼저 이 계획대로 집을 지어라. 일을 하면 가르쳐 주고 돈도 주지.」

그런 다음 금을 보여 주자 바보들은 놀랐다. 그도 그럴 것이 그들의 공장에는 돈이 없었고 여태껏 서로 물물 교환이나 품앗이로 돈을 대신해 왔기 때문이다. 금을 처음 봤으니 놀랄 수밖에 없었다.

「멋진 물건인걸!」

그들은 금을 얻기 위해 신사에게 물건을 주고 일을 해주게 되었다. 늙은 악마가 따라스에게 했던 것처럼 금을 풀자 사람들은 그에게 온갖 물건을 가져오고 온갖 일을 했다. 늙은 악마는 기뻐하며 생각했다. 〈드디어 일이 제대로 풀려 가는구나! 이제 바보도 끝장내 주겠어. 따라스에게 했던 것처럼 다 사들여야지.〉

금화가 잔뜩 생기자 바보들은 목걸이로 만들어 쓰라고 아낙네들에게 나눠 주었고 처녀들은 머리에 장식품으로 금화를 달았으며 아이들은 길에서 금화를 가지고 놀았다. 모두에게 금이 많아지자 그들은 더 이상 금을 가져가지 않았다. 그런데 말쑥한 신사의 대저택은 아직 반도 지어지지 않았고 곡식과 가축 역시 아직 1년치도 확보되지 않은 상태였다. 신사는 사람들에게 일하러 오라고, 또 곡식과 가축을 가지고 오라고 했다. 뭐든 가지고 오면, 또 무슨 일이든 하면 금화를 많이 주겠다고 꾀었다.

하지만 아무도 일하러 오지 않았고 아무것도 가져오지 않았다. 가끔 사내아이나 계집아이가 달걀을 가지고 와서 금화와 바꿔 가기는 했지만 그게 다였다. 그는 먹을 것이 아무것도 없게 되었다. 말쑥한 신사는 배를 곯았고 음식을 사 먹기 위해 마을을 돌았다. 어느 집에 들어가 닭 한 마리에 금화 한 닢을 건넸다. 그렇지만 안주인은 받지 않았다.

「금화라면 많아.」

찢어지게 가난한 농부 집에 간 악마는 청어를 사면서 금화를 내밀었다.

「친절한 양반, 난 괜찮아. 나한테는 애도 없고 놀아 줘야 할 사람도 없어. 그런데도 이 귀중한 걸 세 닢이나 가지고 있는걸.」

악마는 빵을 얻으려고 어느 농부의 집에 갔다. 농부도 돈을 받지 않았다.

「난 필요 없수다. 하느님의 이름으로 잠깐 기다리슈. 마누라보고 빵을 좀 썰어 오라고 할 테니.」

이 말에 악마는 침을 뱉고 농부에게서 달아났다. 〈하느님의 이름〉으로 뭔가 받을 생각도 없거니와 그 단어를 듣는 것 자체가 악마에게는 칼보다도 끔찍한 일이었던 것이다.

그렇게 해서 악마는 빵을 구할 수 없었다. 모두가 풍족했다. 늙은 악마가 어디를 가든 그 누구도 돈에 뭔가를 파는 법이 없었다. 그들은 모두 이렇게 말했다.

「뭔가 다른 걸 가져오거나 일을 해. 아니면 하느님의 이름으로 받든지.」

그러나 악마에게는 돈 말고는 아무것도 없었고 일을 하고 싶지도 않았다. 더욱이 하느님의 이름으로 뭘 받는다는 것은 어림도 없는 일이었다. 늙은 악마는 화가 잔뜩 나서 말했다.

「뭐가 더 필요하지? 내가 돈을 줄게. 금이라면 뭐든 살 수 있고 일꾼도 쓸 수 있다고.」

그러나 바보들에게는 먹히지 않았다.

「아냐. 우리에게는 필요 없어. 살 것도 없고 세금 낼 일도 전혀 없는걸. 그런데 돈을 어디에다 쓰라고?」

저녁을 먹지 못한 채 늙은 악마는 자려고 누웠다.

이 일은 바보 이반의 귀에까지 들어갔다. 사람들이 그에게 가서 물었던 것이다.

「우리가 어떻게 하면 좋을까요? 말쑥한 신사가 나타났어요! 달콤한 걸 먹고 마시는 걸 좋아하고 말쑥하게 차려입는 건 좋아하는데 도통 일하려 들지는 않아요. 게다가 하느님의 이름으로 청하는 법도 없고 그저 금덩이만 주려고 하네요. 처음에 금이 없었을 때는 우리도 그 신사에게 이것저것 주었지만 이제는 더 이상 주지 않아요. 우리가 그 신사에게 어떻게 해야 할까요? 저러다 굶어 죽을까 걱정스럽네요.」

이반은 끝까지 듣고 말했다.

「그럼 음식을 줘야지. 집집마다 돌아다니면서 목동 일을 하게 해.」

어쩔 수 없이 늙은 악마는 집집마다 돌아다니게 되었다.

그러다가 이반 집 차례가 되었다. 늙은 악마가 밥을 먹으러 갔을 때 이반의 집에서는 벙어리 처녀가 식사 준비를 하고 있었다. 그녀는 게으름뱅이들에게 자주 속고는 했다. 일은 않고 일찌감치 식사하러 와서는 밥만 축내는 놈들이 있었던 것이다. 그래서 벙어리 처녀도 역시 게으름뱅이들의 손을 보고 상황을 파악하는 꾀가 생겼다. 손에 물집이 생겼으면 새 밥을 주고 그렇지 않으면 먹다 남은 밥을 주었다. 늙은 악마가 식탁에 와서 앉자 벙어리 처녀가 그의 손을 잡아 들여다보았다. 물집은커녕 깨끗하고 매끄러운 손이었고 손톱도 길었다. 벙어리 처녀는 탄식을 하고는 악마를 식탁에서 끌어냈다.

이반의 아내가 그에게 말했다.

「죄송하지만, 말쑥한 신사 양반, 우리 시누이는 손에 물집이 생기지 않은 사람은 식탁에 앉히지 않는답니다. 조금만 기다려요. 다른 사람들이 다 먹고 나면 남은 밥을 줄 테니 그걸 먹어요.」

늙은 악마는 왕의 집에서 자신이 돼지처럼 대접받는 데 마음이 상했다. 그는 이반에게 말했다.

「모두가 손을 놀려 일해야 한다니 참으로 바보 같은 법입니다. 폐하는 정말 멍청한 법을 생각해 내신 겁니다. 대체 사람이 손으로만 일을 한답니까? 똑똑한 자들이 어떻게 일하는지 생각해 보신 적이 있습니까?」

이반이 대답했다.

「우리 바보들이 어찌 알겠어. 우리는 모두 손이 부르트도록 열심히 일할 뿐이야.」

「그야 바보들이니까 그렇지요. 하지만 제가 가르쳐 드리죠. 머리를 써서 일하는 방법을 말입니다. 그러면 폐하도 손을 써서 일하는 것보다 그게 낫다는 것을 알게 될 겁니다.」

이반은 깜짝 놀랐다.

「그래? 우리가 달리 바보라 불리는 게 아니군!」

그러자 늙은 악마가 말했다.

「머리로 일하는 게 쉬운 건 아닙니다. 지금 폐하는 제 손에 물집이 없다고 음식을 주지 않으시지만 머리를 써서 일하는 게 백배는 어렵다는 걸 모르십니다. 어쩔 때는 골이 지끈거리기도 하지요.」

이반은 생각에 잠겼다.

「당신은 왜 스스로를 괴롭히지? 머리가 지끈거린다면 어떻게 그게 손을 써서 일하는 것보다 낫다고 할 수 있다는 거야? 차라리 쉬운 일을 하는 게 나아. 손이 부르트도록 일하는 거지.」

「제가 스스로를 괴롭히는 이유는 바보들을 불쌍히 여기기 때문이지요. 만일 제가 스스로를 괴롭히지 않는다면 여러분은 평생을 바보로 살게 될 테니까요. 하지만 저는 머리를 써서 일해 왔으니 이제 가르쳐 드리겠다는 겁니다.」

이반이 놀라 말했다.

「가르쳐 줘. 다음에 손이 지치면 머리를 써야겠네.」

악마가 가르쳐 주기로 약속하자 이반은 전국에 방을 붙였다. 말쑥한 신사가 나타났는데 모두에게 머리를 써서 일하는 방법을 가르쳐 줄 것이고, 머리를 쓰면 손으로 하는 것보다 더 많은 일을 할 수 있다고 하니 와서 배우라는 내용이었다.

이반의 왕국에는 높은 망루가 하나 있었는데 거기에는 곧게 뻗은 계단이 있고 그 위에 탑이 솟아 있었다. 이반은 모두가 볼 수 있도록 그리로 신사를 데려갔다.

신사는 망루에 서서 말하기 시작했다. 모여든 바보들은 신사가 손 없이 머리로 어떻게 일을 하는지 직접 보여 주리라 생각했다. 그러나 늙은 악마는 어떻게 하면 일하지 않고 평생 살 수 있는지 말로만 가르치는 것이었다.

바보들은 하나도 이해하지 못했다. 다들 신사를 멍하니 바라보다가 자기 일을 하러 돌아갔다.

악마는 하루 종일 망루에 서서 줄곧 떠들기만 했다. 배가 고파졌지만 바보들은 망루에 있는 그에게 빵 조각을 가져다 줄 생각을 못 했다. 그가 손보다 머리로 더 일을 잘할 수 있다고 하니 빵도 머리로 쉽게 구할 수 있으리라고 그들은 생각했다. 그다음 날도 늙은 악마는 망루의 탑에 서서 줄곧 떠들어 댔다. 사람들은 다가가서 쳐다보고 또 쳐다보다가 흩어졌다.

이반이 물었다.

「그래, 신사가 머리로 일을 하기 시작했나?」

「아니요. 아직도 떠들기만 해요.」

그다음 날도 하루 종일 망루의 탑에서 떠들어 댄 늙은 악마는 힘이 빠졌다. 그는 휘청거리다가 머리를 기둥에 부딪치고 말았다. 그걸 본 바보 하나가 이반의 아내에게 얘기했고 그러자 이반의 아내는 밭에서 일하는 남편에게 뛰어갔다.

「보러 가요. 드디어 신사 양반이 머리를 써서 일하기 시작했대요.」

이반은 깜짝 놀랐다.

「정말?」

그가 말을 돌려 망루로 갈 때까지 늙은 악마는 굶주린 탓에 기력을 잃고 비틀대면서 기둥에 머리를 부딪쳐 댔다. 이반이 도착했을 때는 급기야 걸려 넘어져 쿵쿵 굴러떨어지고 있었다. 계단을 머리로 들이받으며 떨어지는 모양새가 마치 층계가 모두 몇 개나 되는지 숫자를 세는 것 같았다.

「정말이군그래. 말쑥한 신사가 말한 대로야. 다음번에는 머리가 아플 거라더니 말야. 저런 일을 하다가는 물집 정도가 아니라 머리에 혹이 생기겠군.」 이반이 말했다.

늙은 악마는 계단 아래로 떨어져 머리를 땅에 박았다. 그가 일을 많이 했는지 보기 위해 이반이 그에게 다가려는데 갑자기 땅이 갈라지더니 늙은 악마가 그 사이로 자취를 감추었다. 그리고 그 자리에는 구멍만이 남았다.

이반은 머리를 긁적였다.

「어이쿠! 역겨워라! 또 그놈이군! 분명 그놈들 아비일 거야. 질기기도 하지!」

그렇게 이반은 여태 살고 있으며 사람들은 그의 왕국으로 몰려들고 있다. 그에게 찾아간 형들도 그는 먹여 살리고 있다. 누가 찾아가서 〈날 좀 먹여 살려 줘요〉라고 하면 그는 대답한다.「그러지 뭐. 여기서 살아. 여긴 뭐든 많으니까.」

단, 이반의 왕국에는 아직도 한 가지 풍습이 지켜지고 있다. 손에 물집이 생긴 자는 식탁에 앉고 그렇지 않은 자는 남이 남긴 밥을 먹는다는 것이다.

1885년

# 신부 세르게이

# 1

1840년대 빼쩨르부르그에서 모두를 놀라게 한 사건이 발생했다. 궁정 소속인 기병 중대 끼라시르 부대의 지휘관으로, 향후 니꼴라이 1세의 시종 무관 자리를 차지함은 물론 빛나는 경력을 쌓으리라 모두가 예상했던 미남 공작이, 황후의 총애를 받는 미녀 여관(女官)과의 결혼을 한 달 앞두고 전역하더니 약혼녀와 관계를 끊고 작은 영지도 누이에게 준 다음 수도사가 되겠다며 수도원으로 떠나 버린 것이다. 이는 그 내면의 동기를 알지 못하는 사람들에게는 불가사의하고 이상한 사건으로 비쳤지만 스쩨빤 까사쯔끼 공작 그 자신에게는 너무나 자연스러운 일이었다. 그렇게 하지 않는다면 다른 어떤 행동을 취할 것인지 그는 상상도 할 수 없었다.

근위대의 대령으로 퇴역한 스쩨빤 까사쯔끼의 아버지는 아들이 열두 살일 때 죽었다. 어머니로서는 아들을 집에서 내보낸다는 것이 무척이나 내키지 않았지만 자신이 죽으면 아들을 집에 붙잡아 두지 말고 사관 학교에 보내라는 남편의 유지를 거역할 수가 없어서 그를 사관 학교에 보냈다. 미망인 자신은 딸 바르바라와 함께 뻬쩨르부르그로 이주해 아들이 사는 도시에 살면서 휴일에 아들을 보았다.

소년은 뛰어난 재능과 강한 자존심으로 두각을 나타냈다. 그는 학문, 특히 그가 각별히 좋아한 수학을 비롯해 전투 훈련과 승마에서 늘 1등 자리를 지켰다. 평균보다 큰 키에도 그는 아름답고 민첩했다. 행실에서도 역시 그는 급한 성미만 제외하면 더없이 모범적인 사관생도였다. 술을 마시지도 않았고 방탕한 생활을 하지도 않았으며 아주 성실했다. 그가 모범이 되는 걸 방해하는 단 하나의 요소는 가끔 튀어나오는 분노의 표출이었다. 그럴 때면 자제심을 완전히 상실하고 야수가 되는 것이었다. 한번은 다른 사관생도를 창문 밖으로 내던질 뻔한 일도 있었다. 자신이 수집한 광물을 놀렸다는 이유에서였다. 정말 큰일이 날 뻔한 일도 있었다. 약속을 지키지 않았다는 이유로 취사병에게 커틀릿 요리가 담긴 접시를 통째로 던지고 장교에게 달려들어 면전에 대고 욕을 하며 두들겨 팬 것이다. 사관 학교장이 일을 덮고 취사병을 내보내지 않았으면 아마도 그는 사병으로 강등되었을 터였다.

열여덟 살 되던 해에 그는 귀족 근위대의 장교로 임관했다. 니꼴라이 빠블로비치 황제는 그가 사관 학교에 다닐 때부터 그를 알고 있었고 그 후 근위대에 있을 때도 눈여겨보았다. 사람들은 그가 시종 무관이 되리라 예견했다. 그건 까사쯔끼도 매우 원하는 바였다. 하지만 그가 그것을 원한 이유가 공명심 때문만은 아니었다. 그는 사관 학교에 다닐 때부터 열렬히, 실로 열렬히 니꼴라이 황제를 사모했던 것이다. 니꼴라이 황제가 사관 학교에 올 때마다(그는 자주 사관 학교를 찾았다), 콧수염 위 매부리코와 볼수염을 짧게 다듬고 군인이 입는 프록코트를 입은 그 키 큰 인물이 경쾌한 발걸음으로 사관 학교에 들어서서 가슴을 쭉 내밀고 힘찬 목소리로 사관생도들과 인사를 나눌 때마다, 까사쯔끼는 사랑에 빠진 자의 환희를 느꼈다. 그건 나중에 그가 사랑의 대상을 만났을 때 느낀 감정과 같았다. 니꼴라이 황제에 대한 그의 환희에 찬 사랑의 감정은 강해져만 갔다. 그는 황제에게 자신의 한없는 충성심을 보여 주고 싶었고 그를 위해 무엇이든, 자기 자신까지도 희생할 각오가 되어 있었다. 니꼴라이 황제 또한 자신이 그에게 그러한 감정을 불러일으킨다는 사실을 알고 있었고 의식적으로 촉발시키기도 했다. 그는 사관생도들을 주위에 두고 놀이를 즐겼다. 때로는 아이처럼 순진하게, 때로는 친구처럼, 때로는 위엄 있게 그들을 대했다. 장교와의 사건이 있었을 때, 니꼴라이 황제는 까사쯔끼에게 아무 말도 하지 않았다. 하지만 까사쯔끼가 가까이 다가가자 황제는 과장된 손짓으로 그를 물리치며 얼굴을 찌푸리고 손가락으로 경고의 표시를 했다. 그런 다음 떠나면서 이렇게 말했다.

「난 모든 걸 알고 있다네. 어떤 일은 알고 싶지 않지. 그래도 다 여기 있네.」 그는 자신의 심장을 가리켰다.

졸업생이 된 사관생도들이 황제를 알현하는 자리에서 황제는 더 이상 그 일을 언급하지 않았다. 황제는 늘 그랬듯이 그들에게 필요한 일이 있으면 직접 찾아오라고 말했다. 그리고 황제와 조국에 충성해 달라고, 그러면 자신도 그들에게 언제나 친구로 남을 것이라고 말했다. 늘 그랬듯이 모두가 감동했다. 까사쯔끼는 지난 일들을 떠올리며 눈물을 흘렸고 사랑하는 황제를 위해 온몸을 바쳐 충성하겠다고 서약했다.

까사쯔끼가 부대로 떠나자 그의 모친은 딸과 함께 처음에는 모스끄바로, 그다음에는 시골로 이사했다. 까사쯔끼는 자기 재산의 절반을 누이에게 주었다. 남은 절반은 그가 복무하는 화려한 부대에서 겨우 생활할 수 있는 정도였다.

겉으로 보기에 까사쯔끼는 경력을 쌓아 가는 아주 평범한 젊은 근위병이었다. 그러나 그 내면에서는 복잡한 싸움이 벌어지고 있었다. 어릴 때부터 그가 하는 일은 다양해 보였지만 본질적으로는 모두 하나로 수렴되었다. 어떤 일이든 그에게 주어지면 그는 완벽과 성공을 추구했다. 그래서 다른 사람들이 칭찬하고 놀라야만 했다. 그게 공부나 학문이면 그는 그걸 붙잡고 사람들이 칭찬하고 귀감으로 삼을 때까지 매진했다. 하나를 이루고 나면 다른 걸 잡았다. 그렇게 그는 학문에서 최고가 되었다. 사관 학교에 있을 때 한번은 자신이 프랑스어 회화에 능숙하지 못하다는 사실을 깨닫고 러시아어처럼 능숙해질 때까지 프랑스어에 매진했다. 그 후에는 체스에 매진해서 사관 학교를 졸업하기 전에 체스의 달인이 되었다.

황제와 조국을 위한 복무라는 본분 외에도 그는 언제나 목표를 세웠다. 그리고 그게 아무리 하찮은 것이라도 매진해서 이뤄 낼 때까지 그것만을 위해 살았다. 세운 목표를 달성하면 곧바로 그의 의식 속에서는 다른 목표가 자라나 이전의 목표를 대체했다. 그건 돋보이고자 하는 노력이었고, 돋보이기 위해서는 세운 목표를 달성해야 한다는 생각이 그의 삶을 지배했다. 장교로 임관됐을 때도 그는 업무를 최대한 완벽하게 숙지하자는 목표를 세웠고 매우 빠른 시간 안에 본보기가 되는 장교가 되었다. 역시 급한 성미를 억제하지 못하고 근무 중에 어리석은 행동, 성공에 방해가 되는 행동을 하기도 했지만 말이다. 그다음에는 사교계에서 대화를 나누다가 교양이 부족하다는 사실을 깨닫고 교양을 보충하기 위해 독서에 열중해서 원하는 바를 완수했다. 그다음에는 상류 사회에서 빛나는 위치를 차지해야겠다는 생각에 빠져서 춤을 멋지게 추는 법을 배웠고 그러자 곧 성대한 무도회와 연회에서 그를 초대해 댔다. 그러나 그는 그 정도에 만족하지 않았다. 그는 최고가 되는 데 익숙했다. 이 정도로는 최고가 되기에 턱도 없이 부족했다.

당시 상류 사교계는, 사실 당시뿐 아니라 언제 어디서나 마찬가지지만 다음 네 가지 부류의 사람들로 이루어져 있다고 나는 생각한다. 먼저 부유한 궁정 귀족들, 두 번째로 부유하지는 않지만 궁정에서 태어나 자란 사람들, 세 번째는 궁정 귀족들의 환심을 사려는 부자들, 마지막으로 부유하지도 않고 궁정 귀족도 아니면서 첫 번째와 두 번째 부류의 사람들에게 아첨하는 인간들. 까사쯔끼는 첫 번째나 두 번째 부류와 어울릴 수 없었다. 그를 기꺼이 받아들인 건 뒤의 두 부류였다. 사교계에 발을 들여놓으며 그는 사교계 여자와 교제하겠다는 목표를 세웠는데 그 목표는 그 자신도 놀랄 만큼 빨리 달성되었다. 그러나 그는 자신과 어울리는 사람들의 계급이 낮다는 사실을 곧바로 깨달았다. 최상류층이 함께하는 모임이 있긴 했지만 설령 그렇게 지체 높은 궁정 귀족들의 모임에 초대되더라도 그 일원이 될 수는 없었다. 그를 정중하게 대하면서도 그들은 자기네 부류에 속한 사람인지 아닌지를 구별했고 그는 결코 그 일원이 아니었다. 까사쯔끼는 그 일원이 되고 싶었다. 그러기 위해서는 시종 무관이 되든지(그는 그렇게 되길 고대했다) 아니면 그러한 부류의 사람과 결혼해야 했다. 그는 그렇게 하기로 결심했다. 그는 궁정 귀족의 자제인 미녀 아가씨를 골랐다. 그녀는 그가 들어가고자 하는 부류의 일원일 뿐만 아니라 최상류층에서 확고한 위치를 차지한 사람들조차도 가까워지고자 노력하는 사람이었다. 바로 꼬로뜨꼬바 공작 영애였다. 까사쯔끼가 꼬로뜨꼬바에게 구애하는 이유는 야심 때문만은 아니었다. 보기 드물게 매력적인 그녀를 그는 곧 사랑하게 되었다. 처음에 그녀는 그를 매우 차갑게 대했지만 나중에는 갑자기 태도가 돌변해서 상냥해졌다. 특히 그녀의 어머니는 자꾸만 그를 집에 초대했다.

까사쯔끼는 청혼했고 그녀는 받아들였다. 그처럼 큰 행복을 쉽게 얻은 데 그는 놀랐고 뭔가 특이하고 이상한 모녀의 태도에도 놀랐다. 사랑에 푹 빠져 눈이 멀었기 때문에 그는 도시의 거의 모든 사람들이 알고 있는 사실을 눈치채지 못하고 있었다. 자신의 약혼녀가 1년 전까지 니꼴라이 황제의 정부였다는 사실을 말이다.

## 2

결혼식이 열리기 2주 전 까사쯔끼는 짜르스꼬예 셀로에 있는 약혼녀의 별장에 있었다. 5월의 어느 무더운 날이었다. 약혼자와 약혼녀는 정원을 거닐다가 그늘이 드리워진 보리수 오솔길의 벤치에 앉았다. 하얀 모슬린 드레스를 입은 메리는 유난히 아름다웠다. 순수와 사랑의 체현 같았다. 그녀는 앉은 채로 고개를 떨구기도 하고 몸집이 큰 미남 약혼자를 쳐다보기도 했다. 약혼자는 말 한마디, 행동 하나로도 약혼녀의 천사 같은 순결함을 상하게 하거나 더럽히지나 않을까 염려하며 아주 부드럽고도 조심스럽게 그녀와 얘기했다. 까사쯔끼는 지금은 찾아볼 수 없는 1840년대 인물 유형에 속했다. 즉 자기 자신에게는 부도덕한 이성 관계를 의식적으로 허용하고 마음속으로도 비난하지 않는 반면 아내에게는 이상적이고 천사 같은 순결을 요구하며, 자신이 속한 사회 계층의 모든 여자가 그러한 최고의 순결을 간직하고 있다고 보고 그들을 그렇게 대했다. 그런 시각에 남자들이 스스로에게 방탕함을 허용하고 조장하는 그릇되고 유해한 요소가 존재하는 것은 사실이지만, 여자와의 관계를 보자면 그런 시각(여자를 짝을 찾는 암컷이라고 보는 요즘 젊은이들의 시각과는 확연히 다른)은 유익한 것일지 모른다. 그러한 신격화를 접하면 처녀들은 여신이 되려고 어느 정도 노력하는 법이다. 까사쯔끼는 여성에 대한 그런 시각을 견지하는 인물이었고 그렇게 자기 약혼녀를 바라보았다. 그날 그는 특히 더 강렬한 사랑의 감정을 느꼈지만 거기에 약혼녀에 대한 육욕은 전혀 없었다. 오히려 범접할 수 없는 대상을 보듯 감동의 눈길로 그녀를 바라보고 있었다.

그는 큰 몸을 쭉 펴고 일어서서 양손을 군도에 기대고 그녀 앞에 섰다.

「나는 이제야 사람이 경험할 수 있는 행복의 극치를 깨닫게 되었습니다.」 그는 말을 이으며 수줍게 미소 지었다. 「이건 그대가, 아니 당신이 내게 준 거야!」

그 전까지 그는 그녀에게 말을 놓지 않았었다. 정신적으로 그녀를 우러러보고 있던 때라 그 천사에게 감히 말을 놓기가 두려웠던 것이다.

「당신 덕분에 이제야 나 자신을 알게 되었어. 내가 생각보다 나은 사람이라는 걸.」

「난 이미 오래전부터 그걸 알고 있었어요. 그래서 당신을 사랑하게 되었고요…….」

꾀꼬리가 가까이에서 지저귀고 불어오는 산들바람에 싱그러운 나뭇잎이 수런댔다.

그녀의 손을 잡아 입을 맞추는 그의 눈가에 눈물이 고였다. 그녀는 알아차렸다. 그를 사랑하게 되었다는 말에 그가 감동받은 것이다. 그는 말없이 조금 걷다가 돌아와서 자리에 앉았다.

「아십니까? 아니, 알고 있소? 뭐 어떻게 말하든 간에 난 당신에게 목적을 가지고 접근했소. 상류 사회와 연을 맺고 싶었지. 하지만 곧…… 당신을 알게 된 후에는 당신과 비교해 그게 얼마나 하찮게 느껴지던지. 당신, 화내는 건 아니겠지?」

그녀는 대답하지 않고 다만 그의 손에 자기 손을 포갰다.

그는 그것이 〈아뇨, 화내지 않아요〉라는 뜻임을 알았다.

「그런데, 당신이 조금 전에 말하길…….」 너무 무례한 말을 하는 게 아닌가 싶어 그는 잠시 주저했다. 「당신이 날 사랑하게 됐다고 했는데, 이렇게 말하는 걸 용서하오. 난 그 말을 믿어. 그렇지만 뭔가, 그것 말고 다른 뭔가 당신 마음을 어지럽히며 흔들고 있소. 그게 뭐요?」

〈그래, 지금이 아니면 절대 말할 수 없을 거야.〉 그녀는 생각했다. 〈어차피 알게 될 일이야. 이제 그는 나를 떠나지 않아. 아, 그가 날 떠난다면 얼마나 끔찍할까!〉

그녀는 사랑에 가득 찬 눈길로 그의 크고 당당하며 힘 있는 모습을 바라보았다. 이제 그녀는 그를 니꼴라이 황제보다 더 사랑했다. 황제의 지위만 아니라면 그를 황제와 절대 바꾸지 않을 것이었다.

「들어 보세요. 난 거짓을 말할 수가 없어요. 모든 걸 말해야만 해요. 뭐냐고 물으셨죠? 사실 난 사랑을 했었답니다.」

그녀는 애원하는 몸짓으로 그의 몸에 손을 얹었다.

그는 아무 말도 하지 않았다.

「누구인지 알고 싶나요? 그래요, 황제 폐하, 바로 그분이에요.」

「우리는 모두 그분을 사랑하오. 분명 학교에 다닐 때 —」

「아니, 그 이후예요. 혹했던 거죠. 그리고 다 지나갔어요. 그러나 난 말해야만 해요…….」

「무슨 말을 한단 말이오?」

「그게, 그냥 단순한 사이가 아니었어요.」

그녀는 얼굴을 손으로 감쌌다.

「무슨 말이오? 몸이라도 줬다는 말이오?」

그녀는 대답하지 않았다.

「정부였소?」

그녀는 대답하지 않았다.

그는 벌떡 일어서서 그녀 앞에 섰다. 얼굴은 시체처럼 창백해졌고 턱뼈가 덜덜 떨렸다. 일전에 네쁘스끼 거리에서 마주친 니꼴라이 황제가 그에게 다정하게 축하 인사를 건네던 일이 떠올랐다.

「세상에, 내가 무슨 짓을 한 건지, 스찌바!」

「내게 손대지 마시오. 손대지 말라니까. 아, 이렇게 고통스러울 수가!」

그는 몸을 돌려 집으로 갔다. 거기서 그는 그녀의 어머니를 만났다.

「공작님, 무슨 일이죠? 난 ―」 그의 얼굴을 보고 그녀는 입을 다물었다. 갑자기 얼굴로 피가 확 쏠렸다.

「부인은 알고 있었죠? 알면서도 이 일을 덮으려고 한 거죠. 만약 부인이 여자만 아니라면……!」 그는 커다란 주먹을 그녀 위로 들어 올리며 소리치다가 몸을 돌려 뛰쳐나갔다.

약혼녀의 정부가 평민이었다면 그는 그를 죽였을 것이다. 그러나 정부는 바로 그가 사랑해 마지않는 황제였다.

이튿날 그는 휴가 및 퇴역 신청서를 내고 아무도 만나지 않기 위해 아프다고 한 뒤 시골로 떠났다.

그는 시골 영지에서 자기 일을 하면서 여름을 보냈다. 여름이 다 간 후에는 뻬쩨르부르그로 돌아가는 대신 곧장 수도원으로 가서 수도사가 되었다.

어머니는 그에게 편지를 써서 극단적인 행동을 하지 말라고 말렸다. 그는 신의 부름이 다른 어떤 생각보다 우선이라고, 그리고 자신은 그걸 느낀다고 답장에 썼다. 그와 마찬가지로 자존심과 공명심이 강한 누이만이 그를 이해했다.

그녀는 우월감에 사로잡힌 자들을 뛰어넘고자 수도사가 된 그의 선택을 이해했다. 그녀는 그를 제대로 이해한 것이다. 수도사가 된 그는 자신이 부대에서 복무할 때 타인은 물론 스스로에게도 중요해 보였던 모든 것들을 멸시했고 그럼으로써 새로운 고지에 서서 예전에 부러워했던 사람들을 내려다보게 되었다. 그러나 누이 바르바라가 생각한 그 감정만이 그를 지배한 것은 아니었다. 그 안에는 다른 감정, 바르

바라가 모르는 진실한 종교심도 있었다. 그 감정은 거만함과 최고가 되려는 열망과 함께 그를 지배했다. 천사라고 생각했던 약혼녀 메리에 대한 실망과 능욕감은 너무나 커서 그를 절망으로 이끌었다. 그런데 그 절망은 또 어디로 그를 이끌었는가? 바로 신, 그의 내면에서 한 번도 무너진 적이 없는 어릴 적 믿음이었다.

## 3

성모제[1] 날 까사쯔끼는 수도원에 들어갔다.

수도원장은 귀족 출신의 박학다식한 작가이자 존경받는 종교 지도자로 발라히야로부터 시작된 계보를 잇는 사람이었다. 거기 속한 수도사들은 선출된 지도자와 스승을 향한 무조건적인 순종으로 유명했다. 수도원장은 이름 높은 지도자인 암브로시의 제자였고 암브로시는 마까리의 제자였으며 마까리는 레오니드의, 또 레오니드는 파시 벨리치꼬프스끼의 제자였다. 이런 수도원장을 까사쯔끼는 스승으로 모시게 된 것이었다.

수도원에서도 까사쯔끼는 자신이 다른 어떤 사람들보다 우월하다고 생각했다. 그는 자신이 하는 일이라면 무엇에서나 외부적으로든 내면적으로든 최고의 완벽을 추구하고 그걸 이룸으로써 수도원에 사는 보람을 찾았다. 부대에 있을 때 나무랄 데 없는 장교였던 것처럼 그는 주어진 일을 하는

1 성모제는 러시아 정교회력으로 10월 1일이다. 러시아에서는 이날을 가을과 겨울이 만나는 날로 간주한다.

데 머무르지 않고 완벽의 범위를 넓혀 수도사로서도 완벽해지고자 노력했다. 언제나 절제하는 생활을 했으며 유순하고 온순하며 순결하게, 또 순종하며 살았다. 직무뿐 아니라 생각에도 해당되었다. 특히 마지막 덕목인 순종, 혹은 완벽성이 그의 삶을 단순하게 만들었다. 도시 근처에 위치한 터라 사람들이 많이 찾아오고 요구 사항과 유혹이 많아 수도원의 생활이 수월하지는 않았지만 그 모든 것은 순종을 통해 사라졌다. 그는 생각했다. 〈내가 판단할 일이 아니다, 내 일은 성인의 유골 옆에 서 있거나, 성가대에서 노래를 부르거나, 수도원에 온 손님들의 계산을 처리하거나, 뭐든 정해진 대로 순종하는 거지.〉 어떤 일이 됐건 조그만 의혹이라도 생기면 그는 스승에 순종하는 것으로 의혹을 밀어냈다. 단조롭게 이어지는 예배와 방문자들의 법석, 동료 수도사들의 나쁜 성격이 그를 괴롭게 할 수도 있었지만 순종심 덕분에 모든 것을 기쁘게 견뎌 내고 더 나아가 인생의 위안과 기댈 곳을 얻었다. 〈왜 하루에도 몇 번이나 찬송가를 들어야 하는지 모르겠지만 그게 필요하다는 건 안다. 그리고 필요하다는 걸 아는 이상 찬송가를 들으면서 기쁨을 느낀다.〉 스승은 그에게 살아가는 데 음식이 필요한 것처럼 정신적 삶을 위해서 정신의 음식(즉 찬송가)도 필요하다고 말했다. 그는 그 말을 믿었고, 그래서 때로는 아침 일찍 일어나 예배를 드리러 가는 것이 힘들기도 했지만 예배를 드리면서는 의심의 여지 없는 평온과 기쁨을 느꼈다. 그 기쁨은 겸손을 깨닫게 해주었고 스승이 정해 놓은 모든 행동들에 대한 확신을 일깨워 주었다. 그의 관심사는 자신의 의지를 점점 더 굽히고 조금씩 겸손해지는 것뿐 아니라 기독교의 선행을 실천하는 데 있었다.

처음에는 기독교의 선행을 실천하는 일이 쉬워 보였다. 실제로 까사쯔끼는 자기 재산을 모두 수도원에 헌납했고 그에 대해 아쉬워하지 않았으며 게으름을 피우지도 않았다. 자기보다 낮은 사람들에게 겸손한 자세를 취하는 것도 힘들기는커녕 기뻤다. 탐욕과 음탕함 같은 육욕의 죄에 대해서도 그는 쉽게 승리를 거두었다. 스승은 특히 육욕의 죄를 경고했지만 까사쯔끼는 그로부터 자유로웠고 그래서 기뻤다.

그를 괴롭힌 건 단 하나, 약혼녀에 대한 기억이었다. 그리고 기억만이 아니라 그 후에 그녀가 어떻게 되었을까 하는 생생한 상상이었다. 그는 자신도 모르게 상상하는 것이었다. 황제의 애첩이었던 여자가 나중에 결혼을 해서 현모양처가 된다. 남편은 중요한 직책에 권력과 명예, 그리고 참회하는 착한 아내를 얻는다…….

기분이 괜찮을 때는 그런 생각이 괴롭지 않았다. 기분이 좋을 때 회상을 하면 그는 그 유혹을 뿌리쳤다는 사실에 기뻐했다. 그러나 문득 삶이 어둡게 느껴질 때면 자신이 믿게 된 원칙에 대한 확신을 잃고 기억에 사로잡혀, 말하기도 끔찍하지만, 삶의 방향을 튼 것을 후회하는 것이었다.

그러한 경우 구원은 순종에서 왔다. 일과 찬송가로 채워진 하루. 그는 언제나처럼 기도를 하고 절을 하며, 심지어는 보통 때보다 더 열심히 기도했다. 하지만 그것은 몸으로만 하는, 영혼 없는 기도이기도 했다. 이렇게 하루가, 혹은 이틀이 지나고 나면 그다음에는 저절로 괜찮아졌지만 그렇게 보내는 하루나 이틀이 너무나 끔찍했다. 까사쯔끼에게는 자신이 신이나 자기 자신의 영역이 아닌, 누군가 타인의 영역에 속한 듯 느껴지는 것이었다. 그럴 때면 그가 할 수 있는 일,

또 그가 실제로 한 일은 스승이 가르쳐 준 대로 순종하는 것이었다. 아무것도 하지 않으면서 견뎌 내고 인내하는 것이었다. 그런 일이 닥칠 때면 까사쯔끼는 자신의 의지 대신 스승의 의지대로 살았고 그런 순종에는 특별한 평온함이 있었다.

처음 들어간 수도원에서 까사쯔끼는 그렇게 7년을 살았다. 3년을 채워 갈 무렵 그는 머리를 모두 밀고 신부가 되었다. 이름도 세르게이로 바뀌었다. 삭발은 세르게이의 내면에 중대한 변화를 일으켰다. 그전에도 성체 성사를 할 때면 큰 위안과 정신의 고양을 경험했는데 이제 신부가 되어 직접 예배를 이끌고 봉헌 기도를 드리게 되자 더욱 큰 희열과 감동을 느끼게 된 것이다. 그러나 시간이 흐르며 그 감정도 점차 희미해져 갔다. 그와 같은 답답한 마음으로 예배를 집전하던 어느 날 그는 문득 이러한 감동이 오래 지속되지 못할 것이라 생각했고 실제로 그것은 무뎌져 그저 습관으로만 남게 되었다.

7년째가 되자 수도원에서의 삶은 세르게이에게 무료해졌다. 배워야 할 것은 모두 익혔고 이뤄야 할 것도 모두 성취해서 더 이상 할 것이 없었다.

정신적인 무감각은 점점 더 심해졌다. 이 기간에 그는 어머니가 돌아가셨다는 소식과 메리가 결혼했다는 소식을 접했다. 두 소식 모두 그는 아무렇지 않게 받아들였다. 모든 관심과 흥미는 자신의 내면 세계에 집중되었다.

신부가 된 지 4년째 되던 해 그는 주교의 총애를 얻게 되었다. 세르게이의 스승은 그에게 더 높은 직책이 맡겨지더라도 거절하지 말라고 일렀다. 그러자 전에는 그가 그렇게 반감을 가졌던 신부들의 야심이 안에서 고개를 들었다. 그는 대도시에서 가까운 수도원으로 발령이 났다. 거절하고 싶었지만 스승은 받아들이라고 했다. 그는 임명을 받아들여 스승과 작별하고 다른 수도원으로 옮겼다.

대도시 근처의 수도원으로 옮긴 것은 세르게이의 인생에서 중요한 사건이었다. 여러 종류의 유혹이 많아졌고, 따라서 세르게이는 온 힘을 기울여 이겨 내야 했다.

이전에는 여자의 유혹이 세르게이를 괴롭히지 않았는데 새 수도원에서는 그 유혹이 무시무시한 힘으로 솟아나 심지어는 구체적인 형태를 띠는 지경에까지 이르렀다. 나쁜 행실로 유명한 부인이 세르게이를 유혹하기 시작한 것이다. 그녀는 그에게 이야기를 걸고 자기 집을 찾아와 달라고 청했다. 세르게이는 단호히 거절했지만 자신이 느낀 욕망의 구체성에 경악했다. 두려움이 얼마나 컸는지 그는 스승에게 그 일로 편지를 써야 했다. 또한 스스로를 억제하기 위해 신참 수도사를 불러 창피함을 무릅쓰고 자신의 약점을 털어놓으며 그에게 자신을 눈여겨봐 줄 것과 예배와 수도원 일이 아닌 곳에는 가지 못하게 해달라고 부탁했다.

그 외에도 수도원장이 매우 마음에 안 든다는 사실 또한 세르게이에게는 커다란 시험이었다. 수도원장은 세속적이고 처세술이 좋아서 성직자로 출세한 사람이었다. 세르게이는 아무리 노력해도 그에 대한 반감을 억누를 수 없었다. 그는 수도원장에게 순종했지만 마음 깊은 곳에서는 그에 대한 비판이 그치지 않았다. 그리고 그 악감정이 폭발하는 사건이 발생했다.

그가 새 수도원에 기거한 지 어느덧 2년 째였다. 사건의 발단은 이러했다. 성모제 날 대성당에서 저녁 예배가 있었다.

다른 지방에서 온 사람도 제법 많았다. 예배는 수도원장이 직접 이끌었다. 세르게이 신부는 늘 서는 자리에서 기도를 올렸다. 그날도 그는 대성당에서 수도원장이 예배를 집전할 때면 늘 경험하곤 하는 내면의 투쟁을 겪었다. 방문한 신사 숙녀들, 특히 귀부인들이 그의 신경을 건드렸다. 그는 그들을 보지 않으려고, 또 무슨 일이 벌어지는지 보지 않으려고 노력했다. 병사가 사람들을 밀어내고 그들을 안내하는 모습이나 여자들이 수도사들, 그러니까 그를 포함해 미남으로 유명한 수도사들을 가리키며 서로에게 알려 주는 모습들이 그는 싫었다. 그는 제단의 촛불, 성상화, 성직자들을 제외하고는 눈가리개를 두른 듯 관심을 두지 않으려 애썼다. 찬송가와 찬송의 말 외에는 아무것도 듣지 않으려 애썼다. 수없이 들어 온 찬송가를 들으며 이어 나올 구절을 미리 읊을 때 그가 언제나 느끼는 감정, 즉 의무를 완수했다는 의식이 주는 몰아의 느낌 외에는 다른 감정을 느끼지 않으려 애썼다.

그렇게 그는 마음으로 냉정하게 비판했다가 또 다른 때에는 생각과 감정을 일부러 마비시키면서 절을 하고, 성호를 그어야 하는 대목마다 성호를 그으며 자리에 서 있었다. 그때 예배당 관리를 맡은 니꼬짐 신부가 다가와서 몸을 반으로 접어 절을 하고는 수도원장이 그를 제단으로 부른다는 말을 전했다. (니꼬짐 신부 역시 세르게이가 싫어하는 인물로, 세르게이는 수도원장을 닮은 그의 모습과 수도원장에게 아부하는 행동에 본능적인 반감을 느꼈다.) 수도원장의 부름을 받은 세르게이 신부는 긴 망토의 매무새를 바로잡고 두건을 쓴 후 조심스럽게 인파를 헤치며 걸어갔다.

「*Lise, regardez à droit, c'est lui*(리즈, 오른쪽을 봐요. 그

사람이에요).」 어떤 여자의 목소리가 들렸다.

「*Où, où? Il n'est pas tellement beau*(어디요, 어디? 그렇게 잘생긴 것 같지 않은데요).」

그는 이 대화가 자신에 대한 것임을 알았다. 유혹의 순간에 늘 그렇듯 그는 〈우리를 유혹에 들지 말게 하옵소서〉라는 말을 되풀이했다. 그러면서 고개를 숙이고 눈을 내리깐 채 독경대를 지나 막 제단 옆을 지나는 수사들을 피해서 북쪽 문으로 들어섰다. 제단으로 들어간 그는 버릇대로 성상 앞에서 성호를 긋고 허리를 굽혀 절을 한 다음 고개를 들어 수도원장을 쳐다보았다. 그리고 고개를 돌리지 않은 채 곁눈질로 수도원장 옆에 있는 번쩍이는 인물을 보았다.

수도원장은 제의를 입고 벽 옆에 서 있었다. 그는 뚱뚱한 몸과 배를 덮은 제의 안에서 짧고 통통한 손을 꺼내고는 옷에 달린 레이스를 문지르며 미소를 띤 채 휘장과 어깨 장식이 달린 장군 복장을 한 군인과 무슨 얘기인가를 나누고 있었다. 예전에 군대에 있었던 세르게이 신부는 익숙한 군인의 눈으로 그를 살펴보았다. 그 장군은 바로 그가 근무했던 군대의 연대장이었다. 그는 이제 요직을 차지하고 있는 것이 분명했다. 그리고 수도원장의 대머리와 불그스름한 얼굴이 기쁨으로 빛나고 있는 이유도 바로 그 사실을 때문임을 세르게이 신부는 바로 알아차렸다. 이 모든 것이 세르게이 신부에게는 모욕적이고 괴로웠다. 세르게이 신부가 불려 간 이유가 다름 아닌, 그저 예전 동료를 보고 싶어 하는 장군의 호기심에 지나지 않는다는 사실을 알게 되자 그러한 기분은 더욱 강해졌다.

「천사 같은 모습을 보게 되어 매우 반갑네. 옛날 동료를 잊지는 않았겠지.」 장군이 손을 내밀며 말했다.

하얗게 센 턱수염으로 둘러싸인 불그스름한 수도원장의 얼굴은 미소를 띤 채 장군이 한 말에 장단을 맞추는 듯했고 장군의 잘 다듬어진 얼굴 또한 자아도취의 미소를 짓고 있었다. 게다가 장군의 입에서 나는 포도주 냄새와 볼수염에서 나는 시가 냄새, 이 모든 것이 세르게이 신부의 화를 돋우었다. 그는 한 번 더 수도원장에게 절을 하고 말했다.

「수도원장님, 부르셨습니까?」 그의 말은 거기서 멈추었으나 그 표정과 몸짓은 〈대체 왜 부른 거냐〉고 묻고 있었다.

「그렇다네. 장군님과 만나 보라고 불렀네.」 수도원장이 대답했다.

「수도원장님, 저는 유혹으로부터 구원받기 위해 속세를 떠났습니다.」 그의 얼굴이 창백해지고 입술이 떨렸다. 「그런데 왜 저를 여기서 시험에 빠뜨리시는 겁니까? 그것도 신의 성전에서 찬송가가 울려 퍼지는 이때 말입니다.」

「가보게, 가봐.」 수도원장은 벌게진 얼굴을 찌푸렸다.

이튿날 세르게이는 수도원장과 동료 수도사들에게 자신의 오만함을 용서해 달라고 사과했다. 그런 다음 밤 기도를 마치고 나서는 그 수도원을 떠나야겠다고 결심하고 스승에게 편지를 써서 이전의 수도원으로 돌아가게 해달라고 간청했다. 자신은 나약해서 스승의 도움 없이 혼자서는 유혹에 맞서 싸울 능력이 안 된다고 썼다. 오만함의 죄를 저지른 것에 대해서도 반성했다. 다음번에 배달된 우편에 스승으로부터 온 편지가 있었다. 스승은 모든 것의 근원이 그의 오만이라고 쓰고 있었다. 그가 성직의 여러 명예를 거부하고 겸양하는 것이 신을 위해서가 아니라 그저 자신의 오만함에서 비롯되었기 때문에 분노가 생긴다는 것이었다. 즉 나는 이런 사람이다, 아무것도 필요하지 않다고 생각하는 긍지 때문이며 그래서 수도원장의 행동을 참지 못한다는 이야기였다. 나는 신을 위해 모든 걸 버렸는데, 그런 나를 짐승 보여 주듯 장군에게 구경시키다니. 〈만일 신을 위해 명예를 버렸다면 자네는 견딜 수 있었을 거야. 자네는 아직 세속의 명예심을 내려놓지 못한 거지. 세르게이, 난 자네 생각을 하고 신에게 기도했네. 그랬더니 신이 내게 이런 계시를 주셨네. 《예전과 다름없이 살며 복종하라.》 마침 땀비노 수도원 암자에서 수도를 하던 은자 일라리온이 죽었다고 하네. 그는 거기서 18년을 살았지. 땀비노의 수도원장이 거기서 지낼 사람이 없는지 물어 왔어. 그때 자네 편지가 온 거야. 내가 편지를 써 보낼 테니 땀비노 수도원으로 가서 빠이시 신부를 찾아 일라리온의 방을 달라고 청하게. 자네가 일라리온의 자리를 메울 수 있다는 게 아니라, 오만을 다스리기 위해서는 고독이 필요하니까. 신의 은총이 함께하기를 비네.〉

세르게이는 스승의 말을 따라 편지를 수도원장에게 보이고 그곳을 떠나게 해달라고 청했다. 그런 다음 자신이 기거하던 방과 모든 물건을 수도원에 내놓고 땀비노 수도원으로 향했다.

땀비노 수도원장은 상인 출신이었는데 수도원을 훌륭하게 관리했다. 그는 격의 없이 조용하게 세르게이를 맞아들이고 일라리온의 방을 내주었다. 처음에는 심부름하는 수도사를 붙여 줬지만 나중에는 세르게이의 뜻에 따라 혼자 지내도록 내버려 두었다. 방은 일라리온이 묻힌 산을 판 동굴이었다. 동굴 뒤쪽에 일라리온이 묻혀 있었고 앞쪽으로는 짚으로 요를 대신한 취침 공간과 작은 책상, 책과 성상화가 놓인 선반이 있었다. 밖으로 난 문은 잠겨 있었는데 거기에도 선반이 하나 있어서 하루에 한 번 수사가 수도원 밖에서 음식을 날라다 놓고는 했다.

그렇게 세르게이 신부는 은자가 되었다.

## 4

세르게이가 은자 생활을 시작한 지 6년째 되던 해의 사육제 기간에 이웃한 도시에 사는 부자들이 블린[2]과 포도주를 마신 후 삼두마차를 타기 위해 모였다. 남녀가 골고루 섞인 왁자지껄한 모임이었다. 변호사 두 명과 부유한 지주 한 사람, 장교 한 명 그리고 여자 넷이 모였다. 여자 중 한 명은 장교의 아내였고 다른 한 명은 지주의 아내, 세 번째 여자는 지주의 누이로 처녀였다. 네 번째 여자는 부유한 이혼녀였는데 괴짜여서 그녀의 당돌한 행동에 도시 사람들은 놀라고 당황스러워하곤 했다.

날씨는 쾌청했고 길은 마룻바닥처럼 매끄러웠다. 그들은 시외로 나가 10베르스따쯤 달리다가 멈춰 서서 어디로 갈지, 돌아갈지 아니면 계속 갈지 상의했다.

「그런데 이 길이 어디로 이어지는 거죠?」 미인인 이혼녀 마꼬브끼나가 물었다.

「땀비노로 가죠. 여기서 12베르스따쯤 더 가면 나와요.」

2 러시아의 팬케이크로 사육제 기간에 먹는 대표적인 음식이다.

마꼬브끼나를 따라다니는 변호사가 대답했다.
「그럼 그다음에는요?」
「그다음에는 L이 나옵니다. 수도원을 지나서요.」
「세르게이 신부가 산다는 수도원 말인가요?」
「그렇습니다.」
「까사쯔끼던가요? 그 잘생긴 은자 말예요.」
「그렇습니다.」
「신사 숙녀 여러분! 우리 까사쯔끼에게 가요. 땀비노에서 좀 쉬면서 간식을 먹고요.」
「그럼 오늘 밤 안에는 집으로 돌아갈 수 없을 텐데요.」
「괜찮아요. 까사쯔끼의 거처에서 묵으면 되죠.」
「수도원에 딸린 숙소가 있습니다. 아주 좋아요. 전에 마힌을 지킬 때 거기서 묵은 적이 있죠.」
「아녜요. 난 까사쯔끼가 지내는 곳에서 묵을 거예요.」
「글쎄요, 아무리 부인이라도 그건 불가능합니다.」
「불가능하다고요? 내기할래요?」
「그러죠. 만일 부인이 그의 거처에서 밤을 보낸다면 뭐든 부인이 하라는 대로 하죠.」
「*A discrétion*(좋을 대로).」
「부인도 똑같이 하는 겁니다!」
「좋아요. 그럼 출발하죠.」
그들은 마부들에게 술을 대접했다. 자기들이 먹을 파이와 술과 사탕이 든 상자도 꺼냈다. 부인들은 개가죽으로 만든 흰 모피 코트를 몸에 둘렀다. 마부들은 누가 앞장설 것인지를 두고 잠깐 입씨름을 하다가 한 젊은 마부가 호기롭게 몸을 돌려 긴 채찍의 손잡이를 휘두르며 소리를 질렀다. 방울

소리가 울려 퍼지고 썰매가 길을 달려 나가기 시작했다.

썰매는 조금씩 흔들리며 앞으로 나아갔다. 말은 엉덩이 띠 아래로 맵시 있게 잡아맨 꼬리를 흔들며 규칙적이고도 경쾌하게 달렸다. 매끄럽게 뻗은 평평한 길이 금세 뒤로 달아났다. 마부는 호기롭게 고삐를 휘둘렀고 마주 보고 앉은 변호사와 장교는 마꼬브끼나 옆에 앉은 여자에게 뭔가 실없는 소리를 하고 있었다. 그러나 마꼬브끼나 자신은 모피 코트에 몸을 파묻고 미동도 없이 앉아서 생각하는 것이었다. 〈모든 게 다 똑같아, 역겨워. 술 담배 냄새를 풍기는 벌겋고 번들거리는 얼굴들. 다 그렇고 그런 얘기에 생각들. 모든 게 역겨워. 그런데도 다들 하나같이 그러는 게 당연하다고 여기고 만족스러워하지. 죽을 때까지 그럴 거고. 난 그렇게 살 수 없어. 지겨워. 이 모든 게 무너지고 뒤엎어지는 어떤 계기가 필요해. 사라또프였던가, 거기 사람들처럼 얼어 죽을 때까지 내처 달렸으면 좋겠어. 그러면 이 사람들은 어떻게 할까? 어떤 행동을 할까? 그래, 아마 비겁해지겠지. 다 자기 자신만 챙길 거야. 하긴, 나도 비겁해질지 모르지. 하지만 난 적어도 아름답잖아. 저 사람들도 알고 있는 사실이야. 그런데 그 수도사는 어떨까? 그 사람이 정말 내 미모에 무심할까? 그럴 리가 없어. 남자들이 관심 있는 건 그거 딱 하나잖아. 지난가을의 그 사관생도처럼 말이야. 정말 바보 녀석이었지…….〉

「이반 니꼴라이치!」 그녀가 불렀다.

「무슨 일이죠?」

「그 사람 나이가 몇이죠?」

「누구 말입니까?」

「까사쯔끼요.」

「아마 마흔은 넘었죠.」

「그건 그렇고, 그 사람은 아무나 만나 주나요?」

「누구든 만나 줍니다. 그러나 언제나는 아니죠.」

「내 발을 좀 덮어 줘요. 아니, 그렇게 말고요. 왜 이렇게 서투른 거예요! 좀 더, 거기 더, 그래요. 그렇다고 발을 누르지는 말고요.」

이윽고 그들은 암자가 있는 숲에 다다랐다.

그녀는 썰매에서 내려 그들에게 떠나라고 말했다. 그들이 만류했지만 그녀는 짜증을 내며 떠나라고 고집을 부렸다. 그렇게 썰매가 떠나자 흰 모피 코트를 입은 그녀는 혼자 오솔길을 걸어갔다. 변호사는 어떻게 되나 보려고 썰매에서 내려 남았다.

## 5

세르게이 신부가 은둔 생활을 한 지 6년째였다. 나이는 마흔아홉이 되었다. 그의 생활은 고됐다. 금식과 예배는 견딜 만했지만 정작 힘든 것은 그가 전혀 예상치 못했던 내면의 싸움이었다. 싸움의 근원은 두 가지로 의혹과 육욕이 그것이었다. 두 적은 함께 고개를 들곤 했다. 그는 그 두 적이 서로 다른 것이라고 생각했지만 사실 그것들은 하나였다. 의혹이 사라지면 육욕도 사라졌다. 그렇지만 그는 그 두 악마가 별개라고 생각했고 그랬기에 별개의 전쟁을 치렀다.

〈신이시여! 신이시여!〉 그는 생각했다. 〈왜 제게 믿음을 주지 않으십니까? 물론 성인 안토니오도 육욕과 씨름했고 다른 이들도 그랬지만 그들에겐 믿음이 있었습니다. 그렇지만 제게는 믿음이 없는 순간이, 시간이, 나날들이 있습니다. 온 천지가 죄로 가득하다면 왜 이 세상이, 그리고 왜 세상의 화려함이 존재하는 겁니까? 왜 그걸 멀리해야 합니까? 당신은 왜 이런 유혹을 만드셨습니까? 유혹 말입니다! 그런데 제가 세상의 쾌락으로부터 벗어나고 싶어 하고 아무것도 없는 곳에서 뭔가를 준비한다면 그것 역시 유혹 아닐까요?〉 그는 이렇게 생각하고는 스스로에게 혐오감과 공포를 느꼈다. 〈이런 비열한! 악당! 이러면서 성인이 되고 싶어 하다니.〉 그는 스스로를 꾸짖고 기도를 하기 위해 일어섰다. 그러나 기도를 시작하자마자 수도원에서 지내던 자신의 모습을 생생하게 떠올리게 되는 것이었다. 두건을 쓰고 긴 망토를 입은 위풍당당한 모습. 그는 고개를 가로저었다. 〈안 돼. 이게 아냐. 이건 기만이야. 타인을 기만할 수는 있어도 나 자신이나 신을 기만할 수는 없어. 난 위대한 사람이 아니야. 불쌍하고 우스운 사람이지.〉 그는 사제복의 앞깃을 올려 속바지의 앙상한 다리를 쳐다보며 빙그레 웃음 지었다.

그런 다음 그는 앞깃을 다시 내려 덮고 기도문을 읽으며 성호를 긋고 절을 했다. 〈정녕 이 침상이 내 관이 될까?〉 그러자 악마가 그의 귀에 속삭이는 듯했다. 〈독수공방하는 침상 자체가 관이지. 거짓되도다.〉 그의 상상 속에 과부의 어깨가 떠올랐다. 예전에 함께 지냈던 여자였다. 그는 몸을 흔들어 상념을 쫓고 다시 읽었다. 계명을 읽고 나서 복음서를 집어 들어 폈다. 그가 수없이 읽어 외운 구절이 나왔다. 〈믿습니다, 주여, 저의 불신을 구원하소서.〉 그는 고개를 들었던 의혹을 몽땅 다시 던져 버렸다. 불균형한 상태가 찾아오자 흔들리는 신념의 토대에 믿음을 다시 세우고 그것이 쓰러지지 않도록 조심스레 물러났다. 의혹이 다시 사라지고 안정이 찾아왔다. 그는 어린 시절의 기도문을 되풀이했다. 〈하느님, 저를 받아 주소서.〉 그러자 단순히 마음이 가벼워지는 정도가 아니라 기쁨과 감동에 차는 것이었다. 그는 성호를 긋고는 좁고 긴 의자 위에 놓인 침구에 누워 여름 사제복을 베개 삼아 머리를 얹었다. 곧 선잠이 들었는데 문득 방울 소리가 들려왔다. 꿈인지 생시인지 알 수 없는 소리였다. 그러다가 문을 두드리는 소리에 잠에서 깨어났다. 그는 제대로 들은 것인지 반신반의하며 일어났다. 문을 두드리는 소리는 계속됐다. 그건 가까이서 실제로 들려오는, 그의 방문을 두드리는 소리였다. 여자의 목소리도 들렸다.

〈세상에! 성자전에 의하면 악마는 여자의 모습으로 나타난다더니 정말 그런가……. 그래, 여자 목소리야. 게다가 부드럽고 수줍어하는, 다정한 목소리잖아! 퉤!〉 그는 침을 뱉었다. 〈아냐, 이건 그냥 내 상상일 뿐이야.〉 이렇게 생각한 그는 구석으로 가서 거기 서 있는 성서대 앞에 무릎을 꿇고 앉았다. 통상적이며 습관적인 그런 행동으로 그는 위안과 만족을 얻곤 했다. 몸을 굽히자 머리카락이 얼굴로 흘러내렸다. 외풍이 드는 바닥에 깔린 차갑고 축축한 줄무늬 천으로 숙인 이마에도 머리카락이 달라붙었다. 그의 이마에는 이미 머리털이 듬성듬성했다.

그는 「시편」을 읽어 나갔다. 늙은 삐몬 신부가 유혹에 맞서는 데 도움이 된다고 했던 「시편」이었다. 긴장한 다리를 가볍게 들어 깡마르고 가벼운 몸을 일으켜 계속해서 읽어 나가려 했지만 읽을 수가 없었다. 자신도 모르게 귀를 쫑긋 세우고 있었던 것이다. 그는 듣고 싶었다. 사방은 온통 고요했다. 구석에 세워 둔 작은 통으로 지붕에서 물방울이 떨어지는 소리뿐이었다. 밖에서는 비와 안개가 눈을 집어삼키고 있었다. 더없이 고요한 밤이었다. 그런데 갑자기 창가에서 바스락거리는 소리가 났다. 목소리가 분명했다. 바로 그 부드럽고 수줍은 목소리, 오직 매력적인 여성만이 낼 수 있는 목소리였다. 그 목소리가 말했다.

「제발 들여보내 주세요. 그리스도의 이름으로…….」

온몸의 피가 심장으로 몰려들어 정지하는 것만 같았다. 그는 숨을 쉴 수가 없었다. 〈신이시여, 부활하시어 적들을 물리치소서…….〉

「악마가 아녜요…….」 말을 하는 입술이 웃고 있는 듯 들렸다. 「난 악마가 아녜요. 그저 길을 잃은 죄 많은 여인일 뿐이에요. 비유가 아니라 말 그대로요. (그녀는 웃음을 터뜨렸다.) 그래서 몸이 꽁꽁 얼었어요. 그러니 몸 좀 녹이게 해주세요.」

그는 유리창에 얼굴을 댔다. 작은 등불이 빛을 반사해서 유리창 전체가 빛났다. 손바닥을 얼굴 양옆에 대고 내다보았다. 안개와 구름, 나무 그리고 오른쪽. 그녀. 그렇다. 그녀, 희고 긴 모피 코트를 입고 모자를 쓴 여자가 마냥 다정하고 선한 얼굴에 놀란 빛을 띠고 있었다. 그 여자가 그의 얼굴로부터 불과 10센티미터도 안 되는 거리에 서서 그를 향해 몸을 기울이고 있는 것이었다. 눈이 마주쳤고 그들은 서로를 알아보았다. 전에 만난 적이 있어서가 아니었다. 그들은 만난 적이 없었다. 그러나 그들이 주고받은 시선에서 그들은 (특히 그는) 서로를 알고 있음을, 또 서로를 이해하고 있음을 느꼈다. 그렇게 서로 바라보자 그녀가 평범하면서도 착하고 다정하며 수줍은 여자라는 사실만이 남았다. 그녀를 악마라고 의심하는 일은 있을 수 없었다.

「누구십니까? 왜 여기 오셨죠?」 그가 물었다.

「제발 문 좀 열어 주세요.」 변덕스러운 어조로 그녀가 말했다. 「얼어 죽겠다니까요. 얘기했잖아요. 길을 잃었다고요.」

「그렇지만 난 수도사고 은자입니다.」

「어쨌든 문 좀 열어요. 혹시 신부님이 기도하는 동안 제가 이 창문 아래서 얼어 죽기를 바라시는 건가요?」

「그런데 대체 어떻게…….」

「신부님을 잡아먹지 않아요. 제발 들여보내 줘요. 정말 얼어 죽겠네.」

그녀는 정말로 무서워져서 울먹이기까지 했다.

그는 창문에서 몸을 떼고 면류관을 쓴 그리스도의 성상화를 바라보았다. 〈신이시여, 저를 도우소서. 신이시여, 저를 도우소서.〉 이렇게 되뇌던 그는 성호를 그으며 깊이 몸을 숙인 후 그녀를 들이기 위해 문으로 다가갔다. 현관에 붙은 걸쇠를 손으로 더듬어 열려고 할 때 바깥쪽에서 발걸음 소리가 들렸다. 그녀가 창문에서 문 쪽으로 다가온 것이었다. 「아!」 갑자기 그녀가 외쳤다. 문턱에 고인 물웅덩이에 발을 디딘 것 같았다. 그의 손이 떨려 문을 꽉 잠근 걸쇠를 도무지 들어 올릴 수 없었다.

「아니, 뭘 하고 있는 거예요? 저 완전히 얼어붙었다니까요. 꽁꽁 얼었어요. 신부님이 영혼의 구원을 생각하는 동안 아예 얼어 죽고 말겠어요.」

그는 문을 힘껏 당기며 걸쇠를 들어 올렸다. 반동을 미처 생각하지 못한 탓에 문이 밖으로 열리면서 그녀를 쳤다.

「아, 미안합니다!」 갑작스러운 상황에 그는 갑자기 예전에 귀부인들을 대하던 태도로 말했다.

그녀는 〈미안합니다〉라는 말에 미소 지었다. 〈뭐야, 그렇게 무서운 사람도 아니군.〉

「괜찮아요. 정말요. 미안한 건 저예요.」 그녀가 그를 지나쳐 들어가며 말했다. 「이런 특별한 경우가 아니라면 저도 이렇게 무례하지 않았을 텐데…….」

「자, 들어가시죠.」 그녀에게 길을 내주며 그가 말했다. 오랫동안 접하지 못했던 고급 향수의 은은한 냄새가 그를 덮쳤다. 그녀는 현관을 지나 방으로 갔다. 그는 덧문을 닫았지만 걸쇠는 걸지 않은 채 방으로 들어갔다.

〈그리스도여, 주님. 이 죄인을 불쌍히 여기소서. 하느님, 이 죄인을 불쌍히 여기소서.〉 그는 속으로 생각하는 데 그치지 않고 자기도 모르게 입술까지 움직이며 쉴 새 없이 기도했다.

「자, 들어가시죠.」 그가 말했다.

그녀가 방으로 들어서자 바닥으로 물이 뚝뚝 떨어졌다. 그녀는 웃는 눈으로 그를 살펴보았다.

「신부님의 고독을 방해해서 미안해요. 하지만 보시다시피 이런 상황이라서요. 어떻게 된 일이냐면, 저희가 도시에서 썰매를 타고 나왔는데 제가 내기를 하나 했어요. 보로비요프까에서 도시까지 혼자서 걸어갈 수 있다고 말이죠. 그런데 그만 길을 잃었지 뭐예요. 신부님 암자를 만나지 않았더라면…….」 그녀는 거짓말을 하다가 그의 얼굴에 그만 말문이 막혀 입을 다물 수밖에 없었다. 그의 모습이 예상과는 전혀 달랐던 것이다. 그녀가 생각했던 것 같은 미남은 아니었지만 그럼에도 불구하고 그녀의 눈에는 무척 매력적으로 보였다. 희끗희끗하게 센 곱슬머리와 턱수염, 곧게 뻗은 섬세한 코, 석탄 같은 형형한 눈동자. 그런 그가 그녀를 똑바로 쳐다보자 그녀는 놀라고 말았다.

그는 그녀가 거짓말을 하고 있다는 사실을 꿰뚫어 보았다.

「네, 그렇군요.」 이렇게 말하고 그녀를 흘끗 쳐다본 후 그는 다시 눈을 내리깔았다. 「저는 저 방으로 가겠습니다. 부인은 이 방을 쓰시죠.」

그런 다음 등을 내려 초를 켜고 그녀에게 깊숙이 절한 후 칸막이 뒤의 작은 방으로 갔다. 그녀는 그가 방 안에서 내는 소리를 들었다. 〈아마도 내가 못 들어가게 뭔가 잠그는 거겠지.〉 그녀는 빙그레 웃음 지었다. 그런 다음 흰 모피 코트를 벗고 머리카락이 엉켜든 모자도 벗어 안쪽에 맨 스카프를 풀기 시작했다. 창문 아래 서 있을 때까지 그녀는 전혀 젖지 않았었다. 그저 암자로 들어오려는 핑계였을 뿐이다. 그러나 문가에서 정말로 물웅덩이에 발을 디디는 바람에 왼발 복숭아뼈까지 젖었고 신과 덧신에도 온통 물이 들어갔다. 그녀는 그의 침상에 걸터앉아 신을 벗기 시작했다. 침상이라야 기다란 널빤지에 양탄자를 깐 게 전부였다. 그녀에게 암자는 매력적인 공간이었다. 폭은 3아르신 정도로 좁고 길이도 4아르신 남짓한 작은 방은 유리알처럼 깨끗했다. 그녀가 앉은 침상 위로는 책이 놓인 선반이, 구석에는 성서대가 있었다. 문에 달린 못에는 외투와 사제복이 걸려 있었다. 성서대 위에 면류관을 쓴 그리스도의 성상화와 램프가 있었다. 익숙하지 않은 냄새가 났다. 기름 냄새와 흙 냄새였다. 그 모든 것이, 그 냄새마저 그녀는 좋았다.

젖은 발 한쪽이 신경 쓰여서 그녀는 급히 신을 벗기 시작했다. 그러나 얼굴에는 미소가 가시지 않았다. 목적을 달성했다는 사실보다 자신이 그를 당황하게 만들었다는 것이 기뻤다. 그 멋지고 이상한, 묘하게 매력적인 남자를 말이다. 〈그래, 뭐, 대답은 하지 않았어. 하지만 그게 뭐 대수람.〉 그녀는 생각했다.

「세르게이 신부님! 세르게이 신부님! 이렇게 부르는 게 맞지요?」

「뭐가 필요하십니까?」 조용한 목소리로 그가 대꾸했다.

「제발 용서하세요. 신부님의 고독을 깨뜨려서 미안해요. 하지만 어쩔 수가 없었답니다. 저는 바로 병에 걸렸을 거예요. 하긴 지금도 모르죠. 죄다 젖은 데다 발도 얼음장 같은걸요.」

「미안합니다만…….」 조용한 목소리가 대답했다. 「제가 해드릴 일은 없는 것 같군요.」

「걱정 마세요. 절대 방해하지 않아요. 그저 해가 뜰 때까지만 있을게요.」

그는 대꾸하지 않았다. 그녀는 뭔가 중얼거리는 소리를 들었다. 기도문인 게 분명했다.

「이리 오시지 않겠지요?」 그녀가 미소를 띠며 물었다. 「몸을 말리려면 옷을 좀 벗어야겠거든요.」

그는 대꾸하지 않고 벽 너머에서 흔들림 없는 목소리로 기도문을 읽어 나갔다.

〈그래, 대단한 사람이군.〉 그녀는 물이 뚝뚝 떨어지는 덧신을 겨우겨우 벗어 가며 생각했다. 신을 잡아당겼지만 잘 벗겨지지 않았다. 문득 그 상황이 우스워 조용히 웃음을 터뜨렸다. 그러다가 그가 웃음소리를 들으면 그녀가 원하는 바를 이룰 수 있지 않을까 싶은 생각이 들어 더욱 크게 소리 내어 웃었다. 그 명랑하고 자연스러우며 다정한 웃음은 정말로 그를 동요시켰다. 바로 그녀가 원한 바대로.

〈그래, 저런 사람이라면 사랑할 수 있어. 저 눈. 단순하고 고결하면서도 열정적인 얼굴! 기도문을 아무리 중얼댄다고 해도 여자를 속일 수는 없지.〉 그녀는 생각했다. 〈그가 유리창에 얼굴을 갖다 대고 날 봤을 때, 그때 이미 그는 알았어. 알고말고. 눈에서 빛이 번쩍이고 그 빛이 각인됐는걸. 그는 사랑에 빠졌고 날 원해. 그래, 원한다고.〉 이렇게 생각하며 그녀는 마침내 덧신과 신을 벗고 이제는 스타킹을 벗기 시작했다. 긴 새틴 스타킹을 벗으려면 치마를 들어 올려야만 했다. 그녀는 왠지 부끄러워졌다.

「들어오시면 안 돼요.」

그러나 벽 너머에서는 아무 대답도 없었다. 한결같은 중얼거림이 이어졌고 움직이는 소리도 났다. 〈땅에 엎드려 절을 하나 보다.〉 그녀는 생각했다. 〈그렇지만 일어나지는 않는군. 내 생각을 하는 거야. 내가 그를 생각하는 것처럼. 그리고 그런 감정으로 이 다리를 생각하겠지.〉 그녀는 젖은 스타킹을 벗었다. 그러고는 맨발을 침상 위에 올려놓았다가 무릎을 꿇고 앉았다. 그렇게 잠시 앉아 손으로 무릎을 잡고 앞을 바라보며 생각에 잠겼다. 〈그래, 여긴 아무도 없잖아. 이렇게 조용하고. 아무도 모를 거야, 절대…….〉

그녀는 일어나서 스타킹을 난로 쪽으로 가져가 통풍구에 널었다. 뭔가 특이하게 생긴 통풍구였다. 그녀는 통풍구를 돌려 보고는 맨발로 가볍게 걸어서 침상으로 돌아와 다시금 그 위에 발을 올리고 앉았다. 벽 너머는 쥐 죽은 듯 고요했다. 목에 걸린 조그만 시계를 들여다보았다. 2시였다. 〈사람들이 3시에는 돌아올 텐데.〉 한 시간도 채 남지 않은 것이다.

〈이러다가는 여기 혼자 앉아 있다가 시간 다 가겠네. 이게 뭐 하는 짓이람? 이걸 원한 게 아냐. 당장 그를 불러야겠어.〉

「세르게이 신부님, 세르게이 신부님! 세르게이 드미뜨리치! 까사쯔끼 공작님!」

문 너머는 고요하기만 했다.

「들어 보세요. 이건 너무해요. 필요한 게 있어서 부르는 거랍니다. 저 아파요. 제 몸이 왜 이런지 모르겠어요.」 그녀는 앓는 목소리로 입을 열었다. 「오, 오!」 침상에 쓰러져 끙끙대다 보니 이상한 일이 벌어졌다. 정말로 몸이 약해진 느낌이 든 것이다. 쑤시지 않은 곳이 없이 죄다 아프고 힘이 없었다. 열이 나고 오한이 나 그녀는 몸을 떨었다.

「좀 들어 보세요. 도와주세요. 무슨 일인지 모르겠네요. 오! 오!」 그녀는 드레스의 단추를 풀어 가슴을 드러내고 팔꿈치까지 소매를 걷어붙인 팔을 들어 올렸다.

그는 줄곧 방에서 기도했다. 저녁 기도문을 다 읽은 후에는 미동도 없이 서서 코끝에 시선을 집중한 채 마음속으로 기도문을 읊었다. 그는 온 마음을 다해 반복했다. 〈하느님의 아들이신 그리스도여, 주님, 저를 불쌍히 여기소서.〉

그러면서도 그는 모두 다 듣고 있었다. 그녀가 옷을 벗을 때 비단 천이 사각거리는 소리를 들었고 맨발로 바닥을 내디디는 소리도 들었다. 손으로 다리를 문지르는 소리도 들었다. 자신이 나약하다고, 그래서 곧 파멸할 것 같다고 느꼈기에 그는 기도를 멈추지 않았다. 그는 동화에 나오는 영웅이 느끼는 것과 비슷한 감정을 경험했다. 주위를 돌아보지 않고 앞으로만 나아가야 하는 것이다. 세르게이는 위험과 파멸이 곁에, 바로 그의 머리 위에, 또 주위에 있음을 듣고 느끼며 절대로 그녀를 돌아보지 않아야만 살아날 수 있다고 생각했다. 그러나 들여다보고 싶다는 열망이 불시에 그를 사로잡았다. 바로 그 순간 그녀가 말했다.

「너무 비인간적이시네요. 난 죽을지도 모른다고요.」

〈그래, 가지. 하지만 난 한 손은 타락한 여자에게, 또 다른 한 손은 화로에 집어넣은 신부처럼 하겠다. 그런데 화로가 없구나.〉 주위를 둘러보자 램프가 눈에 띄었다. 고통을 견뎌낼 각오로 얼굴을 찡그리며 그는 손가락을 촛불 위에 올렸다. 한동안 아무 느낌도 없는 듯 있다가 갑자기 — 그는 그때까지도 자기가 아픈지, 또 얼마나 아픈지 느낄 수 없었다 — 얼굴을 온통 찌푸리고 손을 저으며 거두어들였다. 〈아냐, 이건 안 되겠다.〉

「제발요! 오, 내게 와줘요! 나 죽는다니까요, 오!」

〈이렇게 난 파멸하는 건가? 아니, 그렇게는 안 되지.〉

「지금 갑니다.」 그는 문을 열고는 그녀를 쳐다보지도 않은 채 지나쳐 현관에 난 문으로 갔다. 그러고는 거기서 장작을 팰 때 나무를 놓는 통나무 토막과 벽에 기대어져 있는 도끼를 손으로 더듬어 찾았다.

「지금 가요.」 다시 이렇게 말한 그는 오른손에 도끼를 들고 왼손 검지를 통나무 토막 위에 올린 후 도끼를 휘둘러 두 번째 마디 아래를 내리쳤다. 손가락은 그 정도 두께의 장작보다는 가볍게 튀어 올라 뒤집히더니 통나무 토막 가장자리에 부딪쳤다가 바닥으로 떨어졌다.

통증을 느끼기 전에 소리가 먼저 들렸다가, 왜 통증이 없을까 채 놀라기도 전에 타는 듯한 아픔과 따뜻하게 흘러내리는 피가 느껴졌다. 그는 재빨리 사제복 자락으로 상처를 감싸고 넓적다리에 꽉 누르며 방으로 돌아가 여자 앞에 섰다. 눈을 내리깔고 그는 조용히 물었다.

「뭐가 필요하십니까?」

그녀는 그의 창백해진 얼굴과 떨리는 왼쪽 뺨을 쳐다보았다. 그러자 갑자기 창피해졌다. 그녀는 벌떡 일어나 모피 코트를 집어 들어 걸치고는 몸을 감쌌다.

「그게, 제가 아파서요……. 감기에 걸려서…… 제가…… 세르게이 신부님…… 제가…….」

그는 조용한 기쁨으로 빛나는 눈을 들어 그녀를 바라보며 말했다.

「친애하는 자매여, 왜 그대는 자신의 불멸의 영혼을 파멸시키려하는 겁니까? 유혹은 이 세상에 있기 마련이지만 유혹을 받아들이는 자에게는 불행이 오는 것을……. 신께서 우리를 용서해 주기를 비십시오.」

그녀는 이 말을 들으며 그를 쳐다보았다. 불현듯 끈적이는 액체가 방울져 떨어지는 소리가 들렸다. 살펴보니 그의 사제복을 타고 손으로부터 피가 흘러내리고 있었다.

「대체 손이 왜 그런 거죠?」 그녀는 아까 들었던 소리를 떠올리고는 램프를 집어 들고 현관으로 뛰어나갔다. 그리고 거기 바닥에서 피투성이가 된 손가락을 발견했다. 그보다 더 하얗게 질린 얼굴로 그녀가 돌아와 무슨 말인가를 하려 했다. 그러나 그는 조용히 옆방으로 들어가 문을 잠갔다.

「용서하세요.」 그녀가 말했다. 「어떻게 해야 속죄할 수 있을까요?」

「떠나십시오.」

「상처를 매어 드릴게요.」

「여기를 떠나십시오.」

그녀는 말없이, 그러나 서둘러 옷을 입었다. 모피 코트로 몸을 감싸고 떠날 채비를 마친 후 앉아서 기다렸다. 밖에서 방울 소리가 들려왔다.

「세르게이 신부님, 저를 용서하세요.」

「떠나세요. 하느님이 용서하실 겁니다.」

「세르게이 신부님, 저는 이제 다른 삶을 살겠어요. 저를 버리지 마세요.」

「가십시오.」

「저를 용서하고 축복해 주세요.」

「성부와 성자와 성령의 이름으로.」 칸막이 뒤에서 그의 목소리는 계속됐다. 「이제 가십시오.」

그녀는 쉽게 울면서 암자를 나섰다. 변호사가 그녀를 맞으러 왔다.

「이런, 결국 내가 졌군요. 어쩔 수 없죠. 어디에 앉으시겠습니까?」

「어디든 상관없어요.」

썰매를 타고 집에 닿을 때까지 그녀는 한마디도 하지 않았다.

1년 후 그녀는 머리를 짧게 자르고 수녀원에 들어갔다. 그리고 거기서 가끔 그녀에게 편지를 쓰곤 했던 아르세니 은자의 지도하에 엄격한 수도 생활을 시작했다.

# 6

그렇게 세르게이 신부는 은둔 생활을 7년 더 했다. 처음에는 그는 자신에게 가져다주는 차, 설탕, 흰 빵, 우유, 옷과 장작 등을 많이 받아들였다. 그러나 시간이 가면 갈수록 금욕적인 삶을 추구하게 되어 불필요한 물건은 몽땅 거절했고 마침내는 일주일에 한 번 가져다주는 흑빵 외에는 아무것도 받지 않게 되었다. 다른 것들은 그를 찾아오는 빈자들에게 나눠 주었다.

세르게이 신부는 암자에서 기도를 하거나 방문자들과 이야기를 나누며 모든 시간을 보냈다. 방문자는 점점 더 늘어났다. 세르게이 신부는 1년에 세 번 정도만 예배에 갔고 물과 장작이 떨어질 때만 밖에 나갔다.

마꼬브끼나와의 사건이 일어난 것은 그가 그런 생활을 시작하고 5년이 흐른 후였는데 그녀가 한밤중에 그를 찾아갔던 일이며 그 후에 그녀에게 일어난 변화와 수녀원에 들어간 일은 삽시간에 온 사방에 알려졌다. 그때부터 세르게이 신부의 명성은 높아만 갔다. 그를 찾아오는 사람들이 점점 늘어갔고 그의 암자 옆으로 수도사들이 옮겨 왔으며 예배당과 숙소가 세워졌다. 세르게이 신부의 명성은 늘 그렇듯 과장된 채 사방팔방으로 퍼져 나갔다. 멀리서 사람들이 모여들었다. 그들은 그가 병도 고쳐 줄 거라고 확신하면서 병자들을 데리고 왔다.

그가 처음으로 병자를 치유한 것은 은둔 생활을 한 지 8년째 되던 해였다. 한 어머니가 세르게이 신부에게 열네 살짜리

아들을 데리고 와서 안수해 달라면서 생긴 일이었다. 세르게이 신부는 자신이 병자를 치료할 수 있다고는 생각조차 해본 일이 없었다. 그런 생각은 오만이고 그래서 큰 죄라고 여겼지만 소년을 데리고 온 어머니는 물러서지 않고 간청하며 무릎을 꿇은 채 애원하는 것이었다. 왜 다른 사람들은 고쳐 주면서 자기 아들은 고쳐 주지 않느냐며 그리스도의 이름으로 간청했다. 오직 신만이 고칠 수 있다는 세르게이 신부의 확고한 말에 그녀는 그저 손을 얹고 기도만 해달라고 부탁했다. 세르게이 신부는 거절하고 암자로 발길을 옮겼다. 그러나 다음 날(때는 가을이라 밤이면 벌써 쌀쌀했다) 그가 물을 긷기 위해 암자 밖으로 나섰을 때 다시금 그 어머니와 창백하고 허약한 열네 살 소년을 보았다. 그리고 같은 간청이 이어졌다. 세르게이 신부는 불공평한 판관의 우화를 떠올렸다. 그 전까지는 거절해야 한다는 걸 의심하지 않았으나 한번 자신이 없어지자 마음에 결정이 내려질 때까지 계속 기도해야 했다. 그리고 그렇게 내려진 결정은 여자의 요구를 들어 주자는 것이었다. 그러면 그녀의 믿음이 아들을 구원할지도 모를 일이었다. 또한 그럴 경우 세르게이 신부 자신은 신이 택한 보잘것없는 도구에 다름 아닐 것이었다.

세르게이 신부는 어머니에게로 가서 소원을 들어주었다. 그는 소년의 머리에 손을 얹고 기도를 했다.

어머니는 아들과 함께 떠났고 한 달 후에 소년은 완쾌되었다. 세르게이 장로(이제 사람들은 그를 이렇게 불렀다)의 신성한 치유력은 그 지역에서 유명해졌다. 그때부터 마차를 타고든 걸어서든 병자들이 세르게이 신부를 찾아오지 않는 날이 없었다. 그리고 한번 거절하지 못한 터라 그는 다른 청도 거절할 수 없었다. 세르게이 신부는 안수를 하고 기도를 해서 많은 사람을 고쳤고 그의 명성은 점점 더 멀리 퍼져 나갔다.

그렇게 수도원에서의 9년과 은둔 생활 13년이 지났다. 세르게이 신부는 장로의 모습을 갖추었다. 긴 턱수염이 희게 세었다. 그러나 머리터럭은 비록 성기긴 해도 아직 검고 곱슬거렸다.

## 7

벌써 몇 주째 세르게이 신부를 떠나지 않는 생각이 있었다. 그 스스로가 아니라 수도원장이나 대수도원장이 만들어 준 위치를 받아들인 게 과연 잘한 일인가 하는 생각이었다. 열네 살 소년이 나은 후부터 수도원에서는 그를 다르게 대했다. 매달, 매주, 매일 세르게이는 자신의 내면세계가 소멸하고 그 자리를 외부의 세계가 채운다는 느낌이 들었다. 그의 안과 밖이 뒤집힌 것이다.

세르게이는 방문자와 기부자들을 수도원으로 끌어들이는 미끼가 되었고 그래서 수도원의 권력자들은 그를 최대한으로 이용할 수 있는 환경을 조성했다. 예를 들어 그에게는 더 이상 노동을 할 기회가 주어지지 않았다. 그에게 필요할 물품은 모두 조달되었고 그는 다만 방문자들을 아낌없이 축복해 주기만 하면 되었다. 그의 편의를 위해 그가 방문자들을 만나는 날을 정해 주었다. 남자들을 만나는 응접실을 마련했고 난간을 두른 장소도 마련해 주었다. 그가 몰려드는 여성 방문자들에게 밀려 넘어지지 않고 축복을 내릴 수 있는 장소였다. 사람들이 그를 필요로 하고 그리스도가 설파한 사랑을 실천하기 위해서라면, 그는 자신을 보겠다고 찾아오는 사람들을 거부하지 않을 것이었다. 그런 사람들을 밀어내는 것은 잔인한 일이라는 데 그도 동의하지 않을 수 없었다. 그러나 그런 생활에 젖어들수록 그는 자신의 내면세계가 외형적인 삶으로 바뀌고 그의 내면에 있던 생명수의 근원이 말라붙을 뿐만 아니라 점점 더 신이 아니라 사람들을 위해 산다는 느낌이 강해졌다.

그가 사람들에게 설교를 하든, 아니면 축복을 내리든, 또는 병자들을 위해 기도를 하든, 인생 진로에 대해 조언을 하든, 그가 고쳐 주거나(사람들은 그렇게 말했다) 가르침을 준 사람들이 감사하다고 하면 그는 기뻐하지 않을 수 없었고 자신이 끼친 영향과 행동의 결과를 신경 쓰지 않을 수 없었다. 그는 자신이 타오르는 촛불이라고 생각했다. 그리고 그렇게 느낄수록 내면에서 타오르는 진실의 신성한 빛이 약해지며 꺼져 간다는 생각 또한 커졌다. 〈내가 하는 일 가운데 어느 정도가 신을 위한 것이고 어느 정도가 사람을 위한 것일까?〉 이 질문은 끊임없이 그를 괴롭혔고 아무리 애써도 그 질문에 대답할 수 없었다. 영혼 깊은 곳에서 그는 느끼고 있었다. 신을 위한 그의 행동을 악마가 죄다 사람을 위한 것으로 바꾸어 버렸다는 것을. 전에는 사람들이 자신을 고독에서 떼어 놓을 때 견디기 힘들었지만 이제 그는 고독이 견디기 힘들어졌다. 그는 찾아오는 사람들에 치이고 그들 때문에 지쳤지만 영혼 깊은 곳에서는 그들이 찾아오는 걸 기뻐하고 자신을 에워싼 찬사를 즐기고 있었다.

모든 것을 버리고 떠나서 숨으려 한 적도 있었다. 어떻게 하면 될는지 계획을 세우기까지 했다. 필요한 사람들에게 주겠다는 구실로 농부가 입는 상의와 바지, 까프딴과 모자를 준비했다. 그는 그 옷을 입고 머리를 깎고 떠나면 될 거라고 생각하며 그것을 자기 방에 두었다. 우선 기차를 타고 3백 베르스따쯤 가서 내린 후 이 마을 저 마을을 다닐 생각이었다. 그는 그렇게 돌아다니는 늙은 병사에게 먹을 것과 잠자리를 어떻게 해결하는지 이것저것 물었다. 어느 마을의 사람들이 친절한지 병사가 설명하자 세르게이 신부도 그렇게 해 보고 싶었다. 한번은 한밤중에 옷을 입고 떠나려 했지만 도망가는 게 정말 옳은 일인지 알 수가 없었다. 그렇게 갈팡질팡했지만 그 순간이 지나자 그만 익숙해져서 악마에게 굴복하고 말았다. 농부의 옷은 그저 그의 그러한 생각과 감정을 떠올리는 도구로만 남았다.

하루하루 지날수록 그를 찾는 사람들은 점점 더 많아졌고 그만큼 영혼을 단련하고 기도하는 시간은 줄어들었다. 가끔, 마음이 맑아지는 순간이면 그는 자신이 한때 샘이었던 곳 같다고 생각했다. 〈내게서, 나를 통해 조용히 졸졸 흘러나오는 생명수의 샘이었지. 《그녀》 — 이제 아그니야 수녀가 된 그녀를 상기하면 그는 늘 환희에 차서 그날 밤을 떠올렸다 — 가 나를 유혹했던 순간이 진정 진실된 삶이었어. 그녀는 그 깨끗한 물을 마셨지. 그러나 그 후로는 물이 고일 틈이 없어. 물을 열망하는 사람들이 몰려들어 붐비며 서로를 밀쳐 대니 말이야. 죄다 짓밟아 대니 이젠 진흙탕만 남은 거야.〉 흔치 않게 마음이 맑아질 때면 이런 생각을 하는 것이었다. 그러나 보통은 그저 피곤할 뿐이었고 그는 그런 스스로를 가엾게 여겼다.

때는 봄으로 성령 강림절 주간의 화요일이었다. 세르게이 신부는 자신의 동굴 예배당에서 저녁 예배를 집전했다. 스무 명이 들어가는 예배당이 사람들로 꽉 찼다. 참석자는 모두 부유한 지주에 상인이었다. 세르게이 신부는 누구든 받아들이고자 했지만 그를 돕는 수도사와 그가 매일 세르게이의 암자로 보내는 당직자가 참석자를 선별했다. 대부분이 여자인 여든 명에 달하는 순례자들은 밖에 서서 세르게이 신부가 나와 축복해 주기를 기다렸다. 그런데 세르게이 신부가 예배를 집전하며 전임자의 무덤으로 가던 중 갑자기 휘청거렸다. 그의 뒤에 서 있던 상인과 보제 역할을 하는 수도사가 그를 잡지 않았더라면 넘어질 뻔했다.

「무슨 일인가요? 신부님, 세르게이 신부님! 세상에!」 여자들이 떠들어 댔다. 「백짓장처럼 하얘지셨네.」

그러나 세르게이 신부는 곧바로 몸을 추스른 뒤 매우 창백한 얼굴이긴 했지만 상인과 보제를 밀쳐 내고 계속 찬송가를 불렀다. 보제인 세라피온 신부와 심부름꾼, 그리고 늘 암자 근처에 머물며 세르게이 신부의 시중을 드는 소피야 이바노브나 부인은 예배를 중단하라고 그에게 청했다.

「괜찮습니다, 괜찮아요.」 콧수염 아래로 보일락 말락 하게 미소를 지으며 세르게이 신부가 말했다. 「중단하지 말아요.」

〈그래, 성인들처럼 하는 거야.〉 그는 생각했다.

그러자 즉시 뒤에서 소피야 이바노브나와 그를 부축했던 상인의 목소리가 들렸다. 「성자님! 하느님의 천사여!」 그는 그들의 청을 물리치고 계속 예배를 이어 갔다. 다시금 사람들이 몰려들면서 모두가 복도를 따라 작은 예배당으로 돌아갔고 세르게이 신부는 약간 생략하기는 했지만 저녁 예배를 끝까지 마쳤다.

예배를 끝내자마자 세르게이 신부는 거기 있는 사람들을 축복하고 동굴 입구에 있는 느릅나무 아래 벤치로 나갔다. 쉬면서 신선한 공기를 마시고 싶었다. 꼭 그렇게 해야 할 것 같았다. 그러나 그가 예배당을 나서자마자 인파가 그에게 몰려들어 축복해 달라며 애원하고 조언과 도움을 청했다. 거기에는 늘 성지에서 성지로 돌아다니고 장로들을 방문하면서 어떤 성물이든 어떤 장로든 그 앞에서 감동하는 여성 순례자들이 있었다. 세르게이 신부는 그 평범하지만 전혀 종교적이지 않고 냉담하며 관습적인 부류를 알고 있었다. 또 남자 순례자들도 있었는데 거개가 퇴역한 군인들로 한곳에 정착하지 못하고 곤궁하게 살면서 대부분 술을 퍼마시며 오로지 끼니를 해결하기 위해 수도원을 떠도는 늙은이들이었다. 그 외에도 무지한 농부들과 그의 아내들이 와 병을 고쳐 달라는 것 외에도 실제적인 일, 가령 딸을 시집 보내는 문제나 가게를 세놓는 일, 땅 매입, 사생아 문제를 해결해 달라거나 혹은 자다가 아이를 깔고 누워 죽인 죄를 사해 달라는 등 그들 나름의 요구를 했다. 이미 오래전부터 이 모든 일에 익숙해진 세르게이 신부는 어떤 것에도 흥미를 갖지 못했다. 그 얼굴들에서 새로움은 전혀 찾을 수 없으며 여하한 신앙심도 생겨나지 않는다는 사실을 그는 알고 있었다. 그럼에도 불구하고 그는 떼로 몰려든 그들을 보는 것이 좋았다. 그의 축복과 말이 그들에게 필요하고 소중하다는 것을 알기에 그는 인파에 치여 괴로워하면서도 동시에 행복해했다. 세라피온 신부는 세르게이 신부가 지쳤다고 말하며 인파를 물리치기 시작했다. 그러나 그는 〈그들(아이들)이 내게 오는 것을 막지 말라〉는 복음서 구절을 상기하고 그걸 떠올린 자신을 기특해하면서 그들을 그냥 두라고 말했다.

그는 일어나서 군중이 몰려든 근처의 난간으로 다가가 그들을 축복하고 질문에 답했다. 대답하는 목소리가 어찌나 힘이 없는지 그 스스로도 연민을 느낄 정도였다. 모두를 맞이하고 싶은 바람에도 불구하고 그럴 수가 없었다. 또다시 눈앞이 어두워지는 바람에 그는 비틀거리며 난간을 잡았다. 다시금 피가 머리로 몰려드는 느낌이 들었고 창백해졌다가 갑자기 얼굴이 벌게졌다.

「아무래도 내일 뵈어야겠습니다. 오늘은 안 되겠어요.」 그는 이렇게 말하고 모두를 한꺼번에 축복한 후 벤치로 갔다. 상인이 다시 팔을 잡고 그를 부축해 가서 자리에 앉혔다.

「신부님!」 군중 속에서 외침이 터져 나왔다. 「신부님! 우리를 버리지 마세요. 신부님이 없으면 우리는 길을 잃어요!」

세르게이 신부를 느릅나무 아래 벤치에 앉힌 상인은 경호원 노릇을 자처하고 나서서는 매우 단호하게 사람들을 내쫓았다. 목소리가 작아서 세르게이 신부는 알아들을 수 없었지만 매우 단호하고 화난 목소리임은 분명했다.

「꺼지시오. 꺼지라니까. 이만큼 축복을 해주셨으면 됐지 뭘 더 바라는 거요? 가시오. 아니면 목을 부러뜨려 놓겠소. 자, 자! 거기 검은 각반을 두른 아주머니, 가시오. 가라고. 어딜 오는 거요? 그만두라고 말했소. 내일이 있잖소. 오늘은 이게 끝이오.」

「어르신, 딱 한 번만 신부님 얼굴을 눈으로 보게 해주세요.」 한 노파가 말했다.

「안 된다니까. 어딜 가는 거요?」

상인이 자못 심하게 군다는 걸 눈치챈 세르게이 신부는 약한 목소리로 심부름꾼을 불러 상인이 사람들을 내쫓지 못하게 하라고 말했다. 그래 봤자 그가 사람들을 몰아내리라는 것을 알았고 또 혼자 남아 쉬기를 간절히 원했지만 그는 좋은 인상을 남기기 위해 심부름꾼을 보냈다.

「네, 네. 쫓아내지 않습니다. 다만 훈계를 할 뿐입니다.」 상인이 대꾸했다. 「이치들은 사람을 망치는 걸 좋아해서 말이죠. 당최 측은지심이 없어요. 그저 자기 자신만 알 뿐이죠. 안 된다고 했잖소. 가시오. 내일 오시오.」

그렇게 그는 모두를 내쫓아 버렸다.

상인은 질서를 좋아하고 사람들을 몰아내고 못살게 구는 걸 즐기는 사람이기도 했지만 그가 모두를 쫓아 버린 가장 큰 이유는 따로 있었다. 그 역시 세르게이 신부가 필요했던 것이다. 홀아비인 그에게는 딸이 하나 있었는데 아직 시집도 안 간 그 딸이 아팠다. 그래서 그는 1,400베르스따나 되는 길을 마다하지 않고 세르게이 신부에게 딸을 데리고 왔다. 치료를 부탁하려는 목적이었다. 그는 딸의 병을 고치려고 벌써 2년이나 여러 곳을 다니며 애를 써왔다. 처음에는 현의 대학 도시에 있는 병원에 데리고 갔다. 하지만 도움이 되지 않았다. 다음에는 사마라 현의 농부에게 데리고 갔다. 거기서는 약간 효험이 있었다. 그다음에는 모스끄바의 의사에게 데리고 가서 거금을 들였다. 하지만 아무것도 달라지지 않았다. 이제는 세르게이 신부가 병을 고친다는 얘기를 듣고 그에게 딸을 데려온 것이었다. 마침내 사람들을 죄다 내쫓은 그는 세르게이 신부에게 다가가 밑도 끝도 없이 무릎을 꿇고는 우레와 같은 목소리로 말했다.

「성스러운 신부님, 제 아픈 여식을 축복해 주십시오. 병의 고통에서 낫게 해주십시오. 감히 신부님의 신성한 발에 이렇게 매달립니다.」 그는 양손을 맞잡았다. 그렇게 말하고 행동하는 그의 품새는 마치 법과 관습에 의해 명백하고 명료하게 정해진 일을 한다는 투였고 따라서 다른 방법으로는 딸의 치료를 간청할 수 없다는 식이었다. 그 행동이 어찌나 확신에 차 있던지 세르게이 신부마저도 그 모든 것이 그렇게 말해지고 행해져야 한다고 느낄 정도였다. 어쨌든 세르게이 신부는 상인에게 일어서서 자초지종을 설명해 보라고 일렀다. 상인은 자기 딸이 스물두 살 처녀인데 2년 전에 어미가 갑자기 죽은 후 상심해서 — 그는 그렇게 말했다 — 정신이 이상해지더니 병이 났다고 했다. 그리고 그가 딸을 데리고 1,400 베르스따나 되는 길을 달려왔으며 딸은 지금 여인숙에서 세르게이 신부가 부르기만을 기다리는 중이라고 했다. 빛을 무서워해서 낮에는 나다니지 않고 해가 진 다음에만 밖에 나온다고도 했다.

「아니, 그렇게 약하오?」 세르게이 신부가 물었다.

「아닙니다. 유달리 약한 건 아닙니다. 몸집도 좀 있는 편이고요. 의사 말로는 신경 쇠약이라고 합니다만. 만약 신부님이 오늘 제 여식을 데려오라고 하신다면 지금 당장 달려갔다 오겠습니다. 신성한 신부님, 아비의 마음을 굽어살피시고 집안의 대가 끊기지 않게 신부님의 기도로 제 아픈 여식을 구해 주십시오.」

그런 다음 상인은 다시금 쿵 소리를 내며 무릎을 꿇고 양

손을 맞잡더니 그 위로 고개를 숙인 채 꼼짝도 하지 않았다. 세르게이 신부는 그에게 다시 일어나라고 하고는 자신이 얼마나 힘든지, 그리고 그럼에도 불구하고 얼마나 묵묵히 이 일들을 해왔는지 생각하며 무겁게 한숨을 쉬고 몇 초간 침묵하다가 말했다.

「좋소. 밤에 데려오시오. 그녀를 위해 기도하겠소. 하지만 지금은 피곤해서.」 그는 눈을 감았다. 「이따가 사람을 보내겠소.」

상인은 까치발을 하고 물러났는데 그럴수록 장화 소리는 끼익끼익 더 크게 났다. 세르게이 신부는 홀로 남았다.

예배와 방문자들로 가득 차는 것이 세르게이 신부의 삶에는 예사였지만 오늘은 특히 힘든 날이었다. 아침에는 고위 관료가 찾아와 오랫동안 그와 대화를 나누었다. 그다음에는 한 귀부인이 아들과 함께 찾아왔다. 아들은 젊은 학자로 무신론자였고 어머니는 세르게이 신부를 따르는 열렬한 신자였다. 모친은 세르게이 신부에게 아들과 얘기를 해달라고 데리고 온 것이었다. 대화는 몹시 힘들었다. 청년은 수도사와 논쟁하고 싶어 하지 않는 것이 분명했다. 그래서 정신적으로 열등한 사람과 얘기를 나누듯 세르게이 신부가 하는 말에 모조리 동의했다. 그러나 세르게이 신부는 청년이 아무것도 믿지 않는다는 사실을 꿰뚫어 보았고 그럼에도 불구하고 그가 만족스러워하며 편안하고 평온하다는 사실도 알아챘다. 지금 세르게이 신부는 불편한 심정으로 그 대화를 상기했다.

「신부님, 뭘 좀 드셔야죠.」 심부름꾼이 말했다.

「그러지, 뭐든 가져오게.」

심부름꾼은 동굴 입구에서 열 걸음쯤 떨어진 곳에 세운 헛간으로 갔다. 세르게이 신부는 홀로 남았다.

세르게이 신부가 혼자 살면서 모든 걸 스스로 하고 전병과 빵만 먹던 때는 벌써 오래전이다. 이미 예전에 그는 자기 건강을 스스로 챙길 권리를 빼앗겼다. 사람들은 그에게 기름기는 없어도 영양이 풍부한 음식을 주었다. 그는 그 음식들을 많이 먹지는 않았지만 예전보다는 더 먹었다. 예전에는 혐오감과 죄의식을 느꼈지만 이제는 곧잘 특별한 만족감을 느끼며 먹었다. 지금도 그랬다. 그는 죽을 먹고 차를 마셨으며 흰 빵 반 덩이를 먹었다.

심부름꾼이 자리를 뜨자 그는 느릅나무 아래 벤치에 홀로 남았다.

매혹적인 5월의 저녁이었다. 자작나무며 물푸레나무, 느릅나무, 벚나무, 참나무에 잎이 파릇파릇 돋았다. 느릅나무 뒤 벚나무 덤불에는 꽃이 활짝 피어서 아직 지지 않았다. 꾀꼬리 한 마리가 아주 지척에서, 또 다른 두세 마리는 강가의 덤불 아래서 지저귀며 우짖고 있었다. 강가에서 아스라이 노랫소리가 들려왔다. 일을 마치고 돌아오는 일꾼들이 부르는 노래 같았다. 해는 숲 너머로 지며 녹음 사이로 빛을 흩뿌렸다. 한쪽은 환한 초록빛으로 가득했고 느릅나무가 있는 다른 쪽은 어두웠다. 딱정벌레들이 날아올라 이리저리 부딪치다가 떨어졌다.

저녁 식사 후에 세르게이 신부는 속으로 기도문을 되풀이했다. 〈그리스도, 신의 아들이여, 우리를 불쌍히 여기소서.〉 그런 다음 「시편」을 읽던 중 난데없이 참새 한 마리가 덤불에서 땅으로 날아 내려왔다. 참새는 짹짹거리며 그를 향해 종종 뛰어오다가 뭔가에 놀라서는 날아가 버렸다. 그는 속세를 떠난 자신의 처지에 꼭 맞는 기도문을 읽다가 서둘러 끝냈다. 상인의 딸을 데려오기 위해 사람을 보낼 생각을 했던 것이다. 그녀에게 관심이 갔다. 그녀가 그에게는 일상으로부터의 탈출이며 새로운 얼굴이기 때문이었고, 부녀가 그를 성인으로 알고 그의 기도가 효험이 있다고 믿기 때문이었다. 그는 그 생각을 부정하면서도 마음속 깊은 곳에서는 그렇게 믿고 있었다.

가끔 그는 스쩨빤 까사쯔끼, 그러니까 자기 자신이 어떻게 그처럼 비범한 성인이 되어 기적까지 행하게 됐는지 놀라곤 했다. 그러나 그가 그렇게 된 것에는 의심의 여지가 없었다. 허약했던 소년부터 시작해서 최근에 그의 기도로 시력을 회복한 노파에 이르기까지 그 역시 자기 눈으로 직접 본 기적을 믿지 않을 도리가 없었다.

아무리 이상해도 그것들은 실제로 일어난 일이었다. 상인의 딸에게 관심이 가는 것도, 그녀가 새로운 얼굴인 데다가 그에게 믿음을 가지고 있으며 더 나아가 그녀를 통해 자신의 치료 능력과 명성을 다시금 확인할 수 있을 것이기 때문이었다. 〈1천 베르스따가 넘는 길을 마다하지 않고 찾아오고, 신문에서 써대고, 황제가 알고, 유럽에서도 알고, 신앙이 없는 유럽에서까지 나를 안단 말이지.〉 그는 생각했다. 그러자 문득 자신의 허영심이 부끄러워졌다. 그는 다시 신에게 기도했다. 〈하느님, 하늘에 계신 주여, 위안을 주시는 분, 진리의 정신이여, 제게 오셔서 저의 영혼을 정화하사 구원해 주시고 축복해 주소서. 저를 괴롭히는 속세의 더러운 허영심으로부터 저를 깨끗이 하소서.〉 그는 기도를 되풀이하다가 자신이 그 기도를 얼마나 많이 했던가를 떠올렸다. 그 문제로 수없이 기도를 했어도 이제까지 모두 헛되기만 했다. 그의 기도는 타인에게는 기적을 일으켰으나 그 자신은 아무리 기도해도 하찮은 욕망으로부터 자유로워지지 못했다.

그는 은둔 생활을 시작할 무렵에 했던 기도를 상기했다. 그때 그는 순결, 겸손, 사랑을 달라고 기도했고 그가 느끼기에 그때 신은 그의 기도를 들어주었다. 그는 순결을 지켰으며 손가락을 잘랐다. 그리고 주름투성이의 잘린 손가락을 집어 들어 입을 맞추었다. 죄가 많다고 스스로를 줄곧 질책하던 그때는 자신이 겸손했다는 생각이 들었다. 그리고 노인이며 그에게 돈을 구걸하러 온 술 취한 병사며 여자를 그가 얼마나 따뜻이 맞았던가를 떠올렸다. 그때 그에게는 사랑이 있었던 것이다. 하지만 지금은 어떤가? 그는 자문했다. 그가 누군가를 사랑하는가? 소피야 이바노브나를 사랑하는가? 세라피온 신부를 사랑하는가? 오늘 그를 찾아왔던 그 사람들 모두에게 사랑의 감정을 느꼈던가? 그 젊은 학자에게는 어떤가? 세르게이 신부는 오직 자신의 지성과 교양을 과시하는 데만 신경을 쓰느라 훈계하듯 그와 대화를 나눴다. 모두에게서 받는 사랑이 그는 좋았고 필요했다. 하지만 그 자신은 그들에게 사랑을 느끼지 않았다. 그에게는 이제 사랑도, 겸손도, 순결도 없었다.

그는 상인의 딸이 스물두 살이라는 사실이 마음에 들었고 그녀가 아름다운지 알고 싶었다. 그녀가 허약하냐고 물어보면서 정작 알고자 했던 바는 그녀에게 여자로서의 매력이 있는지의 여부였다.

〈정말 내가 이렇게 타락했단 말인가?〉 그는 생각했다. 〈주님, 도우소서. 저를 다시 일으켜 세우소서. 주님, 오 나의 하느님.〉 그는 두 손을 모으고 기도하기 시작했다. 꾀꼬리가 지저귀고 있었다. 딱정벌레가 그에게 날아들어 목덜미를 기어올랐다. 그는 딱정벌레를 떼어 냈다. 〈그런데 정말 신이 존재하는 걸까? 난 밖에서 잠긴 문을 두드리고 있는 게 아닐까? 문에 자물쇠가 달려 있고 내가 그걸 보고 있는지도 모르지. 그 자물쇠는 꾀꼬리, 딱정벌레, 자연이지. 그 젊은이가 옳을지도 몰라.〉 그러고 나서 그는 큰 목소리로 기도하기 시작했다. 기도는 오래, 상념이 사라질 때까지, 그래서 그가 다시금 평정과 확신을 찾을 때까지 계속됐다. 그가 작은 종을 흔들자 심부름꾼이 왔다. 그는 이제 상인더러 딸을 데려오게 하라고 심부름꾼에게 일렀다.

상인은 딸을 부축해 와서 암자로 데리고 들어온 후 바로 자리를 떴다.

딸은 피부가 희었다. 아주 희고 창백한 얼굴에 몸은 풍만한, 매우 얌전한 아가씨였다. 겁을 집어먹은 어린애 같은 얼굴을 했지만 몸매는 아주 성숙한 여인의 것이었다. 세르게이 신부는 출입문 옆 의자에 앉아 있었다. 처녀가 다가와 그 옆에 멈춰 서자 그는 그녀를 축복했는데 그러면서 여자의 몸을 살펴보는 스스로에게 공포를 느꼈다. 그녀가 옆을 스쳐 갈 때 그는 그 여성성을 날카롭게 느꼈다. 그녀의 얼굴에서 그녀가 육감적이고 아둔하다는 사실을 알 수 있었다. 그는 일어나 암자로 들어갔다. 그녀는 의자에 앉은 채 그를 기다리고 있었다.

그가 들어서자 그녀는 일어섰다.

「아빠에게 갈래요.」 그녀가 말했다.

「두려워 말아라.」 그가 말했다. 「어디가 아픈 거냐?」

「다 아파요.」 그녀가 대답하고는 갑자기 미소를 띠었다. 일순 그녀의 얼굴이 환해졌다.

「건강해질 거다. 기도하렴.」 그가 말했다.

「기도요? 해봤지만 아무 소용이 없던걸요.」 그녀는 계속 생글생글 웃었다. 「신부님이 제게 손을 얹고 기도해 주세요. 꿈속에서 신부님을 봤어요.」

「어떻게 봤다는 거냐?」

「봤어요. 신부님이 이렇게 제 가슴에 손을 얹었어요.」 그녀는 그의 손을 잡아 자기 가슴에 댔다. 「바로 여기에요.」

그는 그녀에게 오른손을 맡겼다.

「이름이 뭐냐?」 그는 온몸을 부들부들 떨며 물었다. 그는 자신이 졌다고 생각했다. 육욕은 이미 통제가 불가능했다.

「마리야예요. 왜요?」

그녀는 그의 손을 잡아 입을 맞추더니 한 손을 그의 허리에 두르고 몸을 끌어당겼다.

「뭘 하는 거지?」 그가 말했다. 「마리야. 넌 악마로구나.」

「글쎄요, 아마도요. 뭐 어때요?」

그녀는 그를 껴안고 함께 침대에 앉았다.

날이 샐 무렵 그는 현관으로 나왔다.

〈정말 이 일이 일어났단 말인가? 아비가 올 것이다. 그녀는 전부 얘기하겠지. 악마다. 자, 이제 난 어쩐다? 아, 여기 있다. 내가 손가락을 잘랐던 도끼.〉 그는 도끼를 쥐고 암자로 갔다.

심부름꾼이 그를 맞았다.

「장작을 팰까요? 도끼를 주십시오.」

그는 도끼를 건넸다. 암자로 돌아가 보니 그녀는 잠들어 있었다. 그는 공포에 휩싸여 그녀를 바라보았다. 다른 방에 들어간 그는 농부의 옷을 꺼내 입고 가위를 들어 머리를 깎은 다음 산 아래 강 쪽으로 난 오솔길로 나섰다. 지난 4년간 한 번도 나선 적이 없는 길이었다.

강 옆으로 길이 있었다. 점심시간이 될 때까지 그는 그 길을 걷다가 호밀밭으로 들어가 누웠다. 저녁 무렵 강가의 마을에 도착했다. 그러나 그는 마을로 들어가는 대신 강 쪽으로 또 벼랑 쪽으로 갔다.

이른 아침이었다. 해가 뜨기까지는 30분쯤 남아 있었다. 온통 잿빛에 어두웠고 동트기 전의 서늘한 바람이 서쪽에서 불어왔다. 〈그래, 끝내야 한다. 신은 없다! 어떻게 끝낼까? 몸을 던질까? 그렇지만 수영을 할 줄 아니 익사하지 않을 거야. 목을 맬까? 그래, 여기 허리띠도 있으니 나뭇가지에 걸면 되겠지.〉 그러나 그 계획이 너무나 가능하고 가깝게 느껴져서 그는 몸서리를 쳤다. 절망할 때면 보통 그랬듯이 기도를 하고 싶었지만 기도를 올릴 대상이 없었다. 신은 없었던 것이다. 그는 팔꿈치를 괴고 누웠다. 불현듯 잠을 자고 싶다는 강렬한 욕망이 그를 감쌌다. 더 이상 손으로 머리를 괴고 있을 수 없어져 이젠 팔을 뻗고 그 위에 머리를 올려놓은 후 곧바로 잠들었다. 잠은 겨우 순간에 불과했다. 그는 즉시 깨어나 꿈도 아니고 회상도 아닌 상태에 빠졌다.

그는 이제 어린아이였던 자신을 보고 있었다. 마을에 있는 어머니 집이었다. 마차 한 대가 집으로 오더니 사람들이 마차에서 내렸다. 삽 모양의 검은 턱수염을 길게 기른 니꼴라이 세르게예비치 숙부와 마른 계집아이 빠셴까였다. 빠셴까는 가련하고 수줍어 보이는 얼굴에 눈망울이 크고 온순했다. 소년들 무리에 빠셴까가 끼게 되었다. 빠셴까와 놀아야 했으나 재미가 없었다. 그녀는 멍청했다. 그래서 결국 그녀를 놀림감으로 만들게 되었다. 빠셴까더러 어떻게 수영을 하는지 보여 달라고 하자 그녀는 바닥에 엎드려 흉내를 냈다. 모두가 웃어 대면서 그녀를 바보 취급했다. 얼굴이 빨개진 그녀가 얼마나 불쌍해 보였는지 그는 부끄러워졌고 그녀의 일그러진, 그러나 선하면서도 고분고분해 뵈는 미소는 도저히 잊을 수 없었다. 그다음으로 그녀를 봤던 때를 세르게이는 기억했다. 그 후로 오랜 시간이 지난 후, 그가 수도사가 되기 전이었다. 그녀는 어떤 지주에게 시집을 갔는데 남편이 재산을 다 탕진하고 때리기까지 한다고 했다. 그녀에게는 아들과 딸이 하나씩 있었지만 아들은 어렸을 때 죽었다.

세르게이는 그녀가 불행해 보였음을 기억했다. 그다음으로는 수도원에서 과부가 된 그녀를 봤었다. 그녀는 그대로였다. 멍청하다고는 할 수 없지만 전혀 돋보이지 않고 보잘것없는 불쌍한 여자였다. 그녀는 딸과 딸의 약혼자와 함께 수도원에 왔다. 그때도 그들은 가난했다. 나중에 듣기로는 어느 시골 소도시에서 아주 가난하게 살고 있다고 했다. 〈내가 왜 그녀 생각을 하지?〉 그는 스스로에게 물었다. 그러나 그녀 생각을 멈출 수가 없었다. 〈어디에 있을까? 어떻게 지낼까? 바닥에서 수영하는 모습을 보여 줄 때처럼 여전히 불행할까? 아니, 왜 내가 그녀 생각을 하지? 뭘 하는 거야? 어서 끝내야 하는데.〉

그러자 또 두려워졌고, 그 생각으로부터 벗어나기 위해 다시 빠셴까를 생각했다.

그렇게 자신이 꼭 죽어야 한다고 생각했다가 빠셴까를 생각했다가를 반복하며 오랫동안 그는 누워 있었다. 빠셴까는 마치 구원 같았다. 이윽고 잠이 들었다. 꿈에서 그는 천사를 보았다. 천사는 그에게 와서 말했다. 「빠셴까에게 가거라. 가서 네가 뭘 해야 하는지, 너의 죄가 무엇인지, 또 어디에 네 구원이 있는지 그녀로부터 깨우치도록 해라.」

잠에서 깨어난 그는 신이 보낸 계시라고 생각하고 기뻐하며 그대로 따라야겠다고 결심했다. 그는 그녀가 어느 도시에 사는지 알았으므로 — 3백 베르스따 넘게 떨어진 곳이었다 — 그리로 떠났다.

## 8

빠셴까는 벌써 오래전부터 더 이상 빠셴까가 아니라 늙고 바싹 마른 주름투성이 쁘라스꼬비야 미하일로브나[3]가 되어 있었다. 술주정뱅이에 실패만 하는 관리였던 마브리끼예프의 장모이기도 했다. 그녀는 사위가 마지막으로 일을 했던 시골 소도시에 살면서 가족을 먹여 살렸다. 딸, 그리고 병든 데다 신경 쇠약인 사위에 다섯 손자가 가족이었다. 그녀는 상인 집 딸들에게 음악을 가르치고 한 시간에 50꼬뻬이까를 받는 것으로 생계를 꾸려 나갔다. 수업은 하루에 네댓 시간

3 빠셴까는 쁘라스꼬비야의 애칭이다. 같은 이름이지만 나이나 관계에 따라 이름을 다양하게 부르는 러시아 문화에서 빠셴까 같은 애칭은 어린아이 혹은 가깝고 친밀한 관계에게 사용한다. 나이 든 사람에게, 혹은 공식적이며 예의를 갖추는 경우에는 이름과 부칭을 함께 부른다.

있었다. 한 달이면 60루블 정도를 벌었다. 사위가 다시 자리 잡기를 기다리며 그렇게 살아갔다. 쁘라스꼬비야 미하일로브나는 친척과 지인 모두에게 사위의 자리를 부탁하는 편지를 보냈고 그중에는 세르게이도 있었다. 하지만 편지는 세르게이에게 닿지 않았다.

토요일이었다. 쁘라스꼬비야 미하일로브나는 버터를 넣은 빵 반죽에 건포도를 섞고 있었다. 그녀가 부모 집에 살 때 농부 요리사가 맛나게 굽던 빵이었다. 쁘라스꼬비야 미하일로브나는 축일인 다음 날 손자들에게 그 빵을 먹일 생각이었다.

딸인 마샤는 막내를 돌보고 있었고 손위 손자와 손녀는 학교에 가 있었다. 사위는 간밤을 지새우고 지금에야 잠들었다. 쁘라스꼬비야 미하일로브나는 지난밤 딸이 남편에게 화내는 걸 말리느라 오랫동안 잠들지 못했다.

그녀가 보기에 사위는 심약한 사람으로 지금과 다른 식으로 말하거나 살 수 없는 인물이었다. 아내가 그를 질책하는 건 도움이 되지 않았다. 그래서 그녀는 온 힘을 다해 딸을 진정시키려 애썼고 비난하거나 악을 쓰지 않도록 말렸다. 그녀는 거의 생래적으로 사람들 간의 나쁜 관계를 견디지 못하는 성미였다. 그런 관계에서는 좋은 일이 생길 리 만무하고 모든 게 악화될 뿐이라고 그녀는 확신했다. 아니, 사실 그녀는 그런 생각조차 하지 않았다. 단순히 사람들이 화난 모습을 보면 악취를 맡을 때나 귀를 찢는 소음을 들을 때, 혹은 몸에 타격이 가해질 때처럼 괴로울 뿐이었다.

그녀가 루께리야에게 빵 반죽을 어떻게 젓는지를 신 나게 가르쳐 준 직후였다. 앞치마를 두르고 굽은 다리에 기운 양

말을 신은 여섯 살짜리 손자 미샤가 겁에 질린 얼굴로 부엌에 뛰어 들어왔다.

「할머니, 무섭게 생긴 할아버지가 할머니를 찾아요.」

루께리야가 밖을 내다보았다.

「순례자 같은데요, 마님.」

쁘라스꼬비야 미하일로브나는 앙상한 팔꿈치를 다른 팔꿈치에 문지르고 양손을 앞치마에 닦은 후 5꼬뻬이까를 줄 생각에 지갑을 가지러 가다가 10꼬뻬이까짜리 은화 말고는 없다는 걸 기억해 냈다. 그래서 빵을 줘야겠다고 생각하고 찬장으로 돌아갔다. 그러나 문득 자신이 돈을 아낀다는 생각이 들어 얼굴이 붉어졌다. 그녀는 루께리야에게 빵을 한 조각 자르라고 시키고 다시 10꼬뻬이까짜리 은화를 가지러 직접 윗층으로 올라갔다. 「벌을 받는구나. 아끼려다가 두 배로 주게 됐네.」 그녀는 혼잣말을 했다.

그녀는 미안해하면서 순례자에게 빵과 돈을 내밀었다. 자신의 너그러움을 자랑스러워하기는커녕 더 주지 못해 부끄러워하는 것이었다. 순례자의 얼굴은 매우 진중했다.

순례자로 3백 베르스따를 넘게 걸어왔어도, 옷이 해어지고 살이 빠지고 얼굴이 탔어도, 또 머리를 짧게 깎고 농부의 모자를 쓰고 신을 신었어도, 겸손하게 절을 했어도, 세르게이에게는 사람들을 매혹시키는 진중함이 있었다. 그러나 쁘라스꼬비야 미하일로브나는 그를 알아보지 못했다. 그도 그럴 것이 근 30년 동안 그를 보지 못했던 것이다.

「노인장, 변변치는 않지만 뭘 좀 드시겠어요?」

그는 빵과 돈을 받았다. 그가 떠나지 않고 계속 자신을 바라보자 쁘라스꼬비야 미하일로브나는 놀랐다.

「빠셴까, 난 널 찾아왔어. 날 좀 받아 줘.」

간절히 청하는 눈빛으로 그녀를 바라보는 그의 아름다운 검은 눈에서 눈물이 흘러나오며 빛났다. 하얗게 센 콧수염 아래로 입술이 가련하게 떨렸다.

쁘라스꼬비야 미하일로브나는 앙상한 가슴에 손을 갖다 대고 입을 쩍 벌리더니 순례자의 얼굴에 눈을 고정한 채 얼어붙었다.

「아니, 이럴 수가! 스쩨빤! 세르게이! 세르게이 신부님!」

「그래, 바로 그 사람이야.」 세르게이가 조용히 말했다. 「다만 세르게이는 아니야. 세르게이 신부가 아니라 크나큰 죄인 스쩨빤 까사쯔끼지. 파계한 큰 죄인이야. 날 받아 줘. 날 도와줘.」

「세상에, 이럴 수가! 어떻게 그렇게 자신을 낮추세요? 어쨌든 들어가세요.」

그녀는 손을 내밀었다. 그렇지만 그는 손을 잡지 않고 그녀의 뒤를 따라 걸었다.

그러나 어디로 안내한다는 말인가? 집은 작았다. 처음에는 작디작은, 거의 창고 같은 방 하나를 그녀 방으로 썼으나 곧 그 방을 딸에게 넘겨주었다. 지금도 거기서는 딸 마샤가 젖먹이를 어르고 있었다.

「여기 앉아 계세요.」 그녀가 부엌에 놓인 의자를 가리키며 세르게이에게 말했다.

세르게이는 바로 자리에 앉고는 익숙한 몸짓으로 등에 매었던 자루를 양어깨에서 끌러 내렸다.

「세상에, 세상에. 아니 왜 이렇게 누추해지셨어요, 신부님! 그렇게 유명하던 분이 갑자기 이렇게…….」

세르게이는 아무 대꾸 없이 온화한 미소만 지으며 옆에 자루를 내려놓았다.

「마샤, 이 분이 누군지 아니?」

쁘라스꼬비야 미하일로브나는 딸에게 그가 세르게이라고 속삭였다. 그들은 작은방에서 침구와 요람을 꺼내고 세르게이를 위해 방을 치웠다.

쁘라스꼬비야 미하일로브나는 방으로 세르게이를 인도했다.

「여기서 쉬세요. 변변치 못하지만요. 그리고 저는 이제 가봐야 해요.」

「어디로?」

「수업이 있어요. 부끄럽지만 음악을 가르친답니다.」

「음악이라, 좋은 것이지. 한 가지만 말할게. 쁘라스꼬비야 미하일로브나, 난 일이 있어서 찾아온 거야. 언제 당신과 얘기를 좀 할 수 있을까?」

「영광이에요. 저녁때 어때요?」

「좋아. 그리고 하나 더 부탁이 있어. 내가 누구인지, 나에 대해 말하지 말아 줘. 당신에게만 내 정체를 밝힌 거야. 다른 사람들은 내가 어디로 갔는지 몰라. 그리고 그래야만 하고.」

「아, 딸에게 말했는데요.」

「그럼 다른 사람에게는 말하지 말라고 일러 줘.」

세르게이는 신을 벗고 눕자마자 잠들었다. 전날 밤 그는 자지도 않고 40베르스따를 걸었던 것이다.

쁘라스꼬비야 미하일로브나가 돌아왔을 때 세르게이는 방에 앉아서 그녀를 기다리고 있었다. 그는 밥을 먹으러 나오는 대신 루께리야가 가져다준 수프와 죽을 먹었다.

「왜 이렇게 일찍 왔어?」 세르게이가 물었다. 「이제 얘기해도 되는 건가?」

「이런 분이 찾아왔다는 게 너무나 기뻐서요. 수업도 빼먹었답니다. 수업은 다음에 하죠, 뭐……. 사실 신부님을 찾아갈까 생각했었어요. 편지도 썼죠. 그런데 이런 행운이 찾아오다뇨.」

「빠셴까, 이제 내가 네게 하는 말을 참회로 받아 줘. 죽기 전에 신에게 참회하는 것처럼 말야. 빠셴까! 난 성자가 아니야, 평범한 사람도 아니고. 하찮은 놈이지. 난 죄인이야, 더럽고 역겹고 타락한, 오만한 죄인이야. 제일 추악한 놈은 아닐지 몰라도 아주 추악한 놈이라고.」

처음에 빠셴까는 눈을 크게 뜨고 바라보았다. 그녀는 그가 하는 말을 믿었다. 그를 완전히 신뢰하는 그녀는 그의 손을 어루만지고 연민이 담긴 미소를 지으며 말했다.

「스찌바,[4] 과장하는 거지?」

「아냐, 빠셴까. 난 음탕한 살인자야. 신을 모독했고 기만했다고.」

「하느님 맙소사! 어떻게 그런 일이?」

「그렇지만 난 계속 살아가야 해. 난 내가 모든 걸 다 알고 있다고 생각해서 어떻게 살아야 하는지 다른 사람들을 가르쳤어. 하지만 아무것도 모르겠고, 그래서 네게 가르쳐 달라고 청하는 거야.」

「무슨 소리야, 스찌바. 날 놀리는구나. 왜 항상 날 놀리는 거지?」

4 까사쯔끼의 이름인 스쩨빤의 애칭. 즉 친한 사이에서 부를 수 있는 이름이다.

「그렇게 생각한다면 좋아, 놀린다고 하지. 단지 이것만 말해 줘. 네가 어떻게 사는지, 그리고 어떻게 살아왔는지.」

「나? 아주 흉하게 살았지. 아주 추하게. 그리고 지금 하느님이 날 벌하고 계시지. 당연한 거야. 그래서 난 아주 힘들게 살고 있어. 정말 힘들게.」

「어떻게 시집을 갔지? 남편과는 어떻게 살았고?」

「죄다 나빴어. 정말 흉하게 사랑에 빠져서는 시집을 갔지. 아빠는 결혼을 반대하셨어. 그렇지만 난 물불 가리지 않고 시집을 갔지. 결혼을 해서는 남편을 돕는 대신 질투로 그를 괴롭혔어. 도저히 질투를 극복할 수가 없더라고.」

「술주정뱅이였다고 들었어.」

「맞아. 그렇지만 난 그를 살뜰하게 대할 줄을 몰랐어. 비난만 해댔지. 그건 병이야. 그는 절제를 몰랐고 난 지금도 기억해, 그가 못 마시게 하려고 얼마나 노력했는지. 그래서 정말 지독히도 싸웠어.」

그녀의 아름다운 눈에 지난 일을 떠올리며 괴로워하는 기색이 어렸다. 그녀는 그 눈으로 까사쯔끼를 바라보았다.

까사쯔끼는 남편이 빠셴까를 때린다는 얘기를 들었던 기억을 떠올렸다. 귀 뒤로 보이는 그녀의 비쩍 마른 목에는 힘줄이 불거져 있었고 묶은 반백의 갈색 머리는 한 줌 정도밖에 안 되었다. 그 모습을 보고 있자니 마치 당시의 일을 보는 듯했다.

「그리고 혼자 두 아이를 키우게 됐지. 아무 재산도 없이.」

「영지가 있었잖아.」

「그건 바샤가 살아 있을 때 이미 팔아 버렸어. 다…… 탕진했지. 살아가야만 하는데 아무것도 할 줄 아는 게 없었어. 왜 귀족 집 딸들이 다 그렇잖아. 하지만 난 특히 상황이 나쁘고 기댈 곳도 없었어. 그렇게 마지막 남은 것까지 다 써버리고 아이들을 가르치게 됐지. 나도 조금 배우고 말이야. 그런데 미쨔가 4학년 때 병이 나서는 하느님이 데려가셨어. 딸 마샤는 바냐 — 내 사위 말이야 — 를 사랑하게 됐지. 좋은 사람이긴 한데 운이 없어. 몸이 좋지 않아.」

「엄마.」 그녀를 부르는 딸의 목소리가 끼어들었다. 「미샤 좀 데려가 주세요. 나한테서 떨어지지를 않아요.」

쁘라스꼬비야 미하일로브나는 흠칫 몸을 떨더니 일어나서 기운 신발을 신은 채 재빨리 문밖으로 나갔다가 금세 다시 돌아왔다. 그녀의 팔에는 두 살배기 사내아이가 들려 있었다. 아이는 몸을 뒤로 젖힌 채 그녀의 머릿수건을 손아귀에 꼭 쥐고 있었다.

「음, 내가 어디까지 말했지? 그래, 사위는 여기 좋은 직장에서 일했어. 상사도 아주 좋은 사람이었고. 그런데 바냐가 견디지 못하고 그만둔 거야.」

「어디가 아픈가?」

「신경 쇠약이야. 고약한 병이지. 의사와도 상의했는데 요양을 가라는 거야. 그런데 돈이 있어야 말이지. 그렇지만 난 여전히 괜찮아질 거라고 생각해. 사위가 특별한 통증에 시달리는 것도 아니거든. 하지만…….」

「루께리야!」 사위의 목소리가 들렸다. 약하지만 성이 난 목소리였다. 「필요할 때마다 어디론가 심부름을 가고 없단 말야. 장모님……!」

「지금 가네.」 쁘라스꼬비야 미하일로브나의 말이 또다시 끊겼다. 「사위가 아직 밥을 안 먹었어. 우리랑 같이 먹지를 못했거든.」

그녀는 방을 나가서 뭔가를 하더니 깡마르고 까무잡잡한 손을 닦으며 돌아왔다.

「이렇게 살아가고 있어. 늘 불평하고 늘 불만이지만, 그래도 다행히 손자들은 건강하게 잘 자라니까 아직 살 만하지. 그래, 또 무슨 얘기를 해줄까?」

「어떻게들 먹고사는 거지?」

「내가 조금 돈을 벌어. 그렇게 음악을 싫어했었는데 지금은 음악 덕분에 먹고 사네.」

그녀는 옆에 있는 서랍장 위에 작은 손을 올리고 연습을 하듯 앙상한 손가락을 두드렸다.

「수업을 하면 얼마나 받지?」

「1루블을 주기도 하고 그 반을 주기도 해. 어떨 때는 30꼬뻬이까를 주기도 하고. 모두들 내게 무척 잘해 줘.」

「그래, 그렇다면 성공인 건가?」 살짝 웃는 눈으로 까사쯔끼가 물었다.

쁘라스꼬비야 미하일로브나는 처음에는 그 질문을 농담으로 알고 의아한 눈길로 그를 쳐다보았다.

「어떤 아이들은 잘해. 아주 뛰어난 아이가 있어. 푸줏간 집 딸이지. 착하고 좋은 아이야. 내가 괜찮았다면 아빠의 연줄을 이용해서 사위에게 자리를 찾아 줄 수도 있었을 텐데. 하지만 아무것도 할 줄 모르는 내가 모두를 이 지경까지 이르게 했어.」

「그렇군.」 까사쯔끼가 고개를 숙이고 말을 이었다. 「그런데 빠셴까, 예배에는 나가?」

「아, 묻지 말아 줘. 사정이 너무 안 좋아서 그냥 신경 쓰지 못해. 아이들과 금식도 지키고 가끔은 예배에 가기도 하지만 또 몇 달은 가지 못하지. 아이들만 보내.」

「왜 스스로는 가지 않는 거지?」

「사실을 말하자면…….」 그녀의 얼굴이 빨개졌다. 「누추한 차림으로 가는 게 딸과 손주들에게 창피해서 그래. 새 옷이 없거든. 아니, 아냐, 그냥 게으른 거지.」

「그럼 집에서는 기도해?」

「기도하지. 그냥 습관적으로 하지만. 그렇게 하면 안 된다는 건 알지만 진심이 없는걸. 있는 거라고는 자신의 추악함을 안다는 사실뿐이야…….」

「그래그래, 맞아. 그렇지.」 격려하듯이 까사쯔끼는 추임새를 넣었다.

「지금 가네, 지금.」 사위가 부르는 소리를 듣고 그녀는 머릿수건을 고쳐 쓴 후 방에서 나갔다.

이번에 그녀는 한참 동안 돌아오지 않았다. 마침내 돌아왔을 때 까사쯔끼는 무릎에 팔꿈치를 올리고 머리를 그 위에 괸 자세 그대로 앉아 있었다. 그러나 등에는 자루를 매고 있었다.

그녀가 갓이 없는 양철 램프를 들고 방으로 들어오자 그는 아름답고 지친 눈을 그녀에게로 들어 올리고 깊은 한숨을 내쉬었다.

「누구인지 얘기하지 않았어.」 그녀가 수줍게 말했다. 「그저 내가 아는 귀족 출신 순례자라고만 했지. 부엌으로 가서 차 마셔.」

「아니야…….」

「그럼 이리 가져올게.」

「아니야. 아무것도 필요하지 않아. 빠셴까, 하느님이 널 구원하시길. 난 이만 갈게. 만일 나를 불쌍히 여긴다면 아무에게도 날 봤다고 얘기하지 마. 제발 부탁이야. 누구에게도 말하지 말아 줘……. 고마워. 네 발아래 절을 하고 싶지만 그럼 네가 불편해할 테지. 고마워. 그리고 그리스도의 이름으로 날 용서해 줘!」

「나를 축복해 줘.」

「하느님이 축복해 주실 거야. 그리스도의 이름으로 날 용서해.」

그가 떠나려 하자 그녀가 잡더니 흑빵과 둥근 빵, 그리고 버터를 가져왔다. 그는 모두 받아 들고 떠났다.

날은 어두워져 있었다. 두 집을 지나치기도 전에 그는 그녀의 시야에서 사라졌고 그녀는 그가 걸어가고 있음을 사제 집의 개 짖는 소리로만 알 수 있었다.

〈그러니까 이게 내가 꾼 꿈이 의미하는 바로구나. 빠셴까야말로 내가 되어야 했지만 되지 못한 인물이다. 나는 신을 위한다는 명목하에 사람들을 위해 살았어. 반면에 그녀는 자기가 사람들을 위해 산다고 생각하지만 사실은 신을 위해 살고 있지. 그렇지, 하나의 선행, 그러니까 보상을 생각하지 않고 내민 한 컵의 물이 내가 사람들에게 베푼 그 어떤 은혜보다 귀중하다. 그런데 진정으로 신에게 봉사하려는 열망이 내게 있었을까?〉 그는 스스로에게 묻고는 대답했다. 〈그래, 있었어. 하지만 사람들의 찬양에 더럽혀지고 너무 웃자라 버렸지. 그래, 나같이 사람들에게 찬양받기 위해 살아온 사람에는 신이 없어. 이제 신을 찾아야겠다.〉

그는 빠셴까를 찾아가기 전에 그랬던 것처럼 이 마을 저 마을을 다니며 순례자들과 만났다가 헤어지고 그리스도의 이름으로 빵과 잠자리를 구했다. 드물게 성미가 고약한 안주인이 그에게 욕을 퍼붓기도 하고 술 취한 농부가 험한 말을 하기도 했지만 대부분은 그에게 먹을 것과 마실 것을 주고 심지어는 노잣돈을 주기도 했다. 그의 귀족적인 풍모가 어떤 경우에는 도움이 되었다. 하지만 몇몇 사람들은 그와 같은 신사가 빈털터리 신세로 전락했다는 데 즐거움을 느끼기도 했다. 그는 온화함으로 모든 것을 극복했다.

묵는 집에서 복음서를 발견하면 종종 그는 그걸 소리 내어 읽었는데 그러면 사람들은 이미 예전부터 알고 있던 내용을 들으며 마치 새로운 걸 듣는 듯 감동을 받아 놀라곤 했다.

조언을 해주든, 싸우는 사람들을 설득하든, 읽고 씀으로써 사람들을 돕든, 그는 사람들이 감사의 표현을 하기 전에 떠났다. 그러자 차츰 그의 안에서 신이 모습을 드러내기 시작했다.

한번은 그가 노파 두 명과 군인과 함께 길을 가던 중이었다. 준마가 끄는 마차를 탄 신사와 귀부인, 그리고 말을 탄 한 쌍의 남녀가 그들을 멈춰 세웠다. 귀부인의 남편은 딸과 함께 말을 탄 채 가고 있었고 마차에는 귀부인과 프랑스인이 앉아 있었다. 프랑스인은 여행객으로 보였다.

그들을 멈춰 세운 이유는 프랑스인에게 러시아 민중의 미신에 따라 이곳저곳을 돌아다니는 순례자를 보여 주기 위해서였다.

그들은 순례자들이 못 알아들을 거라고 생각하고 프랑스어로 말했다.

「*Demandez leur, s'ils sont bien sûrs de ce que leur pélérinage est agréable à Dieu*(저들에게 물어봐 주세요. 순례가 신을 기쁘게 하리라고 정말 확신하는지요).」 프랑스인의 말이었다.

질문을 받자 노파들이 대답했다.

「하느님이 받아 주시겠지요. 다리를 주셨으니 심장을 드려야지요.」

군인에게 묻자 그는 자신이 혼자이기 때문에 달리 갈 곳이 없다고 말했다. 그들은 까사쯔끼에게는 누구냐고 물었다.

「하느님의 종입니다.」

「*Qu'est ce qu'il dit? Il ne répond pas*(뭐라고 하는 거죠? 대답을 하지 않은 것 같은데요).」

「*Il dit qu'il est un serviteur de Dieu*(하느님의 종이라고 하네요).」

「*Cela doit être un fils de prêtre. Il a de la race. Avez-vous de la petite monnaie*(아마 성직자의 아들인가 보지요. 좋은 집안 출신인 것 같군요. 잔돈 있습니까)?」

프랑스인은 잔돈을 찾아내어 모두에게 각각 20꼬뻬이까씩 나누어 주었다.

「*Mais dites leur que ce n'est pas pour des cierges que je leur donne, mais pour qu'ils se régalent de thé*(저들에게 말해 주세요. 내가 돈을 준 이유는 양초가 아니라 차를 사 마시라는 뜻이라고요). 차, 차 말입니다.」 그가 미소 지었다. 「*Pour vous, mon vieux*(당신 자신을 위해서요, 노인장).」 그렇게 말하고 그는 장갑 낀 손으로 까사쯔끼의 어깨를 가볍게 두드렸다.

「신의 가호가 함께하시길.」 까사쯔끼는 모자를 쓰지 않은 채 벗어진 머리를 숙이며 대답했다.

까사쯔끼는 그 만남에서 한층 더 큰 기쁨을 느꼈다. 세속적인 의견을 무시한 채 가장 단순하고 쉬운 일을 했기 때문이었다. 그는 20꼬뻬이까를 공손히 받아 동료인 눈먼 거지에게 주었던 것이다. 사람들의 의견이 점점 더 의미를 잃어갈수록 신의 존재는 점차 더 강하게 느껴졌다.

까사쯔끼는 그렇게 여덟 달을 돌아다니다가 아홉 달째 되는 어느 날 한 시골 도시에서 체포되었다. 다른 순례자들과 함께 묵은 숙소에서였는데 붙잡힌 이유는 신분증이 없어서였다. 신분증은 어디로 갔는지, 또 누구인지 묻는 질문에 그는 신분증은 없으며 자신은 오직 하느님의 종이라고 대답했다. 그는 부랑자 취급을 받았고 재판을 통해 시베리아로 보내졌다.

시베리아에서 그는 부유한 농부가 소유한 개간지에 정착해 지금도 거기에 살고 있다. 그는 주인집 텃밭에서 일하고 아이들을 가르치며 아픈 이들을 돌본다.

1890~1891년, 1895년, 1898년

# 무도회가 끝난 뒤

「그러니까 여러분의 얘기는, 선악은 사람 스스로가 판단할 수 있는 게 아니라 환경에 달렸다는 거군요. 환경이 모든 걸 방해한다고. 하지만 나는 모든 일은 우연에 달렸다고 생각한다오. 자, 내 얘기를 들려주겠소…….」

이렇게 해서 모두에게 존경받는 이반 바실리예비치가 이야기를 시작했다. 바로 직전에 우리 사이에서는 인격의 완성을 위해서는 무엇보다도 사람들이 사는 환경 조건을 바꿔야 한다는 대화가 오가고 있었다. 그 누구도 딱 부러지게 사람이 스스로 선악을 판단할 수 없다고 말하지 않았다. 이반 바실리예비치는 대화를 하다가 떠오르는 생각이 있으면 그 생각과 관련해서 본인이 살아오며 겪은 일화로 대답하는 버릇이 있었는데, 이야기에 빠져서 자기가 왜 그 얘기를 하게 됐는지를 까맣게 잊어버리는 경우도 종종 있었다. 그러나 그럴수록 그는 매우 진실되고 진솔하게 이야기했다.

이번에도 그런 경우였다.

「내 얘기를 해주리다. 내 인생은 환경이 아니라 다른 게 결정지었다오.」

「그게 뭐죠?」 우리가 물었다.

「아주 긴 이야기요. 여러분을 이해시키려면 얘기가 길어질 텐데.」

「얘기해 보세요.」

이반 바실리예비치는 잠시 생각하더니 고개를 끄덕였다.

「그럼 해보겠소.」 그가 말했다. 「내 인생은 하룻밤 사이에, 아니 정확히는 하루아침에 바뀌었다오.」

「무슨 일이 일어났길래요?」

「그러니까 그때 난 사랑에 빠져 있었다오. 그 전에도 사랑한 적은 있었지만 그게 내 인생에서 가장 열렬한 사랑이었소. 이제 다 지난 일이오. 그녀에게는 이미 시집간 딸도 있지. 그 여자는 바렌까 B……라고 하오.」 이반 바실리예비치는 여자의 성을 밝혔다. 「나이 쉰인 지금도 여전히 미인이더군. 그러니 젊을 때, 그러니까 열여덟에는 얼마나 아리따웠겠소. 키도 크고 늘씬하고 우아한 데다가 당당했다오. 정말 당당하다는 말이 딱 어울렸지. 언제나 마치 다르게는 할 수 없다는 듯 몸을 곧게 펴고 고개를 약간 뒤로 젖히곤 했소. 그게 그 여자가 말라깽이였음에도 불구하고 그 미모와 큰 키에 더해져 뭔가 여왕 같은 분위기를 주었소. 늘 명랑하고 부드러운 미소와 입, 그리고 반짝이는 멋진 눈, 그러니까 사랑스러움과 젊은 여인 특유의 상냥함이 아니었다면 사람들은 감히 그녀 옆에 다가가지도 못했을 거요.」

「이반 바실리예비치의 묘사가 정말 기막히군요.」

「어떤 말로 묘사를 해도 그 여자가 어땠는지 여러분이 알 수 있도록 표현해 낼 수는 없을 거요. 그렇지만 문제는 그게 아니지. 이 얘기는 1840년대에 있었던 일이오. 그때 나는 지방 대학의 학생이었소. 좋은 건지 나쁜 건지는 모르겠지만 내가 대학을 다닐 때 그 학교에는 정치 모임도 없고 이론도 없었소. 우리는 그저 젊음을 만끽하며 살았지. 공부하고 놀면서 말이오. 그때 난 아주 쾌활하고 활발한 청년이었다오. 게다가 부유했고. 내게는 좋은 말이 한 필 있었는데 귀부인들과 그 말을 타고 산을 오르내리기도 하고 — 스케이트는 그때 아직 유행이 아니었거든 — 친구들과 호화롭게 지냈다오. 그때 우리는 샴페인이 아니면 마시지 않았소. 돈이 없으면 차라리 아무것도 안 마시고 말았지 지금처럼 보드까를 마시고 그러지 않았다오. 당시 나의 주된 오락은 파티와 무도회였소. 난 춤을 잘 췄고 추남도 아니었소.」

「뭘 겸손해하고 그러세요.」 옆에 있던 한 여자가 그의 말을 끊었다. 「우리는 사진도 봤는걸요. 추남이 아닌 정도가 아니라 아주 미남이셨던데요.」

「미남이든 아니든 그건 중요하지 않소. 어쨌든 그녀를 향한 열렬한 사랑이 불타오르던 시기에 사육제 마지막 날 도지사 집에서 무도회가 열렸다오. 도지사는 선한 노인으로 부유해서 손님 접대를 잘하고 황실의 시종이기도 했소. 못지않게 선한 도지사 부인도 적갈색 벨벳 드레스 차림에 보석이 달린 머리띠를 하고 늙었지만 통통하니 흰 어깨와 가슴을 드러낸 채 손님들을 맞았소. 엘리자베따 황제를 연상시키더군. 무도회는 환상적이었소. 합창석까지 갖춘 홀은 멋졌고 연주도 음악 애호가인 지주의 유명한 농노들이 나섰소. 음식도 훌륭했고 샴페인도 흘러넘쳤소. 난 샴페인을 좋아했지만 그날은 마시지 않았소. 술이 없어도 사랑에 취해 있었기 때문이지. 그래서 녹초가 될 때까지 춤을 췄소. 카드릴도 추고 왈츠에 폴카도 추고. 물론 최대한 바렌까와 췄다오. 바렌까는 장밋빛 허리띠가 둘러진 하얀 드레스 차림에 가늘고 섬세한 팔꿈치에 약간 못 미치는 하얀 염소 가죽 장갑을 끼고 하얀 공단 신발을 신고 있었소. 마주르카를 출 때는 날 앞지른 녀석이 있었소. 꼴 보기 싫은 아니시모프라는 엔지니어가 바렌까가 들어서자마자 춤을 추자고 청한 거지. 머리를 다듬고 장갑을 찾느라 내가 늦은 틈을 탄 거요. 난 아직도 이 일 때문에 그 녀석을 용서할 수가 없소. 어쨌든 그래서 난 마주르카는 바렌까와 추지 못하고 어떤 독일 여자와 췄소. 내가 그 전에 좀 구애를 했던 여자였지. 그렇지만 그날 밤에는 친절하지 못했던 것 같소. 그 여자에게는 눈길도 안 주고 줄곧 흰 드레스 차림에 장밋빛 허리띠를 두른 키 크고 늘씬한 여자만 쳐다봤으니까. 발그레 물든 바렌까의 빛나는 얼굴에는 보조개가 파여 있었고 사랑스러운 눈은 부드럽게 빛났소. 그렇게 그녀를 쳐다보며 매료된 사람은 나 하나가 아니었소. 남자며 여자며 모두 그녀에게 매료되었다오. 그녀가 그들 모두를 압도하는 데 매료되지 않을 수가 없었지.

마주르카는 추지 못했지만 사실상 나는 거의 모든 시간을 그녀와 춤췄소. 그녀도 전혀 거리끼지 않고 홀을 가로질러 곧장 내게 다가왔고. 내가 기다리지 않고 벌떡 일어서면 눈치 빠른 나에게 미소로 고마움을 표시했지. 어쩌다가 나랑 다른 사람이 그녀에게 갔는데 그녀가 잘못 짐작하고서 다른 사람의 손을 잡았을 때는 가녀린 어깨를 움츠리며 미안함과 위로의 뜻으로 내게 미소를 지어 보였소. 마주르카를 추다가 왈츠가 나오자 나는 그녀와 오래도록 왈츠를 췄소. 그녀도 가쁜 숨을 쉬면서도 미소를 지으며 내게 말하고는 했소. 〈앙코르!〉 그렇게 나는 내 몸도 의식하지 못한 채 계속 춤을 추고는 했다오.」

「어떻게 의식을 못 합니까? 그녀의 허리를 잡고 있으면 자신의 몸뿐 아니라 그 여자의 몸까지 아주 잘 느낄 수 있을 텐데요. 내 생각은 그렇습니다만.」 손님 중 한 남자가 말했다.

이반 바실리예비치는 갑자기 얼굴이 빨개지더니 성을 내며 거의 고함을 지르다시피 했다.

「여기 당신 같은 사람이 바로 요즘 젊은이요. 여러분은 몸뚱이 외에는 보지를 않지. 우리 때는 그렇지 않았소. 내가 더 열렬히 사랑하면 할수록 그녀의 육체는 더욱더 희미해졌거든. 요즘 여러분은 다리며 복사뼈며 요모조모 뜯어보면서 사랑하는 여자를 벗겨 보지만 내게는, 알퐁스 카 — 훌륭한 작가죠 — 가 말한 것처럼, 내 사랑의 대상에는 언제나 철갑옷이 둘러져 있었소. 우리는 절대 벗기지 않았소. 도리어 노아의 착한 아들처럼 알몸을 덮으려고 노력했지. 글쎄, 여러분은 이해를 못 하겠지만 —」

「됐고요, 그다음에는 어떻게 됐나요?」 우리 중 한 명이 물었다.

「그렇게 계속 그녀와 춤을 추다 보니 시간이 어떻게 가는지도 몰랐다오. 연주자들은 지쳐서, 알잖소, 무도회가 끝날 무렵이 되면 마주르카의 같은 부분만 반복해서 연주하지. 응접실의 카드 테이블에서는 나이 지긋한 사람들이 남녀 불문하고 일어서서 밤참이 안 나오나 기다리고, 하인들은 뭔가를 나르느라 더 빈번히 뛰어다니고. 벌써 새벽 2시가 넘은 시각이었소. 마지막 순간을 즐겨야 하는 거지. 나는 다시 한 번 그녀에게 춤을 신청하고 그렇게 우리는 홀을 누비며 춤을 췄소. 그날 밤 그녀와 골백 번은 춤을 춘 것 같다오.

〈식사 후에 카드리유는 저하고 추시죠?〉 그녀를 자리에 데려다 주며 내가 말했소.

〈물론이죠. 부모님이 집에 가자고 하시지만 않는다면요.〉 그녀는 미소를 띠며 대답했지.

〈보내 드리지 않을 겁니다.〉

〈부채를 주세요.〉

〈돌려 드려야 한다니 안타깝습니다.〉 값싼 흰 부채를 그녀에게 건네며 내가 말했소.

〈그럼 안타까워하지 마시라고 이걸 드릴게요.〉 그녀는 부채에서 깃털을 하나 뽑아 내게 주더군.

깃털을 받아 들고, 난 내가 느낀 환희와 감사의 마음을 눈으로밖에 표현하지 못했다오. 그냥 기쁘고 좋은 정도가 아니라 행복하고 벅찬 기분이었소. 좋은 사람이 된 것 같았고, 나 자신이 뭔가 이 세상 존재가 아닌 것 같았다오. 악은 모르고 오직 선만 아는 존재. 난 깃털을 장갑에 감추고는 그녀 옆에서 떨어지기가 싫어서 그냥 서 있었소.

〈저것 좀 보세요. 사람들이 아빠에게 춤을 추라고 하네요.〉 그녀가 이렇게 말하며 안주인이며 다른 귀부인들과 함께 문가에 서 있는 아버지를 가리켰소. 그녀의 아버지는 키가 크고 건장한 사람으로 은으로 만든 견장을 단 대령이었소.

〈바렌까, 이리 좀 와보렴.〉 우리는 커다란 목소리를 들었소. 보석이 달린 머리띠에 엘리자베따 황제식으로 어깨를 드러낸 안주인이었소.

바렌까가 문 쪽으로 가고 나도 그녀의 뒤를 따랐소.

〈애야, 아버지가 너와 춤을 추시도록 말 좀 해봐라. 예, 그렇게 하세요, 뾰뜨르 블라지슬라비치.〉 안주인이 대령에게 말했소.

바렌까의 아버지는 매우 잘생기고 건장한 데다가 훤칠하면서도 생기 넘치는 노인이었소. 혈색이 좋은 얼굴에 니꼴라이 1세식으로 곱슬거리는 은색 콧수염이 볼수염과 잘 정리된 관자놀이에 이어져 있고, 반짝이는 눈과 입술에는 딸과 같은 부드럽고 환한 미소가 어려 있더군. 몸집도 좋았소. 화려하지는 않지만 훈장으로 장식된 넓고 딱 벌어진 군인다운 가슴팍에 어깨도 실하고 다리도 길고 단단하고. 니꼴라이 황제의 규율이 낳은 구시대의 노련한 군인 타입이었소.

우리가 문 쪽으로 다가갔을 때 대령은 춤추는 법을 잊었다면서 거절하고 있었소. 그러면서도 빙그레 웃으며 손을 오른쪽으로 내려서 어깨띠에서 장검을 꺼내 공손한 청년에게 건네고 오른손에 스웨이드 장갑을 끼더군. 그러고는 미소를 띤 채 〈어떤 일이든 규범을 지켜 해야겠죠〉라고 말하고는 딸의 손을 잡고 몸을 돌려 박자를 기다렸다오.

마주르카 연주가 시작되자 대령은 한 발을 민첩하게 구르고 다른 한 발은 내뻗으며 그 크고 육중한 몸을 때로는 조용하면서도 유려하게, 또 때로는 소란스럽고도 격렬하게, 구두창을 부딪치고 발과 발을 부딪치면서 홀 주위를 움직여 나갔소. 바렌까의 우아한 몸도 그 옆에서 물 흐르듯 움직였다오. 흰 공단 신발 속 발을 박자에 맞추어 느리게도 빨리도 놀렸지.

홀에 있던 사람들이 모두 그들의 동작 하나하나를 지켜봤소. 난 이제 그냥 매료된 정도가 아니라 환희에 찬 감동으로 그들을 바라봤소. 특히 날 감동시킨 건 그의 장화였다오. 끈으로 잡아 늘인 장화였는데 좋은 송아지 가죽이었지만 유행에 뒤떨어진 신이었소. 끝이 뾰족하고 낡은 데다가 평퍼짐하고 굽도 없었소. 부대의 제화공이 만든 신발이 분명했지. 〈사랑하는 딸을 사교계에 보내고 입히기 위해 자기 자신은 유행하는 구두도 사지 않고 집에서 만든 신발을 신는구나〉 하고 생각하니 그 평퍼짐한 장화가 더욱 감동적으로 느껴진 거요. 보아하니 대령은 예전에는 춤을 아주 잘 췄던 것 같은데 이제 몸이 불어서 노력해도 아름답고 빠른 스텝을 소화할 만큼 발이 경쾌하지는 않았소. 그래도 그는 능숙하게 두 바퀴를 돌았소. 그러고 나서 발을 쭉 뻗었는데 다리를 모으면서는 좀 무거웠던지 무릎 한쪽이 꺾였소. 그래도 그녀는 미소를 띤 채 아버지가 걸고 넘어진 치마를 바로잡으며 경쾌하게 아버지 주위를 돌았소. 모두 큰 박수를 보냈지.

대령은 좀 힘들어하며 일어서서 다정하게 딸의 귀에 손을 대고 이마에 입을 맞춘 후 내게 데려왔소. 내가 그녀와 춤을 출 거라고 생각한 게지. 나는 괜찮다고 했소.

〈아니, 괜찮네. 이제 우리 딸과 춤을 추게.〉 그렇게 말하고 대령은 다정하게 미소 지으며 장검을 어깨띠에 꽂았소.

병에 물 한 방울이 더해짐으로써 병 안의 내용물이 큰 물줄기가 되어 넘치듯, 바렌까에 대한 사랑이 내 안에 숨겨져 있던 사랑의 능력을 모두 해방시켰소. 그때 난 사랑으로 전 세계를 품었다오. 보석이 달린 머리띠를 하고 엘리자베따 황제 같은 상체를 가진 안주인을 비롯해 그녀의 남편과 손님들과 하인에, 심지어는 내게 화가 난 엔지니어 아니시모프까지 난 사랑했다오. 집에서 만든 장화를 신고 딸의 미소와 닮은 부드러운 미소를 짓는 그녀의 아버지에게는 뭔가 환희에 넘치는 다정한 감정을 느꼈소.

마주르카가 끝나자 도지사 부부는 손님들에게 밤참을 들라고 권했소. 하지만 B 대령은 다음 날 아침 일찍 일어나야 한다면서 작별 인사를 하더군. 난 대령이 딸을 데리고 갈까 봐 놀랐지만 그녀는 어머니와 함께 남았다오.

밤참을 먹고 난 그녀와 약속했던 카드리유를 췄소. 한없이 행복했음에도 불구하고 내 행복은 점점 더 커져만 갔소. 우리는 사랑에 대해서는 한마디도 하지 않았소. 난 그녀에게도, 또 나 자신에게도 그녀가 날 사랑하는지 묻지 않았소. 내가 그녀를 사랑한다는 사실만으로도 충분했기 때문이오. 내가 두려워한 건 단 하나, 뭔가 내 행복을 망치지 않을까 하는 것뿐이었소.

집에 돌아와서 나는 옷을 벗고 자려고 했지만 불가능하다는 걸 깨달았소. 내 손에는 그녀가 부채에서 떼어 준 깃털과 그녀의 장갑 한 짝이 있었소. 내가 그녀와 어머니를 마차에 태워 배웅할 때 그녀가 떠나면서 장갑 한 짝을 내게 주었소. 그 물건들을 보고 눈을 감자마자 그녀의 모습이 눈앞에 떠올랐소. 춤을 청하는 두 남자를 저울질하면서 내 성격을 가늠하던 모습 말이오. 그러자 그녀의 달콤한 목소리가 들렸지. 〈자존심인가요? 그렇죠?〉 그리고 그녀가 기뻐하며 내게 손을 내밀던 모습. 아니면 밤참을 들며 샴페인 잔에 입술을 대고 부드러운 눈길로 나를 힐끗 쳐다보던 모습. 그러나 무엇보다도 아버지와 쌍을 이루어 춤을 추던 그녀의 모습이 떠올랐소. 아버지 옆에서 유려하게 춤을 추던 그녀, 부녀에게 매료된 사람들을 자부심과 기쁨으로 바라보던 그녀. 그러면 내 마음을 채우는 부드러운 감동의 물결 속에서 그녀와 아버지가 자연스럽게 하나로 연결되었소.

당시 난 지금은 작고한 형과 함께 살고 있었소. 형은 사교계를 도통 좋아하지 않아 무도회에는 가지 않았소. 게다가 그때 졸업 시험을 준비하던 터라 아주 성실한 생활을 하고 있었다오. 형은 잠들어 있었소. 난 베개에 머리를 묻고 머리의 반을 플란넬 이불로 덮은 형을 바라보았소. 그러자 형이 정다우면서도 안쓰러워지더군. 내가 경험한 행복을 형은 알지도 못하고 나와 나누지도 않으니 말이오. 우리 하인인 농부 뻬뜨루샤가 초를 손에 들고 나를 맞이해서는 옷을 벗는 걸 도와주려 했지만 난 그냥 보냈소. 졸음에 취한 그의 얼굴과 헝클어진 머리가 내 마음에 연민을 불러일으켰기 때문이오. 난 소리를 내지 않으려고 애쓰면서 까치발로 내 방에 들어가 침대 위에 앉았소. 너무 행복해서 도저히 잘 수가 없었소. 게다가 불을 너무 땐 방이 덥게 느껴져서 난 군복을 벗지 않은 채 조용히 현관으로 나가 외투를 입고는 덧문을 열고 밖으로 나섰소.

내가 무도회를 떠난 것이 4시 이후고 집에 도착해서 잠시 앉아 있는 사이 한두 시간이 지났으니 길거리로 나갔을 때는 이미 날이 밝아 있었소. 전형적인 사육제의 날씨였지. 안개가 끼고 물기를 흠뻑 머금은 눈이 길에서 녹고 지붕에서도 물방울이 떨어지는. 그때 B 가족은 도시의 외곽에 살았소. 넓은 들판 근처였는데 한쪽 끝에는 연병장이 있고 다른 한쪽 끝에는 여학교가 있었소. 난 인적 없는 골목길을 지나 큰길로 나왔소. 거기에는 행인들을 비롯해 활주목을 이용해 포장도로까지 장작을 실어 나르는 썰매가 지나다니고 있었소. 말들은 윤이 반들반들 나는 멍에를 쓴 채 젖은 머리를 흔들며 일정한 속도로 지나갔소. 거적을 뒤집어쓰고 큰 장화를 신은 마부들도 썰매 옆에서 뚜벅뚜벅 걸었고. 거리의 집들은 안개 속에서 아주 높아 보였소. 이 모든 것이 내게는 특별히 다정하고 의미 있게 느껴지더이다.

그런데 B 대령의 집이 있는 들판으로 나갔을 때 연병장 쪽에서 뭔가 크고 검은 것이 보이면서 피리와 북소리가 들려왔소. 그때 난 속으로 계속 노래를 부르면서 마주르카 곡조를 떠올리고 있었지. 그런데 그건 뭔가 다른 음악이었소. 날카롭고 불쾌한 소리였다오.

〈저게 뭐지?〉 궁금해진 나는 들판을 가로질러 나 있는 미끄러운 길을 걸어 소리가 나는 쪽으로 갔소. 1백 보쯤 갔을 때 안개 사이로 시커먼 사람들이 모여 있는 모습이 보이더군. 병사들이 분명했소. 〈훈련을 하나 보군.〉 난 이렇게 생각하고 내 앞에서 걸어가던 대장장이와 함께 가까이 가보았소. 대장장이는 기름때에 절은 반외투에 앞치마를 두르고 뭔가를 가져가고 있었소. 가서 보니 검은 군복을 입고 총을 든 병사들이 두 줄로 나란히 선 채 서로를 바라보며 미동도 않고 있었소. 그들 뒤에서는 고적수가 쉬지 않고 그 불쾌한 금속성의 멜로디를 반복해 연주하고 있었고.

〈뭘 하고들 있는 거지?〉 난 옆에 선 대장장이에게 물었소.

〈도망치려던 따따르인을 벌주는 거죠.〉 줄의 맨 끝을 살펴보면서 대장장이가 성난 목소리로 대답했소.

나 역시 그곳을 바라봤소. 그랬더니 두 줄 사이로 뭔가 흉측한 것이 내 쪽으로 가까이 다가오는 게 눈에 들어오더군. 그건 허리까지 옷이 벗겨진 사람이었는데 그를 끌고 가는 병사 두 명의 총에 결박되어 있었소. 그들 옆으로는 외투를 입고 군모를 쓴 키 큰 군인이 걷고 있었지. 그런데 그 모습이 왠지 내게는 낯이 익은 거요. 죄인은 양쪽에서 빗발치듯 떨어지는 매질 아래 온몸을 떨고 녹은 눈을 튀기며 내 쪽으로 걸어왔소. 죄인이 뒤로 나자빠지면 그를 총으로 끌고 가던 하사관들이 앞으로 밀었고, 앞으로 넘어지면 그가 넘어지지 않도록 받치던 하사관들이 뒤로 밀었소. 그 와중에도 키 큰 군인은 옆에서 확고하면서도 살짝 끄는 발걸음으로 처지지 않고 걸었소. 그 사람은 다름 아닌 그녀의 아버지였소. 혈색 좋은 얼굴에 은색 콧수염과 볼수염을 한.

매질이 가해질 때마다 죄인은 놀란 듯이 고통으로 일그러진 얼굴을 매가 떨어진 쪽으로 돌리고 흰 이를 드러내며 뭔가 같은 말을 반복했소. 그가 아주 가까이 왔을 때야 난 그 말을 알아들을 수 있었지. 그는 말하는 게 아니라 흐느껴 울고 있었소. 〈형제들, 자비를 베푸시오. 형제들, 자비를 베푸시오.〉 그러나 형제들은 그를 전혀 불쌍히 여기지 않았소. 이윽고 행렬이 내가 서 있는 곳에 이르렀을 때 내 맞은편에 서 있던 병사가 결연히 한 걸음 앞으로 나가 휙 소리를 내며 몽둥이를 휘둘러 따따르인의 등을 힘껏 내리쳤소. 따따르인은 앞으로 휘청 고꾸라졌지만 하사관들이 그를 지탱했소. 그리고 다른 쪽에서 또 그런 매질이 가해졌고 반대편에서, 또 그 맞은편에서 같은 일이 이어졌소. 대령은 그 옆을 걸어다니면서 자기 발을 보기도 하고 죄인을 쳐다보기도 하며, 숨을 들이쉬어 뺨을 부풀렸다가 내민 입술 사이로 천천히 숨을 내뱉기도 했소. 행렬이 내가 서 있는 곳을 지나쳐 갈 때 난 두 줄 사이로 죄인의 등을 흘끗 보았소. 뭔가 울긋불긋하고 축축한 데다가 벌건 것이 정말 이상하더군. 사람 몸이라고는 도저히 믿을 수가 없었소.

〈오, 하느님.〉 내 옆에서 대장장이가 내뱉었소.

행렬이 멀어져 가면서도 여전히 휘청대고 비틀대는 사람을 향해 양쪽에서 매질이 가해졌소. 계속해서 북은 둥둥대고 고적은 울려 대고. 키 크고 균형 잡힌 체격의 대령도 죄인 옆에서 흔들림 없이 걸어갔소. 그러다가 대령이 돌연 걸음을 멈추더니 잰걸음으로 한 병사에게 다가갔소.

〈내가 때리는 법을 보여 줘야겠나?〉 그의 분노에 찬 목소리가 들렸소. 〈지금 장난하나? 장난하는 거냐고.〉

그러더니 대령은 스웨이드 장갑을 낀 힘센 손으로 겁에 질린 병사의 얼굴을 갈겼소. 그 작고 약한 병사가 따따르인의 벌건 등을 제대로 힘껏 내리치지 않았다는 이유였소.

〈새 막대기를 가져와!〉 그가 소리쳤소. 그러면서 돌아보다가 날 발견했다오. 그런데 그는 날 못 알아본 척하더군. 악의에 찬 얼굴을 무섭게 찌푸리더니 재빨리 몸을 돌렸소. 난 마치 내가 극악무도한 행동을 하다가 발각된 양 창피해져서 어디를 쳐다봐야 할지 모르겠고. 그래서 눈을 내리깔고 서둘러 집으로 발길을 옮겼소. 집에 가는 길 내내 내 귓가에는 고적 소리가 맴돌았고 〈형제들, 자비를 베푸시오〉 하는 말이 들렸소. 또 대령이 〈지금 장난하나? 장난하는 거냐고〉라고 소리 지르던 자신만만하고 분노에 찬 목소리도 웅웅거렸소. 내 가슴에는 숨이 막힐 지경인, 거의 육체적인 우수가 차올랐소. 그래서 몇 번이고 걸음을 멈췄소. 그 광경을 보고 난 후 내 안에 생긴 공포로 인해 토할 것만 같았소. 내가 어떻게 집에 돌아가 누웠는지 기억이 나지 않소. 하지만 잠이 드는가 싶더니 다시 모든 게 들리고 보여서 벌떡 일어나고 말았소.

난 대령에 대해 이렇게 생각했소. 〈분명히 내가 모르는 뭔가를 대령은 알고 있는 거야. 그가 아는 걸 나도 안다면 내가 본 걸 납득할 수 있겠지. 그리고 그 광경 때문에 더 이상 괴로워할 일도 없을 테고.〉 하지만 아무리 생각해도 대령이 알고 있는 게 무엇인지 난 이해가 되지 않았소. 그렇게 저녁 무렵에야 겨우 잠이 들었소. 그것도 친구 집에 가서 친구와 함께 코가 비뚤어지도록 마신 후에야.

자, 여러분은 내가 그때 본 게 추악한 일이라는 결론을 내렸을 거라고 생각하오? 전혀 그렇지 않소. 〈그 일을 그처럼 확신에 차서 실행했다면, 그리고 모두가 불가피한 일이라고 인정했다면, 그들은 내가 모르는 뭔가를 알고 있을 것이다.〉 이게 내가 생각한 바였고, 난 그걸 알아내려고 노력했다오. 하지만 아무리 노력을 해도 그때나 그 이후에도 알아낼 수가 없었소. 그리고 그렇게 이해가 안 되니 군대에서 복무할 수가 없었소. 그 전까지는 그럴 계획이었는데 말이오. 그리고 군대만이 아니라 다른 어느 곳에서도 일하지 못했고, 그러니 여러분이 보시다시피 난 아무짝에도 쓸모가 없어져 버렸다오.」

「당신이 아무짝에도 쓸모가 없다고 칩시다.」 우리 중 한 명이 말했다. 「그보다는 이 얘기를 해보죠. 당신이 아니었다면 얼마나 많은 사람이 쓸모가 없어졌을까요?」

「무슨 말 같지 않은 소리요.」 이반 바실리예비치가 곤혹스러워하며 대꾸했다.

「참, 사랑은 어떻게 되었죠?」 우리가 물었다.

「사랑? 그날부터 사랑은 사라지기 시작했소. 여느 때처럼 그녀가 얼굴에 미소를 띠고 생각에 잠기면 바로 광장에서 보았던 대령의 모습이 떠오르는 거요. 그러면 왠지 불편해지고 불쾌해지니 그녀와의 만남이 점차 뜸해질밖에. 사랑은 그렇게 끝나 버렸소. 그런 일이 일어나기도 하고, 그렇게 해서 한 사람의 인생이 방향을 틀기도 하는 거요. 그런데 여러분은 말하기를…….」 그렇게 그는 이야기를 끝냈다.

1903년

# 알료샤 항아리

알료쉬까는 막내였다. 그를 항아리라고 부르게 된 연유는 이러했다. 어머니가 우유 항아리를 보제의 아내에게 갖다 주라는 심부름을 보냈는데 알료샤가 그만 돌부리에 걸려 넘어지면서 항아리를 깼던 것이다. 어머니는 아들을 두들겨 팼고 아이들은 그때부터 그를 〈항아리〉라고 놀려 댔다. 그렇게 해서 〈알료샤 항아리〉라는 별명이 생겼다.

알료쉬까는 작고 빼빼했는데 늘어진 귀(그의 귀는 날개처럼 튀어나와 있었다)에 코는 큼지막했다. 아이들은 이렇게 놀렸다. 〈알료쉬까 코는 들개같이 생겼네.〉 큰형은 도시에 사는 상인 집에서 지냈고 알료쉬까는 어릴 적부터 아버지를 도왔다. 나이 여섯 살에 이미 어린 누이와 함께 들에서 양이며 소를 돌봤고 조금 자라서는 밤낮으로 말을 돌봤다. 열두 살 때부터는 벌써 농사일은 물론 짐을 지고 날랐다. 힘은 없었지만 기술 덕이었다. 그는 언제나 명랑했다. 아이들이 놀려도 말없이 받아 넘기거나 웃었다. 아버지가 욕을 해도 말없이 듣기만 했다. 그리고 욕설이 그치면 미소 지으며 앞에 놓인 일감을 잡았다.

그의 나이 열아홉이 되었을 때 형이 군대에 갔다. 아버지는 형 대신 상인 집 문지기로 그를 데려갔다. 알료샤는 형이 신던 낡은 장화와 아버지의 모자, 그리고 외투를 받아 도시로 갔다. 알료샤는 자기 옷차림에 더없이 기뻐했지만 상인은 알료샤를 반기지 않았다.

「난 세묜 자리를 메울 사람을 생각했는데.」 알료샤를 본 상인의 말이었다. 「그런데 자네는 무슨 코흘리개를 데려왔군. 이 녀석이 어디에 쓸모가 있겠나?」

「이놈은 뭐든 합니다. 말을 마차에 매는 일은 물론이고 어디든 가며 아주 열심히 일합니다. 볼품없어 보이지만 튼튼합니다.」

「글쎄, 두고 보지.」

「그리고 무엇보다도 말대꾸를 하지 않습니다. 냅다 일만 하지요.」

「자네가 뭘 어쩌겠나. 두고 가게.」

그렇게 해서 알료샤는 상인 집에서 살게 되었다.

상인 가족은 단출했다. 안주인과 늙은 모친, 그럭저럭 교육을 받고 결혼한 장남은 아버지와 함께 일했고 다른 아들은 고등학교를 마치고 대학에 다니다가 퇴학당한 후 집에서 지내고 있었으며 딸이 하나 더 있었는데 고등학생이었다.

처음에 사람들은 알료쉬까를 좋아하지 않았다. 그는 촌뜨기였고 옷을 못 입는 데다가 공손하지도 않아서 누구에게나 〈너〉라고 말했다. 하지만 사람들은 곧 그에게 적응했다. 그는 형보다 일을 잘했다. 정말로 말대꾸를 하지 않았고 사람들이 시키는 무슨 심부름이든 했으며 무슨 일이 됐든 기꺼이, 그리고 재빨리 해치웠다. 이 일에서 저 일로 넘어가며 쉬는 법이 없었다. 그러자 집에 있을 때처럼 상인 집에서도 모든 일이 알료샤에게 떨어졌다. 안주인과 안주인의 모친, 그리고 안주인의 딸에 아들, 집사며 요리사까지 죄다 여기저기로 그를 심부름 보내고 온갖 일을 시켰다. 들리는 말이라고는 〈얼른 다녀와라〉나 〈알료샤, 이것 좀 해줘〉 혹은 〈어떻게 된 거야, 알료샤. 잊은 거야? 잘 보고 잊어버리지 마, 알료샤〉뿐이었다. 그러면 알료샤는 달려가서 일했고, 혹시 잊어버린 게 없나 살펴보았으며, 모든 걸 제때 해내고는 늘 빙그레 웃었다.

그가 신던 형의 장화는 곧 해어졌다. 그러자 주인은 그가 맨발로 끈을 안 묶은 채 신을 신고 다니다가 그렇게 됐다고 욕설을 퍼부으며 시장에 가서 새 장화를 사라고 했다. 알료샤는 새 장화를 장만하고 기뻐했지만 분주히 뛰어다닌 후 밤이 되면 발이 쑤셨다. 알료샤는 아버지가 돈을 받으러 왔다가 상인이 품삯에서 장화 값을 제한다는 말을 듣고 화를 낼까 봐 걱정했다.

겨울이면 알료샤는 동이 트기 전에 일어나 장작을 패고 뜰에 비질을 한 후 암소와 말에게 여물을 주고 물을 먹였다. 그런 다음 난로에 불을 지피고 주인네들 장화와 옷을 준비했으며 사모바르를 대령해 놓고 닦았다. 그다음에는 집사가 짐을 나르라고 그를 부르거나, 요리사가 반죽을 하거나 냄비를 닦으라고 시켰다. 그다음에는 쪽지를 전하라거나, 고등학교에 가서 주인집 딸을 데리고 오라거나, 혹은 할머니를 위해 시골에서 만든 버터를 구해 오라고 그를 도시로 보내고는 했다. 「어디로 사라지려고 하는 거냐, 이 망할 놈아.」 이 사람 저 사람이 그에게 말했다. 「왜 당신이 직접 가요? 알료샤가 가면 되지. 알료쉬까! 알료쉬까!」 그러면 알료샤는 달려갔다.

그는 길에서 아침을 먹었고 다른 사람들이 점심 먹는 시간에 맞추는 일도 드물었다. 요리사는 그가 다른 사람들과 함께 오지 않는다고 욕을 하면서도 그를 불쌍히 여겨 따뜻한 음식을 점심 저녁으로 챙겨 주었다. 축일 전과 축일에는 특히 일이 많았다. 그래도 알료샤는 축일을 매우 반겼는데 그 이유는 축일이라는 이유로 적으나마 팁을 받아서 60꼬뻬이까쯤 모을 수 있었기 때문이다. 많은 액수는 아니어도 어쨌든 원하는 대로 쓸 수 있는 돈이었다. 그는 자기 품삯을 본 적이 없었다. 아버지가 찾아와 상인에게서 돈을 타 갔고 알료샤에게는 그저 장화 값이나 빨리 갚으라고 했다.

팁으로 받은 돈을 모아 2루블을 마련하자 그는 요리사의 조언에 따라 붉은 털로 짠 외투를 샀고 그걸 입고는 기뻐서 입을 다물지 못했다.

알료샤는 말수가 적었다. 말을 할 때면 늘 뚝뚝 끊어서 짧게 말했다. 그리고 그에게 무슨 일을 시키거나 할 수 있겠느냐고 물으면 언제나 조금도 망설이지 않고 이렇게 말했다. 「뭐든 할 수 있습니다.」 그리고 바로 일에 뛰어들어 해냈다.

그는 아는 기도문이 하나도 없었다. 어머니가 가르쳐 줬던 걸 까먹은 것이다. 하지만 아침저녁으로 기도했다. 손으로 성호를 그으며.

그렇게 알료샤는 2년을 살았다. 그리고 2년째 되던 해 하반기에 그의 인생에 너무나 범상치 않은 사건이 일어났다. 그 사건은 이러했다. 어느 날 사람들 사이에는 필요에 의해서만 관계가 성립하는 것이 아니라 아주 특별한 관계가 존재한다는 사실을 알게 된 그는 놀라고 말았다. 그러니까 사람은 장화를 닦거나 물건을 나르고 마차에 말을 매는 일을 위해서만 존재하는 것이 아니라 아무 필요가 없어도 다른 사람들이 그를 챙겨 주고 아껴 주며, 알료샤 자신 또한 그런 사람이라는 사실이었다. 바로 요리사 우스찌냐를 통해 그는 그 사실을 알게 되었다. 우스찌냐는 고아였고 젊었으며 알료샤처럼 주인집에서 일했다. 그녀는 알료사를 불쌍히 여겼고 알료샤는 처음으로 그가, 바로 그 자신이, 즉 자기의 노동이 아니라 그의 존재 자체로 다른 누군가에게 필요한 사람이라는 사실을 깨닫게 되었다. 예전에 어머니가 그를 불쌍히 여겼을 때도 그런 것을 느끼기는 했지만 그때는 그저 그러려니 했었다. 그건 그 자신이 스스로를 불쌍히 여기는 것과 다름이 없었으니까. 하지만 이제 갑자기 우스찌냐라는 완전한 타인이 그에게 연민을 느끼고 그를 위해 버터를 넣은 죽을 항아리에 담아 남겨 두는 것을 보게 된 것이다. 그리고 그가 밥을 먹을 때면 그녀는 소매를 걷어 올린 한쪽 팔에 턱을 괴고 그를 바라보았다. 그가 그녀를 쳐다보면 그녀는 웃음을 터뜨렸고 그러면 그도 웃었다.

너무나 새롭고 신기한 일이라 처음에 알료샤는 무서웠다. 이 상황이 일하는 데 방해가 될 거라고 생각했다. 그렇지만 기뻤고 우스찌냐가 기워 준 바지를 볼 때마다 고개를 저으며 미소를 짓게 되었다. 그리고 일할 때나 길을 갈 때 그는 자주 우스찌냐를 떠올리고 말하는 것이었다. 「아, 우스찌냐!」

우스찌냐는 할 수 있는 한 그를 도왔고 그 역시 그녀를 도왔다. 그녀는 자기 인생을 얘기했다. 어떻게 고아가 됐는지, 또 숙모가 자기를 도시에 데리고 온 얘기며 상인 아들이 자기를 유혹했지만 거절한 얘기도 들려주었다. 그녀는 말하기를 좋아했고 그는 그녀의 얘기를 듣는 것이 좋았다. 그는 도시에서 흔히 벌어지는 일, 그러니까 도시에 와서 일하는 농부들이 요리사와 결혼한다는 말을 들었다. 하루는 그녀가 그에게 곧 결혼할 거냐고 물었다. 그는 모른다고, 시골에서 여자를 찾고 싶지 않다고 대답했다.

「그럼, 누구 생각해 둔 사람은 있어?」 그녀가 물었다.

「응, 난 당신이랑 결혼하고 싶어. 내게 시집올래?」

「아이고, 항아리야, 항아리야, 이제야 얘기하는구나.」 그녀가 수건으로 그의 등을 때리며 말했다. 「시집 안 갈 이유가 뭐겠어?」

부활절 전 사육제 기간에 알료샤의 아버지가 돈을 받으러 도시에 왔다. 상인의 아내는 알렉세이가 우스찌냐와 결혼할 생각을 한다는 사실에 언짢아하고 있었다. 「임신을 하면, 아이 밴 여자를 어디다 써먹겠어요.」 그녀가 남편에게 한 말이었다.

상인은 알렉세이의 아버지에게 돈을 주었다.

「그래, 우리 아이는 잘 지내고 있습죠?」 아버지가 말했다. 「제가 말했잖습니까, 온순하다고요.」

「온순하기는 온순한데 멍청하더군. 요리사랑 결혼할 생각을 하니 말이야. 난 결혼하면 안 데리고 있을 걸세. 쓸모가 없거든.」

「그런 생각을 하다니 바보 멍청이 같으니.」 아버지가 말했다. 「걱정 마십시오. 그따위 생각은 버리도록 제가 말해 놓겠습니다.」

아버지는 부엌으로 가서 의자에 앉아 아들을 기다렸다. 알료샤는 일 때문에 여기저기 뛰어다니다가 숨을 헐떡이며 돌아왔다.

「나는 네가 분별력이 있는 아이인 줄 알았다. 그런데 뭐, 무슨 생각을 해?」 아버지가 말했다.

「아무 생각도 안 했는데요.」

「아무 생각도 안 하긴, 장가갈 생각을 했다며. 때가 되면 내가 널 장가보낼 거다. 너랑 맞는 여자에게 장가보낼 거야. 도시 여자는 안 된다.」

아버지는 말을 많이 했다. 알료샤는 선 채로 한숨을 쉬다가 아버지가 말을 마치자 빙그레 웃었다.

「그럼 이 정도에서 끝내도 되겠지.」

「네, 그러죠.」

아버지가 떠나고 우스찌냐와 단둘이 남은 그는 그녀에게 말했다(그녀는 아버지가 아들과 얘기할 때 문 뒤에 서서 다 듣고 있었다).

「우리 일은 안됐어. 들었지? 아버지가 화나서 허락을 안 하셔.」

그녀는 말없이 앞치마에 눈물을 쏟았다. 알료샤는 혀를 찼다.

「어떻게 아버지 말을 안 들을 수가 있겠어. 할 수 없어. 그만둬야 해.」

저녁에 상인의 아내가 덧문을 닫으라고 그를 불러서는 물었다.

「그래, 아버지 말을 듣고 멍청한 짓은 그만두기로 했지?」

「네, 포기했습니다.」 알료샤는 이렇게 말하고 웃는가 싶더니 바로 울음을 터뜨렸다.

그 이후로 알료샤는 우스찌냐와 더 이상 결혼 애기를 하지 않았고 예전처럼 지냈다.

사순절 기간 중 어느 날 집사가 그에게 지붕의 눈을 치우라는 일을 시켰다. 그는 지붕 위로 올라가 말끔히 치운 후 배수관에 얼어붙은 눈을 뜯어 내기 시작했는데 그러다가 그만 발을 헛디뎌 삽을 든 채 떨어지고 말았다. 안타깝게도 그는 눈 더미 대신 철로 덮인 문으로 떨어졌다. 우스찌냐와 주인집 딸이 그에게 달려왔다.

「알료샤, 다쳤어?」

「응, 다쳤어. 하지만 괜찮아.」

그는 일어서려고 했지만 그러지 못하고 웃기만 했다. 사람들이 그를 방으로 옮겼다. 의사 일을 돕는 조수가 와 그를 살펴보더니 어디가 아프냐고 물었다.

「온몸이 다 아픕니다. 하지만 이건 괜찮아요. 이제 주인님이 화를 내시겠죠. 아버지에게 전갈을 보내야겠습니다.」

알료샤는 이틀을 누워 있었고 사흘째에는 신부가 왔다.

「아니, 정말 죽는 거야?」 우스찌냐가 물었다.

「왜 그래? 우리가 뭐 평생 사는 건 아니잖아? 언젠가는 죽어야지.」 언제나처럼 알료샤는 단숨에 말했다. 「고마워, 우스찌냐, 날 불쌍히 여겨 줘서. 우리가 결혼을 못 해서 다행이야. 결혼했으면 어쩔 뻔했어. 이제 모든 게 좋아.」

신부와 함께 그는 손과 마음으로만 기도했다. 그는 생각했다. 여기가 얼마나 좋아, 시키는 일만 잘하면 누구도 화나게 하지 않으니 말야. 그렇게 그곳도 좋겠지.

그는 적게 말했다. 그저 물을 달라고만 했고 뭔가에 계속 놀랐다.

뭔가에 계속 놀라다가 기지개를 펴고, 그는 죽었다.

1905년

# 가난한 사람들

어느 어부의 오두막 안, 벽난로 옆에 잔나가 앉아 있다. 잔나는 어부의 아내. 낡은 돛을 매만지고 있다. 뜰에는 바람이 휘몰아치며 울부짖고 해안가에 몰려와 부서지는 파도 소리가 요란하다……. 뜰은 어둡고 추운 데다 바다에는 폭풍우가 몰아치지만 어부의 오두막 안은 따뜻하고 안온하다. 흙바닥은 깨끗이 쓸려 있고 벽난로 불은 아직 타오르고 있다. 찬장에는 식기가 반짝인다. 하얀 커튼을 내려뜨린 침대에서는 폭풍우가 몰아치는 요란한 소리에도 아이 다섯이 잠들어 있다. 어부인 남편은 아침부터 배를 타고 바다로 나가 아직 돌아오지 않았다. 어부의 아내는 파도가 울부짖는 소리며 바람이 포효하는 소리를 듣는다. 잔나는 심란하다.

낡은 나무 시계가 삐거덕 소리를 내며 종을 친다. 10시, 11시……. 여전히 남편은 돌아오지 않는다. 잔나는 생각에 잠긴다. 추운 날이든 비바람 치는 날이든 남편은 군소리 없이 물고기를 잡으러 나간다. 그녀는 아침부터 밤까지 일을 붙잡고 있다. 그래서 형편이 어떤가? 겨우겨우 먹고산다. 아이들은 여전히 신발 없이 여름이고 겨울이고 맨발로 뛰어다닌다. 밀로 만든 빵도 먹지 못한다. 호밀 빵이라도 있다면 다행인 지경이다. 유일한 반찬은 물고기다. 〈그래도 아이들이 건강하니 감사할 따름이지. 불평해서는 안 돼.〉 잔나는 이런 생각을 하며 다시금 폭풍우 소리에 귀 기울인다. 〈그이는 대체 어디 있는 걸까? 주여, 그이를 지켜 주소서. 구해 주시고 불쌍히 여기소서.〉 그녀는 이렇게 생각하며 성호를 긋는다.

잠들기에는 아직 이른 시간이다. 잔나는 일어나 머리에 두꺼운 숄을 두르고 등잔불을 밝힌 다음 바다가 좀 잠잠해졌는지, 환해졌는지, 등대에 불이 켜져 있는지, 남편 배가 보이는지 살피러 밖으로 나간다. 그렇지만 바다에는 아무것도 보이지 않는다. 거센 바람에 숄이 벗겨지고 망가진 이웃집 문이 서로 부딪친다. 그러자 잔나는 아파 누워 있는 옆집 아낙을 저녁나절부터 찾아가 보려 했었다는 기억을 떠올린다. 〈그 사람을 봐줄 이가 하나도 없잖아.〉 잔나는 문을 두드렸다. 귀를 기울였다……. 아무 대꾸도 없다.

〈과부가 안됐어.〉 잔나는 문지방에 서서 생각한다. 〈자식이 많지는 않지만 그래도 애가 둘인데 혼자서 모든 걸 다 꾸려 가야 하다니. 게다가 이제 앓아눕기까지! 휴, 정말 안됐지 뭐야. 잠깐 들러서 들여다봐야지.〉

잔나는 계속해서 문을 두드렸다. 아무 대꾸도 없었다.

「이봐요, 옆집 아낙!」 잔나가 소리쳤다. 〈혹시 무슨 일이라도 생긴 것 아냐?〉 이런 생각을 하며 그녀는 문을 밀었다.

오두막 안은 축축하고 추웠다. 잔나는 아픈 여자가 어디 있는지 둘러보려고 등을 위로 들었다. 그러자 문 바로 맞은편에 놓인 침대가 먼저 눈에 들어왔고, 그 위에 이웃집 여자가 천장을 보고 누워 있었다. 어찌나 조용하고 미동 없이 누워 있는지 마치 시체 같았다. 잔나는 등을 들고 더 가까이 다가갔다. 그렇다, 옆집 여자였다. 고개는 뒤로 젖혀 있었고 차갑고 푸르뎅뎅해진 얼굴에는 죽음의 고요가 깃들어 있었다. 창백하게 생명을 잃은 팔은 마치 뭔가를 잡으려는 듯 내민 채 떨어져 짚더미 너머로 늘어져 있었다. 그리고 거기, 죽은 어미 옆에 두 아이가 잠들어 있었다. 곱슬머리에 뺨이 통통한 아이들은 낡은 옷을 덮고 누워 몸을 구부린 채 금발 머리를 서로 맞대고 있었다. 보아하니 죽어 가면서도 어미가 아이들 발을 숄로 여미고 자기 옷으로 아이들을 덮어 준 것이었다. 아이들의 숨소리는 고르고 평온했다. 아이들은 달고 깊은 잠에 빠져 있었다.

잔나는 아이들을 숄로 감싼 후 아이들이 누워 있던 요람을 들고 집으로 갔다. 심장이 세게 뛰었다. 왜, 또 어째서 그랬는지 그녀 자신도 알지 못했다. 하지만 그렇게 하지 않을 수 없다는 사실은 알았다.

그녀는 잠든 아이들을 집으로 데려가 자기 아이들 옆에 누이고는 재빨리 침대 커튼을 쳤다. 창백해진 그녀의 마음이 동요했다. 양심이 들썩였다. 〈그이가 뭐라고 할까?〉 그녀는 혼잣말을 했다. 〈우리 애가 다섯이나 되는데 이게 농담도 아니고. 우리 애들만으로도 그이에게는 큰 짐인데……. 아, 그이인가? 아냐, 아직 아니야!…… 그런데 내가 왜 애들을 데리고 왔을까!…… 그이가 나를 흠씬 두들겨 팰 거야! 그래, 그래도 싸지. 그렇지만 난 버틸 거야. 그이가 왔나 보다! 아니구나!…… 그래, 그게 나아!〉

누가 들어오기라도 하는 것처럼 문이 삐걱거렸다. 잔나는 흠칫 몸을 떨며 의자에서 일어났다.

〈아니구나. 이번에도 아무도 아니야. 맙소사, 내가 왜 이런 일을 해버렸을까? 이제 어떻게 그이 얼굴을 보지?〉 잔나는 생각에 잠긴 채 침대 옆에 오랫동안 침묵을 지키며 앉아 있었다.

비가 그쳤다. 동이 텄지만 바람은 윙윙대고 바다 역시 아까처럼 울부짖었다.

갑자기 문이 덜컹 소리를 내며 열리더니 방 안으로 신선한 바다 내음이 밀려들었다. 곧 키가 크고 거무스름한 어부가 물기를 머금은 채 찢어진 어망을 잡아 끌면서 방 안으로 들어섰다.

「나 왔소, 잔나!」

「아, 당신 왔군요!」 이렇게 말은 했지만 잔나는 차마 남편을 쳐다보지 못했다.

「굉장한 밤이었소! 무시무시했다니까!」

「그래요, 무척이나 궂은 날씨였죠! 그래, 고기잡이는요? 많이 잡았어요?」

「형편없어, 아주 엉망이야! 아무것도 못 잡았소. 그냥 그물만 찢어지고. 일이 안 되려니 엉망진창이로군! 그래, 당신에게 얘기해 주리다. 어떤 날씨였는지 말이오! 어젯밤 같았던 적이 또 있었는지 기억이 안 날 정도요. 게다가 고기잡이는 또 어떻고! 살아서 집에 돌아온 게 그저 고마울 뿐이라니까……. 그런데 당신은 집에서 나 없는 동안 뭘 했소?」

어부는 그물을 방 안까지 끌고 들어와 난로 옆에 앉았다.

「나요?」 얼굴이 창백해지면서 안나가 말했다. 「그러니까 그게, 난…… 바느질을 했어요……. 바람이 어찌나 거세게 부는지 무서웠죠. 당신 걱정을 했어요.」

「그래그래.」 남편이 중얼거렸다. 「악마가 농간을 부리는 것처럼 궂은 날씨지! 하지만 뭐 어쩌겠어!」

잠깐 침묵이 흘렀다.

「아, 그거 알아요?」 잔나가 입을 열었다. 「옆집 아낙 시몬이 죽었어요.」

「그래서?」

「그런데 언제 그렇게 됐는지 모르겠어요. 아마도 벌써 저녁 녘에 죽은 것 같아요. 죽는 것도 무척 힘들었을 거예요. 애들이 있으니 얼마나 마음이 아렸겠어요! 아이가 둘인데 둘 다 어려요. 한 애는 아직 말도 못 하고 다른 아이는 이제 겨우 기기 시작했는데…….」

잔나는 입을 다물었다. 어부가 얼굴을 찡그렸다. 진심으로 걱정하는 빛이 그의 얼굴에 떠올랐다.

「세상일이 그렇지, 뭐!」 그는 뒤통수를 긁적였다. 「그래, 뭘 어떻게 해야 하나! 가봐야겠군. 그러지 않으면 아이들이 일어나서 시체를 보고 어떻게 하겠어? 어찌 됐든 뭔가 해야겠군! 당신이 어서 가봐!」

그렇지만 잔나는 자리에서 미동도 하지 않았다.

「당신 왜 그래? 가기 싫어서 그래? 무슨 일이야, 잔나?」

「여기 그 애들이 있어요.」 잔나는 이렇게 말하고 침대 커튼을 걷어 보였다.

1907년

**역자 해설**

# 예술가와 교사를 오가는 거장의 작품 세계

레프 똘스또이의 문필 생활은 길고 다채롭다. 1852년에 데뷔해 1910년 82세를 일기로 타계할 때까지 글을 썼으니 무려 60년에 육박하는 세월이다. 작가가 남긴 저술을 한데 모은 전집은 장장 90권에 이른다. 그 놀라운 숫자는 똘스또이의 제자였던 체르트꼬프가 헌신적으로 자료를 모은 데 힘입은 바 크고, 단순히 창작 문학 작품만이 아니라 일기와 편지까지 망라한 것이기도 하지만 그래도 역시 똘스또이의 왕성한 창조력이 근본임은 부인할 수 없다.

똘스또이는 시를 제외한 글쓰기의 모든 분야에서 족적을 남겼다. 『전쟁과 평화*Voina i mir*』를 비롯한 『안나 까레니나 *Anna Karenina*』, 『부활*Voskresenie*』 같은 장편소설은 물론 수많은 중·단편소설을 발표했고 「어둠의 권력Vlast' t'my」과 같은 희곡도 썼다. 그 외에도 다수의 수필과 평론, 시론을 썼으며 평생 집착에 가까울 정도로 일기를 써나갔다. 또 농촌 아이들의 교육을 위해 『독본*Azbuka*』을 직접 쓰기도 하는 등 다방면으로 활동했다.

똘스또이의 천재성은 장편소설에서 최고의 빛을 발한다. 『전쟁과 평화』와 『안나 까레니나』는 두말할 나위 없이 세계문학사에 길이 남는 불후의 명작이다. 그러나 안타깝게도 『안나 까레니나』를 마친 후 순수 문학에 극심한 회의를 느낀 똘스또이는 이후 종교 박해를 피해 캐나다로 이주하는 두호보르 교인들을 금전적으로 지원하기 위해 『부활』을 쓰기까지 20년 동안은 장편소설을 잡지 않았다. 그리고 그렇게 집필된 『부활』이 그의 마지막 장편소설이다.

그렇지만 그 기간에도 똘스또이의 창작력은 중·단편소설을 통해 꾸준히 발휘되었다. 그가 평생 쓴 중·단편소설은 50편을 웃돌며, 이 작품들로써 60년에 이르는 똘스또이의 작품 세계가 어떤 궤적을 그리는지 살펴볼 수 있다. 이것은 바로 본 소설집의 기획 의도이기도 하다. 똘스또이의 소설을 모두 다 번역한다면 모를까, 선집을 만든다면 대체 어느 작품을 골라야 할까? 국내에서도 똘스또이의 작품은 이미 많이, 그리고 여러 번 번역되었다. 그 와중에 쏠림 현상이 눈에 띈다. 인기 있는 작품, 그중에서도 특히 민화에 치우치거나, 그게 아니라면 순수 문학 작품 몇 편을 묶는 방식이 보통이다. 그러나 똘스또이의 작품은 민화만이 아니며, 그렇다고 순수 문학만도 아니다. 본 선집은 이제까지 발간된 똘스또이 소설집과 차별된 지점을 찾아 10년 단위로 주요한 단편소설을 선별했다. 따라서 이 책에는 이제까지 국내 출간된 단편선과는 다르게 순수 문학 작품과 민화가 함께 어울려 있다. 이 책을 읽는 독자가 거장의 작품 세계를 시대별로 따라가며 똘스또이의 다양한 면모를 맛볼 수 있기를 바란다.

**전쟁 이야기: 예술가의 얼굴**

똘스또이는 1852년 「유년 시대Detstvo」로 문단에 첫걸음을 내디뎠다. 소설은 평론가들의 호의적인 평가를 받으며 성공을 거두었다. 본 선집의 첫머리에 실린 「습격Nabeg」도 같은 해에 쓰이고 발표된 초기작이다.

1852년, 똘스또이는 까프까스에 있었다. 스물네 살이었다. 어려서 부모를 여읜 똘스또이는 친척 집을 거치며 자랐다. 그렇게 가게 된 곳, 까잔에서 대학을 다녔다. 동양어학부를 다니며 아랍어와 터키어도 배우고 법학 공부도 해보았지만 신통치 않았다. 결국 똘스또이는 중간에 학교를 그만두고 고향인 야스나야 뽈랴나로 돌아갔다. 그때부터 글쓰기와 함께 평생 똘스또이의 정체성의 한 축이 된 지주의 삶도 시작된다. 20대의 똘스또이는 혈기 왕성한 청년이었다. 그는 이상과 방탕 사이를 오가는 흔들리는 생활을 하다가 1851년 봄 형의 권유를 받아들여 까프까스로 간다. 형은 이미 그곳에서 군대에 복무하고 있었다.

당시 까프까스를 비롯한 러시아 제국의 남부는 전쟁의 땅이었다. 러시아 제국의 영토 확장은 풍경과 인종만이 아니라 문화적으로 이질적인 남부에서 큰 난관에 부딪쳤다. 험준한 산세를 바탕으로 펼쳐지는 수려한 풍경과 이국적인 여인들은 평평하고 광활한 북쪽에서 온 러시아 남자들을 매료시켰지만, 동시에 이슬람교를 믿으며 러시아의 지배를 거부하는 산악인들의 저항은 러시아 정부의 큰 골칫거리였다. 또한 1850년대는 크림 반도에서 전쟁이 일어난 시기이기도 했다. 똘스또이의 초기 단편소설 중 고른 「습격」은 똘스또이가 까프까스에서 경험한 바를, 그리고 「세바스또뽈 이야기 Sevastopolskie Rasskazy」는 세바스또뽈에서 겪은 크림 전쟁을 바탕으로 한다.

까프까스는 러시아 문학에 풍요로운 자양분을 제공했다. 특히 러시아 낭만주의 문학에 더할 나위 없이 매력적인 소재였다. 추운 북쪽에 사는 러시아인들에게 거칠면서도 아름답고 이국적인 남쪽 까프까스는 죽음도 낭만적으로 그려지는 무대였다. 한마디로 러시아의 오리엔탈리즘이 작동하는 곳이 바로 까프까스였다. 그래서 낭만주의 문학의 자장 안에서 까프까스의 전투는, 그 속에서 일어나는 죽음마저도 낭만성을 자아내는 요소로 기능했다.

그러나 똘스또이는 낭만주의의 베일을 뚫고 그 너머를 보았다. 인생의 의미를 깨우치고자 찾아간 곳에서 똘스또이가 맞닥뜨린 것은 전쟁·전투의 무의미함이었다. 바로 그러한 관점에서 「습격」을 해석할 수 있다. 소설 속에 등장하는 젊은 소위 알라닌은 러시아 문학에 침윤되어 있던 낭만주의의 코드로 움직이는 사람이다. 젊고 아름다운 소위는 처음 나가게 된 원정에 흥분을 감추지 못하고 무턱대고 영웅적으로 행동하다가 결국에는 어이없는 죽음을 맞이한다. 창창한 미래를 제대로 꽃피워 보지도 못한 채 첫 원정에서, 더구나 상관의 만류에도 불구하고 공격을 감행해 불필요하게 목숨을 잃는 것이다. 이와는 대조적으로 똘스또이를 대변하는 화자인 〈나〉는 비록 처음에는 알라닌처럼 처음 목격하게 된 전투에 몹시 흥분하지만 흘로뽀쁘 대위를 통해 진정한 용기가 무엇인지 깨우치게 된다.

낭만과는 거리가 먼 전쟁의 민낯은 「세바스또뽈 이야기」에서도 드러난다. 똘스또이가 그려 내는 크림 전쟁은 진흙투성이다. 세바스또뽈의 전장은 더럽고 축축하며 역한 냄새를 풍긴다. 영국군에 맞서 세바스또뽈을 수호하는 러시아 군인들이 멋지게 포효하며 적을 베는 모습은 등장하지 않는다. 소설의 앞부분에서 독자가 안내되는 곳은 병원이다. 그곳에서 똘스또이의 화자는 부상병들을 보여 준다. 어떤 이는 팔을 잃었다. 그리고 팔보다 더 중요하게는 인생의 가장 빛나는 시절을 잃었다. 어떤 이는 보지도 못하고 극심한 고통 속에서 죽을 날만 기다리고 있다. 그러나 똘스또이에게는 바로 그 보통 사람이 영웅이다. 우리가 통상적으로 생각하는 영웅은 똘스또이의 소설 속에 존재하지 않는다. 똘스또이가 그리는 영웅은 러시아의 보통 국민이다. 그렇게 똘스또이의 펜은 전쟁의 낭만적 허울을 벗긴다.

이 소설의 시점은 특이하다. 화자는 독자에게 직접 말을 거는 서술 양식을 취하는데 그로써 독자를 소설 안으로 적극적으로 끌어당긴다. 독자는 끊임없이 〈당신〉을 부르는 화자가 마치 옆에 있는 듯, 그리고 그와 함께 세바스또뽈로 들어간 듯한 착각을 느끼게 된다. 시제 사용도 같은 맥락이다. 화자가 과거 시제가 아니라 주로 현재형을 사용하는 것도 독자와 같이 호흡하는 효과를 낸다.

그렇게 화자는 독자를 병원으로 안내해 부상병들을 보여 주고 그다음에는 전장으로 데리고 간다. 크림 전쟁이 벌어진 세바스또뽈의 가장 유명한 요새에서도 역시 전쟁의 영웅적 광채는 찾아볼 수 없다. 삶과 죽음을 가르는 전쟁마저 그저 일상이 되어 버린 곳이다. 그러나 이 소설에서 반전 사상을 읽어 내는 것은 무리다. 똘스또이가 반전주의자로 목소리를 높이는 것은 나중의 일이고, 그보다 이 작품에서 선명하게 부각되는 바는 러시아인의 애국심이다(당시 러시아 황제가 이 소설을 읽고 매우 만족해서 프랑스어로 번역할 것을 주문한 사실이 이를 방증한다). 똘스또이는 이 소설에서 러시아를 서구와 대비시키고 러시아의 고유한 힘을 역설한다.

「습격」과 「세바스또뽈 이야기」에서 똘스또이가 보여 준 전쟁의 미학은 이후 『전쟁과 평화』로 계승되고 수렴된다. 가령 「습격」의 흘로뽀쁘를 시작으로 똘스또이가 견지한 러시아인의 용기에 대한 견해는 『전쟁과 평화』에서 완성된다. 전쟁의 영웅적 면모를 탈각시켜 낯설게 보여 주는 시각 역시 전쟁 소설은 물론이요 똘스또이 소설 전반을 꿰뚫는 기본 관점이기도 하다.

### 민화풍 이야기: 교사의 얼굴

똘스또이가 쓴 이야기는 크게 두 갈래로 나뉜다. 굳이 이름을 붙이자면 하나는 보통 우리가 〈소설〉이라 부르는 순수 창작 문학이고 다른 한 갈래는 민화라고 할 수 있다. 백작 가문에서 태어난 똘스또이는 부모로부터 상속받은 영지 야스나야 뽈랴나에서 젊을 때부터 직접 농사를 짓고 경영하는 지주의 삶에 깊은 애착을 보였다. 그의 영지 경영에는 농부의 자녀들을 위한 학교도 포함되었다. 똘스또이는 아이들 교육이 밥 먹여 주느냐는 농부들의 반대를 무릅쓰고 학교를 세우고 교사를 채용했다. 또 스스로 직접 아이들을 가르치기도 했다. 이런 사실을 알면 작가인 똘스또이가 아이들을 위한 책을 썼다는 사실은 조금도 놀랍지 않다. 똘스또이의 유명한 민화 가운데 몇몇은 작가가 농촌 아이들을 위해 쓴 『독본』에 실린 이야기로, 「신은 진실을 알지만 때를 기다린다Bog pravdu vidit, da ne skoro skazhet」가 대표적인 경우이다.

농촌 아이들의 교육을 위해 집필된 책이었던 만큼 『독본』

은 다양한 분야의 기초 지식을 담고 있다. 읽기 교재 격인 민화는 물론 산수를 비롯해 열이나 전지 등에 관한 기본적인 과학 지식도 똘스또이가 직접 써서 집어넣었다. 어린아이들을 대상으로 했으니 이야기가 쉽고 교훈적인 것은 당연하다.

1880년대에 들어서면서 똘스또이의 민화는 전성시대를 맞는다. 잘 알려져 있다시피 똘스또이는 〈회심〉이라 불리는 전환기를 거치며 진리를 찾는 영적 순례자의 길을 걷게 된다. 이전에도 죽음의 공포를 겪으며 삶의 무상함과 씨름했지만 『안나 까레니나』를 마친 후 닥친 정신적 위기는 똘스또이의 인생을 바꾸어 놓았다. 그로부터 똘스또이가 택한 작품 경향은 〈쉬운〉 그리고 〈교훈적인〉이라는 말로 요약할 수 있다. 이제 그는 교육받은 지식층만 향유할 수 있는 〈고급〉 문학을 거부하고 〈무식쟁이〉라도 바로 이해하고 교훈을 얻을 수 있는 소설을 적극적으로 추구하게 되었다. 그 결과 똘스또이의 작품 세계에서 1880년대는 짧고 단순하며 중의성이라고는 찾아볼 수 없는 민화가 대다수를 차지한다.

본 소설집에는 똘스또이가 창작한 총 스물두 편의 민화들 가운데 대표작 몇 편을 수록했다. 「사람은 무엇으로 사는가 Chem liudi zhivy」, 「사람에게는 얼마만큼의 땅이 필요한가 Mnogo li cheloveku zemli nuzhno」, 「바보 이반Skazka ob Ivane — durake」 등이 그 예로, 국내에도 이미 여러 번 소개된 바 있지만 순수 문학 작품과 나란히 읽음으로써 한쪽에 치우치지 않고 똘스또이의 작품 세계를 조망하는 데 필수적인 작품들이라 할 만하다. 특히 〈회심〉을 거치며 물질적으로 풍요롭지만 영적으로는 초라한 귀족의 생활을 부정하고 그리스도의 가르침을 실천하는 데서 인생의 의미를 찾고자 했던 똘스또이의 변화가 민화에 잘 드러난다. 현자(賢者)가 되어 가는 똘스또이의 모습도 자연스레 겹친다.

「사람은 무엇으로 사는가」, 「사람에게는 얼마만큼의 땅이 필요한가」를 보면, 둘 다 제목으로 질문을 던진다. 그런데 이야기를 읽으면 답이 너무나 분명하다. 사람은 〈사랑〉으로 산다. 사람에게는 죽어 몸을 누일 2미터 정도의 땅만 있으면 된다. 이 얼마나 명쾌한가. 이 얼마나 단순한가. 물론 욕망의 고리를 끊어 내지 못하고 부대끼며 사는 우리에게 똘스또이의 민화는 이상처럼 느껴지지만 이런 도덕적 이야기를 읽으며 인간이 〈치유〉받는 것은 사실이다.

또한 「바보 이반」에서는 나이가 들어가면서 평화주의, 더 나아가 무저항주의를 지향한 작가의 견해가 발견되기도 한다. 「바보 이반」은 몇 가지 점에서 일반적인 민화와 다르다. 보통 민화에서는 형제가 다 같은 신분인데 똘스또이는 세 형제의 신분을 모두 다르게 설정했다. 첫째는 장군, 둘째는 상인, 셋째는 농부로 위의 두 형은 세상의 두 권력, 무인(정치)의 권력과 돈의 권력을 각각 상징한다. 그리고 그에 맞서 농사를 짓는 막내 이반이 있다. 바보 같지만 성실하고 착한 막내는 형들과 달리 악마의 꾐에 넘어가지 않고 자신의 삶을 지켜 낸다. 자신의 몸을 움직여 일하고 그 신성한 노동의 결과로 먹고 사는, 그야말로 똘스또이가 꿈꾸고 실천하고자 한 삶이 막내 이반의 삶에 응축되어 있다. 그리고 제목부터 알 수 있듯 이반은 〈바보〉다.

그 바보가 왕인 나라를 악마는 끈질기게 유혹하지만 이반을 비롯해 하나같이 바보인 백성들은 무저항으로 폭력과 유혹을 이겨 낸다. 지식인을 상징하는 악마가 들이대는 권력과 돈의 유혹이 바보 이반의 세계에서는 먹히지 않는 것이다. 이 역시 다른 민화와 마찬가지로 민화이기에 가능한 유토피아의 세계다. 민화 밖으로 나온 〈바보〉의 삶은 이후 「알료샤 항아리Alesha Gorshok」에서 나타난다. 온순하고 열심히 일하는 알료샤는 그 누구에게도 해를 입히지 않고 뼈가 빠져라 맡은 일을 하지만 최소한의 행복도 누리지 못하고 덜컥 사고로 죽고 만다. 그럼에도 불평 한마디 하지 않는다. 알료샤의 죽음은 똘스또이가 평생 씨름한 〈죽음〉이라는 테마의 한 변주다.

### 죽음의 테마: 예술가와 교사를 넘어

똘스또이는 평생에 걸쳐 글과 실천을 통해 진리를 추구했다. 그리고 놀라운 지적 능력의 소유자였던 만큼이나 다양한 주제를 섭렵했지만 그중에서도 그의 작품 세계를 가로지르는 주요 테마를 하나 꼽으라면 역시 〈죽음〉일 것이다. 실존적으로도 예술적으로도 그는 죽음에 집착했다. 어린 나이에 부모를 잃고, 또 청년 시절에 폐결핵으로 형을 둘이나 잃으면서, 더 나아가 아이 다섯을 앞세우면서 작가는 평생 죽음을 두고 번뇌했다. 그러나 죽음이 그를 괴롭힌 가장 큰 이유는, 죽음 앞에서 삶의 그 어떤 것도 의미를 갖지 못한다는 사실이었다. 그 생각은 똘스또이가 작가로서 최고의 명성을 누릴 때에 더욱 그를 괴롭혔고 결국 그의 인생 항로를 바꾸어 놓았다.

〈죽음〉은 똘스또이의 삶의 이면에 깔린 배음이었고 그 사실은 그의 작품들에도 고스란히 반영된다. 초기 작품부터 죽음은 똘스또이 소설에 그림자를 드리운다. 데뷔작인 「유년 시대」에서 어머니의 죽음을 다루는 것은 물론이고 앞서 언급한 초기 전쟁 소설들도 예외 없이 죽음을 담는다. 죽음에 천착하는 작가의 경향은 초기작인 「세 죽음Tri smerti」에도 여실히 드러난다. 그리고 「세 죽음」은 이후 똘스또이가 심화시켜 간 죽음에 대한 견해의 맹아를 품고 있다는 점에서 중요하다.

제목이 드러내듯 「세 죽음」은 죽음을 맞이하는 세 가지 양상을 펼쳐 보인다. 민화에서처럼 3은 중요한 숫자이며, 그중에서도 세 번째이자 마지막이 가장 중요하다. 가장 훌륭한 것도 역시 마지막으로 등장하는 존재다. 여기서 똘스또이가 배치한 순서는 우리가 보통 매기는 순서와 반대라는 점이 흥미롭다. 귀족 마나님, 평민 마부, 나무 가운데 보통은 상류층 귀부인이 가장 대접받는 존재이며, 숲에서 자라는 나무는 죽거나 말거나 관심 밖으로 밀려난다. 하지만 똘스또이의 세계에서 그 순서는 역전된다. 부자가 천국에 들어가기는 낙타가 바늘귀를 통과하기보다 어려우며 가난한 자에게 복이 있다고 한 예수 그리스도의 가르침과도 통하는 세계다. 똘스또이가 이 세 존재에 부여하는 가치는 바로 자연에 얼마나 순응하는지의 차이, 또 주위에 얼마나 도움이 되는지의 차이로 정해진다. 똘스또이의 우주에서 죽음을 받아들이지 못하고 주위 사람을 닦달하는 귀부인은 어린 동료에게 기꺼이 장화를 남기고 죽은 마부보다 못났다. 또 주위 사람에게 도움을 주고 조용히 세상을 뜬 마부보다도 자연의 일부로 죽을 때가 되지 않았음에도 아무 불평 없이 생명을 내어 주고 스러지는 나무의 죽음은 한층 더 돋보이는 것이다.

죽음에 대한 이러한 기본 입장은 똘스또이의 작품 세계에서 깊이를 더해 가며 변주된다. 「홀스또메르Kholstomer」도

같은 맥락에서 살펴볼 수 있다. 보통은 「홀스또메르」를 논할 때, 말의 눈으로 인간 세계를 바라봄으로써 인간 사회의 부조리함을 폭로하는 똘스또이 특유의 〈낯설게 하기〉 기법을 많이 거론하곤 하지만 〈죽음〉 또한 이 작품의 중요한 테마다. 소설의 마지막에 말의 죽음과 사람의 죽음을 병렬시킨 데서도 그 사실은 감지된다. 한평생 인간을 위해 일한 말은 죽어서도 인간에게 쓸모 있는 가죽을 남기고 그 내장마저도 다른 동물의 먹이가 된다. 인간뿐 아니라 다른 동물을 돕고 떠나는 것이다. 그에 반해 홀스또메르가 사랑했던 인간은 육체의 삶에서 벗어나지 못한 채 걷잡을 수 없이 추해지더니 결국 벌레가 우글대는 시체가 되어서도 타인의 시체를 밀어내고 묻힌다.

똘스또이의 세계에서 가진 자의 말로는 대개 가졌던 것이 많은 만큼 추하다. 「사람에게는 얼마만큼의 땅이 필요한가」의 주인공 역시 아무리 땅을 불려도 만족하지 못하다가 종국에는 욕망에 잡아먹히고 만다. 그러면 어떻게 해야 하는가. 그와 같은 죽음을 피하려면 현재 살고 있는 〈죽음〉을 탈피해야 한다고 똘스또이는 설파한다. 죽음은 결국 삶의 문제와 직결된다. 잘 죽는 것은 곧 잘 사는 것이다. 똘스또이의 인물은 결국 그 진리를 실천하는 자와 그렇지 않은 자로 나뉜다. 〈죽음〉을 주제로 한 소설의 최고봉이라 할 만한 「이반 일리치의 죽음Smert' Ivana Il'icha」은 죽기 전에 그 진리를 깨우치고 〈죽음(즉 허위의 삶)〉을 벗어나 죽음을 맞는 법관의 이야기이다. 「신부 세르게이Otets Sergii」 역시 그와 같은 선상에 있다. 결혼을 통해 신분 상승을 꿈꿨던 주인공이 약혼자의 과거를 알고 약혼을 파기한 후 종교에 의탁한다. 그러나 육체의 삶을 버리고 택한 수도사의 삶 역시 겉으로만 영적일 뿐 부박한 명예를 좇고 유혹에 시달리기는 마찬가지다. 처절히 무너진 후에야 세르게이 신부는 진정한 삶에 눈뜬다. 가난 속에서도 자신보다는 타인을 위해 사는 소꿉친구 빠셴까를 보고 세르게이 신부는 신의 가르침이 일상생활에서 체현되는 모습을 발견하는 것이다. 그리고 그 자신도 자아를 버리고 남을 도우며 사는 삶을 실천하게 된다. 세르게이 신부를 통해 똘스또이는 세상이 좋다고 하는 명예나 권력을 따르는, 그래서 그가 보기에는 죽음의 삶을 사는 자들을 배격한다. 동시에 속세를 떠나 신을 따르는 일반적인 종교인의 삶도 배격한다. 대신 똘스또이가 제안하는 것은 사람 가운데 살면서 신의 가르침을 실천하는, 어찌 보면 가장 어려운 삶의 방식이다.

거장의 필력이 말년에도 전혀 녹슬지 않았음은 하루 만에 완성했다는 「무도회가 끝난 후Posle bala」를 보아도 알 수 있다. 그의 소설은 한층 더 간결해지고 더불어 속은 더 옹골차고 단단해진다. 군더더기 하나 없는 매끈한 이 소설은 은성한 무도회와 그 밤이 지난 후 맞은 아침을 대비시킨다. 무도회에서 사랑에 흠뻑 취했던 주인공은 이튿날 아침 무자비한 폭력의 현장을 목격하는데 그 중심에 선 연인의 아버지를 발견하고 충격에 휩싸인다. 전날 밤 무도회에서 그처럼 매력적이었던 연인의 아버지가 군대에서는 잔혹하게 폭력을 휘두르는 모습을 본 주인공의 인생은 예기치 못한 쪽으로 방향을 튼다. 사랑이 식고, 뜻을 두었던 군대를 떠난다. 그렇게 삶의 불가해성을 풀지 못하고 주인공은, 러시아 문학의 한

흐름인 〈잉여 인간〉의 계보를 잇는 인물이 된다.

그런가 하면 생의 끝자락에서 빅토르 위고의 작품에 영감을 받아 쓴 「가난한 사람들Bednye liudi」은 「사람은 무엇으로 사는가」를 연상시킨다. 사나운 폭풍우가 몰아치는 밤이 지나고 마음 졸이며 기다리던 어부 남편이 바다에서 돌아온 새벽, 아내는 가난 속에서도 이웃의 불행을 지나치지 못해서 죽은 옆집 아낙의 아이들을 거두고 그 사실을 남편에게 알린다. 〈가난한 사람〉들 속에 깃든 〈사랑〉을 다시금 독자에게 전하려는 듯하다. 자기 가족만 챙기는 사랑이 아니라 이타적인, 그래서 똘스또이가 인정하는 진정한 사랑.

이처럼 똘스또이는 죽음을 다루며 역설적으로 삶을 가리키고, 전쟁과 폭력을 그리는 가운데 거기 덧씌워진 허상을 걷어 내며, 쉽게 읽히는 민화풍의 이야기를 통해서는 독자에게 가르침을 준다. 똘스또이가 지닌 예술가와 교사의 두 얼굴을 한데 맞붙여 보면, 사뭇 다른 외피에도 불구하고 독자들은 그 둘을 관통하며 흐르는 거장의 정신이 어렴풋이 떠오르는 것을 확인할 수 있을 것이다.

윤새라

# 레프 똘스또이 연보

**1828년** 출생 8월 28일(신력 9월 9일) 영지 야스나야 뽈랴나Iasnaia Poliana에서 아버지 니꼴라이 일리치Nikolaj Illyich Tolstoi 백작과 어머니 마리야 니꼴라예브나Mariia Nikolaevna 사이의 4남 1녀 중 넷째 아들로 태어남.

**1830년** 2세 8월 4일 어머니 마리야 니꼴라예브나 사망. 훗날 똘스또이는 어머니에 대해 다음과 같이 기록함. 〈나는 실제 모습이 아닌 정신적인 모습으로만 어머니를 기억할 뿐이지만, 내가 아는 모든 기억은 너무나 아름다운 것이다.〉

**1837년** 9세 1월 10일 똘스또이 가족 모스끄바로 이사. 똘스또이는 모스끄바에서의 생활을 〈텅 빈 소년 시대〉라고 표현함. 혼자서 공상과 회의론에 빠지는 일이 잦아짐. 7월 21일 아버지 니꼴라이 일리치 백작 사망. 똘스또이는 아버지의 갑작스러운 죽음을 인정하지 못하고 한동안 모스끄바 거리에서 아버지를 찾아다님. 남매들 모두 할머니의 손에 맡겨짐. 처음으로 『천일야화*Les mille et une nuit*』 이야기를 듣고 큰 감명을 받음.

**1839년** 11세 할머니의 사망 후 친척 예골스까야 아주머니에게 맡겨짐. 훗날 그녀에 대해 다음과 같이 기록함. 〈내 인생에 있어 세 번째로 중요한 사람은 바로 우리가 숙모라 부른 예골스까야였다.〉

**1840년** 12세 똘스또이 남매들이 각각 한 부분씩 맡아 글을 써서 이야기를 만드는 〈아이들 놀이〉를 시작함. 똘스또이는 예골스까야 아주머니로부터 특별한 격려를 받음. 독서를 통해 슬픔과 부정적인 생각을 떨쳐 내기 시작함. 러시아의 전래 동화와 영웅 서사시에 큰 흥미를 느낌.

**1844년** 16세 형제들과 함께 까잔Kazan으로 이사. 외교관이 되기로 결심하고 까잔 대학 동양학부에 입학. 뿌쉬낀A. S. Pushkin의 『예브게니 오네긴*Evgenii Onegin*』, 레르몬또프M. Iu. Lermontov의 『현대의 영웅*Geroi nashego vremeni*』, 실러Friedrich von Schiller의 『도적 떼*Die Räuber*』, 루소Jean-Jacques Rousseau의 『고백록*Les confessions*』 등을 탐독함. 똘스또이는 가장 좋아하는 철학자로 루소를 꼽고 다음과 같이 기록함. 〈그가 쓴 글들은 마치 내가 쓴 듯 나의 생각과 일치한다.〉

**1845년** 17세 9월 까잔 대학 법학부로 전과. 법학 공부를 통해 사회 구조에서 무언가를 이해할 수 있기를 바랐으나 좌절함. 결국 법학이라는 학문이 이상하거나 혹은 자신에게 이해할 능력이 없는 것이라고 결론지음. 대학 교육 방식에 회의를 느낌.

**1847년** 19세 자신의 결점을 보완하고 능력을 개발하기 위해 일기를 쓰기 시작함. 자퇴서를 내고 학업 중단. 철학, 논리학 및 여타 학문을 스스로 공부하기로 결심하고 그때부터 평생 독학에 매진함. 야스나야 뽈랴나로 귀향하여 농민들의 가난과 굶주림을 목격, 그들을 도우려 시도했으나 농민들로부터 신뢰를 얻지 못하고 좌절함. 지주로서의 삶에 환멸을 느낌.

**1848년** 20세 모스끄바와 뻬쩨르부르그에 잠시 거주하며 방탕한 도시 생활에 빠짐. 인생과 스스로에 대한 불만이 점점 깊어짐.

**1851년** 23세 4월 형 니꼴라이Nikolai와 함께 까프까스Kavkaz로 떠남. 당시의 심정을 훗날 「까자흐 사람들Kazaki」에 다음과 같이 기술함. 〈과거의 삶을 벗어나 새로운 인생을 시작하고, 행복을 찾기 위해 길을 떠났다. 전쟁과 전쟁의 영광 그리고 내 안에 살아 있는 힘과 용감함! 천연 그대로의 자연! 바로 이곳에 행복이 있다!〉 까프까스에서 지내는 동안 터키어를 배우고 인종학, 민속학, 역사에 관심을 쏟음. 6월 지원병

자격으로 산악 민족과의 기습전에 참전. 7~9월 중편소설 「유년 시대 Detstvo」 집필.

**1852년** 24세 사관생도 자격시험을 치르고 4급 포병 하사관으로 입대. 자신의 실수 대부분이 지나친 자유로움에서 비롯된 것이라고 생각했던 똘스또이는 군인이 되어 자유를 잃게 된 것을 오히려 기뻐했지만, 사람들에게 선을 베풀겠다는 꿈을 실현시킬 구체적인 일이 없다는 사실에 곧 괴로워하게 됨. 문예지 『동시대인*Sovremennik*』에 「유년 시대」를 투고. 〈L. N.〉이라는 머리글자만 적어 보냈으나 잡지사로부터 〈당신이 문학계를 스쳐 지나가는 사람이 아니라면 실명을 걸고 출판해 볼 것을 권합니다〉라는 내용의 답신을 받음. 10월 「유년 시대」가 검열을 통해 수정되고 〈나의 어린 시절 이야기〉로 제목이 바뀐 채 발표되자 매우 실망함.

**1853년** 25세 형 니꼴라이 퇴역. 똘스또이도 퇴역하려 했으나 터키와의 전쟁이 일어나면서 좌절됨. 3월 『동시대인』에 단편소설 「습격 Nabeg」 발표. 미래와 자신의 운명에 대해 끊임없이 생각하며 나태함, 초조함, 경솔함, 허세, 무질서, 의지박약을 고쳐 나가는 데 혼신의 노력을 기울이기 시작함.

**1854년** 26세 1월 두나이 부대로 전근하면서 소위보로 임관. 10월 『동시대인』에 「소년 시대Otrochestvo」 발표. 사령부에서 애국심에 불타던 몇몇 장교들과 함께 주간지 「군사 신문」을 발행하기로 함. 하지만 똘스또이가 쓴 기사가 실린 시범 책자가 군 당국을 거쳐 황제에게 보고되면서 잡지 발행은 금지됨. 11월 세바스또뽈Sevastopol로 이동하여 크림 전쟁에 참전.

**1855년** 27세 2월 18일 니꼴라이 1세 사망. 6월 『동시대인』에 「세바스또뽈 이야기Sevastopol'skie rasskazy」 발표. 이 글을 본 이반 뚜르게네프I. S. Turgenev는 잡지 발행인에게 다음과 같은 내용의 편지를 씀. 〈세바스또뽈에서 똘스또이가 쓴 글은 그야말로 기적이오! 나는 눈물을 흘리며 그의 글을 읽었다오. 그리고 만세를 외쳤소.〉 9월 『동시대인』에 단편소설 「산림 벌채Rubka lesa」 발표. 똘스또이는 당시 이미 유명해진 〈L. N. T.〉라는 이니셜과 함께 이 작품을 뚜르게네프에게 헌정함. 10월 세바스또뽈 함락. 11월 뻬쩨르부르그를 방문하여 뚜르게네프를 만나고 호먀꼬프A. S. Khomiakov와 교류. 영원히 퇴역할 것을 결심함. 12월 중편소설 「지주의 아침Utro pomeshchika」 발표. 체르니쉐프스끼N. G. Chernyshevskii와 교류.

**1856년** 28세 3월 퇴역. 오랫동안 떨어져 지낸 대도시의 생활에 매료됨. 뻬쩨르부르그에서 농노 해방에 관한 논의가 이루어지자 내무부 장관에게 농노 문제 해결안을 보냄. 그의 해결안에는 무엇보다도 지주에 대해 농민들이 지고 있는 모든 의무를 면제해 주고 각각의 농민 가정에 일정한 만큼의 토지를 분배해야 한다고 쓰여 있었음.

**1857년** 29세 1월 『동시대인』 소속의 다른 작가들과 교류. 『동시대인』에 중편소설 「청년 시대Iunost'」 발표. 2~7월 유럽 여행. 프랑스, 스위스, 독일의 명승지를 둘러보는 동안 러시아와 다른 생활상에 흥미를 가졌으며 특히 파리의 자유로움에 매력을 느낌. 그러나 살인과 절도죄로 단두대에서 처형당하는 죄수를 본 후 다음과 같은 기록을 남기고 국가의 법이란 가장 끔찍한 거짓이라는 결론을 내림. 〈단두대를 본 후 잠을 잘 수가 없으며, 자꾸 단두대를 떠올리게 된다.〉

**1858년** 30세 단편소설 「세 죽음Tri smerti」 집필. 평단은 이 이야기의 예술적인 측면을 높이 평가함.

**1859년** 31세 2월 〈러시아어 애호가 협회〉에 가입. 5월 잡지 『러시아 통보*Russkii Vestnik*』에 중편소설 「가정의 행복Semeinoe schast'e」 투고. 그러나 수정 작업을 거친 발표에 실망하여 당분간 소설 출판을 중단할 것을 고려함. 10월 민중 교육이야말로 계급 간 화해를 이끌어 내는 방법임을 깨닫고 농민 학교 설립.

**1860년** 32세 9월 형 니꼴라이 사망. 1861년까지 2차 유럽 여행. 볼꼰스끼S. G. Volkonskii, 게르쩬A. I. Gertsen, 프루동P. J. Proudhon과 교류하며 제까브리스트에 대해 관심을 갖기 시작함.

**1861년** 33세 2월 농노 해방 선언문이 발표됨. 이에 똘스또이는 〈농군들은 이것을 보고 이해하지 못할 것이며, 우리는 이 선언문을 믿을 수 없다〉고 말함. 자신의 영지에 속한 농민들에게 그들이 일궈 온 토지를 나누어 줌. 농노 해방으로 인한 지주와 농민 간의 문제를 해결하기 위한 중재자로 임명되어 농민들을 보호하고 지주들과 싸움.

**1862년** 34세 건강 악화를 핑계로 중재자 자리에서 물러남. 교육 잡지 『야스나야 뽈랴나*Iasnaia Poliana*』 간행. 9월 크레믈린 궁전 내부의 성모 탄생 교회에서 소피야 안드레예브나 베르스Sof'ia Andreevna Bers와 결혼. 그가 소피야에게 청혼한 일은 후에 『안나 까레니나*Anna Karenina*』에서 레빈이 끼찌에게 고백하는 장면으로 묘사됨. 결혼 후 안정된 똘스또이는 다시 글을 쓰고 싶다는 생각을 하고 일기에 다음과 같이 기록함. 〈수많은 생각들이 떠오르며, 이제는 너무나 글을 쓰고 싶다. 나는 엄청난 내적 성장을 한 것 같다.〉

**1863년** 35세 2월 『러시아 통보』에 중편소설 「까자흐 사람들」 발표. 6월 맏아들 세르게이Sergei 태어남. 민중의 삶에 대한 관심이 고조되기 시작함.

**1864년** 36세 8~9월 작품집 2권 간행. 10월 딸 따찌야나Tat'iana 태어남. 11~12월 장편소설 『1805년』(『전쟁과 평화*Voina i mir*』의 1, 2권) 집필.

**1865년** 37세 1~2월 『러시아 통보』에 『1805년』 발표.

**1866년** 38세 5월 둘째 아들 일리야Il'ia 태어남.

**1867년** 39세 9월 『전쟁과 평화』의 3, 4권 집필.

**1868년** 40세 『전쟁과 평화』의 5권 집필.

**1869년** 41세 『전쟁과 평화』의 6권 집필. 셋째 아들 레프Lev 태어남.

**1870년** 42세 5월 뚤라 지방 재판소의 출장 배심원을 맡음.

**1871년** 43세 2월 둘째 딸 마리야Mariia 태어남. 사마라 현에 토지 구입. 『독본*Azbuka*』 첫 집필.

**1872년** 44세 뾰뜨르 1세 시대에 관한 소설 집필. 11월 「까프까스의 포로Kavkazskii plennik」 등의 작품이 포함된 『독본』 발표.

**1873년** 45세 3월 뾰뜨르 1세 시대에 관한 소설을 중단하고 장편소설 『안나 까레니나』 집필 시작. 기근 농민 지원 단체의 봉사 활동에 참여. 12월 러시아 과학 아카데미 언어-문학 분과 준회원으로 선출됨.

**1874년** 46세 장편소설 『안나 까레니나』 집필.

**1875년** 47세 1월 『러시아 통보』에 『안나 까레니나』 연재 시작. 독자들로부터 큰 반향을 불러일으켰으며 민주주의 진영에서는 강한 불쾌감을 드러냄.

**1877년** 49세 『안나 까레니나』 탈고. 8월 『러시아 통보』 발행인이 똘스또이와의 의견 충돌로 인해 『안나 까레니나』의 마지막 8부 수록을 거부함. 12월 넷째 아들 안드레이Andrei 태어남.

**1878년** 50세 직접 수정 작업을 한 후, 마지막 부와 함께 장편소설 『안나 까레니나』 단행본 발표. 제까브리스트에 관한 소설 집필.

**1879년** 51세 6월 끼예보뻬체르스까야Kievo-Pecherskaia 대수도원 방문. 10월 뜨로이체세르기예바Troitse-Sergieva 대수도원 방문. 국가에 소속된 교회에 대해 심한 거부감을 느낌. 〈교회는 3세기 이전까지 거짓과 잔혹함, 그리고 기만으로 가득했다〉라고 기록함. 12월 다섯째 아들 미하일Mikhail 태어남.

**1880년** 52세 스스로의 정신적 변화에 대해 서술한 『참회록Ispoved'』을 탈고했으나 종교 검열을 받아 출판이 금지됨. 복음서 4권 번역 착수. 가르쉰V. M. Garshin, 스따소프V. V. Stasov, 레삔I. E. Repin과 교류. 레삔은 훗날 회상록에서 똘스또이와의 첫 만남을 다음과 같이 기록함. 〈똘스또이는 매우 심취된 어조로 굉장히 많은 말들을 쏟아 냈다. 그의 말에 묻어 나는 열정적이고 급진적인 생각들로 인해 나는 그날 잠들기 전까지 몹시 당황했었다. 진부한 삶의 형식에 대한 똘스또이의 가차 없는 생각들이 하루 종일 나의 머릿속을 빙빙 맴돌았다.〉 똘스또이에게 매료된 레삔은 삽화 「똘스또이와 여인숙의 걸인들」을 그림.

**1881년** 53세 알렉산드르 2세 사망. 끝이 보이지 않는 보복 테러를 막고자 그를 암살한 혁명가들을 처형하지 말라는 내용의 편지를 새로운 황제 알렉산드르 3세에게 보냈으나 아무런 답변도 얻지 못했을 뿐 아니라 주변인들에게조차 이해받지 못함. 제까브리스뜨들과의 교류를 계속함. 단편소설 「사람은 무엇으로 사는가Chem liudi zhivy」 집필. 9월 모스끄바의 노동자 거주 지역으로 이사하여 오늘날 생가 박물관이 된 돌고하모브니체스끼Dolgo-Khamovnicheskii 거리의 주택을 구입함. 이곳에서 도시 빈민의 실태에 대해 새롭게 알게 됨.

**1882년** 54세 모스끄바 인구 조사에 참여하여 빈곤하고 타락한 골목을 접하며 참혹한 현실을 깨달음. 이때부터 신랄하고 비판적인 성격의 글을 쓰기 시작하여 이른바 〈금지 작가〉라는 낙인이 찍히지만 동시에 작가, 화가, 음악가, 사상가, 학자 등 수없이 많은 사람들의 조언자이자 조력자가 됨.

**1883년** 55세 9월 『내 신앙의 근본*V chem moia vera*』 탈고. 검열 위원회는 〈사회와 국가 기관의 근간을 송두리째 흔들고 교회의 가르침을 무너뜨릴 것〉이라는 이유로 이 작품을 〈가장 해로운 책〉으로 상정함. 10월 체르뜨꼬프V. G. Chertkov와 교류.

**1884년** 56세 2월 장편소설 『제까브리스뜨들*Dekabristy*』 일부 발표. 6월 스스로의 부르주아적 삶에 환멸을 느끼고 첫 번째 가출 시도. 셋째 딸 알렉산드라Aleksandra 태어남. 11월 체르뜨꼬프를 비롯한 똘스또이의 사상적 동지들이 출판사 〈중재자Posrednik〉를 설립.

**1885년** 57세 〈중재자〉에서 출판하기 위해 민화 「촛불Svechka」과 「두 노인Dva starika」을 집필. 검열로 인해 〈중재자〉의 출판물 발행이 금지됨. 중편소설 「홀스또메르Kholstomer」 발표.

**1886년** 58세 단편소설 「세 수도승Tri monakha」, 중편소설 「이반 일리치의 죽음Smert' Ivana Il'icha」 집필. 「이반 일리치의 죽음」의 주제에 대해 〈평범한 사람의 평범한 죽음에 대한 묘사, 묘사로부터의 묘사〉

라고 밝힘. 소설의 한계를 느끼고 날카로운 주제성과 큰 감성적 풍요로움을 만들어 낼 새로운 장르에 대한 시도로 희곡 「어둠의 권력Vlast' t'my」을 집필하지만 공연은 금지됨. 꼬롤렌꼬V. G. Korolenko와 교류.

**1887년** 59세 레삔, 가르쉰이 참석한 가운데 「어둠의 권력」이 낭독됨. 레삔은 〈깊은 비극적 기분을 남긴, 인생의 잊을 수 없는 교훈〉이라고 평가함. 논문 「인생에 대하여O zhizni」, 중편소설 「크로이체르 소나타Kreitserova sonata」 집필. 레스꼬프N. S. Leskov와 교류. 사회 활동가이자 뻬쩨르부르그 법원의 검사였던 친구 꼬니A. F. Koni로부터 어느 매춘부와 젊은 사내에 관한 흥미로운 법정 실화를 전해 들음. 이는 후에 장편소설 『부활*Voskresenie*』의 모티브가 되는 에피소드로, 똘스또이는 이때부터 『부활』을 구상하기 시작함.

**1888년** 60세 2월 모스끄바에서 야스나야 뽈랴나까지 도보 여행. 3월 여섯째 아들 이반Ivan 태어남.

**1889년** 61세 희곡 「계몽의 열매Plody prosveshcheniia」, 중편소설 「악마D'iavol」 집필.

**1890년** 62세 중편소설 「신부 세르게이Otets Sergii」 집필. 일기에 다음과 같이 기록함. 〈「신부 세르게이」를 시작. 거기에 푹 빠져 있다. 그가 지나 온 정신적 상태가 매우 흥미롭다.〉 오쁘찌나 수도 암자 순례 종결. 검열로 「크로이체르 소나타」 발표가 금지됨.

**1891년** 63세 예술문학회 회원들의 도움으로 「계몽의 열매」 상연(스따니슬라프스끼K. S. Stanislavskii 연출). 저작권을 거부하고 1881년 이전까지 발표한 모든 작품의 저작권 포기 각서에 서명함. 기아에 시달리는 농민들을 위한 구호 식당 조직.

**1892년** 64세 기아에 시달리는 농민들을 위한 음악회를 연 루빈슈쩨인A. G. Rubinshtein과 교류. 논문 「신의 왕국은 당신들의 내면에Tsarstvo Bozhie vnutri vas」 탈고.

**1893년** 65세 모파상의 작품 서문을 씀. 스따니슬라프스끼와 교류.

레삔이 서재에서 집필하고 있는 똘스또이의 초상화를 그림.

**1894년** 66세 1월 부닌I. A. Bunin과 교류.

**1895년** 67세 단편 우화 「주인과 일꾼Khoziain i rabotnik」 탈고. 2월 여섯째 아들 이반 사망. 8월 체호프A. P. Chekhov와 교류. 9월 두호보르 종파에 대한 탄압을 고발하는 논설 발표. 『부활』 집필을 시도함.

**1896년** 68세 1월 희곡 「그리고 빛은 어둠 속에서 빛난다I svet vo t'me svetit」 탈고. 『부활』 집필 중단. 8월 누이가 거주하는 샤모르디노 수도원을 아내와 함께 방문함. 샤모르디노 수도원에서 중편소설 「하지 무라트Khadzhi-Murat」 초판을 완성.

**1897년** 69세 뻬쩨르부르그 여행. 논문 「예술이란 무엇인가Chto takoe iskusstvo?」 집필.

**1898년** 70세 몰로칸 교도들의 자녀들을 강제로 별거시키는 데 항의하는 편지를 황제 니꼴라이 2세에게 보냄. 두호보르 교도들과 만남. 뚤라 현과 오룔 현의 굶주린 사람들을 구제. 굶주림에 관한 기사 발표. 두호보르 교도들을 캐나다로 이주시킬 자금을 만들기 위해 『부활』 집필을 다시 시작함.

**1899년** 71세 『부활』의 집필을 위해 교도소 수감자를 만나고 임시 수용소에서부터 니꼴레예프끼 역까지 죄수들과 동행하기도 함. 잡지 『니바*Niva*』에 『부활』이 연재되기 시작하지만 검열에 의해 많은 수정이 이루어짐. 릴케Rainer Maria Rilke와 교류. 『부활』 탈고.

**1900년** 72세 논설 「우리 시대의 노예제Rabstvo nashego vremeni」, 「애국심과 정부Patriotizm i pravitel'stvo」 발표. 고리끼M. Gor'kii와 교류. 희곡 「산송장Zhivoi trup」 집필.

**1901년** 73세 2월 종무원이 똘스또이의 파문을 결정함. 이에 「종무원 결정에 대한 응답Otvet sinodu」 발표. 공장 노동자들로부터 다음과 같은 내용의 글귀가 적힌 유리 공예품을 받음. 〈그 사제장들과 바리새 교인들이 저희들 원하는 대로 당신을 파문하게 내버려 두십시오. 위대하고 소중한 당신을 사랑하는 러시아인들은 영원히 당신을 우리의 자랑으로 여길 것입니다.〉 3월 뻬쩨르부르그의 학생 시위에서 많은 학생들이 잔혹하게 구타당하고 투옥되자 이에 분노하여 황제와 각료들에게 서한을 보내고 호소문을 작성함. 레삔의 전시회에서 똘스또이의 초상화가 학생들의 인기를 모으자 전시회가 금지되고 알렉산드르 3세 박물관이 초상화를 사들임. 자유로운 학교를 꿈꾸며 다시 교육에 관심을 기울이던 똘스또이는 새로운 교육 방식으로 여섯 가지 원칙을 제안함. 〈첫째 종교 교육으로부터의 보호, 둘째 삶을 살아가는 방식의 교육(잘못된 습관적 예속 탈피), 셋째 경제적 능력의 성장과 귀속으로부터의 해방, 넷째 예술적인 것, 다섯째 노동, 여섯째 위생.〉 7월 말라리아 감염. 9월 크림 반도로 요양을 떠남. 10월 미하일로비치 대공과 교류하고 그를 통해 황제 니꼴라이 2세에게 토지 사유화 폐지를 요청하는 서한을 전달함.

**1902년** 74세 신앙의 자유에 관한 논설 「신앙이란 무엇이며, 그 본질은 무엇인가Chto takoe religiia i v chem sushchnost'ee」, 「노동하는 민중들에게K rabochemu narodu」, 「성직자들에게K dukhovenstvu」 등을 발표. 야스나야 뽈랴나로 귀향. 꾸쁘린과 교류. 「하쥐무라트」와 「위조지폐Fal'shivyi kupon」, 단편소설 「무도회가 끝난 뒤Posle bala」 집필. 폐렴과 장티푸스로 병의 상태가 악화됨. 6월 야스나야 뽈랴나로 되돌아옴.

**1903년** 75세 회고록과 셰익스피어에 대한 논문 집필.

**1904년** 76세 러일 전쟁에 관한 기사 「재고하라Odumaites'!」 발표, 「하쥐무라뜨」 탈고. 5월 메레쥐꼬프스끼D. S. Merezhkovskii와 기삐우스Z. N. Gippius가 야스나야 뽈랴나 방문. 8월 형 세르게이 사망.

**1905년** 77세 논설 「세기말Konets veka」, 「러시아에서의 사회 운동에 대하여Ob obshchestvennom dvizhenii v Rossii」, 「필요한 것 한 가지Edinoe na potrebu」, 단편소설 「알료샤 항아리Alesha Gorshok」, 「꼬르네이 바실리예프Kornei Vasilev」, 중편소설 「표도르 꾸지미치 노인의 유서Posmertnye zapiski startsa Fedora Kuzmicha」 집필.

**1906년** 78세 잡지 『독서계*Krug chteniia*』에 단편소설 「왜Pochemu?」 발표. 11월 둘째 딸 마리야 사망. 이 상실감으로 인해 똘스또이는 점점 더 내면으로 침잠해 들어감.

**1907년** 79세 농민 자녀 교육을 재개함. 어린이를 위한 『독서계』 창간. 10월 똘스또이의 비서 구세프Gusev가 체포됨.

**1908년** 80세 똘스또이의 80세 기념일을 맞이하여 러시아 사회가 대대적인 축하 준비를 시작하지만 똘스또이는 자신이 추구하는 소박함에 어울리지 않는 이러한 상황을 견디기 힘들어함. 2백 년 동안 러시아에서 행해져 온 사형에 반대하여 선언문 「나는 침묵할 수 없다Ne mogu molchat'」 발표. 글의 서두 부분을 축음기에 녹음함. 〈아니다, 이것은 불가능하다……! 이렇게 살 수는 없다! 이렇게 살아서는 안 된다……! 안 된다, 다시 생각해도 안 된다.〉 선언문은 발표 즉시 모든 언어로, 전 세계에 퍼져 나갔고 이를 게재한 러시아 신문들은 벌금이나 탄압에 처해짐. 8월 밧줄과 함께 〈정부에 폐를 끼치지 말고 직접 행하라〉는 내용의 편지를 받음. 「폭력의 법과 사랑의 법Zakon nasiliia i zakon liubvi」, 「인더스 강에 보내는 편지Pis'mo k indusu」 발표. 비밀 일기 작성. 다리가 불편해 걷기 힘들어짐.

**1909년** 81세 중편소설 「누가 살인자들인가Kto ubiitsy?」 집필. 8월 똘스또이의 비서 구세프 다시 체포되고 추방됨. 마하트마 간디Mahatma Gandhi로부터 다음과 같은 내용의 서한을 받음. 〈저와 저의 여러 친구들은 이미 오래전부터 무력으로 악에 맞서서는 안 된다는 가르침을 믿고 있었고 또 지금도 여전히 그것을 믿고 있습니다. 게다가 저는 당신의 글을 읽을 수 있는 행운을 얻게 되었습니다. 그것들은 제 세계관에 깊은 인상을 주었습니다.〉 똘스또이는 간디의 부탁으로 무력으로 악에 맞서서는 안 된다는 내용의, 인도인들에게 전하는 호소문을 답신으로 보냄. 10월 유언장 작성.

**1910년** 82세 똘스또이의 유언장과 관련하여 가족들 간의 갈등이 일어남. 가족의 불화는 물론, 사유 재산을 부정하면서 모든 것을 누리고 있는 스스로에 대해 깊은 수치와 고통을 느끼고 집을 벗어나고 싶어 함. 2월 단편소설 「호드인까Khodynka」 집필. 4월 혁명가 안드레예프L. N. Andreev가 야스나야 뽈랴나를 방문함. 10월 28일 딸 알렉산드라와 가출. 모든 신문들이 똘스또이의 가출에 대해 통보했으며 그가 탄 기차마다 탐정과 기자들로 가득 참. 10월 31일 우랄행 기차를 타고 가던 중 건강이 급격히 악화됨. 아스따뽀보 역에 내려서 병상을 마련함. 똘스또이의 뜻에 따라 수도원장은 끝내 그가 누운 방에 들어가지 못함. 11월 7일 새벽 레프 니꼴라예비치 똘스또이 사망. 유지에 따라 야스나야 뽈랴나 숲에 안장됨. 시인 브류소프V. Ia. Bryusov는 그의 장례를 다음과 같이 회상함. 〈똘스또이의 장례로부터 전 러시아적인 의미를 박탈하기 위해 모든 수단이 동원되었다. 우선 서거 후 사흘간 다른 지역으로부터 온 사람이 야스나야 뽈랴나에 접근하는 것이 물리적으로 봉쇄되었다. 그럼에도 불구하고 수천 명의 사람들이 온갖 종류의 금지와 방해에도 아랑곳하지 않고 걸어서 야스나야 뽈랴나를 찾아왔다. 그들 가운데에는 학생들도 있었고, 지식인들도 있었으며, 인근의 농민들과 노동자들도 있었다. 뿐만 아니라 1백 명이 넘는 대표 위원들이 모여들었다.〉 또한 전 세계의 애도를 반영하듯, 프랑스 일간지에는 다음과 같은 글이 실림. 〈병상에 누워 있는 그 어떠한 왕도, 임종의 고통을 겪고 있는 그 어떠한 황제도, 그리고 죽어 가고 있는 그 어떠한 장관도 이처럼 모든 이들의 뜨거운 관심을 받지는 못할 것이다. 그의 개인적인 삶은 그처럼 현대 인류의 모든 존재와 긴밀히 연결되어 있었다. 이것이 바로 그의 예술적 그리고 인류애적인 헌신과 공헌을 위해 생을 바쳤던 작가에 대한 존경의 표시였다.〉

열린책들 세계문학 223 사람은 무엇으로 사는가

**옮긴이 윤새라** 울산과학기술대학교(UNIST) 기초 과정부 교수. 고려대학교 노어노문학과를 졸업하고 미국 인디애나 주립 대학에서 박사 학위를 받았다. 고골과 뿌쉬낀, 똘스또이 등 19세기 러시아 문학을 연구하며, 옮긴 책으로는 레프 똘스또이의 『안나 까레니나』가 있다.

**지은이** 레프 똘스또이 **옮긴이** 윤새라 **발행인** 홍예빈 · 홍유진
**발행처** 주식회사 열린책들 **주소** 경기도 파주시 문발로 253 파주출판도시
**전화** 031-955-4000 **팩스** 031-955-4004 **홈페이지** www.openbooks.co.kr

**ISBN** 978-89-329-1223-3 04840 **ISBN** 978-89-329-1499-2 (세트)
**발행일** 2014년 7월 20일 세계문학판 1쇄 2024년 5월 1일 세계문학판 14쇄

이 도서의 국립중앙도서관 출판예정도서목록(CIP)은 서지정보유통지원시스템 홈페이지(http://seoji.nl.go.kr)와 국가자료공동목록시스템(http://www.nl.go.kr/kolisnet)에서 이용하실 수 있습니다.(CIP제어번호: CIP2014020570)

# 열린책들 세계문학
## Open Books World Literature

001 **죄와 벌** 표도르 도스또예프스끼 장편소설 | 홍대화 옮김 | 전2권 | 각 408, 512면
003 **최초의 인간** 알베르 카뮈 장편소설 | 김화영 옮김 | 392면
004 **소설** 제임스 미치너 장편소설 | 윤희기 옮김 | 전2권 | 각 280, 368면
006 **개를 데리고 다니는 부인** 안똔 체호프 소설선집 | 오종우 옮김 | 368면
007 **우주 만화** 이탈로 칼비노 단편집 | 김운찬 옮김 | 416면
008 **댈러웨이 부인** 버지니아 울프 장편소설 | 최애리 옮김 | 296면
009 **어머니** 막심 고리끼 장편소설 | 최윤락 옮김 | 544면
010 **변신** 프란츠 카프카 중단편집 | 홍성광 옮김 | 464면
011 **전도서에 바치는 장미** 로저 젤라즈니 중단편집 | 김상훈 옮김 | 432면
012 **대위의 딸** 알렉산드르 뿌쉬낀 장편소설 | 석영중 옮김 | 240면
013 **바다의 침묵** 베르코르 소설선집 | 이상해 옮김 | 256면
014 **원수들, 사랑 이야기** 아이작 싱어 장편소설 | 김진준 옮김 | 320면
015 **백치** 표도르 도스또예프스끼 장편소설 | 김근식 옮김 | 전2권 | 각 504, 528면
017 **1984년** 조지 오웰 장편소설 | 박경서 옮김 | 392면
019 **이상한 나라의 앨리스** 루이스 캐럴 환상동화 | 머빈 피크 그림 | 최용준 옮김 | 336면
020 **베네치아에서의 죽음** 토마스 만 중단편집 | 홍성광 옮김 | 432면
021 **그리스인 조르바** 니코스 카잔차키스 장편소설 | 이윤기 옮김 | 488면
022 **벚꽃 동산** 안똔 체호프 희곡선집 | 오종우 옮김 | 336면
023 **연애 소설 읽는 노인** 루이스 세풀베다 장편소설 | 정창 옮김 | 192면
024 **젊은 사자들** 어윈 쇼 장편소설 | 정영문 옮김 | 전2권 | 각 416, 408면
026 **젊은 베르테르의 슬픔** 요한 볼프강 폰 괴테 장편소설 | 김인순 옮김 | 240면
027 **시라노** 에드몽 로스탕 희곡 | 이상해 옮김 | 256면
028 **전망 좋은 방** E. M. 포스터 장편소설 | 고정아 옮김 | 352면
029 **까라마조프 씨네 형제들** 표도르 도스또예프스끼 장편소설 | 이대우 옮김 | 전3권 | 각 496, 496, 460면
032 **프랑스 중위의 여자** 존 파울즈 장편소설 | 김석희 옮김 | 전2권 | 각 344면
034 **소립자** 미셸 우엘벡 장편소설 | 이세욱 옮김 | 448면
035 **영혼의 자서전** 니코스 카잔차키스 자서전 | 안정효 옮김 | 전2권 | 각 352, 408면

037 **우리들** 예브게니 자먀찐 장편소설 | 석영중 옮김 | 320면
038 **뉴욕 3부작** 폴 오스터 장편소설 | 황보석 옮김 | 480면
039 **닥터 지바고** 보리스 파스테르나크 장편소설 | 홍대화 옮김 | 전2권 | 각 480, 592면
041 **고리오 영감** 오노레 드 발자크 장편소설 | 임희근 옮김 | 456면
042 **뿌리** 알렉스 헤일리 장편소설 | 안정효 옮김 | 전2권 | 각 400, 448면
044 **백년보다 긴 하루** 친기즈 아이뜨마또프 장편소설 | 황보석 옮김 | 560면
045 **최후의 세계** 크리스토프 란스마이어 장편소설 | 장희권 옮김 | 264면
046 **추운 나라에서 돌아온 스파이** 존 르카레 장편소설 | 김석희 옮김 | 368면
047 **산도칸 – 몸프라쳄의 호랑이** 에밀리오 살가리 장편소설 | 유향란 옮김 | 428면
048 **기적의 시대** 보리슬라프 페키치 장편소설 | 이윤기 옮김 | 560면
049 **그리고 죽음** 짐 크레이스 장편소설 | 김석희 옮김 | 224면
050 **세설** 다니자키 준이치로 장편소설 | 송태욱 옮김 | 전2권 | 각 480면
052 **세상이 끝날 때까지 아직 10억 년** 스뜨루가츠끼 형제 장편소설 | 석영중 옮김 | 224면
053 **동물 농장** 조지 오웰 장편소설 | 박경서 옮김 | 208면
054 **캉디드 혹은 낙관주의** 볼테르 장편소설 | 이봉지 옮김 | 232면
055 **도적 떼** 프리드리히 폰 실러 희곡 | 김인순 옮김 | 264면
056 **플로베르의 앵무새** 줄리언 반스 장편소설 | 신재실 옮김 | 320면
057 **악령** 표도르 도스또예프스끼 장편소설 | 박혜경 옮김 | 전3권 | 각 328, 408, 528면
060 **의심스러운 싸움** 존 스타인벡 장편소설 | 윤희기 옮김 | 340면
061 **몽유병자들** 헤르만 브로흐 장편소설 | 김경연 옮김 | 전2권 | 각 568, 544면
063 **몰타의 매** 대실 해밋 장편소설 | 고정아 옮김 | 304면
064 **마야꼬프스끼 선집** 블라지미르 마야꼬프스끼 선집 | 석영중 옮김 | 384면
065 **드라큘라** 브램 스토커 장편소설 | 이세욱 옮김 | 전2권 | 각 340, 344면
067 **서부 전선 이상 없다** 에리히 마리아 레마르크 장편소설 | 홍성광 옮김 | 336면
068 **적과 흑** 스탕달 장편소설 | 임미경 옮김 | 전2권 | 각 432, 368면
070 **지상에서 영원으로** 제임스 존스 장편소설 | 이종인 옮김 | 전3권 | 각 396, 380, 496면
073 **파우스트** 요한 볼프강 폰 괴테 희곡 | 김인순 옮김 | 568면
074 **쾌걸 조로** 존스턴 매컬리 장편소설 | 김훈 옮김 | 316면
075 **거장과 마르가리따** 미하일 불가꼬프 장편소설 | 홍대화 옮김 | 전2권 | 각 364, 328면
077 **순수의 시대** 이디스 워튼 장편소설 | 고정아 옮김 | 448면
078 **검의 대가** 아르투로 페레스 레베르테 장편소설 | 김수진 옮김 | 384면

079 **예브게니 오네긴** 알렉산드르 뿌쉬낀 운문소설 | 석영중 옮김 | 328면

080 **장미의 이름** 움베르토 에코 장편소설 | 이윤기 옮김 | 전2권 | 각 440, 448면

082 **향수** 파트리크 쥐스킨트 장편소설 | 강명순 옮김 | 384면

083 **여자를 안다는 것** 아모스 오즈 장편소설 | 최창모 옮김 | 280면

084 **나는 고양이로소이다** 나쓰메 소세키 장편소설 | 김난주 옮김 | 544면

085 **웃는 남자** 빅토르 위고 장편소설 | 이형식 옮김 | 전2권 | 각 472, 496면

087 **아웃 오브 아프리카** 카렌 블릭센 장편소설 | 민승남 옮김 | 480면

088 **무엇을 할 것인가** 니꼴라이 체르니셰프스끼 장편소설 | 서정록 옮김 | 전2권 | 각 360, 404면

090 **도나 플로르와 그녀의 두 남편** 조르지 아마두 장편소설 | 오숙은 옮김 | 전2권 | 각 408, 308면

092 **미사고의 숲** 로버트 홀드스톡 장편소설 | 김상훈 옮김 | 424면

093 **신곡** 단테 알리기에리 장편서사시 | 김운찬 옮김 | 전3권 | 각 292, 296, 328면

096 **교수** 샬럿 브론테 장편소설 | 배미영 옮김 | 368면

097 **노름꾼** 표도르 도스또예프스끼 장편소설 | 이재필 옮김 | 320면

098 **하워즈 엔드** E. M. 포스터 장편소설 | 고정아 옮김 | 512면

099 **최후의 유혹** 니코스 카잔차키스 장편소설 | 안정효 옮김 | 전2권 | 각 408면

101 **키리냐가** 마이크 레스닉 장편소설 | 최용준 옮김 | 464면

102 **바스커빌가의 개** 아서 코넌 도일 장편소설 | 조영학 옮김 | 264면

103 **버마 시절** 조지 오웰 장편소설 | 박경서 옮김 | 408면

104 **10 1/2장으로 쓴 세계 역사** 줄리언 반스 장편소설 | 신재실 옮김 | 464면

105 **죽음의 집의 기록** 표도르 도스또예프스끼 장편소설 | 이덕형 옮김 | 528면

106 **소유** 앤토니어 수전 바이어트 장편소설 | 윤희기 옮김 | 전2권 | 각 440, 488면

108 **미성년** 표도르 도스또예프스끼 장편소설 | 이상룡 옮김 | 전2권 | 각 512, 544면

110 **성 앙투안느의 유혹** 귀스타브 플로베르 희곡소설 | 김용은 옮김 | 584면

111 **밤으로의 긴 여로** 유진 오닐 희곡 | 강유나 옮김 | 240면

112 **마법사** 존 파울즈 장편소설 | 정영문 옮김 | 전2권 | 각 512, 552면

114 **스쩨빤치꼬보 마을 사람들** 표도르 도스또예프스끼 장편소설 | 변현태 옮김 | 416면

115 **플랑드르 거장의 그림** 아르투로 페레스 레베르테 장편소설 | 정창 옮김 | 512면

116 **분신** 표도르 도스또예프스끼 장편소설 | 석영중 옮김 | 288면

117 **가난한 사람들** 표도르 도스또예프스끼 장편소설 | 석영중 옮김 | 256면

118 **인형의 집** 헨리크 입센 희곡 | 김창화 옮김 | 272면

119 **영원한 남편** 표도르 도스또예프스끼 장편소설 | 정명자 외 옮김 | 448면

120 **알코올** 기욤 아폴리네르 시집 | 황현산 옮김 | 352면
121 **지하로부터의 수기** 표도르 도스또예프스끼 장편소설 | 계동준 옮김 | 256면
122 **어느 작가의 오후** 페터 한트케 중편소설 | 홍성광 옮김 | 160면
123 **아저씨의 꿈** 표도르 도스또예프스끼 장편소설 | 박종소 옮김 | 312면
124 **네또츠까 네즈바노바** 표도르 도스또예프스끼 장편소설 | 박재만 옮김 | 316면
125 **곤두박질** 마이클 프레인 장편소설 | 최용준 옮김 | 528면
126 **백야 외** 표도르 도스또예프스끼 소설선집 | 석영중 외 옮김 | 408면
127 **살라미나의 병사들** 하비에르 세르카스 장편소설 | 김창민 옮김 | 304면
128 **뻬쩨르부르그 연대기 외** 표도르 도스또예프스끼 소설선집 | 이항재 옮김 | 296면
129 **상처받은 사람들** 표도르 도스또예프스끼 장편소설 | 윤우섭 옮김 | 전2권 | 각 296, 392면
131 **악어 외** 표도르 도스또예프스끼 소설선집 | 박혜경 외 옮김 | 312면
132 **허클베리 핀의 모험** 마크 트웨인 장편소설 | 윤교찬 옮김 | 416면
133 **부활** 레프 똘스또이 장편소설 | 이대우 옮김 | 전2권 | 각 308, 416면
135 **보물섬** 로버트 루이스 스티븐슨 장편소설 | 머빈 피크 그림 | 최용준 옮김 | 360면
136 **천일야화** 앙투안 갈랑 엮음 | 임호경 옮김 | 전6권 | 각 336, 328, 372, 392, 344, 320면
142 **아버지와 아들** 이반 뚜르게네프 장편소설 | 이상원 옮김 | 328면
143 **오만과 편견** 제인 오스틴 장편소설 | 원유경 옮김 | 480면
144 **천로 역정** 존 버니언 우화소설 | 이동일 옮김 | 432면
145 **대주교에게 죽음이 오다** 윌라 캐더 장편소설 | 윤명옥 옮김 | 352면
146 **권력과 영광** 그레이엄 그린 장편소설 | 김연수 옮김 | 384면
147 **80일간의 세계 일주** 쥘 베른 장편소설 | 고정아 옮김 | 352면
148 **바람과 함께 사라지다** 마거릿 미첼 장편소설 | 안정효 옮김 | 전3권 | 각 616, 640, 640면
151 **기탄잘리** 라빈드라나트 타고르 시집 | 장경렬 옮김 | 224면
152 **도리언 그레이의 초상** 오스카 와일드 장편소설 | 윤희기 옮김 | 384면
153 **레우코와의 대화** 체사레 파베세 희곡소설 | 김운찬 옮김 | 280면
154 **햄릿** 윌리엄 셰익스피어 희곡 | 박우수 옮김 | 256면
155 **맥베스** 윌리엄 셰익스피어 희곡 | 권오숙 옮김 | 176면
156 **아들과 연인** 데이비드 허버트 로런스 장편소설 | 최희섭 옮김 | 전2권 | 각 464, 432면
158 **그리고 아무 말도 하지 않았다** 하인리히 뵐 장편소설 | 홍성광 옮김 | 272면
159 **미덕의 불운** 싸드 장편소설 | 이형식 옮김 | 248면
160 **프랑켄슈타인** 메리 W. 셸리 장편소설 | 오숙은 옮김 | 320면

161 **위대한 개츠비** 프랜시스 스콧 피츠제럴드 장편소설 | 한애경 옮김 | 280면

162 **아Q정전** 루쉰 중단편집 | 김태성 옮김 | 320면

163 **로빈슨 크루소** 대니얼 디포 장편소설 | 류경희 옮김 | 456면

164 **타임머신** 허버트 조지 웰스 소설선집 | 김석희 옮김 | 304면

165 **제인 에어** 샬럿 브론테 장편소설 | 이미선 옮김 | 전2권 | 각 392, 384면

167 **풀잎** 월트 휘트먼 시집 | 허현숙 옮김 | 280면

168 **표류자들의 집** 기예르모 로살레스 장편소설 | 최유정 옮김 | 216면

169 **배빗** 싱클레어 루이스 장편소설 | 이종인 옮김 | 520면

170 **이토록 긴 편지** 마리아마 바 장편소설 | 백선희 옮김 | 192면

171 **느릅나무 아래 욕망** 유진 오닐 희곡 | 손동호 옮김 | 168면

172 **이방인** 알베르 카뮈 장편소설 | 김예령 옮김 | 208면

173 **미라마르** 나기브 마푸즈 장편소설 | 허진 옮김 | 288면

174 **지킬 박사와 하이드 씨** 로버트 루이스 스티븐슨 소설선집 | 조영학 옮김 | 320면

175 **루진** 이반 뚜르게네프 장편소설 | 이항재 옮김 | 264면

176 **피그말리온** 조지 버나드 쇼 희곡 | 김소임 옮김 | 256면

177 **목로주점** 에밀 졸라 장편소설 | 유기환 옮김 | 전2권 | 각 336면

179 **엠마** 제인 오스틴 장편소설 | 이미애 옮김 | 전2권 | 각 336, 360면

181 **비숍 살인 사건** S. S. 밴 다인 장편소설 | 최인자 옮김 | 464면

182 **우신예찬** 에라스무스 풍자문 | 김남우 옮김 | 296면

183 **하자르 사전** 밀로라드 파비치 장편소설 | 신현철 옮김 | 488면

184 **테스** 토머스 하디 장편소설 | 김문숙 옮김 | 전2권 | 각 392, 336면

186 **투명 인간** 허버트 조지 웰스 장편소설 | 김석희 옮김 | 288면

187 **93년** 빅토르 위고 장편소설 | 이형식 옮김 | 전2권 | 각 288, 360면

189 **젊은 예술가의 초상** 제임스 조이스 장편소설 | 성은애 옮김 | 384면

190 **소네트집** 윌리엄 셰익스피어 연작시집 | 박우수 옮김 | 200면

191 **메뚜기의 날** 너새니얼 웨스트 장편소설 | 김진준 옮김 | 280면

192 **나사의 회전** 헨리 제임스 중편소설 | 이승은 옮김 | 256면

193 **오셀로** 윌리엄 셰익스피어 희곡 | 권오숙 옮김 | 216면

194 **소송** 프란츠 카프카 장편소설 | 김재혁 옮김 | 376면

195 **나의 안토니아** 윌라 캐더 장편소설 | 전경자 옮김 | 368면

196 **자성록** 마르쿠스 아우렐리우스 명상록 | 박민수 옮김 | 240면

197 **오레스테이아** 아이스킬로스 비극 | 두행숙 옮김 | 336면
198 **노인과 바다** 어니스트 헤밍웨이 소설선집 | 이종인 옮김 | 320면
199 **무기여 잘 있거라** 어니스트 헤밍웨이 장편소설 | 이종인 옮김 | 464면
200 **서푼짜리 오페라** 베르톨트 브레히트 희곡선집 | 이은희 옮김 | 320면
201 **리어 왕** 윌리엄 셰익스피어 희곡 | 박우수 옮김 | 224면
202 **주홍 글자** 너새니얼 호손 장편소설 | 곽영미 옮김 | 360면
203 **모히칸족의 최후** 제임스 페니모어 쿠퍼 장편소설 | 이나경 옮김 | 512면
204 **곤충 극장** 카렐 차페크 희곡선집 | 김선형 옮김 | 360면
205 **누구를 위하여 종은 울리나** 어니스트 헤밍웨이 장편소설 | 이종인 옮김 | 전2권 | 각 416, 400면
207 **타르튀프** 몰리에르 희곡선집 | 신은영 옮김 | 416면
208 **유토피아** 토머스 모어 소설 | 전경자 옮김 | 288면
209 **인간과 초인** 조지 버나드 쇼 희곡 | 이후지 옮김 | 320면
210 **페드르와 이폴리트** 장 라신 희곡 | 신정아 옮김 | 200면
211 **말테의 수기** 라이너 마리아 릴케 장편소설 | 안문영 옮김 | 320면
212 **등대로** 버지니아 울프 장편소설 | 최애리 옮김 | 328면
213 **개의 심장** 미하일 불가꼬프 중편소설집 | 정연호 옮김 | 352면
214 **모비 딕** 허먼 멜빌 장편소설 | 강수정 옮김 | 전2권 | 각 464, 488면
216 **더블린 사람들** 제임스 조이스 단편소설집 | 이강훈 옮김 | 336면
217 **마의 산** 토마스 만 장편소설 | 윤순식 옮김 | 전3권 | 각 496, 488, 512면
220 **비극의 탄생** 프리드리히 니체 | 김남우 옮김 | 320면
221 **위대한 유산** 찰스 디킨스 장편소설 | 류경희 옮김 | 전2권 | 각 432, 448면
223 **사람은 무엇으로 사는가** 레프 똘스또이 소설선집 | 윤새라 옮김 | 464면
224 **자살 클럽** 로버트 루이스 스티븐슨 소설선집 | 임종기 옮김 | 272면
225 **채털리 부인의 연인** 데이비드 허버트 로런스 장편소설 | 이미선 옮김 | 전2권 | 각 336, 328면
227 **데미안** 헤르만 헤세 장편소설 | 김인순 옮김 | 264면
228 **두이노의 비가** 라이너 마리아 릴케 시 선집 | 손재준 옮김 | 504면
229 **페스트** 알베르 카뮈 장편소설 | 최윤주 옮김 | 432면
230 **여인의 초상** 헨리 제임스 장편소설 | 정상준 옮김 | 전2권 | 각 520, 544면
232 **성** 프란츠 카프카 장편소설 | 이재황 옮김 | 560면
233 **차라투스트라는 이렇게 말했다** 프리드리히 니체 산문시 | 김인순 옮김 | 464면
234 **노래의 책** 하인리히 하이네 시집 | 이재영 옮김 | 384면

235 **변신 이야기** 오비디우스 서사시 | 이종인 옮김 | 632면

236 **안나 카레니나** 레프 톨스토이 장편소설 | 이명현 옮김 | 전2권 | 각 800, 736면

238 **이반 일리치의 죽음·광인의 수기** 레프 톨스토이 중단편집 | 석영중·정지원 옮김 | 232면

239 **수레바퀴 아래서** 헤르만 헤세 장편소설 | 강명순 옮김 | 272면

240 **피터 팬** J. M. 배리 장편소설 | 최용준 옮김 | 272면

241 **정글 북** 러디어드 키플링 중단편집 | 오숙은 옮김 | 272면

242 **한여름 밤의 꿈** 윌리엄 셰익스피어 희곡 | 박우수 옮김 | 160면

243 **좁은 문** 앙드레 지드 장편소설 | 김화영 옮김 | 264면

244 **모리스** E. M. 포스터 장편소설 | 고정아 옮김 | 408면

245 **브라운 신부의 순진** 길버트 키스 체스터턴 단편집 | 이상원 옮김 | 336면

246 **각성** 케이트 쇼팽 장편소설 | 한애경 옮김 | 272면

247 **뷔히너 전집** 게오르크 뷔히너 지음 | 박종대 옮김 | 400면

248 **디미트리오스의 가면** 에릭 앰블러 장편소설 | 최용준 옮김 | 424면

249 **베르가모의 페스트 외** 옌스 페테르 야콥센 중단편 전집 | 박종대 옮김 | 208면

250 **폭풍우** 윌리엄 셰익스피어 희곡 | 박우수 옮김 | 176면

251 **어셴든, 영국 정보부 요원** 서머싯 몸 연작 소설집 | 이민아 옮김 | 416면

252 **기나긴 이별** 레이먼드 챈들러 장편소설 | 김진준 옮김 | 600면

253 **인도로 가는 길** E. M. 포스터 장편소설 | 민승남 옮김 | 552면

254 **올랜도** 버지니아 울프 장편소설 | 이미애 옮김 | 376면

255 **시지프 신화** 알베르 카뮈 지음 | 박언주 옮김 | 264면

256 **조지 오웰 산문선** 조지 오웰 지음 | 허진 옮김 | 424면

257 **로미오와 줄리엣** 윌리엄 셰익스피어 희곡 | 도해자 옮김 | 200면

258 **수용소군도** 알렉산드르 솔제니찐 기록문학 | 김학수 옮김 | 전6권 | 각 460면 내외

264 **스웨덴 기사** 레오 페루츠 장편소설 | 강명순 옮김 | 336면

265 **유리 열쇠** 대실 해밋 장편소설 | 홍성영 옮김 | 328면

266 **로드 짐** 조지프 콘래드 장편소설 | 최용준 옮김 | 608면

267 **푸코의 진자** 움베르토 에코 장편소설 | 이윤기 옮김 | 전3권 | 각 392, 384, 416면

270 **공포로의 여행** 에릭 앰블러 장편소설 | 최용준 옮김 | 376면

271 **심판의 날의 거장** 레오 페루츠 장편소설 | 신동화 옮김 | 264면

272 **에드거 앨런 포 단편선** 에드거 앨런 포 지음 | 김석희 옮김 | 392면

273 **수전노 외** 몰리에르 희곡선집 | 신정아 옮김 | 424면

274 **모파상 단편선** 기 드 모파상 지음 | 임미경 옮김 | 400면
275 **평범한 인생** 카렐 차페크 장편소설 | 송순섭 옮김 | 280면
276 **마음** 나쓰메 소세키 장편소설 | 양윤옥 옮김 | 344면
277 **인간 실격·사양** 다자이 오사무 소설집 | 김난주 옮김 | 336면
278 **작은 아씨들** 루이자 메이 올컷 장편소설 | 허진 옮김 | 전2권 | 각 408, 464면
280 **고함과 분노** 윌리엄 포크너 장편소설 | 윤교찬 옮김 | 520면
281 **신화의 시대** 토머스 불핀치 신화집 | 박중서 옮김 | 664면
282 **셜록 홈스의 모험** 아서 코넌 도일 단편집 | 오숙은 옮김 | 456면
283 **자기만의 방** 버지니아 울프 지음 | 공경희 옮김 | 216면
284 **지상의 양식·새 양식** 앙드레 지드 지음 | 최애영 옮김 | 360면
285 **전염병 일지** 대니얼 디포 지음 | 서정은 옮김 | 368면
286 **오이디푸스왕 외** 소포클레스 비극 | 장시은 옮김 | 368면
287 **리처드 2세** 윌리엄 셰익스피어 희곡 | 박우수 옮김 | 208면
288 **아내·세 자매** 안톤 체호프 선집 | 오종우 옮김 | 240면
289 **폭풍의 언덕** 에밀리 브론테 장편소설 | 전승희 옮김 | 592면